NAOMI NOVIK

Trono de Jade

Tradução de
EDMO SUASSUNA FILHO

Rio de Janeiro, 2011

CIP-BRASIL. CATALOGAÇÃO-NA-FONTE
SINDICATO NACIONAL DOS EDITORES DE LIVROS, RJ

N839t Novik, Naomi
Trono de jade / Naomi Novik; tradução Edmo Suassuna Filho. – Rio de Janeiro: Galera Record, 2011.
(Temeraire; 2)

Tradução de: Throne of jade
Sequência de: O dragão de sua majestade
ISBN 978-85-01-08625-9

1. Grã-Bretanha. Royal Navy – Ficção. 2. Guerras Napoleônicas, 1800-1815 – Ficção. 3. Ficção americana. I. Suassuna, Edmo. II. Título. II. Série.

10-4440

CDD: 813
CDU: 821.111(73)-3

Título original em inglês:
Throne of Jade

Copyright © 2006 by Naomi Novik
Publicado mediante acordo com Ballantine Books, um selo de Random House Publishing Group, divisão de Random House, Inc.

Todos os direitos reservados. Proibida a reprodução, no todo ou em parte, através de quaisquer meios. Os direitos morais do autor foram assegurados.

Texto revisado segundo o novo Acordo Ortográfico da Língua Portuguesa.

Design e ilustração de capa: Rafael Nobre

Direitos exclusivos de publicação em língua portuguesa somente para o Brasil adquiridos pela
EDITORA RECORD LTDA.
Rua Argentina 171 – Rio de Janeiro, RJ – 20921-380 – Tel.: 2585-2000, que se reserva a propriedade literária desta tradução.

Impresso no Brasil

ISBN 978-85-01-08625-9

Seja um leitor preferencial Record
Cadastre-se e receba informações sobre nossos lançamentos e nossas promoções.

EDITORA AFILIADA

Atendimento e venda direta ao leitor:
mdireto@record.com.br ou (21) 2585-2002.

Em memória de Chawa Novik,
na esperança de que um dia eu esteja pronta
para escrever o livro dela.

Parte 1

Capítulo 1

O DIA ESTAVA ESTRANHAMENTE quente para novembro, mas numa demonstração equivocada de respeito pela comitiva chinesa, a lareira na sala de reuniões do Almirantado estava abarrotada de madeira, produzindo um grande calor, e Laurence estava parado bem diante dela. O capitão tinha se vestido com cuidado especial, usando seu melhor uniforme, e durante a longa e insuportável conferência o forro da grossa jaqueta de lã verde-garrafa tinha ficado cada vez mais encharcado de suor.

Sobre a porta, atrás de lorde Barham, o indicador oficial com a agulha de bússola mostrava a direção do vento sobre o canal: nor-noroeste, bom para chegar à França; era muito provável que naquele momento alguns navios da Frota do canal estivessem se aproximando para dar uma espiada nos portos de Napoleão. Com os ombros alinhados na posição de sentido, Laurence fixou os olhos no largo disco de metal e tentou manter-se distraído com a especulação sobre o canal; não queria encarar o olhar frio e hostil que estava recebendo.

Barham parou de falar e tossiu de novo com o punho cerrado cobrindo a boca; as frases elaboradas que tinha preparado não se encaixavam na boca de marinheiro do almirante. No fim de cada frase desajeitada e hesitante, ele parava e lançava um rápido olhar para os chineses com uma agitação nervosa que era quase servil. Não era uma performance lá muito convincente, mas em circunstâncias comuns Laurence teria sentido um mínimo de solidariedade pela posição de Barham: algum tipo de mensagem formal fora esperado, talvez até um enviado, mas ninguém tinha imaginado que o imperador da China mandaria o próprio irmão até o outro lado do mundo.

O príncipe Yongxing poderia, com uma palavra, iniciar uma guerra entre as duas nações e, além disso, também havia algo inerentemente horrível na presença dele: o silêncio impenetrável diante de cada comentário de Barham, o esplendor inacreditável de seu manto amarelo-escuro, inteiramente bordado com dragões; o lento e incansável tamborilar de sua longa unha incrustada de joias no braço da cadeira. O príncipe nem ao menos olhava para Barham, apenas encarava Laurence diretamente por sobre a mesa, severo e com os lábios apertados.

Seu séquito era tão grande que enchia o salão de reuniões, uma dúzia de guardas passando mal de calor e atordoados com suas armaduras acolchoadas, e a mesma quantidade de servos ao lado, a maioria sem nada para fazer, simples criados de tipos variados, todos de pé ao longo da parede do fundo do salão, tentando agitar o ar abafado com enormes leques. Um homem, evidentemente um intérprete, estava de pé atrás do príncipe, murmurando quando Yongxing erguia uma das mãos, geralmente após uma das frases mais longas de Barham.

Dois outros enviados oficiais estavam sentados um de cada lado de Yongxing. Esses homens tinham sido apresentados a Laurence apenas superficialmente, e nenhum dos dois tinha dito uma palavra, apesar de o mais jovem, chamado Sun Kai, ter observado impassivelmente todos os procedimentos e prestado grande atenção às palavras do intérprete. O mais velho, um homem alto e barrigudo com uma barba cinzenta cerrada, tinha sido vencido gradualmente pelo calor: a cabeça tinha caído para a frente sobre o peito, a boca entreaberta para respirar, e a mão mal balançando o leque na direção do rosto. Eles vestiam túnicas de seda azul-escura, quase tão elaboradas quanto a do príncipe, e juntos formavam uma fachada imponente: certamente uma missão diplomática como aquela jamais tinha sido vista no Ocidente.

Um diplomata muito mais experiente que Barham poderia ter sido perdoado por sucumbir a um certo grau de servilismo, mas Laurence não estava nem um pouco disposto a ser magnânimo. Na verdade, estava quase mais furioso consigo mesmo, por ter esperado algo melhor. O capitão tinha vindo na esperança de poder defender seu caso e, no fundo do coração, tinha até mesmo imaginado que receberia uma suspensão temporária. Em vez disso, tinha recebido uma repreensão severa em termos que teria hesitado em usar até mesmo com um tenente iniciante, e tudo diante de um príncipe estrangeiro e seu séquito, reunidos como um tribunal para ouvir seus crimes. Ainda assim, o capitão segurou a língua pelo máximo de tempo que lhe foi possível. Porém, Barham finalmente anunciou, com um ar de grande condescendência:

— Naturalmente, capitão, estamos pensando em lhe designar um outro filhote, mais tarde.

Laurence tinha chegado ao limite:

— Não, senhor — disse ele, interrompendo. — Lamento, mas não. Não farei o que me pede e, quanto a outro dragão, devo pedir para ser dispensado.

Sentado ao lado de Barham, o almirante Powys, do Corpo Aéreo, que tinha permanecido bastante silencioso ao longo da reunião, apenas balançou a cabeça, parecendo não estar nem um pouco surpreso, e juntou as mãos sobre a ampla barriga. Barham lhe lançou um olhar furioso e respondeu:

— Talvez eu não tenha sido claro o bastante, capitão. Isso não foi um pedido. Você recebeu ordens, e vai cumpri-las.

— Prefiro ser mandado para a forca — Laurence respondeu sem emoção, sem se importar com o fato de estar falando daquela forma com o primeiro lorde do Almirantado: seria o fim de sua carreira se ainda fosse um oficial da Marinha, e pouco bem poderia lhe fazer mesmo como aviador. Contudo, se eles pretendiam mandar Temeraire embora, de volta para a China, a carreira de aviador de Laurence estava encerrada: jamais poderia aceitar uma posição de comando com outro dragão. Nenhum deles jamais se compararia, na mente de Laurence, e ele não faria um jovem dragão viver como segundo colocado em seu coração quando havia tantos homens no Corpo esperando por uma chance.

Yongxing nada disse, mas seus lábios se apertaram ainda mais. Os criados se agitaram e murmuraram entre si na própria língua. Laurence não achava que estivesse imaginando o tom de desdém que percebia na comunicação deles, direcionado menos a ele do que a Barham. O primeiro lorde do Almirantado evidentemente tinha a mesma impressão, e seu rosto se cobria de manchas e ficava cada vez mais sarapintado e colérico com o esforço de preservar a aparência de calma.

— Por Deus, Laurence, se você acha que pode vir até Whitehall e se amotinar, está muito enganado. Talvez tenha se esquecido de que seu primeiro dever é para com a pátria e o rei, não com esse seu dragão.

— Não, senhor, é o senhor que está se esquecendo. Foi por dever que pus o arreio em Temeraire, sacrificando minha patente naval sem nenhum conhecimento de que se tratava de uma raça verdadeiramente incomum, muito menos um Celestial — Laurence respondeu. — E foi por dever que eu o acompanhei durante um treinamento difícil e um serviço duro e perigoso. Por dever eu o levei para a batalha, e pedi a ele que arriscasse sua vida e sua felicidade. Não vou recompensar esse serviço leal com mentiras e enganação.

— Chega dessa conversa! — Barham retrucou. — Quem escutasse você falando acharia que estamos pedindo que entregue seu filho primogênito. Lamento se você transformou a criatura num animal de estimação e agora que não consegue suportar a ideia de perdê-lo...

— Temeraire não é nem meu bicho de estimação nem minha propriedade, senhor — Laurence interrompeu. — Ele serviu à Inglaterra e ao rei tanto quanto eu ou o senhor, e agora, porque não quer voltar para a China, o senhor vem me pedir para mentir para ele. Não posso imaginar como eu poderia me considerar honrado se concordasse com isso. Na verdade — acrescentou, incapaz de se conter —, me admira que o senhor tenha feito tal proposta; me admira muito.

— Ah, vá para o raio que o parta, Laurence — Barham exclamou, perdendo o último verniz de formalidade; o almirante fora um oficial embarcado durante anos, antes de se juntar ao governo, e ainda era muito pouco político quando seu humor se alterava. — Ele é um dragão chinês, faz sentido que vá gostar mais da China; de qualquer maneira, pertence a eles, e isso encerra o assunto. Ser chamado de ladrão é algo muito desagradável, e o governo de Sua Majestade não deseja ser chamado assim.

— Eu sei muito bem o que o senhor está insinuando com isso, imagino. — Se Laurence já não estivesse vermelho de raiva, teria enrubescido agora. — Rejeito inteiramente essa acusação, senhor. Esses cavalheiros não negam que deram o ovo à França; nós o tomamos de uma nau de guerra francesa; o navio e o ovo foram considerados espólios legítimos nos tribunais do Almirantado, como o senhor sabe muito bem. Temeraire não pertence a eles de acordo com nenhuma lógica possível; se estavam tão preocupados em perder um Celestial, não deviam ter dado o dragão de presente dentro do ovo.

Yongxing bufou e se intrometeu na discussão exaltada dos ingleses:

— *Isso* está correto — afirmou; seu inglês tinha um sotaque carregado, formal e lento, mas as cadências controladas só davam ainda mais efeito às suas palavras. — Desde o princípio foi uma tolice deixar o segundo ovo de Lung Tien Qian atravessar os mares. *Disso* ninguém pode discordar.

A interrupção silenciou os dois, e por um momento ninguém falou, exceto o intérprete, que traduzia baixinho as palavras de Yongxing para os outros chineses. Então Sun Kai inesperadamente disse algo na língua deles que fez Yongxing lhe dirigir um olhar ríspido. Sun manteve a cabeça inclinada respeitosamente e não ergueu o olhar, mas ainda assim esse foi o primeiro indício que Laurence percebeu de que aquele grupo poderia não pensar em uníssono. Mas Yongxing vociferou uma resposta, num tom que não dava margem a mais nenhum comentário, e Sun não se aventurou a responder. Satisfeito por ter reprimido seu subordinado, Yongxing virou-se de volta para os ingleses e acrescentou:

— Porém, independentemente da fortuna malévola que o colocou em vossas mãos, Lung Tien Xiang era destinado ao imperador francês, e não a ser besta de carga de um simples soldado.

Laurence enrijeceu. *Simples soldado* era uma ofensa, e pela primeira vez ele se virou para olhar diretamente para o príncipe, sustentando o olhar frio e carregado de desprezo que recebeu com olhos igualmente resolutos.

— Estamos em guerra com a França, senhor, portanto se os senhores escolheram se aliar aos nossos inimigos e fornecer a eles auxílio material, não podem reclamar quando nós o tomamos numa luta justa.

— Que absurdo! — Barham interrompeu, imediatamente e em voz alta. — A China não é de modo algum aliada da França, de maneira alguma. Nós certamente não vemos a China como aliada da França. Você não está aqui para se dirigir a Sua Alteza Imperial, Laurence. Controle-se — acrescentou em um tom de voz irado.

Mas Yongxing ignorou a tentativa de interrupção.

— Então você usa a pirataria como defesa? — retrucou, desdenhoso. — Não temos interesse pelos costumes de nações bárbaras. Como mercadores e ladrões concordam em pilhar uns aos outros não é do interesse do Trono Celestial, exceto quando decidem insultar o imperador como vocês fizeram.

— Não, Vossa Alteza, nada disso, de maneira alguma — Barham se apressou em dizer enquanto seu olhar para Laurence era puro veneno. — Sua Majestade e seu governo não sentem nada além da mais pura afeição pelo imperador; nenhum insulto jamais seria feito propositalmente, eu garanto. Se tivéssemos conhecimento da extraordinária natureza do ovo e de vossas objeções, esta situação jamais teria surgido...

— Agora, entretanto, vocês estão bem cientes — Yongxing retrucou. — E o insulto permanece: Lung Tien Xiang ainda está usando arreios, recebendo tratamento pouco melhor do que o dispensado a um cavalo, carregando fardos e sendo exposto a todas as brutalidades da guerra, e tudo isso com um mero capitão como seu companheiro. Teria sido melhor se o ovo tivesse afundado nas profundezas do oceano!

Chocado, Laurence ficou satisfeito ao ver que tamanha crueldade tinha deixado Barham e Powys tão atônitos e sem palavras quanto ele mesmo. Até mesmo no séquito de Yongxing o intérprete estremeceu, mudando de posição constrangido, e dessa vez não traduziu as palavras do príncipe para o chinês.

— Senhor, eu lhe asseguro, desde que ficamos sabendo de suas objeções, não foi mais colocado arreio algum, nem uma tirinha de couro — Barham respondeu, se recuperando do choque. — Temos nos esforçado ao máximo para garantir o conforto de Temeraire, quer dizer, Lung Tien Xiang, e para reparar qualquer inadequação no tratamento dado a ele. Ele não está mais designado ao capitão Laurence, isso eu posso garantir: eles não se falaram durante as últimas semanas.

Essa era uma lembrança amarga, e Laurence sentiu que o pouco que restava do seu autocontrole estava se esvaindo.

— Se qualquer um de vocês tivesse um mínimo de consideração pelo conforto dele, teriam consultado os sentimentos de Temeraire, e não seus próprios desejos — afirmou, levantando a voz, uma voz treinada para berrar ordens durante uma tempestade. — O senhor reclama de termos colocado um arreio nele, e logo depois me pede para enganá-lo de forma que vocês possam acorrentá-lo e levá-lo embora contra sua vontade. Não vou fazer isso, jamais, e todos vocês podem ir para o inferno.

A julgar pela expressão de Barham, ele teria adorado se Laurence tivesse sido arrastado para fora dali acorrentado: olhos esbugalhados, mãos apoiadas na mesa, prestes a se levantar; pela primeira vez, o almirante Powys falou, interrompendo a discussão e se antecipando ao outro almirante.

— Já chega, Laurence, contenha sua língua. Barham, não temos mais necessidade de manter o capitão aqui. Fora, Laurence, saia imediatamente: está dispensado.

O velho hábito da obediência se manteve: Laurence saiu furioso da sala. Aquela intervenção provavelmente o tinha salvado de uma prisão por insubordinação, mas ele partiu sem nenhum sentimento de gratidão. Havia mil coisas entaladas em sua garganta, e assim que a porta se fechou pesadamente atrás dele, o capitão se virou. Mas os fuzileiros navais postados de cada lado o encararam com um interesse grosseiro, como se ele fosse uma curiosidade exibida para entretê-los. Diante daqueles olhares abertamente inquisitivos, Laurence controlou um pouco o temperamento e deu meia-volta antes que pudesse se prejudicar ainda mais.

As palavras de Barham eram abafadas pela madeira grossa, mas o rumor inarticulado de sua voz ainda elevada seguiu Laurence pelo corredor. O capitão se sentia quase embriagado de raiva, a respiração curta e violenta e a visão obscurecida, não por lágrimas, de maneira alguma por lágrimas, mas pelo ódio. A antecâmara do Almirantado estava cheia de oficiais navais, funcionários administrativos, oficiais políticos e até mesmo um aviador de jaqueta verde, apressado com seus despachos. Laurence forçou caminho pelo grupo até a porta, com as mãos trêmulas bem enfiadas nos bolsos para não serem vistas.

O capitão saiu para o barulhento burburinho da Londres do fim de tarde, a Whitehall cheia de trabalhadores indo para casa jantar, os berros dos carroceiros e condutores de charretes por todos os lados, gritando "Abram caminho" para a multidão. Os sentimentos de Laurence estavam tão desordenados quanto o ambiente a sua volta, e ele estava se orientando pelas ruas por puro instinto. Ele precisou ser chamado três vezes até reconhecer o próprio nome.

Laurence virou-se relutante: não estava com a menor vontade de se forçar a ser educado com um ex-colega. Com algum alívio, porém, viu que era a capitã Roland, não um conhecido ignorante. Ele ficou surpreso em vê-la; muito, pois o dragão da capitã Roland, Excidium, era um líder de formação no enclave de Dover. Ela não poderia ter sido dispensada de seus deveres com facilidade, e de qualquer maneira não poderia ir ao Almirantado abertamente sendo uma mulher oficial, posição cuja existência era necessária devido à insistência dos Longwings em ter capitãs. O segredo quase não era conhecido fora das fileiras dos aviadores, e era cuidadosamente ocultado do público, que certamente desaprovaria. O próprio Laurence teve dificuldades em aceitar a ideia no começo, mas já estava tão acostumado agora que ver Roland sem o uniforme era muito estranho: ela vestia saia e um pesado manto como disfarce, mas nenhum dos dois lhe caía bem.

— Estou correndo atrás de você há uns cinco minutos — ela reclamou, pegando o braço dele ao alcançá-lo. — Estava perambulando perto daquela enorme caverna que eles chamam de prédio, esperando você sair, e então passou direto por mim com uma pressa tão feroz que quase não consegui alcançar você. Essas roupas são um maldito transtorno; espero que você valorize o trabalho que estou tendo por sua causa, Laurence. Mas deixa para lá — ela acrescentou, com uma voz mais gentil. — Posso ver pelo seu rosto que a coisa não foi bem: vamos jantar e então você me conta tudo.

— Obrigado, Jane, estou feliz em ver você — Laurence agradeceu, e deixou que ela o virasse na direção da hospedaria, mesmo que não achasse que fosse capaz de engolir qualquer comida. — E como você veio parar aqui, afinal? Espero que não haja nada de errado com Excidium.

— Nada mesmo, a não ser que ele tenha tido uma indigestão — a capitã respondeu. — Não, mas Lily e a capitã Harcourt estão se saindo tão esplendidamente que Lenton pôde designar a elas uma patrulha dupla e me deu alguns dias de folga. Excidium aproveitou isso como uma desculpa para devorar três vacas gordas de uma vez, aquele pateta guloso; ele nem piscou quando eu propus que ele ficasse com Sanders, o meu novo primeiro-tenente, e viesse para cá fazer companhia a você. Então vesti um traje de sair e vim para cá com o mensageiro. Ah, inferno, espera um minuto, por favor? — Ela parou e chutou vigorosamente, soltando a saia, que era longa demais e tinha prendido no salto do sapato.

Laurence a segurou pelo cotovelo para que ela não caísse, e depois disso os dois continuaram caminhando pelas ruas de Londres num passo mais lento. O caminhar masculino de Roland e o rosto marcado por uma cicatriz começaram a atrair olhares grosseiros em quantidade suficiente para que Laurence passasse a fixar de cara feia os transeuntes que ficassem muito tempo olhando, ainda que a própria Jane não lhes desse a mínima atenção. Ela, porém, percebeu o comportamento dele e disse:

— Você está raivoso demais; não assuste essas pobres garotas. O que os camaradas disseram no Almirantado?

— Você deve ter ficado sabendo, imagino, que uma representação diplomática foi enviada da China. Eles querem levar Temeraire de volta, e o governo não parece fazer nenhuma objeção a isso. Mas, evidentemente, Temeraire não quer saber de nada disso: manda eles para o diabo que os carregue, apesar de eles estarem insistindo há semanas — Laurence explicou. Enquanto falava, uma dor aguda, como se algo estivesse sendo apertado logo abaixo do esterno, se fez sentir. Ele podia imaginar claramente Temeraire sendo mantido quase completamente sozinho no velho e abandonado enclave de Londres, que mal tinha sido usado nos últimos cem anos, sem Laurence nem a tripulação para lhe fazer companhia, ninguém para ler para ele, e de sua espécie apenas alguns dragões pequenos do serviço de mensagens.

— É claro que ele não quer ir — Roland concordou. — Não acredito que eles acharam que podiam persuadir Temeraire a deixar você. Certamente eles deveriam saber que isso não funcionaria; sempre ouvi os chineses sendo proclamados os melhores de todos os criadores de dragões.

— O príncipe deles não escondeu que tem uma opinião não muito boa de mim. Provavelmente, esperavam que Temeraire compartilhasse da mesma opinião e ficasse feliz em ir embora — Laurence continuou. — De qualquer maneira, eles se cansaram de tentar convencê-lo. Então aquele miserável do Barham ordenou que eu mentisse e dissesse que nós tínhamos sido destacados para Gibraltar, tudo para colocar Temeraire a bordo de um navio de transporte em alto-mar, bem longe, para que ele não pudesse voar de volta para a terra quando soubesse o que eles estavam tramando.

— Ah, que infames. — A mão da capitã apertou quase dolorosamente o braço do companheiro. — E Powys não tinha nada a dizer a respeito? Não acredito que ele tenha deixado essa gente sugerir isso a você. Não se pode esperar que um oficial naval entenda dessas coisas, mas Powys poderia ter explicado a ele.

— Ouso dizer que ele não pode fazer nada, é apenas um oficial de carreira, enquanto Barham foi nomeado pelo Ministério — disse Laurence. — Powys pelo menos me salvou de arriscar o meu próprio pescoço. Eu estava furioso demais para me controlar, e ele me mandou embora.

Eles tinham chegado à rua Strand. O tráfego mais intenso tornou a conversa difícil, e eles tinham que prestar atenção para não levarem um banho da lama cinza questionável que se acumulava nas sarjetas, espirrada nas calçadas pelas carroças e charretes. Conforme a raiva ia passando, Laurence ia ficando cada vez mais deprimido.

Desde o momento da separação, ele tinha se consolado com a expectativa diária de que aquilo acabaria em breve: os chineses logo perceberiam que Temeraire não desejava ir, e o Almirantado desistiria da tentativa de agradá-los. Tinha parecido uma sentença cruel mesmo assim: eles nunca tinham se separado nem por um dia nos meses depois que Temeraire saiu do ovo, e agora Laurence não tinha ideia do que fazer com todo aquele tempo livre sem o companheiro. Mas nem mesmo aquelas longas duas semanas chegavam perto disto: a certeza terrível de que ele tinha arruinado todas as suas chances. Os chineses não iam ceder, e o Ministério ia encontrar algum jeito de botar Temeraire num navio para a China no fim das contas. Eles claramente não tinham escrúpulos em contar a ele um monte de mentiras para alcançar seu objetivo. E era muito provável que Barham não permitisse que Laurence visse Temeraire agora, nem mesmo para um último adeus.

Laurence não tinha se permitido nem pensar em como seria sua vida sem Temeraire. Outro dragão, é claro, era uma impossibilidade, e a Marinha não iria aceitá-lo de volta agora. Ele imaginava que talvez pudesse assumir um navio da Marinha mercante, ou uma nau particular, mas não achava que ia ter vontade de fazer isso, além do que, já tinha ganhado recompensas suficientes pela captura de navios inimigos para viver desse dinheiro. Ele poderia até mesmo se casar e se estabelecer como um cavalheiro no campo; mas essa ideia, antes tão idílica na sua imaginação, agora parecia aborrecida e desinteressante.

Pior ainda, ele não poderia nem esperar a solidariedade dos outros: todos os seus antigos conhecidos chamariam isso de uma saída de sorte, a família comemoraria e o mundo não compreenderia sua perda. De qualquer ponto de vista, havia algo de ridículo no fato de Laurence se sentir tão perdido: tinha se tornado um aviador muito a contragosto, apenas por causa de seu forte senso de dever, e menos de um ano tinha se passado desde a mudança de posto. Mesmo assim, ele mal podia considerar a possibilidade. Apenas outro aviador, talvez na verdade apenas outro capitão, seria verdadeiramente capaz de compreender seus sentimentos e, depois que Temeraire se fosse, ele ficaria tão distante dos outros aviadores quanto estes ficavam do restante do mundo.

O salão da frente da hospedaria Crown and Anchor estava barulhento, embora ainda fosse cedo para jantar de acordo com os padrões da cidade grande. Aquele lugar não era um estabelecimento elegante, nem mesmo distinto, e seus frequentadores eram na maioria homens do campo acostumados a jantar cedo. Não era o tipo de lugar a que uma dama de respeito iria ou que o próprio Laurence teria frequentado voluntariamente em outros tempos. Roland atraiu alguns olhares insolentes, outros apenas curiosos, mas ninguém se permitiu nenhuma liberdade: Laurence era uma figura imponente ao lado dela, com os ombros largos e a espada cerimonial pendurada no cinto.

Roland levou Laurence até os aposentos dela, colocou-o sentado numa poltrona feia e lhe serviu um cálice de vinho. Laurence bebeu profundamente, se escondendo atrás do copo do olhar de compaixão dela: tinha medo de se deixar abater.

— Você deve estar morto de fome, Laurence — Roland comentou. — Isso só piora tudo. — Ela tocou o sino para chamar a criadagem, e logo dois criados subiram com um ótimo jantar simples: um frango assado, com vegetais e carne bovina; molho; alguns cheesecakes pequenos com geleia; torta de mocotó de bezerro; um prato de repolho-roxo cozido e um pequeno pavê para a sobremesa. Ela os fez colocar toda a comida na mesa de uma vez, em vez de servir uma coisa de cada vez, e os mandou embora.

Laurence não achou que conseguiria comer, mas, ao ver a comida diante de si, descobriu que estava com fome, afinal. Ele andava se alimentando muito mal, devido aos horários irregulares e às opções ruins da estalagem barata onde estava hospedado, escolhida pela proximidade do enclave onde Temeraire era mantido. Agora ele comia com vontade, e Roland conversava quase sozinha, distraindo-o com fofocas de aviadores e trivialidades.

— Fiquei triste em perder Lloyd, é claro. Eles querem colocá-lo com o ovo de Anglewing que está endurecendo em Kinloch Laggan — Roland contou, se referindo a seu primeiro-tenente.

— Acho que vi esse ovo lá — Laurence comentou, levantando o olhar do prato. — O ovo de Obversaria?

— É, e temos grandes esperanças nesse caso — Roland continuou. — Lloyd ficou animadíssimo, é claro, e eu fico muito feliz por ele. Ainda assim, não é fácil treinar um primeiro-oficial depois de cinco anos, com toda a tripulação e o próprio Excidium murmurando sobre como Lloyd costumava fazer as coisas. Mas Sanders é um sujeito confiável e de bom coração. Eles o mandaram de Gibraltar, depois que Granby recusou o posto.

— O quê? Recusou o posto? — Laurence gritou, muito surpreso com a notícia: Granby tinha sido o primeiro-tenente dele. — Não por minha causa, espero.

— Ah, meu Deus, você não sabia? — disse Roland, igualmente surpresa. — Granby falou comigo muito educadamente. Disse que estava honrado, mas que não queria mudar de posição. Eu tinha quase certeza de que ele tinha consultado você sobre o assunto. Imaginei que talvez vocês tivessem algum motivo para ter esperança.

— Não — Laurence respondeu em voz baixa. — É mais provável que ele acabe sem posição alguma. Lamento muito ouvir que ele dispensou uma posição tão boa. — A recusa certamente prejudicaria Granby no Corpo. Um homem que rejeitava uma oferta não poderia esperar outra tão cedo, e Laurence logo não teria poder algum para ajudá-lo.

— Bem, sinto muito dar a você ainda mais motivos para se preocupar — Roland disse depois de um momento. — O almirante Lenton ainda não dispersou a sua tripulação, sabe? Pelo menos não a maior parte dela. Apenas mandou alguns rapazes para Berkley, por puro desespero, já que ele está precisando tanto agora. Nós todos tínhamos tanta certeza de que Maximus tinha alcançado seu tamanho máximo, mas logo depois que você foi chamado para cá, ele provou que estávamos enganados e já cresceu mais quatro metros e meio — A capitã fez esse comentário tentando recuperar o tom mais leve da conversa, mas era impossível. Laurence percebeu que o estômago tinha se fechado, e pousou os talheres com o prato ainda pela metade.

Roland fechou as cortinas. Já estava escurecendo lá fora.

— Você gostaria de ir a um concerto?

— Fico feliz em acompanhar você — Laurence respondeu mecanicamente, e Roland balançou a cabeça.

— Não, deixe para lá; estou vendo que não é uma boa ideia. Venha para a cama então, caro amigo. Não faz sentido ficar aí sentado se lastimando.

Eles apagaram as velas e se deitaram juntos.

— Não tenho a menor ideia do que fazer — Laurence disse, em voz baixa. A escuridão tornava a confissão um pouco mais fácil. — Chamei Barham de miserável, e não posso perdoar o fato de ele ter me pedido para mentir. Isso não foi atitude de um cavalheiro. Mas ele não é um soldado qualquer, e não estaria usando esse artifício se tivesse escolha.

— Fico enjoada só de ouvir que ele se curvou e se humilhou diante desse príncipe estrangeiro. — Roland ergueu-se um pouco, apoiando o cotovelo nos travesseiros. — Estive no porto de Cantão uma vez, como aspirante, num transporte que vinha da Índia pelo caminho mais longo. Aqueles juncos deles não me pareceram capazes de aguentar nem uma chuva mediana, quanto mais uma tempestade. Eles não poderiam atravessar o oceano voando com os dragões sem fazer uma pausa, mesmo que quisessem entrar em guerra conosco.

— Pensei a mesma coisa quando fiquei sabendo disso — Laurence respondeu. — Mas eles não precisam atravessar o oceano voando para acabar com o tratado comercial com a China e para destroçar nossas rotas de produtos indianos também, se quiserem. Além disso, eles fazem fronteira com a Rússia, e se o tzar fosse atacado pela fronteira leste isso significaria o fim da coalizão contra Bonaparte.

— Não vejo que bem os russos nos fizeram até agora na guerra, e dinheiro é uma desculpa desprezível para se rebaixar dessa forma, tanto para um homem quanto para uma nação — Roland comentou. — O governo já ficou sem fundos antes, e de alguma forma conseguimos seguir em frente e ainda deixar Bonaparte com um olho roxo. De qualquer maneira, não posso perdoá-los por separar você de Temeraire. Barham ainda não o deixou vê-lo, imagino?

— Não, e já se passaram duas semanas. Há um camarada decente no enclave que leva mensagens minhas para Temeraire e me conta se ele anda comendo, mas não posso pedir a ele que me deixe entrar: significaria corte marcial para nós dois. Mesmo que, da minha parte, eu nem saiba mais se isso seria suficiente para me impedir agora.

Laurence mal poderia se imaginar dizendo uma coisa dessas um ano antes. Não gostava de pensar nisso, mas a honestidade tinha colocado as palavras em sua boca. Roland não se declarou contra, mas também era uma aviadora. Estendeu a mão para acariciar o rosto dele e o puxou para tanto conforto quanto poderia ser encontrado em seus braços.

Laurence acordou no quarto escuro, o sono interrompido: Roland já tinha se levantado. Uma criada sonolenta estava de pé na porta, segurando uma vela, cuja luz amarela invadia o aposento. Ela entregou a Roland um pacote selado e ficou olhando para Laurence com interesse. O capitão sentiu um rubor de culpa surgindo no rosto e olhou para baixo para se assegurar de que estava bem coberto pelos lençóis.

Roland já tinha rompido o selo e agora pegava o candelabro direto da mão da criada.

— Aqui, isto é para você. Pode ir agora — dispensou a moça com um xelim. A capitã fechou a porta na cara da criada sem maiores cerimônias. — Laurence, preciso partir imediatamente — anunciou, voltando para a cama para acender as outras velas e falando muito baixo. — É uma mensagem de Dover: um comboio francês está tentando chegar a Le Havre sob a guarda de dragões. A Frota do canal está indo atrás deles, mas há uma Flamme-de-Gloire presente, e a frota não poderá entrar em combate sem cobertura aérea.

— Quantos navios no comboio francês, o despacho diz? — Laurence já estava de pé, vestindo as calças. Um cospe-fogo era praticamente o pior perigo que um navio poderia encarar, desesperadamente arriscado mesmo com um ótimo suporte aéreo.

— Trinta ou mais, sem dúvida lotados de suprimentos de guerra — Roland respondeu, prendendo os cabelos numa trança apertada. — Está vendo a minha jaqueta ali?

Do lado de fora, o céu já estava clareando para um azul mais pálido; logo as velas seriam desnecessárias. Laurence pegou a jaqueta e a ajudou a vesti-la, uma parte dos pensamentos já ocupados em calcular a força provável das naus mercantes, qual proporção da Frota seria destacada para persegui-las e quantas ainda seriam capazes de fugir e alcançar um porto seguro: os canhões de Le Havre eram terríveis. Se o vento não tivesse mudado desde o dia anterior, as embarcações francesas teriam vantagem na fuga. Trinta navios carregados de ferro, cobre, mercúrio, pólvora. Bonaparte podia até não ser mais perigoso nos mares depois de Trafalgar, mas em terra firme ainda era o mestre da Europa, e um carregamento desses podia até facilmente suprir sua demanda por meses.

— E agora me dê aquele manto, por favor — Roland pediu, interrompendo o fluxo de pensamentos dele. As dobras volumosas ocultariam o uniforme masculino, e então ela puxou o capuz sobre a cabeça. — Pronto, isso vai servir.

— Espere um momento, eu vou com você — Laurence pediu, lutando para vestir a própria jaqueta. — Gostaria de ser útil. Se Berkley está precisando de mais gente em Maximus, posso pelo menos puxar uma tira ou ajudar a empurrar invasores. Deixe a bagagem e chame a criada, vamos pedir que levem o resto das suas coisas para a minha estalagem.

Eles se apressaram pelas ruas ainda praticamente vazias: os coletores de dejetos humanos passavam chacoalhando com as carroças fétidas, trabalhadores temporários começavam suas rondas em busca de serviço, criadas iam com seus tamancos barulhentos ao mercado e rebanhos de animais soltavam nuvens brancas no ar frio. Um nevoeiro amargo e úmido tinha descido na noite anterior, como um formigamento gelado na pele. Pelo menos a ausência das multidões significava que Roland não teria que se preocupar muito com o manto, e eles poderiam caminhar quase correndo.

O enclave de Londres ficava situado não muito distante dos escritórios do Almirantado, ao longo da margem oeste do Tâmisa; apesar da localização, tão conveniente, as construções que o cercavam estavam maltratadas, sem manutenção: ali moravam aqueles que não poderiam pagar por um teto mais distante dos dragões. Algumas das casas estavam inclusive abandonadas, exceto por umas poucas crianças magricelas que espiavam desconfiadas os estranhos que passavam. Uma borra de dejetos líquidos corria pela sarjeta; conforme Laurence e Roland corriam, as botas deles partiam a fina casca de gelo, deixando o fedor escapar e segui-los.

Ali as ruas estavam mesmo vazias; mas enquanto eles se apressavam, uma carroça pesada surgiu do nevoeiro quase como se fosse uma manifestação da malícia da névoa: Roland puxou Laurence para fora do caminho, para a calçada, com rapidez suficiente para que ele não fosse atingido e arrastado para debaixo das rodas. O cocheiro nem mesmo reduziu a velocidade, desaparecendo na curva seguinte sem pedir desculpas.

Laurence olhou com desgosto para as melhores calças de uniforme de gala que tinha: cobertas pela imunda lama negra.

— Não se aborreça — Roland tentou consolá-lo. — Ninguém vai se importar com isso no ar, e talvez dê para escovar.

Isso era mais otimismo do que ele seria capaz de demonstrar naquele momento, mas certamente não havia tempo para fazer nada com as calças agora, então eles continuaram a caminhada apressada.

Os portões do enclave se destacavam pelo brilho contra as ruas esquálidas e a manhã igualmente esquálida: ferro ornamental recém-pintado de preto com trancas de latão polido. Inesperadamente, um par de jovens fuzileiros com seus uniformes vermelhos estava vadiando ali perto, os mosquetes encostados no muro. O guarda do portão tocou o chapéu em uma saudação para Roland quando deixou os dois oficiais entrarem, enquanto os fuzileiros a olhavam, confusos. O manto estava caído bem para trás naquele momento, revelando tanto as marcas douradas triplas de capitã quanto o busto bastante volumoso.

Laurence entrou na linha de visão deles para bloqueá-los, franzindo o cenho.

— Obrigado, Patson. O mensageiro de Dover chegou? — o capitão indagou ao guarda do portão assim que eles passaram.

— Creio que está esperando pelo senhor — Patson respondeu, apontando com o dedão sobre o ombro enquanto fechava os portões novamente. — Na primeira clareira, por favor. Não se preocupem com eles — acrescentou, fazendo cara feia para os fuzileiros, que pareciam estar adequadamente envergonhados. Não passavam de garotos, e Patson era um homem bem grande, que antes fora ferreiro de armaduras e que ficava ainda mais assustador por causa do tapa-olho e da pele escura e queimada em volta dele. — Vou ensinar boas maneiras a eles, não se preocupem.

— Obrigada, Patson, pode continuar — agradeceu Roland, e os dois foram em frente. — O que aqueles meninos estão fazendo aqui? Não são oficiais, pelo menos, podemos ficar gratos. Eu ainda me lembro do que aconteceu, 12 anos atrás, quando um oficial do Exército descobriu a capitã St. Germain quando ela foi ferida em Toulon. Ele fez um tremendo escândalo sobre a coisa toda e quase conseguiu falar com os jornais. Que coisa mais idiota.

Havia apenas uma fina fronteira de árvores e prédios ao redor do enclave para protegê-los do ar e do barulho da cidade. Eles chegaram à primeira clareira quase imediatamente, um pequeno espaço que mal era grande o bastante para que um dragão mediano abrisse as asas.

O mensageiro estava de fato esperando, uma jovem Winchester cujas asas purpúreas ainda não tinham escurecido para a cor de sua vida adulta, mas completamente equipada e inquieta para ir embora.

— Ora, é Hollin — Laurence exclamou, apertando satisfeito a mão do capitão. Era um grande prazer rever o antigo chefe de sua equipe de terra, agora vestindo uma túnica de oficial. — Esse é o seu dragão?

— Sim, senhor. Essa é Elsie — Hollin apresentou, orgulhoso. — Elsie, esse é o capitão Laurence, eu já falei dele, foi ele que me ajudou a ter você.

A Winchester virou a cabeça e encarou Laurence com olhos brilhantes e interessados. Saída do ovo havia menos de três meses, ela ainda era pequena, mesmo para a raça, mas o couro brilhava de tão limpo, e ela parecia muito bem-cuidada.

— Então você é o capitão do Temeraire? Obrigada, eu gosto muito do meu Hollin — Elsie agradeceu com uma voz leve de passarinho e deu um empurrãozinho no aviador com tanta afeição que ele quase caiu.

— Fico feliz por ter sido útil, e por conhecer você — Laurence respondeu, forçando algum entusiasmo, mas não sem uma pontada de dor como lembrete. Temeraire estava ali, a menos de 500 metros de distância, e o capitão não poderia nem sequer lhe dizer "olá". Laurence olhou em volta, mas os prédios encobriam a linha de visão, e ele não conseguiu nem um vislumbre do couro negro.

— Está tudo pronto? — Roland perguntou a Hollin. — Precisamos partir imediatamente.

— Sim, senhora. Estamos apenas esperando pelos despachos — Hollin respondeu. — Cinco minutos, se quiserem esticar as pernas antes do voo.

Laurence engoliu em seco. A tentação era muito grande, mas a disciplina se manteve firme. Desobedecer abertamente uma ordem desonrosa era uma coisa, se esgueirar pelo enclave para desobedecer uma ordem meramente desagradável era outra completamente diferente. E fazer isso agora seria ruim para a reputação de Hollin e da própria Roland.

— Eu vou apenas entrar no alojamento e falar com o Jervis — Laurence informou, e foi encontrar o homem que estava supervisionando os tratadores de Temeraire.

Jervis era um homem mais velho, que tinha perdido a maior parte do braço e da perna esquerdos em um violento ataque de garras contra a lateral do dragão no qual ele servia como mestre de arreios. Ao se recuperar, contrariando todas as expectativas, foi designado para o serviço lento do enclave de Londres, então raramente tinha trabalho. Jervis tinha uma aparência estranha, desequilibrada com a perna de pau e o gancho metálico no lado esquerdo, e tinha ficado um pouco preguiçoso e malhumorado com tanto tempo livre, mas Laurence tinha sido seu ombro amigo com frequência suficiente para agora ser bem-vindo.

— Você poderia me fazer a gentileza de dar um recado? — Laurence indagou após recusar uma xícara de chá. — Estou partindo para Dover, para ver se posso ser útil. Não gostaria que Temeraire ficasse nervoso com o meu silêncio.

— Farei isso e vou ler o seu bilhete para ele. O pobre camarada vai precisar — Jervis concordou, mancando para buscar o tinteiro e a pena com uma só mão. Laurence virou um pedaço de papel para escrever o bilhete. — Aquele sujeito do Almirantado esteve aqui a menos de meia hora com um bando completo de fuzileiros e aqueles chinas arrumadinhos e estão lá ainda, tagarelando com o nosso amigo. Se eles não forem embora logo, não vou me responsabilizar se ele não comer nada hoje. Esse marujo feioso, não sei o que ele está fazendo achando que sabe alguma coisa sobre dragões. Quer dizer, com a sua licença, senhor — Jervis acrescentou apressadamente.

Laurence percebeu que a mão tremia sobre o papel e acabou respingando tinta sobre as primeiras linhas e a mesa. Respondeu a Jervis de qualquer jeito, sem pensar, e lutou para continuar o bilhete; as palavras não vinham. Ficou ali parado, travado no meio da frase, até que subitamente quase foi jogado ao chão, a tinta se espalhando pelo chão quando a mesa virou. Do lado de fora veio um terrível som destruidor, como o pior que uma tempestade poderia fazer, um vendaval de inverno do mar do Norte com força total.

A pena ainda estava ridiculamente na mão dele. Laurence a largou e escancarou a porta, com Jervis tropeçando atrás dele. Os ecos ainda flutuavam no ar, e Elsie estava sentada sobre as patas traseiras, com as asas abrindo um pouco e se fechando em seguida, de pura ansiedade, enquanto Roland e Hollin tentavam acalmá-la. Os poucos outros dragões do enclave tinham as cabeças erguidas também, espiando por sobre as árvores e sibilando em alarme.

— Laurence — Roland chamou, mas ele a ignorou: já estava na metade do caminho pela trilha, correndo, a mão indo inconscientemente para o cabo da espada. Ele chegou à clareira e se deparou com o caminho bloqueado pelas ruínas de um alojamento desabado e várias árvores caídas.

Mil anos antes de os romanos começarem a domar as raças ocidentais de dragões, os chineses já eram mestres naquela arte. Eles prezavam beleza e inteligência acima da habilidade marcial e olhavam com superioridade e desdém para os sopradores de fogo e cuspidores de ácido considerados tão valiosos no Ocidente. Suas legiões aéreas eram tão vastas que não tinham utilidade para aquilo que consideravam puro exibicionismo. Contudo, não desprezavam todos os dons desse tipo incomum, e nos Celestiais tinham alcançado o ápice das realizações: a união de todas as outras graças com o poder sutil e mortal que os chineses chamavam de *vento divino*, o rugido cuja força era maior do que disparos de canhão.

Laurence tinha visto a devastação provocada pelo vento divino apenas uma vez antes, na batalha de Dover, quando Temeraire usara o ataque contra os transportes aéreos de Napoleão com grande efeito. Ali, porém, as pobres árvores sofreram o impacto à queima-roupa: jaziam como palitos de fósforo, os troncos reduzidos a estilhaços. Toda a estrutura grosseira do alojamento também tinha sido destruída e desabou, a argamassa pulverizada e os tijolos espalhados e partidos. Um furacão poderia ter causado tamanha destruição, ou talvez um terremoto, e o nome outrora poético agora parecia subitamente muito mais adequado.

Quase todos os fuzileiros da escolta tinham recuado até os arbustos que cercavam a clareira, com os rostos pálidos e aterrorizados. Apenas Barham mantivera-se firme dentre os ingleses. Os chineses também não tinham se retirado, mas estavam todos prostrados no chão formalmente, de joelhos, exceto pelo próprio príncipe Yongxing, que permanecia imperturbável à frente deles.

O tronco de um enorme carvalho jazia no chão, prendendo-os todos contra a borda da clareira, com a terra ainda presa às raízes, e Temeraire estava atrás dele, com uma pata dianteira sobre a árvore e o corpo sinuoso se erguendo sobre os homens.

— Você não vai me dizer essas coisas — afirmou, baixando a cabeça até Barham. O dragão arreganhou os dentes e o rufo espinhoso ao redor da cabeça ergueu-se, tremendo de raiva. — Não acredito em você nem por um instante e não vou ouvir essas mentiras. Laurence jamais aceitaria outro dragão. Se você o mandou para longe, vou atrás dele, e se você o feriu... — Temeraire começou a juntar mais ar para outro rugido, o peito se inflando como uma vela no vento forte, e desta vez os homens indefesos estavam diretamente diante dele.

— Temeraire — Laurence chamou, escalando os destroços desajeitado e escorregando para o outro lado da pilha sem se importar com as farpas e os estilhaços que haviam se prendido no uniforme e na pele. — Temeraire, eu estou bem, estou aqui.

A cabeça de Temeraire chicoteou para o lado imediatamente após ouvir a primeira palavra e ele imediatamente deu os dois passos necessários para atravessar a clareira. Laurence ficou parado, com o coração batendo forte, sem medo: as patas dianteiras com suas terríveis garras aterrissaram dos dois lados dele, e o longo corpo esguio de Temeraire se enovelou protetoramente ao redor, os grandes flancos escamosos se erguendo em volta de Laurence como negras muralhas reluzentes. Temeraire apoiou a cabeça ao lado dele.

Laurence afagou o focinho do dragão e por um momento encostou o rosto no nariz macio. Temeraire soltou um murmúrio indistinto e grave de tristeza.

— Laurence, Laurence, não me abandone mais.

O capitão engoliu.

— Meu caro... — começou a falar e parou, nenhuma resposta era possível.

Eles ficaram ali com as cabeças unidas em silêncio, isolados do restante do mundo, mas apenas por um momento.

— Laurence — Roland chamou do lado de fora das espirais protetoras. Ela parecia sem fôlego e urgente.

— Temeraire, por favor, abra caminho. Obrigado. — O dragão ergueu a cabeça e relutantemente se desenrolou um pouco para que eles pudessem conversar, mas continuou o tempo todo entre Laurence e o grupo de Barham.

Roland passou abaixada por sob a pata dianteira de Temeraire e se juntou a Laurence.

— Você precisou vir até o Temeraire, é claro, mas isso vai dar uma péssima impressão aos que não compreendem os dragões. Por favor, não deixe que as provocações de Barham o levem a cometer mais erros: responda com a humildade de uma criança falando com a mãe, faça tudo que ele mandar. — Ela balançou a cabeça. — Por Deus, Laurence, odeio deixar você em uma situação ruim como esta, mas o malote do correio chegou, e alguns minutos podem fazer toda a diferença aqui.

— É claro que você não pode ficar — Laurence respondeu. — Eles provavelmente a estão esperando em Dover neste exato instante para lançar o ataque; nós vamos ficar bem, não se preocupe.

— Um ataque? Vai ocorrer uma batalha? — Temeraire indagou ao ouvir o diálogo. Ele flexionou as garras e olhou para o leste, como se pudesse ver as formações se erguendo no ar mesmo dali.

— Vá logo e, por favor, tome cuidado — Laurence disse apressadamente. — Transmita as minhas desculpas a Hollin.

Roland assentiu com a cabeça.

— Tente ficar tranquilo. Vou falar com o Lenton antes mesmo de decolarmos. O Corpo não vai assistir a isso sem reagir. Já foi péssimo vocês terem sido separados, mas agora essa pressão ultrajante, agitando todos os outros dragões assim... Isso não pode continuar, e ninguém vai poder culpar você.

— Não se preocupe e não espere mais nem um instante: o ataque é mais importante — Laurence insistiu, com muita empolgação. Era uma resposta falsa, como todas as garantias de Roland. Ambos sabiam que a situação era terrível. Laurence não se arrependia nem por um segundo de ter corrido até Temeraire, mas tinha desobedecido ordens abertamente. Nenhuma corte marcial iria considerá-lo inocente, ainda mais quando o próprio Barham apresentasse as acusações. E, questionado, Laurence não poderia negar. Ele não acreditava que fossem enforcá-lo, não era uma ofensa em campo de batalha, e as circunstâncias eram de certa forma atenuantes, mas ele certamente seria dispensado do serviço se ainda estivesse na Marinha. Não havia mais nada a fazer além de encarar as consequências. Laurence se obrigou a sorrir. Roland deu um apertão rápido no braço dele e se foi.

Os chineses tinham se levantado e se recomposto, demonstrando superioridade sobre os fuzileiros esfarrapados, que pareciam estar prontos para sair correndo a qualquer momento. Estavam todos juntos agora, avançando cuidadosamente até o carvalho caído. O oficial mais jovem, Sun Kai, escalou o tronco com a maior destreza e com um dos atendentes ofereceu a mão ao príncipe para ajudá-lo a descer. Yongxing tinha dificuldades por causa do traje pesado e enfeitado e deixava trilhas de seda brilhante como teias de aranha coloridas sobre os galhos quebrados, mas se algum deles sentia o mesmo terror estampado claramente nos rostos dos soldados britânicos, não o demonstrava. Pareciam inalterados.

Temeraire mantinha um olhar selvagem e soturno sobre todos eles.

— Não vou ficar aqui sentando enquanto todos os outros estão saindo para lutar, e não me importo com o que essas pessoas desejam.

Laurence acariciou o pescoço de Temeraire para tranquilizá-lo.

— Não deixe que eles o aborreçam. Por favor, fique bem calmo, meu caro; perder o controle não vai melhorar a nossa situação.

Temeraire apenas fungou em resposta, e o olhar permaneceu fixo e cintilante, o rufo ainda erguido com todas as pontas bem rígidas. Ele não estava interessado em ser acalmado.

Barham, também muito pálido, não tinha a menor pressa em se aproximar mais do dragão, mas Yongxing se dirigiu ao almirante rispidamente, repetindo ordens tão urgentes quanto raivosas, a julgar pelos gestos que fazia na direção de Temeraire. Sun Kai, entretanto, permaneceu separado e considerou Laurence e Temeraire com mais atenção. Finalmente, Barham veio na direção dos dois com uma cara de bravo, evidentemente usando a raiva para se refugiar do medo. Laurence já vira isso acontecer com bastante frequência em homens na véspera da batalha.

— Essa é a disciplina do Corpo, eu vejo — Barham começou, mesquinho e malicioso, considerando que a vida dele muito provavelmente tinha sido salva pelo ato de desobediência. Ele mesmo parecia perceber isso e ficou ainda mais furioso. — Não vou tolerar isso, Laurence, nem por um instante, isso será o seu fim, eu lhe prometo. Sargento, leve-o preso...

O fim da frase foi inaudível. Barham estava afundando, diminuindo, sua boca vermelha que gritava se abria e fechava como a de um peixe fora d'água, mas as palavras se tornaram indistintas conforme o chão se afastava sob os pés de Laurence. As garras de Temeraire estavam cuidadosamente dispostas em concha ao redor do capitão e as grandes asas negras batiam em movimentos largos, subindo no ar sujo de Londres, a fuligem tirando o brilho do couro do dragão e manchando as mãos do capitão.

Laurence se acomodou nas patas em concha e permaneceu calado. O estrago estava feito, e ele sabia bem que não era uma boa ideia pedir a Temeraire que voltasse ao solo imediatamente; havia uma sensação de violência pura na força por trás do bater daquelas asas, uma fúria mal contida. Eles voavam muito rápido. O capitão olhou para baixo com alguma ansiedade quando eles passaram por sobre as muralhas da cidade: Temeraire voava sem arreio ou sinais, e Laurence temia que os canhões fossem voltados contra eles. Mas os canhões permaneceram calados: era muito fácil reconhecer Temeraire, com sua couraça e suas asas de puro negro, exceto pelas marcas azul-escuras e de um cinza-perolado ao longo das bordas, e ele tinha sido identificado.

Ou talvez a passagem deles tenha sido rápida demais para uma reação: quinze minutos depois de decolar, tinham deixado a cidade para trás e logo estavam além do alcance até mesmo dos longos canhões de pimenta. Estradas se bifurcavam pelo campo abaixo dos dois, polvilhadas de neve, e o ar já estava muito mais limpo. Temeraire pausou e pairou por um momento, balançou a cabeça para se livrar da poeira e espirrou com força, chacoalhando Laurence um pouco. Depois disso, ele continuou voando numa velocidade menos frenética, e após um minuto ou dois baixou a cabeça para falar.

— Está tudo bem com você, Laurence? Não está desconfortável?

O dragão parecia estar mais ansioso do que faria sentido. Laurence deu tapinhas carinhosos na pata dianteira dele.

— Não, está tudo bem.

— Lamento muito por ter fugido com você assim — Temeraire se desculpou, menos tenso diante do calor na voz de Laurence. — Por favor, não fique bravo, mas eu não poderia deixar aquele homem levar você.

— Eu não estou bravo — Laurence respondeu. De fato, no que dizia respeito ao coração do capitão, havia apenas uma enorme e crescente alegria por estar novamente no ar, sentindo a corrente viva de poder que corria pelo corpo de Temeraire, mesmo que a parte racional dele soubesse que aquela situação não poderia durar. — E eu não o culpo por ter fugido, nem um pouco, mas temo que seja necessário voltar agora.

— Não. Eu não vou levar você de volta para aquele homem — Temeraire retrucou obstinado, e Laurence entendeu que tinha se deparado com os instintos protetores do dragão. — Ele mentiu para mim, manteve você longe de mim e depois quis prender você. Ele pode se considerar um sujeito de sorte por não ter sido esmagado ali mesmo.

— Meu caro, não podemos simplesmente nos tornar fugitivos — Laurence insistiu. — Nós nos transformaríamos em verdadeiros foras da lei, marginais, se fizéssemos isso. Como imagina que iríamos conseguir o que comer, a não ser por meio do roubo? Também teríamos que abandonar todos os nossos amigos.

— Não vou ser nem um pouco mais útil para eles ficando em Londres preso no enclave — Temeraire argumentou, com a mais absoluta razão, e Laurence ficou sem saber o que responder. — Eu não pretendo me tornar um fugitivo — o dragão admitiu. — Mas, convenhamos, seria muito agradável se pudéssemos fazer o que bem quiséssemos, e não acredito que ninguém sentiria falta de algumas ovelhas aqui e ali. Não enquanto há uma batalha a lutar.

— Ah, meu caro — Laurence exclamou, enquanto espremia os olhos para o sol. Percebeu que rumavam para o sudeste, diretamente para o antigo enclave deles em Dover. — Temeraire, eles não podem nos deixar lutar. O Lenton vai ordenar que eu volte, e se eu desobedecer, ele vai me prender tão rapidamente quanto Barham, garanto.

— Não acho que o almirante da Obversaria vá prender você — Temeraire comentou. — Ela é muito boa, e sempre falou comigo com gentileza, mesmo sendo muito mais velha, e a dragão-líder. Além disso, se ele tentar, o Maximus e a Lily estão lá e virão me ajudar. Se aquele homem de Londres vier tentar tirar você de mim novamente, eu o matarei — ele acrescentou, com um grau alarmante de ódio sanguinário.

Capítulo 2

Eles aterrissaram no enclave de Dover em meio ao clamor e ao alvoroço dos preparativos: os mestres de arreio urrando ordens para as equipes de terra, o estalar das fivelas e o clangor metálico das bombas sendo entregues em sacos para os sinaleiros; fuzileiros carregando as armas, o ruído agudo das pedras de amolar passando pelo fio das espadas. Uma dúzia de dragões curiosos tinha seguido o progresso deles, muitos gritando saudações a Temeraire enquanto ele descia. O dragão negro respondeu, animado. Ficava cada vez mais contente enquanto Laurence se preocupava mais e mais.

Temeraire pousou na clareira de Obversaria, uma das maiores do enclave, como era adequado à posição de dragão-líder, por mais que, como uma Anglewing, ela fosse apenas um pouco maior do que as raças de porte médio. Portanto, havia espaço de sobra para que Temeraire se juntasse a ela. Obversaria já estava preparada e equipada, com a tripulação embarcando. O próprio almirante Lenton estava parado ao lado dela vestindo um uniforme completo de voo, esperando apenas que os oficiais montassem. Estavam a apenas alguns minutos da decolagem.

— O que você fez? — Lenton inquiriu, antes mesmo que Laurence tivesse tempo de saltar das garras de Temeraire. — Roland conversou comigo, mas disse que ia dizer a você para ficar quieto. Esse ato vai lhe custar caro.

— Senhor, lamento muito por tê-lo colocado numa situação tão insustentável — Laurence disse, desajeitado, tentando pensar em como poderia explicar a recusa de Temeraire em voltar a Londres sem parecer que estava dando desculpas esfarrapadas.

— Não, a culpa é minha — o dragão negro interrompeu, baixando a cabeça e tentando parecer envergonhado, sem muito sucesso; havia um brilho de satisfação bem óbvio no olhar dele. — Eu fugi com o Laurence; aquele homem ia prendê-lo.

Ele soou arrogante, e Obversaria subitamente se inclinou e lhe deu um tapa na cabeça, forte o bastante para fazer com que o dragão balançasse, mesmo que fosse bem maior que ela. Temeraire estremeceu e encarou a superior com um ar de surpresa e mágoa. Ela apenas fungou e disse:

— Você já está velho demais para voar de olhos fechados. Lenton, acho que já estamos prontos.

— Estamos — o almirante respondeu, apertando os olhos para examinar o arreio contra o sol. — Não tenho tempo para lidar com você agora, Laurence. Esse assunto vai ter de esperar.

— É claro, senhor, peço desculpas — Laurence falou baixo. — Por favor, não deixe que nós atrasemos vocês. Com a sua permissão, ficaremos na clareira de Obversaria até voltarem.

Mesmo depois da bronca de Obversaria, Temeraire fez um barulho de protesto.

— Não, não fale como um "aterrado" — Lenton retrucou, impaciente. — Um macho jovem como ele não vai ficar para trás vendo a formação alçar voo, ainda mais estando completamente saudável. É o mesmo maldito erro que esse sujeito Barham e todos os outros no Almirantado cometem todas as vezes que o governo nomeia um novo. Quando conseguimos convencer um deles de que os dragões não são bestas de carga, então começa a achar que dragões são como homens e podem ser submetidos à disciplina militar regular.

Laurence abriu a boca para negar que Temeraire desobedeceria, mas a fechou de novo após dar uma olhada em volta. O dragão negro estava cavando o solo impacientemente com as grandes garras, as asas entreabertas, evitando o olhar de Laurence.

— É, isso mesmo — Lenton disse secamente, quando viu que Laurence ficou calado. O almirante suspirou, se desdobrando um pouco, e afastou da testa os raros cabelos grisalhos. — Se aqueles chineses querem levá-lo de volta, a situação só vai piorar se Temeraire se ferir lutando sem armadura ou tripulação. Vá prepará-lo; conversaremos depois.

Laurence mal conseguiu encontrar palavras para expressar a gratidão que sentia, mas elas eram desnecessárias de qualquer maneira. Lenton já estava se voltando para Obversaria novamente. Não havia tempo a perder. Laurence mandou Temeraire seguir em frente com um aceno e saiu correndo para a clareira de costume a pé, sem se preocupar com a própria dignidade. Uma torrente de pensamentos desencontrados e fragmentados lhe ocorreu: um grande alívio; é claro que Temeraire jamais teria ficado para trás; quão desgraçados eles teriam parecido, se juntando a uma batalha contrariando ordens; em instantes estariam no ar, mas nada tinha mudado de verdade nas circunstâncias ao redor deles, então aquela poderia ser a última vez.

Muitos dos tripulantes estavam sentados do lado de fora, polindo equipamento e lubrificando os arreios desnecessariamente, fingindo não estar vigiando o céu. Estavam calados e abatidos, e, quando Laurence chegou correndo à clareira, eles simplesmente ficaram olhando.

— Onde está o Granby? — o capitão inquiriu. — Mobilização total, cavalheiros, aparelhamento pesado de combate imediatamente.

Então Temeraire já estava sobrevoando a clareira e descendo, e o restante da tripulação e da equipe de terra saiu correndo dos alojamentos, comemorando. Uma correria geral para as armas de fogo e os equipamentos, aquela agitação que um dia parecera caótica para Laurence, um oficial acostumado à ordem naval, mas que dava conta da tremenda tarefa de preparar um dragão para combate rapidamente.

Granby saiu do alojamento em meio à "cavalgada": era um oficial jovem e alto, magro e de cabelos negros, cuja pele pálida, normalmente queimada e descascando devido aos voos diários, agora estava impecável graças às semanas passadas no solo. Era um aviador nato, coisa que Laurence não era, e o relacionamento deles tinha começado com o pé esquerdo: como muitos outros aviadores, Granby tinha se ressentido quando um dragão tão espetacular quanto Temeraire fora entregue a um oficial da Marinha. O ressentimento, porém, não tinha sobrevivido a uma batalha na qual os dois lutaram juntos, e Laurence jamais se arrependera de tê-lo escolhido como primeiro-oficial, apesar da grande diferença de personalidade dos dois. Granby tinha feito um esforço inicial, por uma questão de respeito, para imitar as formalidades que eram tão naturais quanto respirar para Laurence, criado como um cavalheiro. Contudo, esse comportamento não criou raízes. Como a maioria dos aviadores, educados desde os 7 anos de idade bem longe da sociedade polida, Granby era por natureza dado a um tipo de familiaridade afável que parecia muito com abuso de liberdade para outras pessoas.

— Laurence, é muito bom revê-lo — o tenente cumprimentou enquanto ia apertar a mão do capitão, completamente inconsciente de qualquer inadequação no tratamento dado ao oficial superior e sem bater continência. Na verdade, tentava prender a espada ao cinto com uma das mãos. — Eles mudaram de ideia, então? Eu não esperava nem um pouco de bom-senso da parte deles, mas vou ser o primeiro a implorar pelo perdão dos milordes se tiverem desistido dessa história de mandá-lo de volta à China.

O próprio Laurence já tinha aceitado havia muito que ele não tinha nenhuma intenção de desrespeitar e atualmente mal percebia a informalidade; estava muito triste por ter que desapontar Granby, especialmente agora que sabia que o tenente tinha recusado uma posição melhor por pura lealdade.

— Temo que não, John, mas não há tempo para explicações agora. Temos que levantar voo com Temeraire imediatamente. Metade dos armamentos de costume e nada de bombas. A Marinha não vai nos agradecer se afundarmos os navios, e se isso for realmente necessário, o Temeraire pode fazer um estrago maior rugindo contra ele.

— Tem razão — Granby respondeu, e disparou imediatamente para o outro lado da clareira, gritando ordens para todas as direções. O grande arreio de couro já estava sendo trazido para fora apressadamente, e Temeraire estava fazendo o máximo para ajudar nos trabalhos, se abaixando bem rente ao solo para facilitar os ajustes que os homens faziam nas largas tiras de couro que suportavam a maior parte do peso.

Os painéis de cota de malha para o peito e a barriga foram carregados para fora quase com a mesma rapidez.

— Sem cerimônia — Laurence comandou, e cada membro da tripulação escalou de qualquer jeito assim que sua posição ficou livre, sem dar importância à ordem costumeira.

— Estamos com dez a menos, lamento dizer — Granby informou, voltando para junto do capitão. — Mandei seis homens para a tripulação do Maximus a pedido do almirante e os outros... — O tenente hesitou.

— Entendo — Laurence falou, poupando Granby. Os homens naturalmente tinha ficado infelizes por ficar de fora da ação, e os quatro que faltavam certamente tinham fugido em busca de um consolo melhor, ou pelo menos mais completo, do que o trabalho, nas bebidas e nas mulheres. O capitão estava feliz por terem sido tão poucos e não pretendia agir como um tirano com eles mais tarde, pois sentia que atualmente não tinha nenhuma autoridade moral que lhe permitisse fazê-lo. — Vamos nos virar sem eles, mas se houver algum companheiro da equipe de terra que seja hábil com espada ou pistola e não tenha medo de altura, coloque-o a bordo se estiver disposto.

O próprio Laurence já havia trocado a jaqueta da farda pelo longo e pesado casaco de couro usado em combate e estava agora vestindo o arnês por cima. Um rugido grave de muitas vozes começou não muito longe. Laurence olhou para cima: os dragões menores estava alçando voo, e ele reconheceu Dulcia e o azul-acinzentado de Nitidus, os dragões que ocupavam as pontas da formação e que agora voavam em círculos enquanto esperavam pelos outros no ar.

— Laurence, você ainda não está pronto? Apresse-se, por favor, os outros já estão subindo — Temeraire rugiu ansiosamente, girando a cabeça para olhar. Acima deles, os pesos médios já estavam aparecendo também.

Granby escalou o dragão junto com dois guarda-arreios jovens e altos, Willoughby e Porter. O capitão esperou até que os três estivessem seguramente presos aos anéis do arreio e então disse:

— Tudo pronto, pode testar.

Esse era um ritual que não poderia ser ignorado: Temeraire se levantou sobre as patas traseiras e se sacudiu, para garantir que o arreio estava bem firme e que todos os homens estavam atados.

— Mais forte — Laurence ordenou. Temeraire não tinha sido particularmente vigoroso, de tão ansioso que estava em partir.

O dragão fungou mas obedeceu, e novamente nenhum objeto ou tripulante se deslocou ou se soltou.

— Está tudo bem preso, por favor, embarque agora — Temeraire disse, deixando-se cair sobre as patas dianteiras e estendendo a garra imediatamente. Laurence subiu na pata e foi rapidamente jogado para o lugar de costume na base do pescoço do dragão. O capitão não se incomodou nem um pouco, pois estava feliz, empolgado com tudo aquilo: o som profundamente satisfatório dos mosquetões do arnês sendo travados, a sensação fluida das tiras de couro oleadas e duplamente costuradas do arreio, e sob ele os músculos de Temeraire já se preparando para o salto.

Maximus subitamente irrompeu das árvores ao norte deles, o grande corpo vermelho e dourado ainda maior do que antes, como Roland tinha relatado. O dragão ainda era o único Regal Copper baseado no canal, e seu tamanho monstruoso fez com que todas as outras criaturas parecessem minúsculas enquanto Maximus encobria uma parte enorme do sol. Temeraire rugiu alegremente ao vê-lo e se precipitou atrás do amigo, as asas negras batendo um pouco rápido demais com a empolgação.

— Calma — Laurence ordenou. Temeraire balançou a cabeça para demonstrar que tinha entendido, mas eles ainda assim ultrapassaram um dragão mais lento.

— Maximus, Maximus, veja: eu voltei — Temeraire chamou, descendo de volta para assumir a posição ao lado do grande dragão. Os dois passaram a bater asas juntos até a altitude de voo da formação. — Eu trouxe o Laurence de Londres — acrescentou triunfante, naquilo que ele provavelmente tinha pensado que fora um sussurro confidencial. — Eles estavam tentando prendê-lo.

— Ele matou alguém? — Maximus indagou com interesse em sua voz grave e estrondosa, de maneira nada desaprovadora. — Estou feliz por você ter voltado. Eles andaram tentando me fazer voar no meio enquanto esteve fora, e todas as manobras estão diferentes.

— Não — Temeraire respondeu. — Ele apenas veio falar comigo quando um sujeito gordo disse que não podia, o que não faz nenhum sentido para mim.

— É melhor você calar a boca desse seu dragão exibido — Berkley gritou das costas de Maximus, enquanto Laurence balançava a cabeça, desesperado, tentando ignorar os olhares curiosos dos jovens aspirantes.

— Por favor, lembre-se de que estamos em serviço, Temeraire — Laurence comandou, tentando ser severo. Entretanto, no fim das contas, não fazia sentido insistir em manter o segredo, pois o assunto certamente estaria encerrado muito em breve. Eles logo seriam forçados a encarar a gravidade da situação, portanto não havia mal em deixar Temeraire se dar ao luxo de empolgar-se pelo tempo que fosse possível.

— Laurence — Granby falou junto ao ombro do capitão. — Na pressa, a munição foi toda colocada no lugar de sempre do lado esquerdo, apesar de não estarmos carregando as bombas para contrabalançar. É melhor redistribuirmos a carga.

— Vocês conseguem fazer isso antes de entrarmos em combate? Ah, bom Deus! — Laurence exclamou ao perceber um fato grave. — Eu nem sei a posição do comboio, e você?

Granby balançou a cabeça, envergonhado, e Laurence engoliu o orgulho e gritou:

— Berkley, para onde vamos?

Uma explosão geral de hilaridade irrompeu dentre os homens nos flancos de Maximus.

— Direto para o inferno, ha-ha! — Berkley gritou de volta, seguido por mais risadas que quase encobriram as coordenadas que o capitão urrou para o outro dragão.

— Quinze minutos de voo então. — Laurence fazia os cálculos mentalmente. — E deveríamos reservar pelo menos cinco minutos para uma prece.

Granby assentiu com a cabeça.

— Vamos conseguir — afirmou, e desceu pelo arreio imediatamente para organizar a operação, soltando e prendendo os mosquetões com uma habilidade que resultava de muita prática, passando pelos anéis espaçados nas laterais de Temeraire e chegando às redes de armazenagem presas sob a barriga do dragão.

O restante da formação já estava posicionado quando Temeraire e Maximus se ergueram para assumir os postos defensivos na retaguarda. Laurence percebeu que a bandeira de líder de formação tremulava nas costas de Lily, o que significava que, durante a ausência deles, a capitã Harcourt finalmente tinha recebido o comando. Laurence ficou feliz em ver a mudança: era difícil para um aspirante sinaleiro vigiar um dragão na ala ao mesmo tempo que ficava de olho na dianteira, e os dragões sempre seguiriam o líder instintivamente, independentemente da precedência formal.

Ainda assim, o capitão não conseguia evitar o estranhamento em obedecer a ordens de uma garota de 21 anos: Harcourt ainda era uma oficial muito jovem, promovida rápido demais por causa do choco inesperado de Lily. A autoridade no Corpo, contudo, era uma consequência da capacidade de cada dragão, e os raros cuspidores de ácido da estirpe dos Longwings eram valiosos demais para serem colocados em qualquer outro lugar que não fosse o centro da formação, mesmo que aceitassem apenas capitãs.

— Sinal do almirante: *prossigam ao encontro* — anunciou o aspirante-sinaleiro, Turner.

Um momento depois o sinal *formação mantenham-se juntos* surgiu na área de sinalização de Lily, e os dragões começaram a avançar forte, logo alcançando a velocidade de cruzeiro de 17 nós constantes. Um ritmo tranquilo para Temeraire, mas era o máximo de velocidade que os Yellow Reapers e o gigantesco Maximus conseguiriam manter por um período de tempo mais longo.

Houve tempo para afrouxar a espada na bainha e recarregar as pistolas. Abaixo, Granby gritava ordens numa voz mais alta do que o vento: não soava frenético, e Laurence tinha plena confiança na capacidade do subordinado de completar o serviço a tempo. Os dragões do enclave criavam uma visão impressionante, mesmo que aquela não fosse uma força tão numerosa quanto a reunida para a batalha de Dover em outubro, quando a tentativa de invasão de Napoleão foi frustrada.

— Para aquela batalha, porém, eles tinham sido forçados a enviar todos os dragões disponíveis, até mesmo os pequenos mensageiros: a maioria das feras de combate estava ao sul, em Trafalgar. Agora a formação de Excidium e da capitã Roland constituída por dez dragões, o menor deles um Yellow Reaper peso médio, estava de volta ao comando, e todos voavam numa formação perfeita, sem nenhuma batida de asa fora do lugar: a habilidade desenvolvida em muitos anos de treinamento em conjunto.

A formação de Lily ainda não era tão imponente. Apenas seis dragões voavam atrás dela, com as posições de flanco e ponta de ala ocupadas pelas feras menores e mais manobráveis com oficiais mais velhos, que poderiam compensar mais facilmente os erros cometidos devido à inexperiência da própria Lily, ou por Maximus e Temeraire na linha de retaguarda. Quando se aproximavam, Laurence viu Sutton, o capitão da fera de meia-ala Messoria, se erguer sobre as costas da parceira e se virar para olhar para eles, assegurando-se de que estava tudo bem com os dragões mais jovens. Laurence ergueu uma das mãos em resposta e viu Berkley fazendo o mesmo.

As velas do comboio francês e da Frota do canal ficaram visíveis muito antes de os dragões entrarem em alcance de combate. Havia algo de majestoso na cena: peças de xadrez se movendo para as posições corretas, as naus britânicas avançando com pressa cobiçosa em direção à grande multidão de pequenos navios mercantes franceses. Uma gloriosa extensão de pano branco podia ser vista em todas as embarcações, e as cores britânicas tremulavam dentre elas. Granby voltou apressado pela tira do ombro até estar ao lado de Laurence.

— Vamos ficar bem agora, acho — anunciou.

— Excelente — Laurence respondeu distraído, voltando sua atenção inteiramente para o que conseguia ver da frota britânica, espiando por sobre o ombro de Temeraire com a luneta. A maior parte da frota era composta por fragatas velozes, com um apanhado desigual de chalupas menores e um punhado de naus de 64 e 74 canhões. A Marinha não iria arriscar os navios de batalha maiores de primeira e segunda linha contra o cospe-fogo. Seria fácil demais que um ataque de sorte mandasse uma nau de três conveses carregada de pólvora pelos ares como uma fogueira, levando meia dúzia de embarcações menores junto.

— Todos aos seus postos, Sr. Harley — Laurence ordenou, endireitando-se, e o jovem aspirante se apressou em mudar a tira de sinalização embutida no arreio para a posição de vermelho. Os fuzileiros posicionados ao longo das costas de Temeraire desceram parcialmente para os flancos, preparando as armas, enquanto o restante dos homens de topo se abaixou, com pistolas nas mãos.

Excidium e o restante da formação maior mergulharam baixo sobre os navios de guerra britânicos, assumindo a posição defensiva mais importante e deixando o campo de batalha para a formação da qual Laurence fazia parte. Assim que Lily acelerou a formação, Temeraire soltou um rosnado grave, e o tremor foi palpável através do couro. Laurence se permitiu um momento para se inclinar para a frente e colocar a mão nua no pescoço de Temeraire. Nenhuma palavra era necessária, e ele sentiu um leve alívio da tensão nervosa antes de se endireitar e recolocar a luva de couro.

— Inimigo à vista. — O aviso soou distante, mas claro na estridente voz do vigia dianteiro de Lily, trazido de volta até eles pelo vento e ecoado um instante depois pelo jovem Allen, posicionado próximo à articulação da asa de Temeraire. Os homens emitiram um murmúrio geral, e Laurence pegou novamente a luneta para dar uma olhada.

— *La Crabe Grande*, acho — anunciou, entregando o telescópio a Granby e esperando em silêncio que não tivesse estragado demais a pronúncia. Tinha bastante certeza de que identificara o estilo da formação corretamente, apesar da falta de experiência em ações aéreas. Havia poucos estilos compostos por 14 dragões, e o formato era bem distinto, com as duas fileiras de dragões menores que se estendiam para os lados como numa pinça, nos flancos do agrupamento de feras maiores no centro.

A Flamme-de-Gloire não era fácil de localizar com vários dragões-engodo de coloração semelhante se deslocando de um lado para o outro: um par de Papillon-Noirs com manchas amarelas pintadas sobre as listras azuis e verdes naturais, para confundir atacantes distantes.

— Hah! Eu a identifiquei: é Accendare. Lá está ela, a maldita — Granby exclamou, devolvendo a luneta e apontando. — Tem uma garra a menos na pata traseira esquerda e é cega do olho direito. Nós a atingimos com uma boa dose de pimenta na batalha do Glorioso Primeiro de Julho.

— Estou vendo. Sr. Harley, transmita a informação a todos os vigias. Temeraire — Laurence chamou, usando o megafone. — Está vendo a Flamme-de-Gloire? É aquela voando mais baixo e para a direita, com uma garra faltando. Ela é fraca do olho direito.

— Estou vendo — Temeraire respondeu ansioso, virando a cabeça apenas um pouco. — Vamos atacá-la?

— O nosso principal dever é manter as chamas dela longe dos navios da Marinha. Fique de olho nela o melhor que puder — Laurence instruiu, e Temeraire balançou a cabeça uma vez numa resposta rápida antes de se endireitar novamente.

O capitão guardou a luneta numa pequena bolsa presa no arreio. Ela não seria mais necessária muito em breve.

— É melhor você descer logo, John — Laurence comentou. — Acho que eles vão tentar uma abordagem com alguns daqueles dragões leves das laterais.

Enquanto isso, a formação se aproximou rapidamente dos inimigos. De súbito, não havia mais tempo algum, e os franceses estavam girando em perfeita harmonia, sem que nenhuma fera saísse de formação, graciosos como uma revoada de pássaros. Um assovio baixo veio de trás do capitão; de fato, aquela era uma visão impressionante, mas Laurence franziu o cenho apesar de o próprio coração estar batendo mais forte involuntariamente.

— Chega desse barulho.

Um dos Papillons estava diretamente diante deles, com a bocarra bem aberta, como se fosse cuspir chamas que não poderia produzir. Laurence sentiu um divertimento estranho e desconexo ao ver um dragão fingindo. Temeraire não poderia rugir da posição que ocupava na retaguarda; não enquanto Messoria e Lily estivessem no caminho, mas não se esquivou nem um pouco. Em vez disso, ergueu as garras, e no que as duas formações passaram uma pela outra e se misturaram, ele e o Papillon subiram e colidiram um contra o outro com tamanha força que sacudiu as tripulações inteiras.

Laurence agarrou o arreio e recuperou o equilíbrio.

— Segure-se firme, Allen — o capitão avisou, estendendo o braço: o rapaz estava pendurado pelas tiras do arnês, agitando os braços e as pernas descontroladamente, como uma tartaruga de pernas para o ar. Allen conseguiu se segurar, o rosto pálido e ficando esverdeado. Assim como os outros vigias, ele era um aspirante recém-promovido, que tinha acabado de completar 12 anos de idade e ainda não tinha aprendido a lidar com os trancos e solavancos da batalha.

Temeraire mordia e arranhava, batendo as asas loucamente enquanto tentava manter o Papillon preso. O dragão francês era mais leve, e claramente tudo que ele queria naquele momento era se soltar e voltar para sua ala.

— Manter posição — Laurence gritou. Era mais importante manter a formação agora. Temeraire libertou o Papillon com relutância e nivelou a altitude.

Abaixo, ao longe, veio o primeiro trovejar de canhões: calibres menores na proa dos navios britânicos, disparados na esperança de derrubar algum botaló nos transportes franceses se tivessem sorte. Não era provável, mas isso colocaria os homens no estado mental apropriado. Ouviu-se um chocalhar e um retinir constantes vindos de baixo enquanto os fuzileiros recarregavam. Todas as partes do arreio que Laurence conseguia ver estavam intactas; nenhum sinal de sangramentos, e Temeraire estava voando bem. Não havia tempo de perguntar como ele se sentia. O grupamento estava dando a volta, e Lily os levava diretamente contra a formação inimiga de novo.

Dessa vez, porém, os franceses não ofereceram resistência. Em vez disso, os dragões inimigos se espalharam caoticamente, foi o que Laurence pensou a princípio, mas em seguida percebeu como os inimigos tinham se distribuído bem. Quatro dos dragões menores tinham disparado para cima, e o restante tinha mergulhado talvez uns 30 metros. Accendare estava mais uma vez misturada aos chamarizes.

— Sem ter mais um alvo claro e com os dragões adversários acima, a própria formação estava perigosamente vulnerável. O sinal de *engajar o inimigo mais de perto* surgiu nas costas de Lily, indicando que eles deveriam se dispersar e lutar separadamente. Temeraire sabia ler os sinais tão bem quanto qualquer oficial-sinaleiro, portanto mergulhou imediatamente sobre o chamariz com arranhões que sangravam, um pouco ansioso demais para completar o próprio trabalho.

— Não, Temeraire — Laurence chamou, com a intenção de direcioná-lo contra a própria Accendare, mas era tarde demais: dois dos dragões menores, ambos da raça comum dos Pêcheur-Rayé, se aproximavam deles pelos dois lados.

— Preparar para repelir invasores — o tenente Ferris, encarregado dos homens de topo, gritou atrás de Laurence. Dois dos aspirantes do ar mais fortes assumiram posições logo atrás da posição do capitão, que olhou por sobre o ombro para os soldados, franzindo os lábios. Ele ainda se incomodava em ficar tão protegido, como se estivesse covardemente se escondendo atrás dos outros, mas nenhum dragão lutaria com uma espada posta no pescoço do capitão, e assim sendo Laurence teria de tolerar aquilo.

Temeraire se contentou com mais um ataque contra os ombros do chamariz em fuga e em seguida se afastou contorcendo-se, praticamente se dobrando ao meio. Os perseguidores ultrapassaram e tiveram de dar meia-volta, um ganho claro de um minuto, o que valia mais do que ouro naquele momento. Laurence aproveitou para dar uma olhada no campo de batalha. Os dragões leves de combate estavam dardejando para enfrentar as feras britânicas, mas os dragões franceses maiores estavam se reformando num agrupamento e acompanhando o restante do comboio.

Um clarão de pólvora abaixo chamou a atenção do capitão. Um instante depois chegou o assovio agudo de uma bola de pimenta, vinda de um dos navios franceses. Outro membro da formação deles, Immortalis, tinha mergulhado um pouco baixo demais ao perseguir um adversário. Felizmente, a mira não foi boa, e a bola acertou-lhe o ombro em vez do focinho, de forma que a maior parte da pimenta se espalhou inofensivamente sobre o mar. Mesmo assim, o restante foi suficiente para fazer com que o pobre camarada começasse a espirrar, forçando-o a recuar dez comprimentos de cada vez.

— Digby, lance uma linha e marque aquela altitude — ordenou Laurence. Era o dever do vigia dianteiro de estibordo avisar quando eles estivessem ao alcance dos canhões abaixo.

Digby pegou a pequena bala de canhão, fez um furo e a amarrou na linha de altitude, e em seguida a jogou por sobre o ombro de Temeraire. O rapaz deixou a fina corda de seda, com nós a cada cinquenta jardas, escorrer por entre os dedos.

— Seis até a marca, 17 até a água — o vigia anunciou, contando a partir da altitude de Immortalis, e então cortou a corda. — Alcance de 550 jardas para os canhões de pimenta, senhor. — Digby começou logo a passar a corda por mais uma bala, de modo a estar preparado quando a próxima medida fosse solicitada.

Um alcance mais curto que o normal; estariam tentando enganar os dragões inimigos para que voassem mais baixo, pensando que estavam seguros, ou o vento estaria atrapalhando os tiros?

— Mantenha uma elevação mínima de 600 jardas, Temeraire — Laurence ordenou. Era melhor ser cauteloso por enquanto.

— Senhor, sinal do líder para nós: *assuma flanco esquerdo Maximus* — Turner informou.

Não havia nenhuma maneira imediata de alcançar o companheiro: os dois Pêcheurs estavam de volta, tentando flanquear Temeraire e colocar homens a bordo. Entretanto, estavam voando de maneira um tanto estranha, sem ser em linha reta.

— O que eles estão aprontando? — Martin indagou, e a questão foi respondida imediatamente na mente de Laurence.

— Eles estão com medo de se tornar alvos do rugido dele — Laurence exclamou, alto o suficiente para que Temeraire pudesse ouvir. O dragão negro fungou de desprezo, parou abruptamente em pleno ar e girou, pairando para encarar o par de inimigos com o rufo erguido: os dragões menores, claramente alarmados pela demonstração, frearam instintivamente, dando espaço para o adversário.

— Hah! — Temeraire continuou pairando, claramente satisfeito consigo mesmo ao ver os outros tão assustados. Laurence teve que dar um puxão no arreio para chamar a atenção do dragão para o sinal, que ele ainda não tinha percebido. — Ah, agora estou vendo — ele exclamou, e disparou para assumir a posição à esquerda de Maximus; Lily já estava à direita. As intenções da capitã Harcourt eram claras.

— Todos abaixados — Laurence ordenou, e se agachou junto ao pescoço de Temeraire enquanto dava a ordem. Instantaneamente eles estavam em posição, e Berkley fez Maximus avançar em velocidade máxima ao encontro do grupo de dragões franceses.

Temeraire inchava ao tomar fôlego, o rufo subindo. Eles estavam voando tão rápido que o vento arrancava lágrimas dos olhos de Laurence, mas o capitão podia ver a cabeça de Lily recuando num preparativo semelhante. Maximus baixou a cabeça e mergulhou diretamente contra os dragões franceses, simplesmente arremetendo por entre as fileiras, usando a enorme vantagem do peso. Os adversários escaparam para os lados, entrando na mira do rugido de Temeraire e do ácido de Lily.

Os três dragões britânicos deixaram um rastro de berros de dor, e os primeiros tripulantes mortos foram cortados dos arreios e lançados ao oceano, flácidos como bonecas de trapos. O avanço dos dragões franceses fora praticamente interrompido, e muitos deles entravam em pânico e se dispersavam, dessa vez sem planos ou formações. Então Maximus e os outros estavam do outro lado; o grupo tinha se desfeito e agora Accendare estava protegida apenas por um Petit Chevalier um pouco maior que Temeraire e outro dos chamarizes de Accendare. O trio reduziu a velocidade; Maximus estava ofegante, se esforçando para manter a altitude.

— Vá atrás dela — Harcourt gritou rouca pelo megafone, acenando loucamente para Laurence das costas de Lily enquanto o sinal subia nas costas da Longwing. Laurence tocou o flanco de Temeraire, fazendo-o disparar. Lily expeliu outra carga de ácido, e os dois dragões defensores recuaram o bastante para que Temeraire se esquivasse e passasse por eles.

— Cuidado, invasores! — O grito de Granby veio de baixo. Alguns franceses tinham conseguido saltar para as costas de Temeraire. Laurence não teve tempo de olhar: imediatamente à frente dele, Accendare se contorcia, a pouco mais de 10 jardas. O olho direito da inimiga era leitoso, o esquerdo, maldoso e cheio de raiva, com uma pálida pupila amarela contra a esclerótica negra. Tinha longos chifres finos que se curvavam para baixo a partir da testa até a borda das mandíbulas, que se abriam: o calor distorceu o ar quando as chamas emergiram contra eles. Era como olhar a boca do inferno, Laurence pensou naquele instante, encarando a bocarra escarlate. Em seguida Temeraire fechou as asas de súbito e saiu do caminho do fogo como uma pedra que caía.

O estômago de Laurence pulou; de trás dele vieram os ruídos e gritos de surpresa quando tanto os invasores quanto os defensores perderam o equilíbrio. Pareceu que se passou apenas um momento até que Temeraire abrisse novamente as asas e começasse a batê-las com força, mas eles tinham mergulhado bastante, e Accendare estava se afastando rapidamente, voltando para os navios abaixo.

A última das naus mercantes do comboio francês entrou no alcance acurado dos canhões longos dos navios de guerra britânicos: o rugido constante da artilharia subiu, misturado ao enxofre e à fumaça. As fragatas mais velozes já tinham seguido em frente, passando pelos transportes sob fogo e indo atrás das presas mais valiosas na dianteira. Ao fazê-lo, porém, elas abandonaram a proteção da formação de Excidium, de forma que Accendare agora arremetia contra elas, e a tripulação da fera atirava bombas incendiárias de ferro do tamanho de um punho por sobre as laterais, enquanto o dragão banhava os projéteis com chamas conforme eles caíam sobre as belonaves britânicas vulneráveis abaixo.

Mais da metade das ogivas caiu sobre o mar, muito mais; preocupada com a perseguição de Temeraire, Accendare não tinha voado muito baixo, e a mira não poderia ser muito precisa de tão alto. Contudo, Laurence pôde ver um punhado delas irrompendo em chamas abaixo: as cascas finas de metal se partiam ao se chocar contra os conveses dos barcos, e a nafta se incendiava contra o calor dos fragmentos, espalhando uma poça de fogo no convés.

Temeraire soltou um grunhido grave de raiva ao ver as chamas alcançando o velame de umas das fragatas e acelerou instantaneamente na tentativa de alcançar Accendare. Ele tinha sido chocado num convés e passara as três primeiras semanas de vida no mar: a afeição ainda persistia. Laurence instou o dragão com uma palavra e um toque, compartilhando da mesma raiva. Concentrado na perseguição e procurando por dragões inimigos que pudessem estar perto o suficiente para ajudar Accendare, Laurence levou um susto desagradável: Croyn, um dos homens de topo, caiu sobre o capitão antes de rolar para longe e para fora das costas de Temeraire, com a boca aberta e as mãos estendidas. As tiras dos mosquetões dele tinham sido cortadas.

O rapaz não conseguiu segurar-se no arreio, e as mãos dele escorregaram sobre o couro liso de Temeraire. Laurence tentou agarrá-lo, mas foi inútil: Croyn caiu, braços se agitando no ar, 400 metros até o mar. Depois do espirro de água, ele não reapareceu. Outro homem caiu logo depois, um dos invasores, já morto enquanto mergulhava com braços chicoteando no ar. Laurence afrouxou as próprias tiras e se levantou, virando-se enquanto sacava as pistolas. Sete invasores ainda estavam a bordo, lutando furiosamente. Um deles, com barras de tenente nos ombros, estava a apenas alguns passos, lutando com Quarle, o segundo dos aspirantes do ar designados para guardar Laurence.

Enquanto Laurence se erguia, o tenente afastou o braço de Quarle com a espada e cravou uma longa faca de aparência maldosa no flanco do homem com a mão esquerda. Quarle largou a própria espada e agarrou o cabo da faca, caindo e cuspindo sangue. Laurence tinha campo aberto para um tiro fácil, mas logo atrás do tenente um dos invasores tinha feito Martin se ajoelhar: o pescoço do aspirante do ar estava vulnerável contra o sabre do inimigo.

Laurence ergueu a pistola e disparou. O invasor caiu para trás com um buraco no peito que esguichava sangue, e Martin se levantou num pulo. Antes que Laurence pudesse apontar e atirar com a segunda pistola, o tenente cortou as próprias tiras e saltou sobre o corpo de Quarle, agarrando o braço de Laurence tanto para não cair quanto para desviar a arma de fogo. Foi uma manobra extraordinária, tanto pela coragem quanto pelo perigo.

— Bravo — Laurence exclamou, involuntariamente. O francês olhou para ele espantado e em seguida sorriu, um gesto incongruentemente pueril naquele rosto ensanguentado, finalmente erguendo a espada.

Laurence tinha uma vantagem injusta, é claro, era inútil matá-lo, pois um dragão cujo capitão fosse assassinado se voltaria contra o inimigo com a selvageria mais absoluta: descontrolado, mas ainda assim muito perigoso. O francês precisava do adversário capturado e não morto, e isso o tornava cauteloso demais, enquanto Laurence tinha liberdade para tentar golpes fatais e lutar tão bem quanto possível.

As coisas, porém, não corriam muito bem. Era um estranho duelo, aquele. Eles estavam sobre a base estreita do pescoço de Temeraire, lutando tão de perto que o alcance mais longo do alto tenente não era uma desvantagem para Laurence, mas essa mesma condição permitia que o francês continuasse segurando o britânico, pois de outra maneira já teria caído. Eles estavam mais se empurrando mutuamente do que realmente lutando; as lâminas raramente se afastavam mais do que alguns poucos centímetros antes de se chocar novamente, e Laurence começou a pensar que aquele embate só terminaria quando um dos dois caísse.

O capitão arriscou um passo; isso permitiu que ele virasse os dois um pouco, de modo que conseguiu ver o resto da luta por sobre o ombro do tenente. Martin e Ferris ainda estavam de pé, assim como vários dos fuzileiros, mas estavam em desvantagem numérica, e se apenas um par de outros invasores conseguisse chegar até Laurence, a situação ficaria muito complicada para ele. Vários membros da tripulação de baixo estavam tentando subir, mas os invasores tinham destacado dois homens para cuidar deles: enquanto Laurence assistia, Johnson recebeu uma estocada de sabre e caiu.

— *Vive l'Empereur* — gritou o tenente de maneira encorajadora para seus homens, também olhando. Ele se animou com a posição favorável e atacou novamente, tentando acertar as pernas de Laurence. O inglês desviou o golpe: sua espada, porém, soou estranhamente com o impacto, e ele percebeu que estava lutando com a espada decorativa, que tinha levado para ir ao Almirantado no dia anterior. O capitão não tinha tido chance de trocar de arma.

Então, Laurence começou a lutar mais de perto, tentando não cruzar com a espada do francês com qualquer ponto abaixo da metade da própria lâmina: não queria perder a arma inteira caso ela quebrasse. Outro golpe forte do inimigo contra o braço direito: o capitão aparou esse também, mas dessa vez 10 centímetros de aço realmente se partiram, riscando uma fina linha na mandíbula de Laurence antes de voar para longe, aurirrubra contra as chamas refletidas.

O francês percebeu a fraqueza do sabre e tentava fazê-lo em pedaços a cada ataque. Outro estalo e mais um pedaço da espada se foi. Laurence estava lutando com apenas 15 cm de aço agora, os enfeites reluzentes no punho folheado a prata cintilando para o capitão de maneira zombeteira e ridícula. Laurence cerrou os dentes; não iria se render e ver Temeraire levado para a França. Preferia morrer antes. Se o inglês saltasse para o lado gritando, havia uma chance de Temeraire pegá-lo. Caso contrário, pelo menos ele não seria responsável por entregar Temeraire nas mãos de Napoleão, afinal.

Então, um grito: Granby surgiu escalando a tira de ré sem usar os mosquetões, em seguida se prendeu novamente ao arreio e saltou contra o homem que guardava o lado esquerdo da tira de barriga. O invasor caiu morto, e seis sinaleiros alcançaram o topo quase ao mesmo tempo: o restante dos inimigos se agrupou num nó apertado, mas em algum momento teriam de se render ou morrer. Martin tinha se virado e já estava passando por sobre o cadáver de Quarle, liberado pela ajuda de baixo, com a espada preparada.

— *Ah, voici un joli gâchis* — disse o tenente em tom de desespero, também vendo aquela cena, e fez uma última tentativa galante, travando o punho da arma de Laurence com a própria lâmina e usando o cumprimento como uma alavanca: conseguiu soltar a espada da mão do inglês com um forte impulso, mas assim que o fez, cambaleou, surpreso e com sangue escorrendo do nariz. O francês caiu para a frente, inconsciente, nos braços de Laurence. O jovem Digby estava de pé, cambaleante, logo atrás dele, segurando a bala de canhão presa à corda de medição. O rapaz tinha se esgueirado desde o posto de vigia no ombro de Temeraire e acertara o francês na cabeça.

— Muito bom — elogiou Laurence, depois de entender o que tinha acontecido. O rapaz ficou corado de orgulho.

— Sr. Martin, leve esse camarada para baixo, até a enfermaria, sim? Ele lutou como um leão — o capitão pediu, entregando o francês desmaiado.

— Imediatamente, senhor. — A boca de Martin continuou se movendo, mas um rugido vindo do alto abafou a voz dele. Foi a última coisa que Laurence ouviu naquela batalha.

O tremor grave e ameaçador do rosnado de Temeraire, logo acima do capitão, invadiu a inconsciência sufocante. Laurence tentou se mover, olhar em volta, mas a luz fez os olhos dele arderem dolorosamente, e a perna não quis obedecer de maneira alguma; tateando a coxa cegamente, o capitão encontrou a perna enredada nas tiras de couro do arnês e sentiu um fio úmido de sangue escorrendo de onde uma das fivelas tinha perfurado as calças e se cravado na carne.

Pensou por um momento que talvez tivessem sido capturados, mas as vozes que escutou eram inglesas. Então reconheceu os gritos de Barham e a resposta feroz de Granby:

— Não, senhor, nem mais um passo. Temeraire, se esses homens prepararem as armas, pode derrubá-los.

Laurence fez um esforço para se sentar, e então subitamente havia mãos ansiosas ajudando-o.

— Devagar, capitão. Está tudo bem com o senhor? — Era o jovem Digby, colocando um odre de água nas mãos de Laurence. O oficial molhou os lábios, mas não ousou engolir, com o estômago embrulhado.

— Ajudem-me a levantar — pediu Laurence, rouco, tentando entreabrir as pálpebras apertadas.

— Não, capitão, é melhor não — sussurrou Digby com urgência. — O senhor está com um galo feio na cabeça, e aqueles camaradas vieram prendê-lo. Granby disse que nós deveríamos manter o senhor fora de vista e esperar pelo almirante.

Laurence estava deitado atrás da curva protetora da pata dianteira de Temeraire, com a terra batida da clareira abaixo dele. Digby e Allen, os vigias dianteiros, estavam agachados um de cada lado do capitão. Pequenas torrentes de sangue escuro escorriam pela perna de Temeraire, manchando o chão de negro.

— Ele está ferido — Laurence exclamou, tentando se levantar novamente.

— O Sr. Keynes foi buscar ataduras, capitão. Um Pêcheur nos atingiu nos ombros, mas foram apenas alguns arranhões — Digby explicou, segurando o oficial, pois Laurence não conseguia nem fazer a perna ferida se dobrar, quanto mais suportar qualquer peso. — O senhor não deve se levantar, capitão, o Baylesworth foi buscar uma maca.

— Já chega disso, ajudem-me a ficar de pé — Laurence comandou, ríspido. Lenton não poderia ter vindo tão rapidamente após uma batalha, e o capitão não tinha mentido quanto a não querer tornar a situação ainda pior. Ele fez com que Digby e Allen o ajudassem a se levantar e mancar para fora do esconderijo, com os dois aspirantes lutando para sustentá-lo.

Barham estava lá com uma dúzia de fuzileiros, não mais os rapazes inexperientes que o tinham escoltado em Londres, mas soldados veteranos, mais velhos. Eles tinham trazido consigo um canhão de pimenta: era bem pequeno e de cano curto, mas àquela distância não precisariam de nada melhor. Barham estava quase roxo, discutindo com Granby na lateral da clareira. Ao ver Laurence, ele estreitou os olhos.

— Aí está ele! Você realmente pensou que poderia se esconder como um covarde? Faça o animal se render imediatamente. Sargento, vá até lá e prenda-o.

— Vocês não vão chegar perto do Laurence de maneira alguma — rosnou o dragão para os soldados antes que o capitão pudesse responder e ergueu uma das patas dianteiras, pronta para um golpe letal. O sangue que escorria dos ombros e do pescoço do dragão o deixava com uma aparência verdadeiramente selvagem, e o grande rufo estava rigidamente aberto ao redor da cabeça.

Os soldados estremeceram um pouco, mas o sargento retrucou, impassível:

— Vá buscar aquele canhonete, cabo. — Indicou com um gesto que o restante dos homens deveria erguer os mosquetes.

Alarmado, Laurence gritou roucamente:

— Temeraire, pare, pelo amor de Deus, sossegue.

Mas foi inútil; o dragão estava num estado absoluto de fúria e nem o escutou. Mesmo que os mosquetes não pudessem feri-lo de maneira alguma, o canhão de pimenta certamente o cegaria e enfureceria ainda mais, e Temeraire poderia facilmente ser levado a um frenesi realmente incontrolável, terrível tanto para si mesmo quanto para os outros.

As árvores a oeste balançaram subitamente, e então a enorme cabeça e os ombros de Maximus surgiram sobre as copas. O Regal Copper bocejou tremendamente, expondo fileiras de dentes serrilhados, e se sacudiu todo.

— A batalha não acabou? O que é esse barulho todo?

— Você aí! — Barham gritou para o enorme dragão de combate enquanto apontava para Temeraire. — Contenha aquele dragão!

Como todos os Regal Coppers, Maximus sofria de um caso grave de hipermetropia. Para ver a clareira vizinha, foi forçado a se erguer sobre as patas traseiras de modo a ficar alto o suficiente. Maximus era duas vezes mais pesado que Temeraire e seis metros mais comprido; as asas, semiabertas para ajudar no equilíbrio, lançavam uma sombra comprida à frente do dragão, e com o sol detrás de si elas brilhavam avermelhadas, com as veias destacadas contra a pele translúcida.

Erguendo-se sobre todos eles, Maximus esticou o pescoço para trás, afastando ainda mais a cabeça e espiando a clareira.

— Por que você precisa ser contido? — perguntou a Temeraire, interessado.

— Eu não preciso ser contido! — exclamou Temeraire, quase cuspindo de raiva, com o rufo tremendo. — Esses homens querem tirar o Laurence de mim, colocá-lo na prisão e executá-lo, e eu não vou permitir isso, jamais. E eu não *ligo* que o Laurence tenha me dito para não esmagar você! — O dragão negro acrescentou ferozmente para lorde Barham.

— Bom Deus — Laurence disse em voz baixa, surpreso. Não tinha compreendido a real natureza do medo de Temeraire. Na única vez em que o dragão tinha visto alguém ser preso, o sujeito capturado era um traidor e fora executado logo depois, diante do dragão. A experiência deixara Temeraire e todos os jovens dragões do enclave esmagados sob o peso da infelicidade solidária por dias. Não era de espantar que estivesse em pânico agora.

Granby se aproveitou da distração acidental criada por Maximus e fez um gesto rápido e impulsivo para os outros oficiais da tripulação de Temeraire: Ferris e Evans pularam para segui-lo, com Riggs e os fuzileiros vindo logo atrás. Num piscar de olhos eles estavam todos distribuídos defensivamente diante de Temeraire, erguendo pistolas e rifles. Era tudo uma encenação, pois as armas de fogo estavam descarregadas após a batalha, mas isso não diminuía em nada o significado do gesto. Laurence fechou os olhos desgostoso. Granby e todos os seus homens tinham se atirado ao fogo com ele, após um ato tão direto de desobediência. De fato, havia cada vez mais razões para chamar aquilo de motim.

Os mosquetes apontados para eles, porém, não se abalaram. Os fuzileiros do almirante ainda estavam terminando de carregar o canhonete apressadamente, enrolando uma das grandes bolas de pimenta com uma pequena bucha.

— Preparar! — comandou o cabo. Laurence não conseguia pensar no que fazer. Se mandasse Temeraire derrubar o canhão, eles estariam atacando companheiros de Forças Armadas, sujeitos que estavam apenas cumprindo seu dever. Era algo imperdoável, mesmo para o próprio Laurence, e apenas um pouco menos impensável do que permitir que aqueles soldados ferissem Temeraire ou alguém de sua tripulação.

— O que diabos vocês todos estão fazendo aqui? — Keynes, o médico de dragões designado para cuidar de Temeraire, tinha acabado de voltar à clareira com dois assistentes cambaleantes seguindo-o, carregados com ataduras brancas limpas e linha fina de seda para dar pontos. O médico abriu caminho por entre os fuzileiros espantados. Os cabelos muito grisalhos e o jaleco sujo de sangue que ele vestia lhe davam um ar de autoridade que os soldados decidiram não desafiar. Keynes arrancou o pavio da mão do homem parado ao lado do canhão.

O médico jogou o pavio no chão e o pisoteou até apagá-lo, olhando feio para todos a sua volta, sem poupar nem Barham e seus fuzileiros, nem Granby e os tripulantes. Estava imparcialmente furioso.

— Ele acabou de voltar do campo de batalha, vocês todos perderam a noção do perigo? Não podem incitar um dragão assim após o combate. Dentro de meio minuto o enclave inteiro virá dar uma olhada, e não só o grandalhão ali — ralhou Keynes, apontando para Maximus.

De fato, outros dragões já haviam erguido as cabeças acima das copas das árvores, tentando ver o que estava acontecendo e fazendo um ruído de galhos quebrados. O chão chegou a tremer quando Maximus, envergonhado, se deixou cair novamente sobre as patas dianteiras, numa tentativa de tornar sua curiosidade menos óbvia. Barham, constrangido, olhou ao redor para seus muitos espectadores inquisitivos: os dragões em geral comiam imediatamente após uma batalha, e muitos deles tinham sangue e restos de ovelhas escorrendo das mandíbulas, ossos estalando audivelmente enquanto mastigavam.

Keynes não deu ao almirante tempo para se recuperar.

— Fora! Fora imediatamente, todos vocês! Não posso trabalhar no meio desse circo. E quanto a você — o médico repreendeu Laurence —, deite-se imediatamente. Dei ordens para que você fosse levado rapidamente aos cirurgiões. Só Deus sabe o que está fazendo com essa perna, saltitando por aí. Onde está o Baylesworth com a maca?

Barham, estremecido, reagiu a isso:

— O Laurence está sob ordem de prisão, com mil demônios, e eu estou quase mandando pôr todos vocês, cães amotinados, ferros também — começou o almirante, apenas para ser interrompido por Keynes, que girou sobre os calcanhares para encará-lo.

— Você pode prendê-lo amanhã de manhã, depois que a perna dele tiver recebido cuidados, assim como o dragão. De todas as ideias torpes e anticristãs que eu já vi, marchar com uma tropa contra homens e feras feridas... — Keynes estava literalmente balançando o punho diante do rosto de Barham, o que era uma perspectiva alarmante, graças ao assustador tenáculo de 30cm que o médico segurava. A força moral dos argumentos de Keynes era muito grande: Barham recuou um passo, involuntariamente. Os fuzileiros, agradecidos, tomaram isso como um sinal e começaram a arrastar o canhão para fora da clareira. O almirante Barham, espantado e desertado, foi forçado a abrir caminho.

Esse adiamento, contudo, durou pouco. Os médicos coçaram as cabeças ao examinar a perna de Laurence. O osso não estava partido, apesar da dor lancinante que sentia quando o apalpavam, e não havia uma ferida visível, exceto pelos grandes hematomas sarapintados que cobriam a perna inteira. A cabeça do capitão doía furiosamente também, mas não havia nada que os médicos pudessem lhe oferecer além de láudano, que Laurence recusou. Mandaram que ele não pusesse peso sobre a perna ferida, um conselho tão prático quanto desnecessário, já que o capitão não conseguia ficar de pé mais do que alguns minutos sem desmaiar.

Enquanto isso, as feridas do próprio Temeraire, felizmente nada graves, foram suturadas e, depois de muita conversa, Laurence conseguiu convencê-lo a comer um pouco, apesar de o dragão estar agitado. Pela manhã, estava bem claro que Temeraire estava sarando bem, sem sinais de febre de ferida, e não havia mais desculpas para maiores atrasos. Uma intimação formal do almirante Lenton tinha chegado, ordenando que Laurence se apresentasse no quartel-general do enclave. O capitão teve que ser carregado numa espécie de liteira, deixando para trás um Temeraire indócil e angustiado.

— Se você não voltar até amanhã de manhã, sairei atrás de você, e vou encontrá-lo — jurou o dragão, e não houve como dissuadi-lo.

Honestamente, porém, Laurence pouco podia fazer para tranquilizá-lo: havia grandes chances de que ele fosse preso, a não ser que Lenton tivesse conseguido realizar algum milagre de persuasão, e depois daquelas múltiplas infrações, a corte marcial poderia muito bem condená-lo à pena de morte. Em geral, um aviador não era enforcado por nada menor do que uma traição descarada, mas Barham certamente o faria depor diante de um conselho de oficiais da Marinha, que seriam muito mais severos, e considerações relacionadas à preservação do dragão em serviço não fariam parte das deliberações. Temeraire já estava perdido para a Inglaterra como dragão de combate, devido às exigências dos chineses.

Não era uma situação nada fácil ou confortável, e ficava ainda pior considerando que Laurence tinha posto os próprios homens em perigo. Granby teria que responder por sua rebeldia, e os outros tenentes também: Evans, Ferris, Riggs. Qualquer um deles, ou todos eles, poderia ser dispensado do serviço, o que era um destino terrível para um aviador, criado no Corpo Aéreo desde a mais tenra idade. Nem mesmo os aspirantes do ar que fracassavam na tentativa de virar tenentes eram mandados embora. Algum trabalho era encontrado para eles, fosse nas áreas de procriação, fosse nos enclaves, de modo que pudessem permanecer na companhia de seus pares.

Por mais que a perna tivesse melhorado um pouco durante a noite, Laurence ainda estava pálido, e ficou suado devido à caminhada que tinha arriscado dar ao subir os degraus do prédio. A dor aumentava rapidamente, deixando-o tonto, e Laurence foi forçado a parar e recuperar o fôlego antes de entrar no pequeno gabinete.

— Pelos céus, achei que você tivesse sido liberado pelos médicos. Sente-se, Laurence, antes que desmaie. Aqui, tome um pouco disso — Lenton ofereceu, ignorando a careta raivosa de impaciência de Barham, e colocou um copo de conhaque na mão do capitão.

— Obrigado, senhor. O senhor não está enganado, eu fui liberado — respondeu Laurence, dando um pequeno gole por educação; sua mente já estava anuviada o bastante.

— Já chega, ele não veio aqui para ser paparicado — exclamou Barham. — Nunca em minha vida testemunhei um comportamento tão ultrajante, muito menos da parte de um oficial. Por Deus, Laurence, nunca tive prazer em assistir a um enforcamento, mas nesse caso eu até lhe diria "bem feito". No entanto, Lenton está me jurando que a sua fera ficaria incontrolável. Como isso seria diferente de como ele é agora, realmente não sei.

Os lábios de Lenton se apertaram diante do tom desdenhoso. Laurence podia apenas imaginar a que humilhações o aviador tivera que se submeter até convencer Barham disso. Ainda que Lenton fosse um almirante, ainda por cima recém-chegado de mais uma grande vitória, nada disso significava muito nos altos escalões: Barham poderia ofendê-lo impunemente. Em contraste, um almirante da Marinha teria influência política e amigos suficientes para exigir um tratamento mais respeitoso.

— Você vai ser dispensado do serviço militar, isso está além de qualquer questionamento — continuou Barham. — Mas o animal precisa ser despachado para a China, e, para isso, lamento dizer, precisamos da sua cooperação. Se encontrar alguma maneira de persuadi-lo, encerramos o assunto por aqui; se essa recalcitrância continuar, vou para o inferno mas não deixo de enforcá-lo, afinal... É isso mesmo, e mando fuzilar o animal. Ao diabo com aqueles chineses!

O discurso quase fez com que Laurence pulasse da cadeira, apesar dos ferimentos. Foi apenas a mão de Lenton no ombro do capitão, pressionando com força, que o manteve no lugar.

— O senhor está indo longe demais — afirmou Lenton. — Nunca fuzilamos dragões na Inglaterra por crimes menores do que devorar homens, e não vamos começar agora. Eu teria que lidar com um verdadeiro motim.

Barham fez cara feia e murmurou alguma coisa não muito inteligível sobre a falta de disciplina, o que era muito interessante vindo de um homem que Laurence sabia muito bem ter participado dos grandes motins navais de 1797, quando metade da frota tinha se rebelado.

— Bem, vamos esperar que a situação não chegue a esse extremo. Há um navio de transporte no porto em Spithead, o *Allegiance*, que pode ser aprontado para viagem em uma semana. Como vamos colocar a fera a bordo então, já que ele prefere ser teimoso?

Laurence não conseguiu responder; uma semana era um período horrivelmente curto, e por um momento ele até mesmo se permitiu considerar a ideia de fugir. Temeraire poderia alcançar facilmente o continente a partir de Dover, e havia lugares nas florestas alemãs onde dragões selvagens ainda viviam, embora fossem apenas raças menores.

— Será necessário considerar bem o assunto — respondeu Lenton. — Não tenho medo de afirmar, senhor, que a situação inteira foi mal administrada desde o começo. O dragão já foi profundamente atiçado, e não é nada fácil convencer um dragão a fazer algo que ele não quer, mesmo quando está de boa vontade.

— Chega de desculpas, Lenton. Já ouvi o bastante — começou Barham, e então alguém bateu à porta. Todos olharam surpresos quando um aspirante do ar de aparência muito pálida abriu a porta e começou a dizer: "Senhor, senhor" para em seguida sair apressadamente do caminho. Os soldados chineses davam a impressão de que o teriam pisoteado completamente, abrindo caminho para a entrada do príncipe Yongxing no aposento.

Todos ficaram tão espantados que se esqueceram momentaneamente de ficar de pé, e Laurence ainda estava se esforçando para se levantar quando Yongxing já estava no meio do gabinete. Os criados se apressaram em trazer uma poltrona — a poltrona de lorde Barham — até o príncipe, mas ele apenas a dispensou com um aceno, obrigando todos os outros a permanecerem de pé. Lenton pôs discretamente a mão sob o braço de Laurence, oferecendo um pouco de apoio, mas o gabinete ainda assim girou e se inclinou ao redor do capitão, com o fulgor da toga de cores brilhantes do príncipe fazendo doer seus olhos.

— Vejo que é assim que você demonstra o seu respeito pelo Filho dos Céus — Yongxing afirmou, se dirigindo a Barham. — Novamente atirou Lung Tien Xiang numa batalha, e agora promove reuniões secretas para tramar como vão manter o fruto do seu roubo.

Apesar de ter amaldiçoado os chineses havia menos de cinco minutos, Barham empalideceu e gaguejou:

— Senhor, Vossa Alteza, de maneira alguma.

O príncipe, porém, não reduziu a velocidade nem um pouco.

— Eu inspecionei esse enclave, que é como vocês chamam esses chiqueiros imundos — Yongxing continuou. — Não surpreende, ao se considerar os métodos bárbaros que vocês empregam, que Lung Tien Xiang tenha formado essa ligação errônea com esse homem. Naturalmente, ele não deseja ser separado do companheiro responsável pelo pouco conforto que recebeu.

O príncipe se voltou para Laurence e o olhou de cima a baixo com desdém.

— Vocês se aproveitaram da juventude e da inexperiência dele; mas isso não será tolerado. Não vamos ouvir mais nenhuma desculpa para os atrasos. Quando estiver de volta ao seu lar e lugar de direito, ele logo aprenderá a não mais valorizar uma companhia tão abaixo do próprio nível.

— Vossa Alteza, o senhor está enganado, temos toda a intenção de cooperar com o senhor — afirmou Lenton bruscamente, enquanto Barham tentava encontrar uma frase mais educada. — Mas o Temeraire não vai abandonar o Laurence, e tenho certeza de que o senhor sabe muito bem que um dragão não pode ser comandado, apenas liderado.

A isso Yongxing retrucou, gélido:

— Assim sendo, obviamente o capitão Laurence precisa vir também, ou vocês vão tentar me convencer de que ele não pode ser enviado?

Os três olharam fixamente para o dignitário, em muda confusão. Laurence mal ousava crer que tinha entendido corretamente, então Barham deixou escapar:

— Bom Deus, se quiser o Laurence, pode muito bem ficar com ele, lhe ficarei muito grato.

O restante da reunião se passou de maneira nebulosa para Laurence, com o emaranhado de confusão e imenso alívio deixando-o bem distraído. A cabeça do capitão ainda girava, e ele respondeu a comentários de maneira um tanto aleatória até que Lenton interveio mais uma vez, mandando-o para a cama. O capitão conseguiu permanecer acordado apenas o suficiente para mandar um bilhete rápido para Temeraire por meio de uma criada, e caiu imediatamente num sono profundo e nada reparador.

Laurence conseguiu se libertar na manhã seguinte, após dormir durante 14 horas. A capitã Roland dormitava ao lado da cama, com a cabeça encostada ao espaldar da poltrona e a boca aberta. Quando Laurence se moveu, ela acordou e esfregou os olhos, bocejando.

— Bem, Laurence, acordou, afinal? Você nos deu um susto muito grande, sem dúvida. A Emily veio me procurar porque o Temeraire está morto de preocupação... Por que diabos você mandou um bilhete como aquele para o pobre?

O capitão tentou desesperadamente recordar o que tinha escrito: era impossível. O conteúdo do bilhete tinha desaparecido por completo de sua mente, e Laurence não se lembrava de quase nada do dia anterior, apesar do ponto central e essencial estar bem fixado em sua mente.

— Roland, eu não faço a menor ideia do que o bilhete dizia. O Temeraire já sabe que vou com ele?

— Bem, agora ele sabe, já que o Lenton me contou depois que eu vim procurar você, mas ele certamente não descobriu isso por causa deste bilhete — respondeu a capitã, entregando-lhe um pedaço de papel.

Estava escrito com a letra de Laurence e tinha a assinatura dele também, mas era absolutamente estranho e não fazia sentido:

Temeraire,

Não tema. Estou indo; O Filho dos Céus não tolerará atrasos, e Barham me deu licença. Aliados nos levarão! Por favor, coma alguma coisa.

L.

Laurence encarou o bilhete um tanto nervoso, perguntando-se como tinha escrito aquilo.

— Eu não me lembro de nem uma palavra disso. Espere, não. Aliados só podem ser os nossos colegas na Marinha, e o príncipe Yongxing se referiu ao imperador como o Filho dos Céus, mas não faço ideia do motivo pelo qual eu repetiria tal blasfêmia. — Ele devolveu o bilhete. — A minha inteligência devia estar à deriva. Por favor, jogue essa porcaria no fogo. Vá e diga ao Temeraire que estou muito bem agora e que logo estarei com ele. Você poderia me chamar um pajem? Preciso me vestir.

— Você está com cara de quem precisa ficar exatamente onde está — retrucou Roland. — Não, fique quieto um pouco. Não há pressa alguma no momento, pelo que sei. Além disso, o camarada Barham quer lhe falar. O Lenton também. Vou até o Temeraire e direi a ele que você não morreu nem nasceu em você uma segunda cabeça. E vou mandar a Emily levar e trazer mensagens entre vocês dois.

Laurence cedeu à persuasão da companheira; de fato, ele não se sentia bem o bastante para se levantar, e se Barham queria vê-lo novamente, então precisava economizar o pouco de força que lhe restava. Entretanto, Laurence acabou sendo poupado. Lenton apareceu sozinho.

— Bem, Laurence, você está para zarpar numa viagem infernalmente longa, e espero que não enfrente grandes dificuldades — começou o almirante, puxando uma cadeira. — O meu transporte foi pego por uma tempestade de três dias a caminho da Índia, na década de 1790. A chuva congelava ao cair, então os dragões não podiam voar acima das nuvens de modo a obter algum alívio. A pobre Obversaria passou mal o tempo todo. Não há nada menos agradável do que um dragão mareado, para nós ou para eles.

O capitão Laurence jamais comandara um transporte de dragões, mas a imagem pintada pelo almirante era suficientemente vívida.

— Fico feliz em dizer, senhor, que o Temeraire jamais teve a menor dificuldade, e de fato se deleita com viagens marítimas.

— Vamos ver o quanto ele se deleitará caso vocês se deparem com um furacão — respondeu Lenton, balançando a cabeça. — Não que eu espere que nenhum dos dois vá fazer alguma objeção, considerando as circunstâncias.

— Não, de maneira alguma — confirmou Laurence, sincero. Supunha que era apenas um salto da frigideira para o fogo, mas ficaria grato até em ser assado mais lentamente. A jornada iria durar muitos meses, e havia espaço para a esperança: muitas coisas ainda poderiam acontecer antes que eles chegassem à China.

Lenton concordou com a cabeça.

— Bem, você está com uma aparência horrível, então deixe-me ser breve. Consegui convencer o Barham de que a melhor coisa a fazer é despachar você com mala e cuia, que nesse caso seria a sua tripulação. Alguns dos seus oficiais teriam de enfrentar grandes dificuldades se ficassem aqui, e é melhor que partam logo, antes que o Barham pense melhor.

Mais um alívio, completamente inesperado.

— Senhor — começou Laurence. — Preciso dizer o quão profundamente grato estou...

— Não, bobagem, não me agradeça. — Lenton afastou o ralo cabelo grisalho da testa e disse abruptamente: — Lamento profundamente isto tudo, Laurence. Eu teria enlouquecido muito antes no seu lugar. O assunto foi tratado de maneira brutal, do começo ao fim.

Laurence mal sabia o que dizer; não tinha esperado nenhum sentimento de solidariedade, e não achava que merecia algo assim.

Depois de mais um momento, Lenton continuou, apressadamente:

— Lamento não poder lhe dar um tempo mais longo para se recuperar, mas você não vai ter quase nada para fazer no navio além de descansar. O Barham prometeu que o *Allegiance* zarpará em uma semana, mas pelo que eu ouvi, ele vai ter grande dificuldade em encontrar um capitão para a nau até lá.

— Achei que ela já era do Cartwright — disse Laurence, uma vaga lembrança despertando. Ainda lia o *Diário Naval* e acompanhava as indicações de navios e capitães, e o nome de Cartwright tinha chamado sua atenção. Ambos tinham servido juntos no *Goliath*, muitos anos antes.

— Era, enquanto o *Allegiance* ainda estava destinado a viajar até Halifax. Aparentemente, há outro navio sendo construído para ele lá, mas não podem ficar esperando que ele termine uma viagem de dois anos de ida e volta da China. De qualquer maneira, vão encontrar alguém. Você precisa estar pronto.

— Pode ter certeza de que estarei, senhor — afirmou Laurence. — Estarei muito bem novamente em uma semana.

O otimismo do capitão talvez fosse infundado. Depois que Lenton partiu, Laurence tentou escrever uma carta e descobriu que não era possível, por causa da dor de cabeça lancinante que sentia. Felizmente, Granby apareceu uma hora depois para vê-lo, muito empolgado com a ideia da viagem e desprezando os riscos que tinha corrido em relação à própria carreira.

— Como se eu pudesse me importar com isso quando aquele canalha tentava prender você ao mesmo tempo que apontava armas para o Temeraire. Por favor, não pense nisso, e me diga o que quer que eu escreva.

Laurence desistiu de aconselhar prudência ao subalterno. A lealdade de Granby era tão obstinada quanto fora sua aversão inicial, embora mais gratificante.

— Apenas algumas linhas, por favor... para o capitão Thomas Riley. Diga a ele que estamos de partida para a China daqui a uma semana, e se ele não se incomodar em comandar um transporte, provavelmente poderá conseguir o *Allegiance*, se for direto ao Almirantado. O Barham não tem nenhum nome para a nau, mas é melhor que Riley não mencione o meu nome de modo algum.

— Muito bem — respondeu Granby, garatujando com gosto. O oficial não tinha uma caligrafia muito elegante, e as letras se espalhavam desnecessariamente, mas eram legíveis o bastante. — Você o conhece bem? Vamos ter que aturar quem quer que eles nos deem por um longo tempo.

— É verdade. Eu o conheço muito bem mesmo — concordou Laurence. — Foi o meu terceiro-tenente em Belize e o meu segundo no *Reliant*. Estava presente quando o Temeraire foi chocado. É um ótimo oficial e marinheiro. Não poderíamos pedir por alguém melhor.

— Vou correr até o mensageiro pessoalmente e pedirei a ele que se assegure de que o bilhete chegue ao destino — prometeu Granby. — Que alívio seria não ter um desses camaradas de nariz empinado... — Então Granby se interrompeu, envergonhado; não fazia tanto tempo assim desde que considerava o próprio Laurence um "camarada de nariz empinado", afinal de contas.

— Obrigado, John — agradeceu Laurence rapidamente, poupando-o da vergonha. — Mas não deveríamos alimentar esperanças ainda. O Ministério pode preferir um homem mais experiente para o posto. Não vai ser nada fácil para o Barham encontrar alguém disposto a aceitar a missão.

Por mais impressionante que pudesse parecer a um observador leigo, um transporte de dragões era uma embarcação difícil de ser comandada: em geral ficava atracada eternamente nos portos, esperando por seus passageiros dracônicos, enquanto a tripulação se perdia na devassidão das bebidas e das prostitutas. Ou então passava meses no meio do oceano, tentando manter uma posição estacionária de modo a servir como ponto de descanso para dragões fazendo longas travessias. Era como o serviço de bloqueio, mas ainda pior devido à falta de convívio social.

Considerando-se as poucas chances de deparar com batalhas ou glória e as chances menores ainda de conseguir recompensas monetárias, eram postos indesejáveis para qualquer homem que pudesse arranjar algo melhor.

O *Reliant*, porém, gravemente maltratado no vendaval posterior a Trafalgar, ficaria na doca seca por um longo tempo. E Riley, em terra, sem qualquer influência suficiente para conseguir um novo navio e virtualmente sem senioridade alguma, ficaria tão feliz em receber essa oportunidade quanto Laurence ficaria em tê-lo como capitão, e havia grandes chances de que Barham fosse aproveitar o primeiro camarada que se oferecesse.

Laurence passou o dia seguinte trabalhando, com um pouco mais de sucesso, nas cartas necessárias. Não estava preparado para uma longa jornada cujo percurso o levaria muito além dos limites do circuito de mensageiros. Além disso, ao longo das últimas horríveis semanas, o capitão tinha negligenciado completamente a correspondência pessoal, e agora já devia várias respostas, especialmente para a própria família. Após a batalha de Dover, o pai de Laurence tinha se tornado mais tolerante com a profissão do filho. Apesar de ainda não trocarem cartas diretamente, pelo menos agora Laurence não era mais obrigado a ocultar a correspondência com a mãe, e já havia algum tempo que endereçava as cartas diretamente a ela. O pai poderia muito bem decidir suspender o privilégio novamente diante daquela situação, mas Laurence esperava que ele não ficasse sabendo dos detalhes. Felizmente, Barham não tinha nada a ganhar envergonhando lorde Allendale; especialmente não agora que Wilberforce, aliado político de ambos, pretendia fazer mais uma investida a favor da abolição na próxima sessão do Parlamento.

Laurence despachou mais uma dúzia de bilhetes apressados, numa caligrafia que não era muito parecida com a sua letra de sempre, para outros correspondentes. A maioria eram homens do mar, que entenderiam bem as exigências de uma partida apressada. Apesar da brevidade, o esforço teve seu preço, e quando Jane Roland veio vê-lo novamente, o capitão estava quase prostrado novamente, recostado nos travesseiros com os olhos fechados.

— Vou postá-las para você, mas está se comportando de maneira absurda, Laurence — Roland o repreendeu, recolhendo as cartas. — Uma pancada na cabeça pode ser perigosa, mesmo que você não tenha sofrido uma fratura. Quando tive febre amarela não saí por aí saltitando e afirmando que estava bem. Fiquei deitada na cama e tomei meu mingau e o meu quentão, e estava de pé novamente antes de qualquer um dos camaradas nas Índias Ocidentais que tiveram a mesma doença.

— Obrigado, Jane — Laurence agradeceu e não discutiu com ela. De fato ele se sentia muito mal e ficou grato quando a capitã fechou as cortinas e deixou o aposento em uma penumbra agradável.

Laurence acordou algumas horas mais tarde, com o barulho de uma confusão que acontecia diante da porta do quarto.

— É melhor você dar o fora daqui bem rápido — estava dizendo Roland. — Ou eu vou chutá-lo corredor abaixo. O que está aprontando, se esgueirando para perturbá-lo assim que eu saí?

— Mas eu preciso falar com o capitão Laurence, a situação é urgentíssima. — A voz que protestava não era familiar, e soava bastante desnorteada. — Eu vim a cavalo direto de Londres...

— Se é tão urgente assim, pode ir falar com o almirante Lenton — retrucou Roland. — Não, eu não dou a mínima se você é do Ministério, parece jovem o bastante para ser um dos meus aspirantes, e não acredito nem por um instante que tenha alguma coisa a dizer que não possa esperar até amanhã de manhã.

Com isso, Roland fechou a porta atrás de si, e o restante da discussão foi abafado. Laurence adormeceu novamente. Na manhã seguinte, contudo, ele não tinha ninguém para protegê-lo, e a criada mal tinha lhe trazido o café da manhã (a prometida e pavorosa combinação de mingau e quentão, nada apetitosa) quando uma nova tentativa de invasão ocorreu, dessa vez com mais sucesso.

— Eu rogo o seu perdão, senhor, por ter me imposto sobre a sua pessoa dessa maneira tão inapropriada — começou o estranho, falando rapidamente enquanto arrastava uma cadeira até o lado da cama de Laurence, sem ser convidado. — Peço que o senhor permita que eu me explique. Entendo que as coisas pareçam deveras extraordinárias. — O visitante pousou a pesada cadeira e se sentou, ou melhor, se empoleirou, na beirada do assento. — Meu nome é Hammond, Arthur Hammond; eu fui designado pelo Ministério para acompanhar o senhor até a corte da China.

Hammond era um rapaz surpreendentemente jovem, com talvez uns 20 anos de idade, cabelos negros revoltos e uma expressão de grande intensidade que dava ao seu rosto magro e pálido uma qualidade de iluminado. O jovem começou seu discurso com frases incompletas, dividido entre pedidos de desculpas e uma ansiedade clara para abordar o assunto desejado.

— Na ausência de uma apresentação formal, imploro o seu perdão, mas fomos tomados completamente, completamente de surpresa, e o lorde Barham já confirmou o dia 23 como a data da partida. Se o senhor preferir, podemos, é claro, pressioná-lo por uma extensão do prazo...

Era isso que Laurence queria evitar antes de mais nada, por mais que estivesse de fato um tanto surpreso com o zelo de Hammond. Apressadamente, o capitão respondeu:

— Não, senhor, estou inteiramente ao seu serviço, não podemos adiar a partida para trocar formalidades, particularmente quando essa data já foi prometida ao príncipe Yongxing.

— Ah, sou da mesma opinião — concordou Hammond, imensamente aliviado.

Laurence suspeitava, olhando para o rosto do rapaz e avaliando sua idade, que ele tivesse recebido a tarefa apenas graças à falta de tempo. Mas Hammond logo refutou a ideia de que a disposição de partir para a China de uma hora para a outra fosse sua única qualidade. Depois que se acomodou, sacou uma grossa resma de papel, que estivera distendendo seu casaco, e começou a discursar detalhadamente sobre as perspectivas da missão.

Laurence foi incapaz de acompanhá-lo praticamente desde o começo. Por vezes, Hammond falava inconscientemente em chinês por longos períodos, ao olhar para os papéis que estavam escritos naquela língua, e nos momentos em que falava em inglês, detia-se longamente no assunto da embaixada de Macartney na China, que tinha ocorrido havia catorze anos. Laurence, que tinha sido promovido a tenente justamente naquela época e portanto estivera inteiramente ocupado com assuntos navais e a própria carreira, mal recordava a existência da missão, quanto mais qualquer detalhe.

Ele não interrompeu Hammond imediatamente, entretanto: para começar, não havia pausas convenientes no fluxo da conversa, e ainda por cima o monólogo tinha uma qualidade reconfortante. Hammond falava com uma autoridade que ia além da idade dele, com um domínio absoluto do assunto e, mais importante de tudo, sem a menor nota da incivilidade que Laurence tinha passado a esperar da parte de Barham e do Ministério. O capitão estava grato por ter alguma perspectiva de encontrar um aliado disposto a ouvir, mesmo que tudo que ele mesmo soubesse sobre aquela expedição era que o navio de Macartney, o *Lion*, tinha sido a primeira nau ocidental a mapear a baía de Zhitao.

— Ah — exclamou Hammond, muito desapontado, ao perceber finalmente o quanto ele tinha se enganado quanto ao espectador. — Bem, suponho que isso não tinha significado muito; honestamente, a missão diplomática foi um fracasso. Lorde Macartney se recusou a executar o ritual de reverência deles diante do imperador, e eles se ofenderam. Nem consideraram a hipótese de nos conceder uma embaixada permanente, e ele acabou sendo escoltado para fora do mar da China por uma dúzia de dragões.

— Disso eu me lembro — comentou Laurence. De fato, ele tinha uma lembrança vaga de ter debatido o assunto com os amigos no convés inferior, muito ofendido com o insulto ao emissário britânico. — Mas certamente a prostração era muito ofensiva; eles não lhe pediram que rastejasse no chão?

— Não podemos torcer o nariz para os costumes estrangeiros quando vamos ao país deles, com o chapéu na mão — respondeu Hammond com sinceridade, inclinando-se para a frente. — O senhor mesmo pode ver as consequências negativas: tenho certeza de que a inimizade gerada pelo incidente continua a envenenar nossas relações até hoje.

Laurence franziu o cenho. Esse argumento era de fato persuasivo e explicava bem por que Yongxing tinha vindo à Inglaterra tão disposto a se ofender.

— Você acha que esse mesmo desentendimento foi a razão para eles terem oferecido um Celestial a Bonaparte? Depois de tanto tempo?

— Vou ser bem honesto com o senhor, capitão: nós não fazemos a menor ideia. O nosso único conforto, nesses últimos 14 anos, um dos pilares da nossa política externa, era que os chineses estavam tão interessados nos assuntos da Europa quanto nós nos assuntos dos pinguins. Agora, todas as nossas fundações foram abaladas.

Capítulo 3

O *ALLEGIANCE* ERA UMA monstruosidade chafurdante: com pouco mais de 120 metros de comprimento e estranhamente estreito, exceto pelo enorme convés de dragões que se abria na dianteira do navio, se estendendo do mastro de proa até a proa. Visto de cima, era muito esquisito, quase no formato de um leque. Abaixo da beirada larga do convés de dragões, porém, o casco se estreitava rapidamente. A quilha era feita de aço, em vez de olmo, e era coberta com uma espessa camada de tinta branca contra ferrugem. A comprida linha branca que corria ao longo, bem no meio, lhe dava uma aparência quase bem-proporcionada, com linhas arrojadas para atingir grandes velocidades.

Para ter a estabilidade necessária para enfrentar tempestades, a nau tinha um calado de mais de 6 metros e era grande demais para entrar no porto propriamente dito, e por isso era atracada a pilares enormes afundados bem longe, em mar aberto, recebendo e enviando os suprimentos por meio de embarcações menores: uma grande dama cercada de criados apressados. Não era o primeiro transporte no qual Laurence e Temeraire tinham viajado, mas seria o primeiro transporte realmente capaz de singrar os oceanos. O pequeno transporte desconfortável de três dragões que fazia a rota de Gibraltar a Plymouth, com apenas algumas tábuas como deque, não era digno de comparação.

— É excelente, estou mais confortável aqui do que na minha clareira. — Temeraire tinha aprovado: do alto do seu poleiro de glória solitária, ele podia ver toda a atividade do navio sem ficar no caminho, e a cozinha, com seus fornos, ficava diretamente abaixo do convés, o que mantinha a superfície aquecida. — Você não está com nem um pouco de frio, Laurence? — indagou o dragão, talvez pela terceira vez, esticando o pescoço para espiar o capitão bem de perto.

— Não, nem um pouco — respondeu Laurence secamente. Estava um pouco irritado com a constante solicitude exagerada. Apesar de a tontura e a dor de cabeça terem cedido junto com o galo, a perna ferida continuava teimosa, dada a ceder em momentos estranhos e latejando com uma dor quase constante. Laurence tinha sido içado a bordo numa cadeira de contramestre, algo deveras ofensivo para alguém que conhecia as próprias capacidades, e então colocado diretamente numa liteira e carregado até o convés dos dragões, envolto em cobertores como um inválido, e agora Temeraire se enrodilhava cuidadosamente ao seu redor para bloquear o vento.

Havia duas escadarias que subiam até o convés dos dragões, uma de cada lado do mastro de proa, e a área do castelo de proa que se estendia do pé dessas escadas até a metade do caminho para o mastro principal era costumeiramente reservada aos aviadores, enquanto os marinheiros dominavam o restante do espaço até o mastro principal. A tripulação de Temeraire já tinha tomado posse do seu domínio de direito, empurrando propositalmente várias pilhas de cordas enroladas para o outro lado da linha divisória. Pilhas de arreios de couro e baldes cheios de anilhas e fivelas tinham sido colocados no lugar das cordas, tudo para mostrar aos homens da Marinha que os aviadores não tolerariam abusos. Os homens que não estavam ocupados na arrumação do equipamento estavam distribuídos ao longo da linha em atitudes variadas de relaxamento e trabalho afetado. A jovem Roland e os dois outros cadetes-mensageiros, Morgan e Dyer, tinham sido postos para brincar ali pelos alferes, que tinham transmitido a eles o dever de defender os direitos do Corpo. Sendo tão pequenos, eles podiam andar sobre a balaustrada do navio, indo e vindo, em uma bela demonstração de temeridade.

Laurence os observava, pensativo; ainda estava apreensivo por ter levado Roland.

— Por que você a deixaria para trás? Ela anda se comportando mal? — Jane perguntara quando Laurence a consultara sobre o assunto.

Tinha sido impossível explicar as preocupações dele ao encará-la. E, é claro, havia alguma lógica em levar a garota junto, por mais jovem que fosse: ela teria de enfrentar as mesmas exigências feitas a um oficial homem quando se tornasse a capitã de Excidium após a aposentadoria da mãe. Não seria nada benéfico deixá-la despreparada por ser muito mole com ela agora.

Mesmo assim, agora que estavam a bordo, Laurence lamentava a decisão. Aquilo não era um enclave, e o capitão já percebera que, como sempre acontecia com qualquer tripulação naval, havia alguns camaradas sinistros, muito sinistros em meio aos outros: bêbados, brigões e sujeitos que já tinham entrado e saído da cadeia mais de uma vez. Ele sentia o enorme peso da responsabilidade de zelar pelo bem-estar de uma menina tão nova em meio àqueles homens. Sem mencionar que ele ficaria bastante satisfeito se o segredo de que as mulheres serviam no Corpo não se espalhasse e criasse problemas.

Laurence não pretendia instruir Roland a mentir, de maneira alguma, e é claro que ele não poderia dar a ela tarefas diferentes das dos outros, mas em seu íntimo ele desejava intensamente que a verdade pudesse permanecer oculta. Roland tinha apenas 11 anos, e nenhum olhar superficial iria tomá-la por uma garota vestindo aquelas calças e a jaqueta curta; ele mesmo a tinha confundido com um garoto uma vez. Contudo, ele também desejava ver os aviadores e os marujos sendo amistosos uns com os outros, ou pelo menos não hostis, e um contato mais próximo dificilmente deixaria de revelar o verdadeiro sexo de Roland depois de algum tempo.

Naquele momento, suas esperanças em relação a Roland pareciam ter mais chances de ser atendidas do que seus outros desejos em geral. Os marujos, ocupados com o embarque da carga e dos suprimentos, estavam fazendo comentários em voz nada baixa sobre camaradas que não tinham nada melhor para fazer do que sentar e agir como passageiros. Alguns homens reclamaram em voz alta que os cabos tirados do lugar tinham sido bagunçados e se puseram a enrolá-los de novo, desnecessariamente. Laurence balançou a cabeça e permaneceu em silêncio. Os homens dele tinham agido de acordo com seus direitos, e ele não podia repreender os marinheiros de Riley, nem isso faria bem algum.

Entretanto, Temeraire também tinha percebido o comentário e fungou, erguendo ligeiramente o rufo.

— Aquele cabo me parece em perfeito estado — comentou. — A minha tripulação o moveu com muito cuidado.

— Está tudo bem, meu caro; não há mal algum em enrolar uma corda novamente — apressou-se em responder Laurence. Não era de surpreender que Temeraire tivesse começado a estender seus instintos protetores e possessivos ao restante da tripulação também; os outros já estavam com ele havia vários meses. Mas o momento não podia ser mais impróprio: os marinheiros provavelmente já estavam bastante nervosos em presença de um dragão, e se Temeraire se envolvesse com qualquer disputa, tomando o partido da própria tripulação, isso apenas aumentaria a tensão a bordo.

— Por favor, não se ofenda — acrescentou Laurence, acariciando o flanco do dragão para chamar-lhe a atenção. — O começo de uma jornada é muito importante. Queremos ser bons companheiros de navio, sem encorajar nenhuma rivalidade entre os homens.

— Hum, pode ser — respondeu Temeraire, cedendo. — Mas nós não fizemos nada de errado; é desagradável da parte deles reclamar assim.

— Vamos zarpar em breve — Laurence comentou, para distraí-lo. — A maré virou, e acho que aquela é a última parte da bagagem da embaixada embarcando.

O *Allegiance* era capaz de carregar até dez dragões pesos médios numa emergência. Temeraire sozinho mal fazia o barco afundar na água, e havia um espaço de carga verdadeiramente impressionante a bordo. A quantidade absurda de bagagem que a missão chinesa carregava, porém, começava a dar a impressão de que nem mesmo o grande espaço do navio seria suficiente. Era chocante para Laurence, acostumado a viajar com nada além de uma única arca, e ainda parecia desproporcional para o tamanho do séquito, que já era enorme.

Havia uns 15 soldados, e nada menos que três médicos: um para o príncipe, um para os outros dois emissários e um para o restante da missão, cada um dos três com seus assistentes. Além deles e dos intérpretes, havia também dois cozinheiros com ajudantes, uma dúzia de criados e quase o mesmo número de outros homens que pareciam não ter nenhuma função definida, incluindo um cavalheiro que foi apresentado como poeta, por mais que Laurence não conseguisse acreditar que essa fosse uma tradução precisa. Era mais provável que ele fosse um tipo de escrivão.

O guarda-roupa do príncipe sozinho ocupava quase vinte baús, cada um deles esculpido elaboradamente e com trancas e dobradiças douradas o chicote do contramestre estalou alto mais de uma vez quando os marinheiros mais empreendedores tentaram arrancar os enfeites. As incontáveis sacas de comida também foram levadas para o navio, e como já tinham vindo da China, começavam a dar sinais de desgaste. Uma enorme saca de 36 quilos de arroz se rasgou enquanto era passada de mão em mão pelo convés, para alegria e deleite das gaivotas que pairavam acima do barco, e daí em diante os marinheiros foram obrigados a espantar as nuvens de aves frenéticas o tempo todo enquanto tentavam continuar trabalhando.

Mais cedo, já ocorrera uma grande confusão durante o embarque. Os criados de Yongxing tinham exigido, a princípio, a instalação de uma passarela que levasse até o navio — algo completamente impossível, mesmo que o *Allegiance* pudesse ser levado para perto do cais o suficiente para que qualquer tipo de passarela fosse prático, devido à altura dos conveses. O pobre Hammond tinha passado quase uma hora tentando persuadi-los de que não havia desonra ou perigo em ser içado até o convés, ocasionalmente apontando frustrado para a própria nau, num argumento mudo.

Hammond acabou perguntando a Laurence, desesperado:

— Capitão, essa maré não está perigosamente alta?

Era uma pergunta absurda, com uma alta de menos de 1,5 metro, mesmo que com o vento forte o escaler tivesse ocasionalmente esticado as cordas que o seguravam junto à doca, mas nem mesmo a negativa surpresa de Laurence tinha satisfeito a comitiva. Parecia que eles jamais subiriam a bordo, mas finalmente o próprio Yongxing se cansou de esperar e encerrou a discussão ao emergir de sua liteira pesadamente coberta e descer até o escaler, ignorando tanto os criados ansiosos quanto as mãos apressadamente estendidas dos tripulantes do pequeno barco.

Os passageiros chineses que tinham esperado pelo segundo escaler ainda estavam embarcando, a estibordo, sendo recebidos pelas boas-vindas rígidas e polidas de uma dúzia de fuzileiros navais e marinheiros de aparência mais respeitável, perfilados ao longo da borda interior do passadiço. Com os chamativos casacos vermelhos e as calças brancas e jaquetas azuis curtas dos marinheiros, os homens eram bem decorativos.

Sun Kai, o emissário mais jovem, saltou com facilidade da cadeira de contramestre e ficou um momento parado, olhando pensativo para o convés movimentado. Laurence se perguntou se ele não estaria reprovando o clamor e a confusão, mas não, aparentemente o emissário estava apenas tentando recuperar o equilíbrio. Sun Kai deu alguns passos cuidadosos para a frente e para trás e então esticou as "pernas de marinheiro" um pouco mais e caminhou até o fim do passadiço e de volta com mais confiança, as mãos unidas atrás das costas. Ele olhava concentrado, com o cenho franzido, para o cordame, tentando evidentemente traçar o labirinto de cordas da origem até o fim.

Isso agradou muito os homens do comitê de recepção, que puderam finalmente olhar fixamente para um dos visitantes. O príncipe Yongxing os desapontara ao desaparecer quase imediatamente, enfurnando-se nos aposentos privados preparados para ele na popa. Já Sun Kai, alto e apropriadamente impassível com a longa trança negra e a testa raspada, vestindo um esplêndido manto azul com bordados vermelhos e alaranjados, foi quase tão fantástico quanto o príncipe teria sido e não demonstrava nenhuma inclinação em ir para o seu alojamento.

No momento seguinte, eles tiveram um divertimento ainda maior quando gritos e berros foram ouvidos, e Sun Kai correu até a lateral do barco para olhar. Laurence se endireitou na cadeira e viu Hammond correndo até a beirada, pálido de horror: houvera um barulho alto de algo caindo na água. Alguns instantes depois, o emissário mais velho finalmente apareceu no convés, pingando água da metade inferior encharcada de suas vestes. Apesar do infortúnio, o homem de barba grisalha desceu da cadeira rindo estrondosamente de si mesmo, dispensando com acenos o que pareciam ser desculpas urgentes de Hammond. O dignitário deu um tapa na ampla barriga com uma expressão pesarosa, e então se foi na companhia de Sun Kai.

— Ele escapou por pouco — observou Laurence, recostando-se novamente na cadeira. — Aqueles trajes o teriam arrastado para o fundo num instante se ele tivesse caído de verdade.

— Eu lamento que eles não tenham todos caído de verdade — murmurou Temeraire, bem baixo para um dragão de vinte toneladas, ou seja, nada baixo. Houve risadinhas no convés, e Hammond olhou em volta, preocupado.

O restante do séquito foi içado a bordo sem maiores incidentes e instalado quase tão rapidamente quanto a bagagem. Hammond pareceu muito aliviado com o fim da operação, enxugando o suor com as costas da mão, apesar do vento frio e cortante como uma navalha, e se sentou exausto num baú no passadiço, aborrecendo os tripulantes. Eles não poderiam puxar o escaler de volta com ele no caminho, mas Hammond era um passageiro e emissário importante demais para que alguém pudesse mandar que ele se movesse.

Com pena de todos, Laurence procurou os mensageiros: Roland, Morgan e Dyer tinham recebido ordens para ficar quietos no convés dos dragões e fora do caminho, portanto estavam sentados enfileirados na amurada do costado, balançando os pés no vazio.

— Morgan — chamou Laurence, e o garoto de cabelos escuros se levantou e foi correndo até o capitão. — Vá convidar o Sr. Hammond para se sentar comigo, se ele assim desejar.

Hammond se animou com o convite e foi até o convés dos dragões imediatamente, sem perceber quando, atrás dele, os marujos começaram a preparar as roldanas para içar o escaler a bordo no mesmo momento.

— Obrigado, senhor, obrigado, é muita bondade sua — agradeceu o emissário, sentando-se num baú que Morgan e Roland tinham empurrado para ele e aceitando com gratidão ainda maior a oferta de um cálice de conhaque. — Não faço a menor ideia do que eu faria se Liu Bao tivesse se afogado.

— É esse o nome do cavalheiro? — indagou Laurence. Tudo que ele lembrava do emissário mais velho durante a reunião no Almirantado era do ronco bem assoviante. — Teria sido um início nada auspicioso para a jornada, mas Yongxing não poderia culpar o senhor pelo passo em falso do emissário.

— Não, o senhor está bastante enganado — Hammond o contradisse. — Ele é um príncipe, pode culpar quem bem entender.

Laurence estava disposto a tomar aquilo como uma piada, mas Hammond parecia estar falando muito sério, e depois de esvaziar a maior parte do cálice de conhaque durante o que já parecia a Laurence, apesar do curto tempo de convivência, um silêncio nada característico, Hammond acrescentou abruptamente:

— E, por favor, me perdoe; preciso mencionar quão prejudiciais esses comentários podem ser, as consequências de uma ofensa impensada...

Laurence levou um momento para entender que Hammond se referia aos resmungos ressentidos de Temeraire; o dragão foi mais rápido que o capitão e respondeu por si mesmo:

— Eu não me importo se eles não gostarem de mim — afirmou. — Talvez assim me deixem em paz, e eu não tenho que ficar na China. — Isso pareceu uma verdadeira revelação para o dragão, que levantou a cabeça com um súbito entusiasmo. — Se eu for muito ofensivo, você acha que eles irão embora? Laurence, o que seria particularmente insultante?

Hammond parecia Pandora, diante da caixa aberta enquanto os horrores escapavam para o mundo; Laurence teve vontade de rir, mas conteve-se em solidariedade. Hammond era jovem para o trabalho e certamente, por mais brilhante que fosse o seu talento, sentia a própria falta de experiência. Era impossível não ser cauteloso demais.

— Não, meu caro, isso não resolverá — admoestou Laurence. — Provavelmente eles apenas nos culpariam por lhe ensinar más maneiras, e ficariam ainda mais decididos a tomá-lo de nós.

— Ah — Temeraire deixou a cabeça pousar novamente sobre as patas dianteiras, desconsolado. — Bem, acho que eu não me importo tanto em ir, a não ser pelo fato de que todos os outros vão estar lutando sem mim — comentou o dragão, resignado. — Mas a viagem será muito interessante, e eu imagino que gostaria de conhecer a China, só que eles vão tentar tirar o Laurence de mim novamente, tenho certeza, e isso não vou admitir.

Hammond prudentemente não discutiu o assunto com Temeraire, mas se apressou em dizer:

— Quanto tempo essa operação de embarque tomou no fim das contas... Imagino que não seja típico. Asseguraram-me de que já estaríamos na metade do canal ao meio-dia, e no entanto ainda nem içamos velas.

— Creio que já estamos quase prontos — respondeu Laurence. O último enorme baú estava sendo içado a bordo, para as mãos de marujos que aguardavam, com a ajuda de polias e cordas. Os homens todos pareciam estar cansados e mal-humorados, como era de esperar, após terem passado tempo suficiente para carregar dez dragões, carregando em vez disso apenas um homem e sua bagagem. Além disso, o almoço deles já estava atrasado em uma boa meia hora.

Assim que o baú desapareceu barco adentro, o capitão Riley subiu as escadas do tombadilho superior para se juntar a eles, tirando o chapéu tempo suficiente para limpar o suor da testa.

— Não faço a menor ideia de como eles conseguiram chegar com essa tralha toda até a Inglaterra. Imagino que não tenham vindo de transporte?

— Não, caso contrário certamente estaríamos voltando no navio deles — comentou Laurence. Ele não tinha pensado no assunto antes e percebeu só naquele momento que não fazia ideia de como a missão chinesa tinha feito a viagem. — Talvez eles tenham vindo por terra.

Hammond estava calado e com o cenho franzido, evidentemente se perguntando a mesma coisa.

— Deve ser uma jornada muito interessante, com tantos lugares diferentes para se visitar — observou Temeraire. — Não que eu esteja lamentando ir de navio, de maneira alguma — o dragão acrescentou apressado, espiando Riley ansiosamente para se assegurar de não tê-lo ofendido. — Será muito mais rápido ir de navio?

— Não, de maneira alguma — Laurence respondeu. — Já ouvi falar de um mensageiro que foi de Londres a Bombaim em dois meses, e nós teremos sorte se conseguirmos chegar a Cantão em sete. Mas não há rota segura por terra: a França está no caminho e há muita bandidagem, sem falar nas montanhas e no deserto de Taklamakan, que teríamos de cruzar.

— Eu pessoalmente não apostaria em menos de oito meses — acrescentou Riley. — Se conseguirmos fazer mais do que seis nós, com o vento em qualquer outra direção que não seja diretamente a popa, será mais do que eu espero, julgando pelo calado. — Abaixo e acima agora havia uma grande movimentação, com todos os homens ocupados em preparar a embarcação para desatracar e zarpar; a maré vazante marulhava suavemente a barlavento.

— Bem, temos que pôr mãos à obra. Laurence, esta noite terei de ficar no convés, preciso conhecer melhor o ritmo desta nau. Mas espero que você possa jantar comigo amanhã. E o senhor também, é claro, Sr. Hammond.

— Capitão — Hammond falou. — Não estou familiarizado com o curso ordinário da vida em um navio; rogo que seja paciente. Seria adequado convidar os membros da missão diplomática?

— Como... — exclamou Riley, estupefato, e Laurence não podia culpá-lo: era um pouco demais convidar pessoas para a mesa de outro homem. Mas Riley se controlou e respondeu, mais polidamente. — Certamente, senhor, cabe ao príncipe Yongxing sugerir esse convite primeiro.

— Estaremos em Cantão antes que isso aconteça no atual estado das relações — Hammond argumentou. — Não, precisamos fazer um esforço para nos aproximarmos dele, de alguma forma.

Riley ofereceu um pouco mais de resistência, mas Hammond estava determinado e conseguiu, com uma combinação habilidosa de coação e surdez para as insinuações, convencê-lo. Riley poderia ter lutado um pouco mais, mas os homens estavam todos esperando impacientemente pela ordem de içar âncora, a maré estava vazando a cada minuto, então finalmente Hammond encerrou o assunto dizendo:

— Obrigado, senhor, pela sua tolerância, e agora peço que os cavalheiros me deem licença. Tenho uma habilidade razoável com a escrita deles em terra firme, mas imagino que levarei mais tempo para rascunhar um convite aceitável a bordo do navio. Com isso ele se levantou e escapou antes que Riley pudesse retirar a rendição que não tinha exatamente oferecido.

— Bem — comentou Riley, aborrecido. — Antes que ele consiga escrever o tal bilhete, vou colocar este navio o mais longe da costa que puder; se eles ficarem tão furiosos quanto gatos num saco, pelo menos com esse vento vou poder afirmar com perfeita honestidade que não posso voltar ao porto para que eles possam me chutar para terra firme. Talvez superem isso quando chegarmos à ilha da Madeira.

Riley pulou para o castelo de proa e deu a ordem. Em um minuto os homens junto aos cabrestantes de altura quádrupla estavam fazendo força, e os grunhidos podiam ser ouvidos dos conveses inferiores à medida que os cabos arrastavam as serviolas de ferro. As menores ancoretas do *Allegiance* eram tão grandes quanto os maiores ferros de leva de outro navio, com as patas de âncora se estendendo numa largura maior do que a altura de um homem.

Para grande alívio dos homens, Riley não ordenou que eles zarpassem à força dos cabos; um punhado de marinheiros empurrou a nau com longas hastes de ferro, e até mesmo isso quase não foi necessário. O vento soprava de nordeste, no través de estibordo, o que, somado à maré, levou a embarcação para longe do porto com facilidade. Apenas as velas de topo estavam içadas, mas assim que eles passaram completamente o ancoradouro, Riley comandou a abertura das velas de joanete e das velas principais e, apesar das palavras pessimistas, logo estavam avançando pelo mar numa velocidade considerável. O *Allegiance* não se desviou muito da rota, com aquela longa quilha funda, e singrou o canal em linha reta de forma majestosa.

Temeraire virou a cabeça para a frente para aproveitar o vento que os fazia avançar: parecia bastante a figura de proa de algum velho navio viking. Laurence sorriu ao pensar nisso. Temeraire percebeu a expressão e o afagou com o focinho carinhosamente.

— Você poderia ler para mim? — pediu o dragão, esperançoso. — Temos apenas mais umas duas horas de luz.

— Com prazer — respondeu Laurence, e se endireitou na cadeira para procurar um dos mensageiros. — Morgan, você poderia fazer a gentileza de descer e buscar o livro que está em cima do meu baú? É de um autor chamado Gibbon, e estamos no segundo volume.

A grande cabine de almirante na popa tinha sido apressadamente convertida numa espécie de apartamento oficial para o príncipe Yong-xing, e a cabine do capitão, sob o tombadilho, fora dividida entre os dois outros emissários seniores. Os alojamentos menores em volta tinham sido ocupados pelos guardas e serviçais, deslocando não só o próprio Riley, mas também o primeiro-tenente do navio, lorde Purbeck, o médico, o mestre e vários outros oficiais. Felizmente, os alojamentos na proa, geralmente reservados para os aviadores seniores, estavam praticamente vazios, considerando que Temeraire era o único dragão a bordo. Mesmo sendo partilhados por tantos oficiais, não havia falta de espaço. Para a ocasião, os carpinteiros tinham removido as anteparas das cabines individuais e criado um grande salão de jantar.

Grande demais, inicialmente: Hammond tinha se oposto.

— Não podemos aparentar ter mais espaço do que o príncipe — explicou, e então as anteparas foram movidas uns bons 180 centímetros para a frente: as mesas reunidas ficaram subitamente espremidas.

Riley tinha se beneficiado do enorme prêmio em dinheiro concedido pela captura do ovo de Temeraire quase tanto quanto o próprio Laurence. Felizmente, tinha condições de manter uma mesa boa e grande. A ocasião de fato exigia todas as peças de mobília que puderam ser encontradas a bordo. Assim que se recuperou do choque pavoroso de ter o convite apenas parcialmente aceito, Riley tinha convidado todos os oficiais seniores, os tenentes de Laurence e qualquer outro homem do qual se poderia esperar uma conversa civilizada.

— O príncipe Yongxing não virá — anunciou Hammond. — E o restante deles mal sabe uma dúzia de palavras em inglês se somarmos tudo o que sabem. A não ser o intérprete, é claro, mas ele é apenas um.

— Então pelo menos poderemos fazer barulho o suficiente entre nós mesmos para que não fiquemos todos sentados num silêncio horrendo — respondeu Riley.

As esperanças dele, porém, não foram concretizadas: no momento em que os convidados chegaram, um silêncio absoluto se instalou e dava sinais de que iria durar a refeição inteira. Apesar da presença do intérprete, nenhum dos chineses puxou conversa. O emissário mais velho, Liu Bao, também tinha ficado de fora, deixando Sun Kai como o representante sênior; ele, contudo, fez apenas uma saudação formal ao chegar e depois manteve uma dignidade calma e silenciosa. Apesar disso, olhou atentamente para a coluna grossa como um barril do mastro de proa, pintada com listras amarelas, que descia do teto e passava pelo centro da mesa, e chegou até mesmo a olhar por baixo da toalha de mesa, para ver se o mastro continuava descendo até o convés.

Riley tinha deixado o lado direito da mesa reservado inteiramente para os convidados chineses e tinha lhes indicado os lugares, mas eles não se moveram para se sentar quando o capitão e os oficiais o fizeram, o que deixou os britânicos confusos. Alguns homens já estavam meio sentados, tentando se manter suspensos no ar. Desnorteado, o capitão insistiu que os convidados se sentassem, mas teve de instá-los várias vezes até que finalmente tomaram os assentos. Foi um começo inauspicioso, que não encorajou a conversa.

Os oficiais começaram se refugiando nas próprias refeições, mas nem mesmo essa aparência de boas maneiras durou muito tempo. Os chineses não comiam com garfo e faca, mas com palitos laqueados que haviam levado consigo. De alguma forma, manobravam os instrumentos com apenas uma das mãos, levando comida até a boca, e logo a metade britânica do evento estava encarando de forma rude, com uma fascinação incontrolável, e cada novo prato representava uma nova oportunidade de observar a técnica. Os convidados ficaram um pouco confusos com a travessa de carneiro assado, com grandes fatias cortadas do pernil, mas depois de um momento um dos serviçais mais jovens enrolou cuidadosamente uma fatia usando apenas os palitos e a ergueu inteira, comendo-a em três mordidas. Os outros seguiram o exemplo.

A essa altura Tripp, o aspirante mais jovem de Riley, um rapaz gorducho e desagradável que estava a bordo graças aos três votos de sua família no Parlamento e tinha sido convidado à mesa mais por sua educação do que pela companhia agradável, estava disfarçadamente tentando imitar o estilo de comer dos chineses, usando o garfo e a faca virados de cabeça para baixo no lugar dos palitos. Contudo, seus esforços não obtiveram muito sucesso, a não ser sujar as calças até então limpas. Ele estava muito longe da extremidade da mesa para ser admoestado com olhares duros, e os homens ao redor dele estavam ocupados demais olhando os chineses para perceber.

Sun Kai ocupava o lugar de honra, o mais próximo de Riley. O capitão, desesperado para distrair a atenção de Sun Kai das trapalhadas do rapaz, ergueu o copo para o convidado, enquanto olhava para Hammond com o canto do olho, e brindou:

— À sua saúde, senhor. — Hammond murmurou uma tradução apressada e bebericou educadamente, apenas um pouco: era um vinho da Madeira encorpado e reforçado com conhaque, escolhido para sobreviver aos mares agitados. Por um momento o gesto pareceu salvar a ocasião: os outros oficiais lembraram-se tardiamente dos próprios deveres de cavalheiros e passaram a brindar ao restante dos convidados. A pantomima de copos erguidos era perfeitamente compreensível sem tradução e quebrou naturalmente o gelo das relações. Sorrisos e acenos de cabeça começaram a se multiplicar na mesa. Laurence ouviu Hammond, ao lado, deixar escapar um suspiro quase inaudível por entre os lábios entreabertos e finalmente começar a comer.

Laurence sabia que não estava fazendo sua parte, mas o joelho estava travado contra uma das pernas da mesa, impedindo que ele esticasse a perna dolorida, e apesar de ter bebido o mínimo necessário para ser educado, a cabeça parecia estar pesada e nebulosa. Esperava no máximo não causar vergonha e se resignou a se desculpar com Riley após a refeição pela própria chatice.

O terceiro-tenente de Riley, um camarada chamado Franks, tinha passado os três primeiros brindes em um silêncio rude, sentado rigidamente e erguendo o copo acompanhado apenas de um sorriso mudo; o fluir do vinho, porém, finalmente liberou sua língua. Tinha servido num navio mercante da Companhia das Índias Orientais quando garoto, durante a paz, e evidentemente aprendera algumas palavras de chinês. Naquele momento, estava experimentando algumas das menos obscenas com o cavalheiro sentado diante dele: um homem jovem e de cabeça raspada chamado Ye Bing, magricelo e desajeitado sob a camuflagem das vestes, que se animou e tentou responder com o pouco de inglês que sabia.

— Um muito... uma ótima... — Ye Bing começou e empacou, incapaz de lembrar o restante do elogio que queria fazer, balançando a cabeça em negativa enquanto Franks oferecia, alternadamente, as opções que lhe pareciam mais naturais: vento, noite, jantar. Finalmente Ye Bing chamou com um gesto o intérprete, que disse no lugar dele:

— Muitos cumprimentos à sua nau: é projetada de maneira muito inteligente.

Elogios assim derretiam o coração de qualquer marinheiro; Riley, que escutou a declaração, se desligou da conversa bilíngue desconexa que mantinha com Hammond e Sun Kai sobre a rota que seguiriam provavelmente para o sul e chamou o intérprete.

— Por favor, agradeça ao cavalheiro pelas palavras gentis, senhor. E diga-lhe que eu espero que os senhores todos se sintam muito confortáveis aqui.

Ye Bing curvou a cabeça e respondeu, por meio do intérprete:

— Obrigado, senhor, já estamos muito mais confortáveis do que na nossa jornada de vinda. Quatro naus foram necessárias para nos trazer até aqui, e uma delas era desafortunadamente lenta.

— Capitão Riley, fui informado de que o senhor já cruzou o cabo da Boa Esperança antes — interrompeu Hammond rudemente, e Laurence olhou para ele, surpreso.

Riley também parecia espantado, mas virou-se educadamente de volta para responder. Franks, que tinha passado quase os dois últimos dias inteiros nos porões de carga fedorentos, coordenando a armazenagem de toda a bagagem, comentou com um pouco de irreverência:

— Quatro naus, apenas? Estou surpreso por não terem sido seis. Vocês deveriam estar apertados como sardinhas.

Ye Bing assentiu com a cabeça e respondeu:

— Os navios eram pequenos para uma jornada tão longa, mas ao servir ao imperador todos os desconfortos são uma alegria e, de qualquer maneira, eram as maiores embarcações britânicas em Cantão naquele momento.

— Ah, então vocês contrataram navios mercantes da Companhia das Índias para a viagem? — indagou Macready. Ele era o tenente dos fuzileiros navais, um toco de homem magro como arame que usava óculos que pareciam estranhos no rosto cheio de cicatrizes. Não havia malícia, mas sim um tom inegável de superioridade na pergunta, assim como nos sorrisos trocados pelos homens da Marinha. Que os franceses sabiam construir navios, mas não navegá-los; que os espanhóis eram irritáveis e indisciplinados; que os chineses não tinham frota digna de nota... Todas essas eram máximas do serviço militar naval, e vê-las confirmadas era um acontecimento sempre agradável, sempre estimulante.

— Quatro navios no porto de Cantão e vocês encheram os porões de bagagem em vez de seda ou porcelana... Eles devem ter-lhes cobrado o mundo — acrescentou Franks.

— Que estranho o senhor fazer tal comentário — respondeu Ye Bing. — Por mais que estivéssemos viajando sob o brasão do imperador, isso é verdade, um capitão tentou exigir pagamento, e depois até mesmo tentou zarpar sem permissão. Algum espírito maligno deve tê-lo possuído e o obrigado a agir de maneira tão insana. Mas acho que os oficiais da companhia conseguiram encontrar um médico para ele, que recebeu permissão para se desculpar.

Franks encarou o chinês fixamente, sem conseguir se controlar.

— Mas então por que ele transportou vocês, se não o pagaram?

Ye Bing o encarou de volta, igualmente surpreso em ouvir aquela pergunta.

— As naus foram confiscadas por decreto imperial. O que mais eles poderiam ter feito? — O chinês deu de ombros como se para encerrar o assunto e voltou a atenção para os pratos. Parecia achar que a informação que tinha revelado era menos importante do que as tarteletes de geleia que o cozinheiro de Riley tinha oferecido como último prato.

Laurence pousou o garfo e a faca abruptamente; seu apetite, que já tinha começado fraco, agora desaparecera completamente. Que eles pudessem falar tão casualmente do confisco de navios e propriedades britânicas e da servidão de marinheiros britânicos a um soberano estrangeiro... Por um momento Laurence quase se convenceu de que tinha entendido errado o comentário. Todos os jornais do país teriam feito um grande escarcéu em torno desse incidente; o governo certamente teria feito um protesto formal. Então Laurence olhou para Hammond: o rosto do diplomata estava pálido e alarmado, mas nada surpreso. Por fim, toda a dúvida restante desapareceu quando Laurence recordou o comportamento lamentável de Barham, tão rastejante, e as tentativas de Hammond de mudar o rumo da conversa.

Os outros britânicos demoraram apenas um pouco mais para chegar à mesma conclusão, sussurros percorrendo a mesa, conforme os oficiais murmuravam entre si. A resposta de Riley a Hammond, que ainda estava em curso, desacelerou e parou.

— A travessia do cabo foi muito difícil? — Hammond perguntou, tentando com urgência envolver Riley novamente na conversa. — Espero que não tenhamos de temer o tempo ruim pelo caminho.

Mas era tarde demais, um silêncio absoluto tomou conta do ambiente, exceto pela mastigação barulhenta do jovem Tripp.

Garnett, o mestre, acotovelou o garoto com força, e até mesmo esse último barulho cessou. Sun Kai pousou o cálice de vinho e olhou de um lado ao outro da mesa, com o cenho franzido. Tinha percebido a mudança de atmosfera, uma sensação de tempestade se aproximando. Já se bebera muito ao redor da mesa, apesar de eles mal terem chegado à metade da refeição, e muitos dos oficiais eram jovens e estavam rubros de mortificação e raiva. Não era raro que um oficial da Marinha, posto em terra pela paz intermitente ou pela falta de influência, tivesse servido a bordo das naus da Companhia das Índias Orientais. Os laços entre a Real Marinha Britânica e a Marinha mercante eram fortes, e o insulto foi portanto sentido com força ainda maior.

O intérprete se afastou das cadeiras com expressão ansiosa, mas a maioria dos convidados chineses ainda não tinha percebido a situação. Um deles riu alto de algum comentário do vizinho: foi um som solitário e estranho no salão.

— Por Deus — exclamou Franks subitamente em voz alta. — Eu deveria...

Os vizinhos de assento o seguraram pelos braços, apressadamente, e o mantiveram na cadeira, fazendo com que se calasse enquanto olhavam ansiosamente para os oficiais superiores, mas os sussurros apenas aumentaram.

— ... sentados à nossa mesa! — um homem terminava de dizer, recebendo em resposta sinais violentos de concordância. Uma explosão poderia acontecer a qualquer momento, e certamente seria desastrosa. Hammond tentava falar, mas ninguém lhe dava atenção.

— Capitão Riley — chamou Laurence, rispidamente e em voz alta, calando os sussurros furiosos. — O senhor poderia nos fazer a gentileza de explicar a rota da nossa viagem? Creio que o Sr. Granby estava muito curioso a esse respeito.

Granby, sentado algumas cadeiras adiante, o rosto bronzeado pálido, levou um susto. Após alguns momentos, concordou, acenando com a cabeça para Riley:

— Sim, de fato, eu consideraria isso um imenso favor, senhor.

— É claro — respondeu Riley, um pouco rigidamente. O capitão se inclinou para o armário atrás de si, onde ficavam os mapas. Trazendo um deles à mesa, ele traçou a rota, falando um pouco mais alto do que o normal. — Uma vez fora do canal, teremos de nos afastar da costa para evitar a França e a Espanha; então poderemos nos aproximar um pouco e seguir pelo litoral da África o melhor que pudermos. Vamos alcançar o Cabo antes das monções de verão, talvez uma semana ou três, dependendo da nossa velocidade, e então seguiremos com o vento até o mar da China Meridional.

O pior do silêncio severo tinha sido quebrado, e lentamente uma frouxa conversa obrigatória recomeçou, mas ninguém dirigiu uma palavra sequer aos visitantes chineses, exceto quando Hammond falava ocasionalmente com Sun Kai; contudo, sob o peso dos olhares desaprovadores, até mesmo ele fraquejou e silenciou. Riley foi obrigado a pedir a sobremesa, e o jantar se encaminhou para um fim desastroso, muito mais cedo do que o normal.

Havia fuzileiros navais e marinheiros de pé atrás das cadeiras de cada oficial fazendo o papel de serviçais, e eles já estavam murmurando entre si. Quando Laurence retornou ao convés, se impulsionando escada acima mais pela força dos braços do que pelas pernas, eles já tinham saído, e as notícias já tinham se espalhado pelo convés inteiro, e os aviadores até mesmo falavam com os marinheiros por sobre a linha.

Hammond foi até o convés e olhou para os grupos tensos e murmurantes de homens, mordendo os lábios até que ficassem brancos.

A ansiedade deixava seu rosto estranhamente envelhecido e cansado. Laurence não sentiu pena alguma, somente indignação, pois não havia dúvidas de que Hammond tinha tentado deliberadamente ocultar o assunto vergonhoso.

Riley estava ao lado dele, sem beber da xícara de café que tinha na mão. A bebida estava fervida, ou pior, queimada, a julgar pelo cheiro.

— Sr. Hammond — disse o capitão da nau, em voz bem baixa, mas com autoridade, mais autoridade do que Laurence, que o tivera como subordinado pela maior parte do tempo que se conheciam, jamais o vira usar. Era uma autoridade que eliminava completamente todos os traços do seu humor geralmente despreocupado. — Por favor, informe aos chineses de que é essencial que eles fiquem nos próprios aposentos, não dou a mínima para qual desculpa você vai usar, mas eu não apostaria 2 tostões na vida deles se aparecerem nesse convés novamente. Capitão — acrescentou, olhando para Laurence —, rogo que mande seus homens dormir imediatamente; não estou gostando do clima da tripulação.

— Certo — concordou Laurence, compreendendo inteiramente. Homens tão revoltados poderiam ficar violentos, e dali seria um passo curto até o motim. A causa original da fúria nem importaria mais então. O capitão do ar chamou Granby com um gesto.

— John, mande os rapazes para os alojamentos e peça aos oficiais que os mantenham quietos. Não queremos problemas.

Granby assentiu com a cabeça.

— Por Deus, aliás... — o primeiro-oficial começou a falar, os olhos endurecidos pela própria raiva, mas parou quando Laurence balançou a cabeça e saiu. Os aviadores se separaram e desceram em silêncio. O exemplo provavelmente foi benéfico, pois os marinheiros não criaram problemas quando receberam a mesma ordem. Afinal, acima de tudo, sabiam muito bem que naquele caso os oficiais não eram os inimigos: a raiva era um ser vivo em todos os peitos, um sentimento compartilhado que os unia a todos. Portanto, ouviu-se pouco mais do que resmungos quando lorde Purbeck, o primeiro-tenente, saiu para o convés em meio aos marinheiros e os mandou para dentro no sotaque afetado e arrastado:

— Vamos lá, Jenkins, vamos, Harvey.

Temeraire estava esperando no convés dos dragões com a cabeça erguida e os olhos brilhantes. Tinha entreouvido o bastante para arder de curiosidade. Após ficar sabendo do restante da história, o dragão fungou e comentou:

— Se os próprios navios deles não podiam transportá-los, o melhor era eles terem ficado em casa. — Esse comentário fora muito menos motivado pela indignação contra a ofensa do que por uma simples aversão. Como a maioria dos dragões, Temeraire tinha uma visão muito despreocupada da propriedade privada, exceto, é claro, no que se referia às joias e ao ouro que lhes pertenciam. Enquanto conversavam, o dragão estava ocupado polindo o imenso pingente de safira que Laurence tinha lhe presenteado e que ele nunca tirava, exceto para limpá-lo.

— É um insulto à coroa — argumentou Laurence, esfregando a mão sobre a perna com golpes curtos e fortes, ressentindo o ferimento. Ele queria muito poder andar de um lado para o outro naquele momento. Hammond estava de pé na balaustrada do tombadilho superior fumando um charuto, com a fraca luz vermelha da brasa ardente faiscando com as inalações, iluminando o rosto pálido e suado. Laurence olhou furioso e amargo para o diplomata por sobre o convés quase vazio. — Eu me pergunto como ele e o Barham conseguiram engolir tamanho ultraje com tão pouco barulho. É inaceitável.

Temeraire piscou para Laurence.

— Mas eu achei que era necessário evitar a guerra com a China a qualquer custo — ponderou o dragão, muito razoável, repetindo o que lhe tinha sido inculcado interminavelmente durante semanas, inclusive pelo próprio Laurence.

— Eu preferia até a paz com Bonaparte, se fosse para escolhermos o mal menor — retrucou Laurence, momentaneamente furioso demais para considerar a questão de forma racional. — Pelo menos ele teve a decência de declarar guerra antes de capturar os nossos cidadãos, ao contrário desses insultos arremessados sem cerimônia na nossa cara, como se não fôssemos ousar responder. Não que o nosso governo tenha dado

97

a eles algum motivo para pensar de outra forma: parecem uma matilha de vira-latas, rolando com a barriga para cima. E pensar — acrescentou Laurence furioso — que aquele patife estava tentando me convencer a me ajoelhar e tocar o chão com a testa em sinal de submissão, sabendo do que já tinha acontecido...

Temeraire bufou de surpresa diante da veemência de Laurence e o afagou com o focinhou gentilmente.

— Por favor, não fique tão bravo, pode não lhe fazer bem.

Laurence balançou a cabeça, sem discordar, e se calou, recostado em Temeraire. Não era uma boa ideia descarregar a raiva assim; alguns dos homens que ainda estavam no convés poderiam escutá-lo e tomar aquilo como encorajamento para algum ato impensado. Além disso, ele não queria aborrecer Temeraire. Contudo, muitas coisas subitamente ficaram claras para Laurence: depois de engolir um insulto daqueles, é claro que o governo não hesitaria em entregar um único dragão. O Ministério inteiro ficara feliz em se livrar de uma lembrança tão desagradável e em ver aquele assunto todo abafado de uma vez por todas.

O capitão acariciou o flanco de Temeraire, em busca de conforto.

— Não quer ficar aqui em cima comigo, um pouco? — indagou o dragão, persuasivo. — É melhor você se sentar e descansar, e não se aborreça tanto.

De fato, Laurence não queria deixá-lo; era curioso como o capitão recuperava a calma perdida sob a influência daquele batimento cardíaco constante sob seus dedos. O vento não estava muito forte, e nem todos os tripulantes do turno da noite puderam ser persuadidos a ir para dentro. Um oficial a mais no convés não seria má ideia.

— Tudo bem, eu fico. De qualquer maneira, não quero deixar Riley sozinho com a tripulação nesse estado de espírito — respondeu Laurence, e foi mancando pegar os cobertores.

Capítulo 4

O VENTO VINHA FRESCO do nordeste, muito frio. Laurence acordou do sono leve e olhou para as estrelas. Apenas algumas horas tinham se passado. O capitão se aninhou mais fundo nos cobertores junto ao flanco de Temeraire e tentou ignorar a dor constante na perna. O convés estava estranhamente calmo; sob o olhar severo e vigilante de Riley não havia conversas entre a tripulação restante, por mais que ocasionalmente Laurence pudesse ouvir murmúrios indistintos do cordame acima, onde homens sussurravam entre si. Não havia lua, apenas um punhado de lampiões no convés.

— Você está com frio — afirmou Temeraire inesperadamente, e Laurence se virou para ver os grandes olhos azuis estudando-o. — Vá para dentro, Laurence. Você precisa ficar bom, e eu não vou deixar ninguém machucar o Riley. Nem os chineses, acho, se você assim desejar — acrescentou, sem muito entusiasmo.

Laurence concordou com a cabeça, cansado, e se levantou de novo. A ameaça de perigo estava encerrada, pensou, pelo menos naquele momento, e não havia motivo para ficar do lado de fora.

— Você está confortável? — indagou o capitão do ar.

— Estou, com o calor que vem de baixo, estou perfeitamente aquecido — respondeu Temeraire, e de fato Laurence podia sentir o calor do convés dos dragões mesmo através das solas das botas.

Era muito mais agradável do lado de dentro, protegido do vento. A perna do capitão deu duas pontadas fortes de dor enquanto ele descia para o convés de alojamento, mas os braços conseguiram sustentar o peso e o seguraram até os espasmos passarem. Laurence conseguiu chegar à cabine sem cair.

O quarto tinha várias janelinhas redondas agradáveis, era protegido das correntes de ar, e como estava perto da cozinha do navio, mesmo com o vento a cabine continuava quente. Um dos mensageiros tinha acendido o lampião suspenso, e o livro de Gibbon ainda estava aberto sobre os baús. Laurence adormeceu quase imediatamente, o balanço suave da rede de dormir mais familiar que qualquer cama e o sussurro baixo do mar ao longo dos flancos do navio um som tranquilizante e constante.

Laurence acordou de súbito, completamente sem fôlego, antes mesmo de abrir os olhos. O barulho era mais sentido do que ouvido. O convés se inclinou de repente, e o capitão esticou o braço para não bater no teto. Um rato passou deslizando pelo chão e se chocou contra os baús na frente, antes de voltar em disparada para as trevas, indignado.

O navio se endireitou quase imediatamente: não havia ventos nem marés estranhos. Laurence entendeu na hora que Temeraire tinha alçado voo. O capitão vestiu apressado a casaca náutica e correu para fora de pijama e pés descalços. O tocador de tambor batia, convocando a todos, o ritmo forte ecoando nas paredes de madeira. Enquanto Laurence cambaleava para fora da cabine, o carpinteiro e seus assistentes passaram correndo para remover as anteparas. Outro estrondo: bombas, ele reconheceu, e então Granby estava subitamente ao seu lado, um pouco menos mal-ajambrado, pois estivera dormindo de calções. Laurence aceitou o braço do tenente sem hesitar e com a ajuda dele conseguiu atravessar a multidão e chegar novamente ao convés dos dragões. Marinheiros corriam com pressa frenética até as bombas d'água, jogando baldes no mar para pegar água e encharcar os conveses e molhar as velas. Um florescer de amarelo-alaranjado estava tentando crescer na beira da vela de joanete do terceiro mastro, que estava recolhida. Um dos aspirantes, um rapaz de 13 anos cheio de espinhas que Laurence tinha visto embromando naquela manhã, se atirou corajosamente no pátio com a camisa molhada na mão, abafando as chamas.

Não havia luz alguma, nada que permitisse ver o que poderia estar acontecendo no ar, e a gritaria era tamanha que tornava impossível ouvir qualquer coisa da batalha que acontecia acima. Temeraire poderia estar rugindo a plenos pulmões e eles nada escutariam.

— Precisamos disparar um sinalizador imediatamente! — Laurence afirmou, recebendo as botas de Roland. Ela tinha saído correndo com elas, e Morgan com os calções.

— Calloway, vá buscar uma caixa de sinalizadores e a pólvora de flash — comandou Granby. — Deve ser um Fleur-de-Nuit, nenhuma outra raça seria capaz de ver sem pelo menos a luz do luar. Se ao menos eles pudessem parar com o barulho — acrescentou, olhando inutilmente para cima.

O estalo alto os avisou; Laurence caiu enquanto Granby tentava puxá-lo para a segurança, mas apenas um punhado de lascas saiu voando. Gritos vieram de baixo: a bomba tinha atravessado um ponto frágil da madeira e caído na cozinha. Vapor quente subiu pelo buraco, espalhando o cheiro de porco salgado já sendo marinado para a refeição do dia seguinte: seria quinta-feira, Laurence lembrou, a rotina do navio tão gravada na mente que um pensamento seguiu o outro instantaneamente.

— Precisamos levá-lo para dentro — exclamou Granby, pegando o braço do capitão e gritando: — Martin!

Laurence respondeu com um olhar espantado e horrorizado. Granby nem percebeu, e Martin, segurando o braço direito do capitão, parecia achar que não havia nada mais natural.

— Eu não vou abandonar o convés — retrucou Laurence, secamente.

O artilheiro Calloway veio ofegante com a caixa. Num momento, o assovio do primeiro rojão sinalizador cortou as vozes baixas e o clarão branco-amarelado iluminou o céu. Um dragão urrou: não era a voz de Temeraire, muito grave. No momento curto demais em que a luz persistiu, Laurence viu Temeraire pairando protetoramente sobre o navio. O Fleur-de-Nuit tinha se evadido nas trevas e estava um pouco mais adiante, virando a cabeça para longe da luz.

Temeraire rugiu imediatamente e disparou contra o dragão francês, mas o sinalizador morreu e caiu, deixando tudo novamente negro como piche.

— Mais um, mais um, porcaria — Laurence gritou para Calloway, que ainda estava olhando para cima como todos os outros. — Ele precisa de luz, continue atirando, não pare.

Mais tripulantes apareceram para ajudar, tripulantes demais: três outros rojões subiram ao mesmo tempo, e Granby correu para evitar mais desperdício. Logo eles tinham o tempo marcado, e um rojão seguia o outro numa progressão constante, com um clarão novo de luz surgindo bem quando o anterior se apagava. A fumaça se acumulava ao redor de Temeraire, formando uma trilha atrás das asas dele na fraca luz amarela enquanto o dragão se aproximava do Fleur-de-Nuit, rugindo. O dragão francês mergulhou para escapar, e as bombas caíram espalhadas sobre a água, inofensivas, o som dos impactos viajando sobre o mar.

— Quantos rojões nós ainda temos? — Laurence indagou a Granby em voz baixa.

— Quatro dúzias, talvez, não mais — respondeu Granby, severo. Eles estavam gastando bem rápido. — E isso já contando com aqueles que o *Allegiance* estava carregando além dos nossos, o artilheiro trouxe tudo que tinham.

Calloway reduziu o ritmo dos disparos para estender o suprimento reduzido ao máximo, de modo que as trevas voltaram com força total entre as explosões de luz. Os olhos de todos ardiam com a fumaça e o esforço de tentar ver algo em meio à luz fraca e mortiça dos rojões. Laurence podia apenas imaginar como Temeraire estaria se virando, sozinho, quase cego, contra um oponente completamente tripulado e preparado para a batalha.

— Senhor, capitão! — chamou Roland, acenando da balaustrada de estibordo. Martin ajudou Laurence a ir até lá, mas antes que eles alcançassem a menina, um dos últimos rojões estourou no alto e por um momento o oceano atrás do *Allegiance* ficou bem iluminado: havia duas fragatas francesas pesadas chegando por trás deles, com o vento a favor, e uma dúzia de botes na água, lotados de homens, se aproximava dos dois lados.

— Vela à vista, preparar para abordagem — o vigia gritou ao ver também, e subitamente a confusão recomeçou. Havia marinheiros correndo pelo convés para estender as redes de abordagem, e Riley estava atrás do grande timão duplo com o timoneiro e dois dos marujos mais fortes; eles tentavam virar o *Allegiance* com uma pressa desesperada, tentando voltar os canhões para os inimigos. Não havia sentido em tentar fugir dos navios franceses, pois naquele vento as fragatas conseguiriam fazer uns bons 10 nós, e o *Allegiance* jamais escaparia delas.

Subindo pela chaminé da cozinha, palavras e muitos passos pesados ecoavam ocamente vindos do convés de artilharia. Os aspirantes e tenentes de Riley já estavam apressando os homens para que assumissem as posições junto aos canhões, as vozes agudas e ansiosas enquanto repetiam instruções sem parar, tentando martelar um conhecimento que deveria ter ocupado meses de treino nas cabeças de homens semiadormecidos e confusos.

— Calloway, economize os rojões — disse Laurence, odiando dar tal ordem: as trevas deixariam Temeraire vulnerável contra o Fleur-de-Nuit, mas com tão poucos rojões restantes, era preciso ser comedido, até que houvesse uma chance melhor de ferir o dragão francês de verdade.

— Preparar para repelir abordagem — urrou o contramestre. O *Allegiance* finalmente estava se acertando com o vento, e houve um momento de silêncio. Na escuridão, os remos continuavam trabalhando, e uma contagem constante em francês flutuava por sobre a água. Então Riley comandou:

— Abrir fogo na virada!

Os canhões no convés abaixo rugiram, cuspindo chamas vermelhas e fumaça. Era impossível ver quanto dano tinha sido causado, exceto pelos sons mistos de gritos e madeira estilhaçada, indicando que pelo menos parte do chumbo tinha atingido o alvo. A peças de artilharia continuaram disparando, uma saraivada progressiva enquanto o *Allegiance* virava lentamente. Contudo, após o primeiro tiro, a inexperiência da tripulação ficou bem clara.

— Finalmente o primeiro canhão atirou outra vez, pelo menos quatro minutos entre os disparos. O segundo canhão não chegou a disparar, nem o terceiro; o quarto e o quinto atiraram juntos, com mais danos audíveis, mas a sexta bala caiu no mar, assim como a sétima, então Purbeck gritou:

— Cessar fogo! — O *Allegiance* tinha passado direto, e agora não poderia mais disparar até que virasse novamente, e enquanto isso o grupo de abordagem continuaria se aproximando, os remadores encorajados a remar mais rápido.

Os canhões se calaram e nuvens de fumaça flutuaram sobre o mar. O navio estava novamente nas trevas, exceto pelas pequenas e oscilantes poças de luz lançadas pelos lampiões no convés.

— Você precisa embarcar no Temeraire — disse Granby. — Ainda não estamos longe demais da costa para que ele consiga chegar lá, e de qualquer maneira, pode haver outros navios por perto, o transporte de Halifax deve estar nessas águas a essa altura.

— Não vou fugir e entregar um transporte de 100 canhões de presente para os franceses — retrucou Laurence, de modo muito selvagem.

— Tenho certeza de que conseguiremos aguentar, e, além disso, é muito provável que o navio seja recapturado antes que eles o levem para o porto, se você conseguir avisar a frota — argumentou Granby. Nenhum oficial naval teria insistido assim com o comandante, mas a disciplina dos aviadores era muito mais relaxada, e Granby não se calaria. Era de fato o dever do primeiro-tenente zelar pela segurança do capitão.

— Eles poderiam muito bem levar a nau para as Índias Ocidentais ou para um porto na Espanha, longe dos bloqueios, e tripulá-la num lugar desses. Não podemos perdê-la — argumentou Laurence.

— Ainda assim seria melhor se você estivesse no ar, onde eles não podem pôr as mãos em você a não ser que sejamos forçados a nos render

— continuou Granby. — Precisamos encontrar algum jeito de liberar o Temeraire do outro dragão.

— Senhor, com licença — disse Calloway, erguendo os olhos da caixa de rojões luminosos. — Se o senhor me conseguisse um daqueles canhões de pimenta, poderíamos carregar uma das balas com pólvora de flash e talvez dar algum espaço ao Temeraire.

— Vou falar com o Macready — Ferris anunciou imediatamente, e saiu em disparada em busca do tenente dos fuzileiros navais da embarcação.

O canhão de pimenta foi trazido de baixo por dois fuzileiros que carregavam as metades do longo cano de alma raiada para cima enquanto Calloway cuidadosamente abria uma das balas de pimenta. O artilheiro jogou fora talvez metade da pimenta e abriu a caixa trancada de pólvora de flash, tirando um único cartucho de papel e selando a caixa novamente. Ele segurou o cartucho o mais longe que pôde por sobre a balaustrada, com dois assistentes segurando-o pela cintura para mantê-lo estável enquanto desenrolava a ponta do cartucho e cuidadosamente derramava o pó amarelo no projétil, olhando com apenas um olho, o outro apertado e o rosto meio virado de lado. A bochecha era marcada de cicatrizes negras, lembretes de outros trabalhos anteriores com o pó: não era necessário pavio, ele acenderia com qualquer impacto descuidado, queimando com muito mais força que a pólvora.

O artilheiro selou a bala e colocou o restante do cartucho num balde d'água. Os companheiros jogaram o conteúdo do balde no mar enquanto Calloway lambuzava o selo da bala com piche e cobria tudo com graxa antes de carregar o canhão. Por fim, a segunda metade do cano foi parafusada.

— Pronto, não garanto que vá detonar, mas acho que vai — comentou, limpando as mãos com enorme alívio.

— Excelente — exclamou Laurence. — Fiquem preparados e guardem os três últimos rojões para iluminar o tiro. Macready, tem alguém para disparar? O seu melhor, por favor, será preciso acertar a cabeça para fazer alguma diferença.

— Harris, é com você — chamou Macready, apontando para um dos homens e para a arma. Era um rapaz desengonçado e ossudo, de no máximo 18 anos. Macready comentou com Laurence: — Olhos jovens para um tiro difícil, senhor. Nada tema, a bala vai acertar o alvo.

Um burburinho grave de vozes raivosas chamou a atenção de todos para baixo, para o tombadilho superior: o emissário Sun Kai tinha subido com dois dos servos logo atrás, carregando um dos enormes baús de bagagem. Os marinheiros e a maior parte da tripulação de Temeraire estavam alinhados ao longo da amurada para combater os invasores, com sabres e pistolas nas mãos; mas mesmo com os navios franceses se aproximando, um camarada com uma lança chegou a dar um passo na direção do emissário antes de levar um susto com uma chicotada da corda do contramestre.

— Mantenham a linha, rapazes, mantenham a linha!

Laurence tinha esquecido completamente o jantar desastroso na confusão: parecia ter acontecido semanas antes, mas Sun Kai ainda vestia o mesmo manto bordado, as mãos cruzadas calmamente dentro das mangas. Os marujos ingleses, alarmados e furiosos, tomaram isso como provocação.

— Ah, que ele queime no inferno! Temos que tirá-lo daqui! Desça, senhor, imediatamente! — gritou o contramestre, apontando para o passadiço, mas Sun Kai mandou os servos avançarem com um gesto e foi até o convés dos dragões enquanto eles puxavam o pesado baú mais lentamente.

— Onde está o maldito intérprete? — exclamou Laurence. — Dyer, vá procurar.

Foi então que os servos chegaram com o baú, destrancaram-no e jogaram a tampa para trás, e não houve necessidade de traduzir nada: os foguetes deitados no forro de palha eram loucamente elaborados, vermelhos e azuis e verdes como algo saído de um quarto de criança, pintados com espirais coloridas, douradas e prateadas, inconfundíveis.

Calloway agarrou um deles imediatamente — azul com listras brancas e amarelas — enquanto um dos servos fazia uma mímica ansiosa para ensinar como acender o pavio com o fósforo.

— Eu sei, eu sei! — Calloway exclamou impaciente, erguendo o fósforo lentamente. O foguete disparou imediatamente e sibilou para o alto, desaparecendo de vista muito além da altitude dos rojões.

O clarão branco veio primeiro, seguido por um grande trovão, que ecoou no mar, e um círculo cintilante um pouco mais fraco se espalhou e pairou no ar. O Fleur-de-Nuit grasnou audivelmente, sem vergonha, quando os fogos de artifício explodiram: o inimigo foi revelado claramente, nem 100 metros acima, e Temeraire imediatamente se atirou para o alto, com dentes arreganhados, sibilando furiosamente.

Assustado, o Fleur-de-Nuit mergulhou, escapando por sob as garras de Temeraire, mas entrando na mira do navio.

— Harris, atire, atire! — Macready gritou, e o jovem fuzileiro estreitou os olhos ao mirar. A bola de pimenta voou reta e certeira, apesar de um pouco alta. Mas o Fleur-de-Nuit tinha chifres curvos e estreitos brotando da testa, logo acima dos olhos. A bala se rompeu contra eles e a pólvora de flash explodiu num clarão incandescente. O dragão gritou novamente, dessa vez de dor verdadeira, e voou veloz e violentamente para longe dos navios, direto para as trevas; passou pelo transporte tão baixo que as velas estremeceram ruidosamente com o vento causado por suas asas.

Harris se levantou e se virou, sorrindo com os dentes separados, e então caiu com uma expressão de surpresa, sem o braço e o ombro. Macready foi derrubado pelo corpo em queda, e Laurence arrancou um estilhaço longo do próprio braço com uma faca, limpando o sangue que tinha espirrado no rosto. A arma de pimenta se tornara um destroço: a tripulação do Fleur-de-Nuit tinha atirado mais uma bomba enquanto o dragão fugia e acertara em cheio.

Dois marinheiros arrastaram o corpo de Harris até a beira do navio e o jogaram no mar. Ninguém mais tinha morrido. O mundo estava estranhamente abafado. Calloway disparou mais um par de fogos de artifício, uma grande estrela de rastros alaranjados se espalhou por quase metade do céu, mas Laurence escutou a explosão apenas com o ouvido esquerdo.

Com o Fleur-de-Nuit distraído, Temeraire pousou no convés, balançando o navio apenas um pouco.

— Rápido, rápido — urgiu ele, abaixando a cabeça para vestir o arreio enquanto a equipe se apressava em prepará-lo. — Ela é muito rápida, e não acho que a luz a aflige tanto quanto afligia aquela outra, aquela que enfrentamos no último outono. Há algo diferente nos olhos.

O dragão ofegava e as asas tremiam um pouco. Ele passou um bom tempo pairando, uma manobra que exigia muito esforço.

Sun Kai, que tinha permanecido no convés observando, não protestou contra a instalação do arreio. Talvez, Laurence pensou com amargura, não se importassem com isso quando era o pescoço deles que estava em jogo. Então o capitão percebeu que gotas de sangue de um vermelho profundo pingavam no convés.

— Você se feriu? — perguntou ao dragão.

— Não é nada de mais, ela só me acertou duas vezes — comentou Temeraire, virando a cabeça para trás e lambendo o flanco direito; havia um corte superficial ali e outra marca de garra mais acima, nas costas.

Duas vezes era bem mais do que Laurence gostaria. O capitão berrou com Keynes, que tinha sido mandado na viagem com eles, enquanto o médico era erguido e começava a cobrir a ferida com bandagens.

— Não seria o caso de dar pontos?

— Bobagem — Keynes respondeu. — Ele vai ficar bem assim. Essas feridas mal podem ser chamadas de arranhões. Pare de se preocupar.

Macready tinha se levantado novamente e enxugava a testa com as costas da mão. O tenente encarou o médico de maneira desconfiada ao ouvir a resposta e lançou um olhar de lado para Laurence, ainda mais depois que Keynes continuou trabalhando e resmungando audivelmente sobre capitães ansiosos e mamães-ganso.

O próprio Laurence estava grato demais para discordar, profundamente aliviado.

— Estão prontos, cavalheiros? — indagou, conferindo as pistolas e a espada: dessa vez ele estava com o sabre bom, de aço espanhol pesado e de qualidade e punho simples. Era bom sentir aquela solidez sob a mão.

— Prontos para as ordens, senhor — respondeu Fellowes, puxando a tira final com força. Temeraire se inclinou e ergueu Laurence até o próprio ombro. — Dê um bom puxão aqui em cima, está bem firme? — ele perguntou quando Laurence se acomodou e se prendeu.

— Está firme o suficiente — o capitão respondeu, após jogar o peso contra o arreio simplificado.

— Obrigado, Fellowes, ótimo trabalho. Granby, mande os fuzileiros para o topo com os fuzileiros navais, e o restante para repelir os invasores.

— Muito bem. E Laurence... — começou Granby, com a intenção clara de mais uma vez encorajar o capitão a abandonar a batalha com Temeraire. Laurence o interrompeu usando um truque: um leve apertão com o joelho em Temeraire. O *Allegiance* oscilou mais uma vez sob a força do salto, e finalmente dragão e capitão alçaram voo juntos novamente.

O ar acima do *Allegiance* estava pesado com a fumaça cáustica e sulfúrica dos fogos de artifício, como o cheiro de espingardas de pederneira, ardendo na língua e na pele de Laurence apesar do vento frio.

— Lá está ela — anunciou Temeraire, batendo as asas com força para ganhar altitude. Laurence seguiu o olhar e viu a Fleur-de-Nuit se reaproximando, vinda de bem alto: ela tinha de fato se recuperado muito rapidamente da luz cegante, julgando pela experiência anterior deles com a raça, e o capitão se perguntou se não seria talvez o resultado de uma nova cruza.

— Vamos atrás dela? — indagou o dragão.

Laurence hesitou; se fosse para manter Temeraire longe das mãos dos inimigos, derrotar a Fleur-de-Nuit era o mais urgente a fazer, pois se o *Allegiance* se rendesse e Temeraire fosse obrigado a tentar voltar à terra firme, ela poderia rapiná-los nas trevas durante todo o percurso. Por outro lado, as fragatas francesas poderiam causar muito mais estrago ao transporte: uma salva de canhões pela proa ou pela popa produziria um verdadeiro massacre. Se o *Allegiance* fosse tomado, seria um desastre tanto para a Marinha quanto para o Corpo: eles tinham poucos transportes grandes.

— Não — decidiu, finalmente. — O nosso primeiro dever é defender o *Allegiance*; temos que fazer alguma coisa quanto àquelas fragatas — Laurence falou, mais para convencer a si mesmo do que a Temeraire; sentiu que a decisão era correta, mas uma dúvida terrível persistia. O que se chamaria de coragem num homem comum poderia ser considerado negligência num aviador, que carregava a responsabilidade sobre um raro e precioso dragão nas mãos. Era o dever de Granby ser exageradamente prudente, mas ele não estava necessariamente errado. Laurence não tinha sido criado no Corpo, e sabia que a própria natureza entrava em conflito com muitas das restrições impostas a um capitão de dragões; assim, era impossível deixar de se perguntar se não estaria dando ouvidos demais ao próprio orgulho.

Temeraire ficava sempre entusiasmado em lutar e não discutiu, limitando-se a olhar para as fragatas.

— Aqueles navios parecem muito menores que o *Allegiance* — o dragão comentou, duvidoso. — Ele realmente corre perigo?

— Perigo muito grande, eles pretendem varrê-lo à bala — enquanto Laurence respondia, mais um fogo de artifício surgiu. A explosão foi espantosamente próxima agora que o capitão estava no ar montado em Temeraire, e ele foi forçado a proteger os olhos com a mão. Quando os pontos pretos resultantes finalmente sumiram, Laurence percebeu alarmado que a fragata a sotavento tinha subitamente largado uma das âncoras para fazer uma curva mais rápida: manobra arriscada que Laurence não teria usado apenas para ganhar uma posição mais vantajosa, mas teve de admitir que tinha sido executada brilhantemente. Agora o *Allegiance* estava com a popa vulnerável completamente exposta aos canhões de bombordo do navio francês.

— Por Deus, lá! — exclamou Laurence com urgência, apontando mesmo que o dragão não pudesse ver o gesto.

— Estou vendo — anunciou Temeraire, já mergulhando. Os flancos do dragão estavam inchando com o fôlego necessário para o vento divino, o couro negro reluzente ficando teso como uma pele de tambor conforme o peito profundo se expandia. Laurence sentia um eco retumbante grave já crescendo em Temeraire, anunciando o poder destruidor que viria em seguida.

A Fleur-de-Nuit tinha percebido a intenção deles e os perseguia. Laurence ouvia as asas batendo, mas Temeraire era mais rápido, pois seu peso maior não o atrapalhava num mergulho. A pólvora estalou ruidosamente quando os fuzileiros da adversária deram tiros, mas eram apenas tentativas cegas nas trevas. Laurence se deitou sobre o pescoço de Temeraire e silenciosamente desejou que ele ganhasse mais velocidade.

Abaixo deles, os canhões da fragata irromperam numa grande nuvem de fumaça e fúria, com chamas cuspidas pelas escotilhas lançando um brilho escarlate medonho no peito do dragão negro. Um barulho renovado de tiros de fuzil subiu do convés da fragata e Temeraire deu um solavanco forte, como se tivesse sido atingido. Laurence gritou o nome dele, ansioso, mas Temeraire não tinha reduzido o avanço contra o navio. Nivelou para atingi-lo, e o som da voz do capitão se perdeu no trovão aterrorizante do vento divino.

Temeraire nunca tinha usado o vento divino para atacar um navio, mas, durante a batalha de Dover, Laurence tinha visto a ressonância mortal em ação contra os transportes de tropas de Napoleão, destroçando a madeira leve. O capitão esperava um efeito semelhante: o convés se fragmentando, danos ao velame, talvez até mastros partidos. A fragata francesa, porém, era solidamente construída, com tábuas de carvalho de até 60 centímetros de espessura, e os mastros e o velame bem preparados para a batalha com correntes para reforçar o cordame.

As velas seguraram e contiveram a força do rugido de Temeraire. Estremeceram por um momento, em seguida se enchendo completamente com grande esforço. Dezenas de cabos arrebentaram como cordas de um violino, e todos os mastros se inclinaram para longe mas se mantiveram de pé, com gemidos de madeira e pano, e por um momento Laurence sentiu-se derrotado, pois aparentemente não haveria grandes danos.

Entretanto, tudo aquilo que não arrebenta tem que se dobrar, e quando Temeraire encerrou o rugido e passou voando velozmente, o navio inteiro se virou com a potência do vento e lentamente começou a adernar para o lado. A força tremenda os deixou numa situação extrema, com homens pendurados no cordame e nas amuradas, pés chutando o ar, alguns caindo no mar.

Laurence se virou para olhar para trás quando eles passaram, enquanto Temeraire sobrevoava o mar o mais baixo possível. O nome VALÉRIE estava gravado em letras carinhosamente douradas na popa, iluminado por lampiões pendurados nas vigias das cabines, que agora balançavam loucamente, semivirados. O capitão francês sabia o que fazer: Laurence podia ouvir os gritos de comando, e os homens já estavam subindo até o costado com todos os tipos imagináveis de âncoras flutuantes nas mãos e cabos estendidos, prontos para tentar estabilizar a fragata.

Mas não houve tempo. No rastro de Temeraire, suscitada pela força do vento divino contra a água, uma onda imensa se erguia por entre as vagas. Formou-se lenta e alta, como se tivesse intenções deliberadas. Por um momento, tudo ficou parado, o navio suspenso nas trevas, a grande muralha brilhante de água encobrindo até a noite; e então, quebrando, a onda virou a nau como um brinquedo de criança e o oceano apagou todo o fogo dos canhões.

A fragata não se reergueu. Uma espuma pálida permaneceu, e algumas ondas menores espalhadas perseguiram a maior e se quebraram sobre a curva do casco, que permaneceu na superfície por apenas mais um momento. Finalmente ele deslizou para debaixo das águas e uma saraivada de fogos de artifício dourados acendeu o céu. A Fleur-de-Nuit circulou baixo sobre as águas agitadas, urrando com a voz grave e solitária, como se fosse incapaz de entender a ausência súbita do navio.

Não se ouviu nenhuma comemoração no *Allegiance*, por mais que eles provavelmente tivessem visto o ocorrido. O próprio Laurence estava calado, assombrado: 300 homens, talvez mais, e o oceano liso e vítreo, intocado. Um navio pode ir a pique num vendaval, em meio a ventos fortes e ondas de 12 metros; uma nau pode ocasionalmente ser afundada em ação, queimada ou explodida após uma longa batalha, encalhar ou se chocar contra recifes. Mas *Valérie* estivera intocada, num mar aberto com ondas de menos de 3 metros e ventos de 14 nós; e agora estava completamente destruída.

Temeraire tossiu, ferido, e fez um som de dor; Laurence gritou, rouco:

— De volta ao transporte, imediatamente! — Mas a Fleur-de-Nuit já vinha furiosamente contra eles. Contra a luz do clarão seguinte, o capitão viu as silhuetas dos invasores esperando, prontos para saltar, facas, espadas e pistolas cintilando em branco. Temeraire estava voando desajeitado, com dificuldade; quando a Fleur-de-Nuit se aproximou, ele fez um esforço desesperado e disparou à frente, mas não era mais o dragão mais veloz, e não poderia contornar a adversária para chegar à segurança do *Allegiance*.

Laurence quase poderia tê-los deixado vir a bordo, para tratar a ferida. O capitão sentia o esforço trêmulo das asas de Temeraire e tinha a mente cheia daquele momento escarlate, do terrível impacto abafado da bala. Cada instante que passassem no ar poderia piorar o ferimento. Mas Laurence também podia ouvir os gritos da tripulação do dragão francês, cheia de um luto e um terror que não exigiam tradução, e concluiu que eles não aceitariam a rendição.

— Ouço asas — Temeraire anunciou ofegante, a voz aguda e fragilizada pela dor, indicando a chegada de outro dragão. Laurence vasculhou a noite impenetrável em vão: britânico ou francês? A Fleur-de-Nuit disparou abruptamente contra eles mais uma vez. Temeraire se preparou para outra explosão de velocidade convulsiva, e então, sibilando e cuspindo, Nitidus estava lá, esvoaçando ao redor da cabeça do dragão francês numa confusão de asas cinza-prateadas. O capitão Warren, de pé no arreio, acenava loucamente com o chapéu e gritava:

— Vá, vá!

Dulcia tinha chegado pelo outro lado, mordiscando os flancos da Fleur-de-Nuit, forçando o dragão francês a se virar e tentar mordê-la. Os dois dragões leves eram os mais rápidos da formação, e por mais que seu peso não fosse comparável ao da grande Fleur-de-Nuit, conseguiriam atrapalhá-la por algum tempo. Temeraire já estava virando num arco lento, as asas estremecendo a cada batida. Com a aproximação, Laurence viu a tripulação se apressando em limpar o convés dos dragões para a aterrissagem. Estava coberto de estilhaços e pedaços de corda e metal retorcido. O *Allegiance* tinha sofrido muito com a saraivada pela popa, e a segunda fragata mantinha fogo constante nos conveses inferiores.

Temeraire não chegou a aterrissar de fato, caindo desajeitado no convés e balançando o navio inteiro. Laurence já estava se soltando do arreio antes mesmo que estivessem assentados no convés. Deslizou pelo dragão sem se segurar nas tiras e a perna cedeu quando ele caiu pesadamente sobre a madeira. O capitão simplesmente se levantou se arrastando e cambaleou até a cabeça de Temeraire.

Keynes já estava trabalhando, com sangue negro até os cotovelos. Para facilitar o acesso, Temeraire rolava lentamente para ficar de lado, com a ajuda de muitas mãos, enquanto os homens de arreio seguravam luzes para o médico. Laurence se ajoelhou junto à cabeça do dragão e pressionou o rosto contra o focinho macio; o sangue quente encharcava suas calças, e os olhos ardiam, borrados. O capitão não sabia bem o que estava dizendo, nem se fazia sentido, mas Temeraire soprou ar quente em resposta, mesmo sem conseguir falar.

— Pronto, achei; agora as tenazes. Allen, pare com essa bobagem ou vomite sobre o costado — Keynes esbravejou, em algum lugar atrás do capitão. — Ótimo. O ferro está quente? Muito bem. Laurence, ele precisa ficar firme.

— Aguente firme, meu caro — rogou Laurence, acariciando o focinho de Temeraire. — Fique tão parado quanto puder, fique parado. O dragão apenas sibilou, e o hálito saiu barulhento pelas narinas vermelhas e dilatadas. Uma batida de coração, duas, e então o dragão expirou forte, seguido pelo ruído da bala espinhosa na bandeja de operações. Temeraire soltou mais um gemido sibilante quando o ferro quente foi encostado na ferida, e Laurence quase passou mal com o cheiro de carne queimada.

— Pronto, acabou, uma ferida limpa. A bala tinha se alojado contra o esterno — Keynes anunciou. O vento limpou a fumaça e subitamente Laurence ouviu o estrondo e o eco dos canhões novamente, e todos os ruídos dos navios. O mundo tinha significado e forma novamente.

Laurence se levantou, oscilante.

— Roland — chamou. — Você e o Morgan corram por aí e vejam que pedaços e trapos de vela e chumaços podem ser dispensados; precisamos forrar o espaço ao redor dele.

— O Morgan morreu, senhor — respondeu Roland, e sob a luz das lanternas o capitão viu de repente que o rosto da garota estava marcado por lágrimas, não suor: pálidas trilhas pela fuligem. — Eu e o Dyer faremos isso.

Os dois não esperaram pelo aceno e dispararam no mesmo instante, terrivelmente pequenos em meio às silhuetas parrudas dos marinheiros. Laurence os seguiu com os olhos por um momento e depois se virou, com o rosto endurecido.

O tombadilho superior estava tão recoberto de sangue que partes dele cintilavam num preto brilhante, como se tivessem acabado de ser pintadas. A julgar pelo enorme massacre e pela pouca destruição do cordame e do velame, Laurence concluiu que os franceses provavelmente estavam usando tiros de metralha, e de fato havia vários pedaços dos cartuchos espalhados pelo convés. Os franceses tinham colocado todos os homens que podiam ser dispensados nos botes, e havia muitos deles. Duzentos marinheiros desesperados lutavam para abordar o transporte, enfurecidos com a perda da própria nau. Havia filas de quatro ou cinco nas cordas de escalada em alguns lugares, outros agarrados à amurada, e os marujos britânicos que tentavam contê-los tinham todo o convés largo e vazio atrás de si. Os tiros de pistola e o retinir de espadas soavam. Marinheiros com longas lanças estocavam a massa de invasores que empurravam e forçavam a passagem.

Laurence jamais vira uma luta de abordagem de uma distância tão intermediária e tão estranha, ao mesmo tempo tão perto e tão longe. Sentiu-se estranho e perturbado, e sacou as pistolas para se acalmar. Não conseguia ver a maior parte da tripulação: Granby tinha sumido, assim como Evans, o segundo-tenente. Abaixo, no castelo de proa, o cabelo loiro de Martin brilhou forte por um momento quando ele saltou para bloquear um homem, em seguida desaparecendo sob o golpe de um marinheiro francês grande com uma clava.

— Laurence. — O capitão ouviu o próprio nome, ou pelo menos algo parecido, estendido estranhamente em três sílabas marcadas, algo como *Lao-ren-tse*, e se virou para olhar. Sun Kai apontava para o norte, ao longo da linha do vento, mas o último clarão de fogos de artifício já estava se apagando, e Laurence não conseguiu ver o que era.

Acima, a Fleur-de-Nuit subitamente rugiu, guinou forte para longe de Nitidus e Dulcia, que ainda dardejavam contra seus flancos, e disparou para leste, voando rápido e desaparecendo velozmente nas trevas. Quase imediatamente soaram o rugido grave de um Regal Copper e os guinchos agudos dos Yellow Reapers. O vento da passagem deles agitou todos os panos, enquanto as tripulações disparavam rojões para todos os lados.

A fragata francesa que restara apagou todas as luzes imediatamente, esperando escapar nas trevas, mas Lily liderou a formação por sobre ela baixo o bastante para estremecer os mastros. Dois rasantes, e sob a luz evanescente de um fogo de artifício carmesim, Laurence viu as bandeiras francesas sendo baixadas lentamente, enquanto no convés os invasores atiraram as armas ao chão e se deitaram, rendendo-se.

Capítulo 5

... e a conduta do vosso filho foi sempre, de todas as maneiras, tanto heroica quanto cavalheiresca. A perda dele certamente entristecerá todos que compartilharam do privilégio da sua companhia, e ninguém sofrerá mais do que aqueles que tiveram a honra de servir ao seu lado e que viam nele, já completo, o caráter nobre de um oficial sábio e corajoso, um servo leal da Pátria e da Majestade. Rezo para que encontrem algum conforto no conhecimento seguro de que ele morreu como teria vivido, valente, temendo nada além de Deus Todo-Poderoso, e que certamente encontrará um lugar de honra junto àqueles que sacrificaram tudo pela Nação.

Sinceramente,
William Laurence

LAURENCE POUSOU A pena e dobrou a carta. A missiva resultara miseravelmente desajeitada e inadequada, mas era o melhor que ele poderia fazer. Tinha perdido amigos da própria idade quando fora aspirante e um jovem tenente, e um rapaz de 13 anos durante seu primeiro comando. Mesmo assim, jamais escrevera uma carta sobre um menino de 10 anos, que deveria ainda estar brincando com soldadinhos de chumbo na sala de aula.

Era a última das cartas obrigatórias, e a mais fina: não havia muito o que dizer de atos prévios de coragem. Laurence pôs a carta de lado e escreveu algumas linhas mais pessoais, agora para a própria mãe. As notícias da batalha certamente seriam publicadas nos jornais, e o capitão sabia que ela ficaria preocupada. Era difícil escrever com naturalidade após a tarefa anterior. Ele se limitou a dar garantias da própria saúde e da saúde de Temeraire, considerando os ferimentos dos dois como algo sem importância. Laurence tinha escrito uma longa e dolorosa descrição da batalha no relatório para o Almirantado; não lhe restavam forças para pintar uma versão mais leve para a própria mãe.

Tendo finalmente acabado, Laurence fechou a pequena escrivaninha e recolheu as cartas, todas seladas e embrulhadas em oleado, para que ficassem a salvo da chuva ou da água do mar. Não se levantou imediatamente, permanecendo sentado, olhando pelas vigias para o oceano, em silêncio.

A subida de volta ao convés dos dragões foi um esforço lento de estágios cuidadosos. Após chegar ao castelo de proa, o capitão mancou até a amurada de bombordo para descansar, fingindo que era para olhar a presa, *Chanteuse*. As velas estavam todas frouxas e soltas e homens subiam e desciam pelos mastros, arrumando o cordame, como um bando de formigas.

A cena sobre o convés dos dragões era muito diferente agora, com a formação quase inteira espremida a bordo. Temeraire tinha recebido a seção de estibordo inteira, para se curar do ferimento sossegado, mas o restante dos dragões formava uma pilha complicada e multicolorida de patas entrelaçadas, quase sem se mexer. Maximus ocupava sozinho praticamente todo o espaço restante, e estava deitado no fundo; até mesmo Lily, que geralmente considerava humilhante se enrodilhar com os outros dragões, fora forçada a deitar a cauda e a asa sobre o Regal Copper. Messoria e Immortalis, dragões mais velhos e menores, não se fizeram de rogados e simplesmente se esparramaram sobre o enorme dorso de Maximus, com uma perna dependurada aqui e ali.

Todos cochilavam e pareciam estar perfeitamente satisfeitos com as circunstâncias atuais. Apenas Nitidus estava irrequieto demais para ficar deitado por muito tempo, e portanto estava no ar, sobrevoando a fragata

Chanteuse em círculos curiosos, talvez um pouco baixo demais para o conforto dos marujos, a julgar pela forma como eles olhavam para cima nervosamente de vez em quando. Dulcia desaparecera completamente, talvez já a caminho da Inglaterra com as notícias do combate.

Atravessar o convés era uma aventura, particularmente com a perna ferida e pouco cooperando. Laurence quase tropeçou na cauda pendurada de Messoria quando ela se mexeu, dormindo. Temeraire também estava profundamente adormecido quando Laurence foi olhá-lo; um olho se abriu pela metade, cintilou azul-profundo para o capitão e se fechou novamente. Laurence não tentou acordá-lo, muito feliz por vê-lo confortável. O dragão negro tinha comido bem naquela manhã, duas vacas e um grande atum, e Keynes tinha se declarado satisfeito com o progresso da cicatrização do ferimento.

— Uma arma muito cruel — comentou, sentindo um prazer medonho em mostrar a bala extraída a Laurence. O capitão, olhando infeliz para as muitas pontas achatadas, ficou grato pelo projétil ter sido lavado antes que ele fosse obrigado a vê-lo. — Nunca vi nada assim antes, mas ouvi falar que os russos usam algo do tipo. Eu não teria gostado nada de retirá-lo se tivesse penetrado mais fundo, posso lhe dizer isso.

Felizmente, a bala tinha se alojado contra o esterno, mal penetrando 15 centímetros além da pele. Mesmo assim, o próprio projétil e a extração tinham ferido cruelmente os músculos peitorais, e Keynes afirmou que Temeraire não deveria voar por pelo menos duas semanas, talvez até um mês. Laurence pousou a mão sobre o ombro largo e quente do dragão. Estava feliz porque o preço da batalha fora tão baixo.

Os outros capitães estavam sentados ao redor de uma pequena mesa dobrável encostada na chaminé da cozinha, praticamente o único espaço livre no convés, jogando cartas. Laurence se juntou a eles e entregou o maço de correspondência a Harcourt.

— Obrigado por levá-las — disse, sentando-se para recuperar o fôlego.

Todos pararam o jogo para olhar para o pacote pesado.

— Lamento tanto, Laurence. — Harcourt guardou as cartas no bornal. — Foi um ataque horrível.

— Malditos covardes, esses franceses. — Berkley balançou a cabeça.
— Isso foi mais como espionagem do que combate de verdade, essa coisa
de se esgueirar pela noite.

Laurence permaneceu calado. Estava grato pela solidariedade, mas se
sentia oprimido demais para conseguir conversar. O funeral fora difícil
o suficiente, e ele tivera de ficar de pé por uma hora com a perna reclamando, enquanto um por um os corpos eram jogados sobre o costado,
costurados nas redes de dormir com balas de canhão aos pés para os
marinheiros e bombas de ferro para os aviadores, ao mesmo tempo que
Riley lia lentamente o serviço fúnebre.

Tinha passado o restante da manhã em reunião com o tenente Ferris, agora o segundo em comando temporário, revisando a conta do
açougueiro: uma lista tristemente longa. Granby tinha levado uma bala
de mosquete no peito, que felizmente rachou uma costela e saiu direto
por trás, mas ele tinha perdido muito sangue e já estava febril. Evans,
o segundo-tenente, estava com uma fratura feia na perna e seria mandado de volta à Inglaterra. Martin, pelo menos, iria se recuperar, mas a
mandíbula estava tão inchada que ele só conseguia falar em murmúrios
e por enquanto não conseguia ver nada com o olho esquerdo.

Mais dois dos homens de topo feridos, com menos gravidade. Um dos
fuzileiros, Dunne, ferido, e outro, Donnell, morto. Migsy, dos sinaleiros, morto. As maiores baixas aconteceram entre os homens de arreio:
quatro tinham sido mortos por uma única bala de canhão, que os pegou
no convés inferior enquanto os homens transportavam o arreio extra.
Morgan estava com eles, carregando uma caixa de fivelas de reserva:
um desperdício horrendo.

Talvez percebendo algo tristonho no rosto de Laurence, Berkley falou:
— Pelo menos posso lhe deixar o Portis e o Macdonaugh — disse,
referindo-se a dois dos homens de topo de Laurence que tinham sido
transferidos para Maximus durante a confusão que se seguiu à chegada
dos emissários.

— Eles não vão lhe fazer falta? — indagou Laurence. — Não posso
tirar homens do Maximus, vocês ficarão em serviço ativo.

— O transporte que vem de Halifax, o *William of Orange*, vai trazer uma dúzia de rapazes bons para o Maximus — explicou Berkley. — Não há por que não lhe devolver os seus camaradas.

— Nem deveria discutir com você, Deus sabe como estou desesperado por mais tripulantes — comentou Laurence. — Mas o transporte pode levar até mais um mês para chegar, se a travessia for lenta.

— Ah, você estava lá embaixo mais cedo, então não ouviu quando contamos ao capitão Riley — afirmou Warren. — O *William* foi visto há apenas poucos dias, não muito longe daqui. Então mandamos Chenery e Dulcia para buscá-lo e o transporte nos levar, assim como os feridos, para casa. Além disso, acho que o Riley estava dizendo que esse barco precisa de alguma coisa, teriam sido filós, Berkley?

— Botalós — corrigiu Laurence, olhando para o velame. À luz do dia, era visível que os suportes das velas realmente estavam péssimos, estilhaçados e crivados de balas. — Certamente vai ser um alívio se o *William* puder nos ceder alguns suprimentos. Mas, Warren, saiba que isto é um navio, não um barco.

— E tem diferença? — Warren parecia despreocupado, escandalizando Laurence. — Achei que eram duas palavras para a mesma coisa, ou seria uma questão de tamanho? Isto aqui é realmente um gigante, apesar de o Maximus estar a ponto de cair do convés a qualquer momento.

— Estou nada — Maximus retrucou, mas abriu os olhos e espiou os quartos, voltando a dormir apenas após verificar que não corria nenhum risco de cair na água.

Laurence abriu a boca e fechou novamente. Aquela batalha já estava perdida.

— Vocês vão ficar conosco por mais alguns dias, então?

— Só até amanhã — Harcourt respondeu. — Se eu tiver a impressão de que o transporte vai demorar mais, acho que vamos voando. Não gosto de forçar os dragões sem necessidade, mas gosto menos ainda de deixar o Lenton em Dover sem a formação, e ele provavelmente está se perguntando onde raios nós nos metemos. Tínhamos saído apenas para fazer manobras noturnas com a frota próximo a Brest, quando vimos vocês disparando fogos como se fosse um feriado.

Riley convidou todos para o jantar, é claro, e os oficiais franceses também. Harcourt foi obrigada a usar a desculpa do enjoo para escapar de uma ocasião social em que seu gênero seria descoberto muito facilmente, e Berkley era um camarada taciturno, com pouca inclinação para usar frases de mais de cinco palavras. Mas Warren tinha uma fala livre e solta, ainda mais após um cálice ou dois de vinho forte. Sutton tinha um excelente estoque de histórias, pois já servia havia mais de 30 anos. Juntos, conduziram a conversa de forma enérgica, apesar de um pouco desengonçada.

Os franceses, entretanto, permaneceram quietos e chocados, e os marinheiros britânicos ficaram praticamente do mesmo jeito. O desconforto se tornou cada vez mais aparente ao longo da refeição. Lorde Purbeck agiu de maneira rígida e formal, Macready estava austero. Até mesmo Riley estava quieto, tendendo a períodos de silêncio estranhamente longos e claramente constrangido.

No convés dos dragões, mais tarde, enquanto tomavam café, Warren comentou:

— Laurence, não quero insultar o seu antigo ramo ou os seus amigos, mas, por Deus! Eles foram muito difíceis. Hoje à noite eu tive a impressão de que nós os ofendemos profundamente, em vez de tê-los salvado de uma luta longa e brutal e sabe-se lá quantos baldes de sangue.

— Acho que eles pensam que chegamos tarde demais para salvá-los de verdade — Sutton acrescentou, encostado ao próprio dragão, Messoria, e acendendo um charuto. — Então acabamos roubando-lhes a glória, sem falar que vamos receber uma parte do prêmio de captura, pois chegamos antes da rendição do navio francês. Quer uma baforada, querida? — indagou o capitão, levando o charuto até onde Messoria poderia inalar a fumaça.

— Não, vocês os compreenderam mal, eu garanto — explicou Laurence. — Jamais teríamos capturado a fragata se vocês não tivessem chegado. Ela não estava danificada demais, a ponto de não conseguir fugir se fosse necessário. Todos os homens a bordo ficaram muito felizes em vê-los. — Ele não queria explicar muito, mas não queria deixar os companheiros com uma impressão tão ruim, então acrescentou brevemente: — Foi a outra fragata, a *Valérie*, que afundamos antes de vocês chegarem. As perdas em vidas foram muito grandes.

Eles perceberam a inquietação de Laurence e não insistiram no assunto. Quando Warren fez menção de perguntar alguma coisa, Sutton o cutucou para que se calasse e pediu ao mensageiro que fosse buscar um baralho. Iniciaram uma partida casual, com a presença de Harcourt, agora que não havia mais oficiais navais. Laurence terminou de tomar o café e se retirou em silêncio.

Temeraire estava sentado, olhando para o mar vazio. Tinha dormido o dia inteiro, e acordara havia pouco para mais uma refeição. O dragão se ajeitou para abrir um lugar para Laurence na perna dianteira, e se enrodilhou em volta do companheiro com um suspiro.

— Não se aflija — Laurence sabia que estava oferecendo um conselho que ele mesmo era incapaz de seguir, mas receava que Temeraire pudesse pensar demais sobre a destruição da nau e cair num estado de melancolia. — Com a segunda fragata a bombordo, teríamos virado a sotavento, e se eles apagassem todas as luzes e parassem os nossos fogos, Lily e os outros jamais teriam nos encontrado. Você salvou muitas vidas e o próprio *Allegiance*.

— Não me sinto culpado — explicou Temeraire. — Não pretendia afundá-la, mas não lamento por isso. Eles queriam matar a minha tripulação, e é claro que eu não ia permitir isso. São os marinheiros, eles olham para mim de maneira tão estranha agora e não gostam nem de chegar perto.

Laurence não poderia negar a verdade daquela observação, tampouco oferecer um falso conforto. Os marinheiros preferiam ver os dragões como máquinas de guerra, muito semelhantes a navios, que por acaso voavam e respiravam: um mero instrumento da vontade do homem. Poderiam aceitar sem grande dificuldade o poder e a força bruta do animal, naturais como reflexos do grande tamanho. Se os temiam por isso, era como temer um homem grande e perigoso. O vento divino, porém, lhes dava um toque de sobrenaturalidade, e o naufrágio da fragata *Valérie* fora implacável demais para ser humano: acordara cada uma das velhas lendas de fogo e destruição vindos do céu.

A batalha já tinha se transformado num pesadelo na memória do capitão: a sequência interminável de clarões coloridos dos fogos de artifício, a luz vermelha dos canhões; os olhos brancos como a morte da Fleur-de-Nuit nas trevas e o gosto amargo da fumaça. Mas, acima de tudo, a descida lenta da onda, como uma cortina cerrando-se sobre o palco numa peça de teatro. Laurence acariciou a perna de Temeraire em silêncio, e juntos eles observaram o rastro do navio passando gentilmente.

O grito de "vela à vista" veio com a primeira luz da manhã: o *William of Orange* estava claro no horizonte, a dois pontos da proa a estibordo. Riley espiou pela luneta.

— Vamos servir o café da manhã mais cedo para os homens. O *William* vai estar aqui antes das nove.

A fragata *Chanteuse* encontrava-se entre os dois navios maiores e já estava saudando o transporte que se aproximava: ela mesma voltaria à Inglaterra para ser abonada como prêmio, carregando os prisioneiros. O dia estava claro e muito frio, com o céu daquele tom peculiarmente belo de azul reservado para o inverno, e a *Chanteuse* parecia animada com as velas de joanete brancas e os sobrejoanetes no ar. Era raro que um transporte capturasse outra nau, e o humor geral deveria ser comemorativo. Era uma linda nau de 44 canhões, de excelente navegação, e certamente seria posta em serviço. Além disso, havia a recompensa pelos prisioneiros. Contudo, o ânimo perturbado ainda não tinha se dispersado após a noite, e a maioria dos homens permaneceu calada enquanto trabalhava. O próprio Laurence não tinha dormido bem e agora estava de pé no castelo de proa, observando a aproximação do *William of Orange*, entristecido. Logo eles estariam bem solitários novamente.

— Bom-dia, capitão — cumprimentou Hammond, juntando-se a ele na amurada. A intrusão não foi bem-vinda, e Laurence não fez o menor esforço para esconder, mas isso não pareceu provocar nenhuma reação: Hammond estava ocupado demais olhando para a *Chanteuse*, com uma satisfação indecente estampada no rosto.

— Não poderíamos ter pedido por um início melhor para a viagem.

Vários dos tripulantes estavam trabalhando por perto, reparando o convés estraçalhado: o carpinteiro e seus assistentes. Um deles, um camarada animado, de ombros caídos, chamado Leddowes, que embarcara em Spithead e já tinha se estabelecido como o palhaço do navio, se endireitou ao ouvir isso e encarou Hammond com evidente reprovação, até que o carpinteiro Eklof, um enorme sueco calado, o cutucou no ombro com o grande punho, fazendo com que voltasse ao trabalho.

— Estou surpreso que você pense assim — retrucou Laurence. — Não teria preferido uma nau de primeira linha?

— Não, não — Hammond respondeu, sem perceber o sarcasmo. — É tudo que eu poderia querer. Você sabia que uma das balas atravessou a cabine do príncipe? Um dos guardas dele morreu, e outro ficou gravemente ferido e acabou falecendo à noite. Soube que ele está absolutamente furioso. A Marinha francesa teve um efeito melhor do que meses de diplomacia. Será que poderíamos mostrar o capitão do navio capturado a ele? É claro que eu disse a eles que os atacantes eram franceses, mas seria ótimo apresentar uma prova incontestável.

— Não vamos desfilar um oficial derrotado como um escravo em algum triunfo romano — disse Laurence, sem demonstrar emoção. Ele mesmo já fora feito prisioneiro uma vez, e por mais que não passasse de um garoto na época, um jovem aspirante, ainda se recordava da cortesia perfeita do capitão francês, que lhe oferecera a rendição muito a sério.

— Claro, eu entendo... não ficaria muito bem, suponho — admitiu Hammond, mas apenas como uma lamentável concessão, e acrescentou: — Se bem que seria uma pena se...

— Isso é tudo? — interrompeu Laurence, sem querer ouvir mais nada.

— Ah, me desculpe, peço perdão pela minha intrusão — respondeu Hammond incerto, finalmente olhando para Laurence. — Eu tinha vindo apenas lhe informar que o príncipe expressou o desejo de vê-lo.

— Obrigado, senhor — agradeceu Laurence, de maneira a encerrar a conversa. Hammond parecia querer dizer algo mais, talvez instar o capitão a ir imediatamente, ou então lhe dar conselhos sobre a reunião, mas no fim não ousou, e com uma mesura curta retirou-se abruptamente.

Laurence não tinha a menor vontade de falar com Yongxing, tinha ainda menos vontade de ser incomodado, e seu humor não melhorou muito com o sacrifício físico de se locomover até os aposentos do príncipe, do outro lado do navio, na popa. Quando os membros da comitiva chinesa tentaram fazê-lo esperar na antecâmara, Laurence disse secamente:

— Peça para ele me avisar quando estiver pronto. — E se virou para partir. Houve uma conferência apressada entre os criados, e um deles chegou a ponto de se postar na porta e impedir a passagem; depois de um momento, Laurence foi levado diretamente à cabine principal.

Os dois buracos escancarados nas paredes, um de cada lado, tinham sido estofados com chumaços de seda azul para bloquear o vento; mas os longos estandartes de pergaminho inscrito pendurados nas paredes balançavam e chacoalhavam com a corrente de ar. Yongxing estava sentado com as costas eretas numa poltrona forrada de pano vermelho, atrás de uma pequena escrivaninha de madeira laqueada. Apesar do balanço do navio, o pincel movia-se certeiro do tinteiro ao papel, sem jamais pingar, e os caracteres brilhantes de tinta úmida formavam linhas e fileiras organizadas.

— O senhor desejava me ver? — anunciou Laurence.

Yongxing completou uma linha final e pôs o pincel de lado sem responder imediatamente. Pegou um carimbo de pedra que estava sobre uma poça de tinta vermelha e pressionou-o no fim da página, que em seguida dobrou e colocou de lado, sobre uma folha semelhante, depois do que dobrou as duas e colocou-as dentro de um pedaço de pano encerado.

— Feng Li — chamou.

Laurence levou um susto. Não tinha percebido o serviçal de pé no canto, vestido discretamente com uma túnica de algodão azul-escuro e que agora se aproximava. Feng era um camarada alto, mas tão permanentemente curvado que tudo que Laurence podia ver era a linha perfeita que corria pela cabeça do homem, a partir da qual o cabelo tinha sido completamente raspado. Feng lançou um único olhar dardejante para Laurence, silenciosamente curioso, e em seguida ergueu a escrivaninha inteira, levando-a para a lateral do aposento sem derramar uma gota de tinta sequer.

O servo se apressou em voltar com um descanso de pés para Yongxing, finalmente retornando ao canto da cabine. Estava claro que Yongxing não pretendia dispensá-lo durante a reunião. O príncipe sentou-se reto, os braços descansando nos braços da poltrona, e não ofereceu um assento a Laurence, apesar de haver mais duas cadeiras junto à parede oposta. Isso estabeleceu o tom da conversa imediatamente. Laurence sentiu os ombros enrijecendo mesmo antes de o príncipe começar a falar.

— Apesar de você ter vindo conosco apenas por uma questão de necessidade — começou Yongxing, gélido —, parece acreditar que ainda é o companheiro de Lung Tien Xiang e que pode continuar a tratá-lo como sua propriedade. E agora o pior aconteceu: graças ao seu comportamento violento e irresponsável, ele foi gravemente ferido.

Laurence apertou os lábios; não acreditava que seria capaz de produzir nenhuma resposta remotamente civilizada. Tinha questionado o próprio julgamento, tanto antes de levar Temeraire ao combate quanto durante toda a noite que se seguiu, lembrando-se do som do impacto e da respiração difícil e dolorosa do dragão. Mas Yongxing fazer o mesmo era outra coisa.

— Isso é tudo? — disse, afinal.

Yongxing talvez tivesse esperado que ele rastejasse ou implorasse por perdão, e certamente a resposta curta deixou o príncipe ainda mais inclinado à raiva.

— Você é tão desprovido assim de princípios morais? — perguntou o nobre chinês. — Não tem remorso algum, teria levado Lung Tien Xiang à morte com a mesma facilidade com que teria cavalgado um cavalo até que ficasse manco. Não tem mais permissão de alçar voo com ele novamente e vai manter esses servos vis afastados. Vou colocar meus próprios guardas ao redor dele e...

— Senhor — interrompeu Laurence, grosseiro. — Vá para o inferno.

Yongxing parou de falar, parecendo mais surpreso do que ofendido ao ser interrompido. Então o capitão acrescentou:

— E quanto aos seus guardas, se algum deles subir no meu convés, mandarei Temeraire jogá-lo ao mar. Tenha um bom dia.

O oficial fez uma curta mesura e não ficou para ouvir a resposta, mesmo que Yongxing tivesse uma; deu meia-volta e saiu imediatamente da sala. Os servos olharam quando ele saiu e não tentaram bloquear a passagem dessa vez. Laurence, obrigando a própria perna a obedecer, andava rápido. Pagou caro pela arrogância: ao alcançar a própria cabine, no extremo oposto do navio, a perna tremia e estremecia a cada passo como se sofresse de paralisia. Laurence ficou feliz em chegar à segurança da própria poltrona e em acalmar os nervos enfurecidos com um cálice de vinho. Talvez tivesse falado sem pensar, mas não se arrependia nem um pouco. Yongxing deveria pelo menos saber que nem todos os oficiais e cavalheiros britânicos estavam dispostos a se curvar e rastejar diante dos caprichos tirânicos dele.

Por mais satisfatório que aquilo tivesse sido, entretanto, Laurence não poderia deixar de reconhecer que a rebeldia demonstrada fora muito fortalecida pela convicção de que Yongxing jamais cederia na questão central e principal da separação de Laurence e Temeraire. O Ministério, representado por Hammond, podia ter algo a ganhar com toda aquela submissão. Já Laurence não tinha mais nada de importante a perder. Era um pensamento triste, e o capitão pousou o cálice e permaneceu sentado na escuridão por algum tempo, esfregando a perna dolorida, apoiada num baú. Seis badaladas soaram no convés, e ele ouviu o toque agudo da gaita de foles e o barulho dos marujos indo tomar café da manhã no convés inferior, e sentiu o cheiro de chá forte subindo da cozinha.

Após terminar o cálice e descansar a perna um pouco, Laurence finalmente se levantou e foi até a cabine de Riley. Bateu à porta. Queria pedir a Riley que posicionasse alguns fuzileiros navais para manter os supostos guardas chineses longe do convés dos dragões, porém, levou um susto e não ficou nem um pouco satisfeito ao perceber que Hammond já estava lá, sentado diante da escrivaninha de Riley, com uma sombra de ansiedade e culpa no rosto.

— Laurence — começou Rilly, após oferecer uma cadeira ao amigo. — Estava conversando com o Sr. Hammond sobre os passageiros. — Laurence percebeu que Riley também parecia cansado e angustiado. — Ele comentou comigo que eles permanecem nas cabines desde que ficamos sabendo da notícia sobre os navios da Companhia das Índias. Isso não pode continuar assim por vários meses: precisamos permitir que eles subam ao convés e tomem um pouco de ar. Tenho certeza de que você não vai se opor; acho que vai ser necessário permitir que andem pelo convés dos dragões, pois não ousamos deixar que cheguem perto dos marujos.

Nenhuma sugestão poderia ter sido mais indesejável ou ter vindo num momento pior. Laurence olhou para Hammond com uma mistura de irritação e algo que era praticamente desespero. Aquele homem realmente parecia possuído por um gênio maléfico dos desastres, pelo menos do ponto de vista de Laurence, e a perspectiva de passar uma longa viagem sofrendo com as infinitas maquinações diplomáticas dele era cada vez mais sombria.

— Lamento pela inconveniência — acrescentou Riley, ao ver que Laurence não respondeu imediatamente. — Mas eu simplesmente não vejo outra solução. Com certeza não lhes falta espaço?

Isso também era indiscutível. Com tão poucos aviadores a bordo e com a tripulação do navio quase completa, era injusto pedir aos marinheiros que cedessem qualquer porção do próprio espaço, o que também agravaria o clima reinante de tensão elevada. Do ponto de vista prático, Riley estava coberto de razão, e era direito dele, como capitão do navio, decidir aonde os passageiros teriam liberdade de ir ou não. A ameaça de Yongxing, porém, tinha transformado o assunto numa questão de princípios. Laurence teria preferido se abrir completamente com Riley, e se Hammond não estivesse presente, ele o teria feito, mas ele estava.

— Talvez — intercedeu Hammond rapidamente — o capitão Laurence esteja preocupado com a possibilidade de os visitantes irritarem o dragão. Posso sugerir que seja separada apenas uma porção do convés para eles, bem demarcada? Talvez pudéssemos estender uma corda ou então pintar uma faixa.

— Seria uma ótima solução, se o senhor fizesse o favor de lhes explicar os limites, Sr. Hammond — respondeu Rilly.

Laurence não poderia protestar abertamente sem se explicar, e decidiu não revelar o que fizera diante de Hammond, dando-lhe assim a chance de tecer comentários; não quando não havia nada a ganhar. Riley se solidarizaria; ou pelo menos Laurence assim esperava, de repente com um pouco menos de certeza. Entretanto, com solidariedade ou não, o problema básico continuaria existindo, e Laurence não sabia o que mais poderia ser feito.

Não estava resignado, nem um pouco, mas não queria reclamar e complicar ainda mais a situação de Riley.

— O senhor também vai deixar claro para eles, Sr. Hammond — Laurence acrescentou —, que não podem levar armas ao convés, nada de mosquetes nem espadas, e em qualquer situação de combate devem se abrigar imediatamente. Não vou tolerar nenhuma interferência com a minha tripulação ou com o Temeraire.

— Mas, senhor, há soldados entre eles — protestou Hammond. — Tenho certeza de que gostariam de treinar, ocasionalmente...

— Podem esperar até chegar à China.

Hammond seguiu Laurence cabine afora e o alcançou à porta de seu alojamento. Lá dentro, dois membros da equipe de terra tinham acabado de trazer mais cadeiras, e Roland e Dyer estavam ocupados colocando pratos sobre a toalha de mesa: os outros capitães de dragões iam tomar café com Laurence antes de partir.

— Senhor — insistiu Hammond —, por favor, permita-me um momento. Tenho de pedir desculpas ao senhor por tê-lo mandado ao príncipe Yongxing daquela maneira, sabendo do humor intempestivo dele, e lhe asseguro que culpo somente a mim mesmo pelas consequências e pelo desentendimento. Ainda assim, rogo ao senhor que tenha paciência...

Laurence escutou até aí, franzindo o cenho, e agora com incredulidade crescente interrompeu:

— Está me dizendo que já sabia? Que fez a proposta ao capitão Riley sabendo que eu tinha proibido a presença deles no convés?

A voz de Laurence se elevou conforme ele falava, e Hammond dardejou o olhar desesperadamente para a porta aberta da cabine: Roland e Dyer assistiam à cena, ambos de olhos arregalados e interessados, sem perceber as travessas de prata que seguravam.

— O senhor precisa entender que não podemos colocá-los nessa posição. O príncipe Yongxing deu uma ordem, e se nós desafiarmos essa ordem abertamente, nós o estaremos humilhando diante dos próprios...

— Então era melhor ele aprender a não me dar ordens, senhor — Laurence retrucou, furioso. — E é melhor o senhor dizer isso a ele em vez de ficar trazendo seus recados dessa forma desonesta...

— Pelos Céus! O senhor acredita que eu tenho algum interesse em vê-lo separado de Temeraire? Tudo que temos como moeda de barganha é a recusa do dragão em se afastar de você — Hammond respondeu, se exaltando também. — Mas esse fato por si só não vai adiantar muito sem a boa vontade deles, e mesmo que o príncipe Yongxing não consiga garantir o cumprimento das ordens dele enquanto estivermos no mar, as nossas posições vão se reverter completamente na China. Espera que nós sacrifiquemos uma aliança em nome do seu orgulho? Sem falar — Hammond acrescentou numa tentativa desprezível de adulação — em qualquer esperança de mantermos Temeraire.

— Não sou diplomata — afirmou Laurence —, mas vou lhe dizer uma coisa, senhor: se imagina que vai conseguir até mesmo um dedal de boa vontade desse príncipe, independentemente do quanto se curve diante dele, o senhor é um maldito idiota. E vou ficar grato se não achar mais que posso ser comprado com castelos de areia.

Laurence tinha pretendido se despedir de Harcourt e dos outros em grande estilo, mas os companheiros foram obrigados a manter a sociabilidade da mesa sozinhos, sem ajuda alguma dele nas conversas. Felizmente o capitão tinha um bom suprimento de comida e havia uma grande vantagem em estar tão perto da cozinha: bacon, presunto, ovos e café chegaram fumegantes à mesa enquanto eles se sentavam, além de uma posta de atum fantástica, empanada em farinha de biscoito de marinheiro e frita, e cujo resto tinha ido para Temeraire. Havia também um grande prato de cerejas em conserva e outro ainda maior de marmelada. Laurence comeu muito pouco e aproveitou com gosto a distração oferecida quando Warren lhe pediu para rascunhar o curso da batalha para eles. Empurrou o prato quase intocado para o lado para demonstrar as manobras dos navios e da Fleur-de-Nuit com pedaços de farelo de pão, enquanto o saleiro fazia o papel do *Allegiance*.

Os dragões estavam terminando o próprio café da manhã, que era um tanto menos civilizado, quando Laurence e os outros capitães saíram de volta para o convés. Laurence ficou imensamente grato ao se deparar com Temeraire bem acordado e alerta, parecendo muito melhor, com as bandagens absolutamente alvas. O dragão negro tentava convencer Maximus a provar um pedaço do atum.

— É um exemplar particularmente saboroso, pescado ainda esta manhã — explicou.

Maximus encarava o peixe com profunda desconfiança: Temeraire já tinha comido pelo menos metade, mas a cabeça não fora removida, e o peixe jazia no convés com a boca escancarada e os olhos vítreos. Pesava uns bons 400 quilos ao ser pescado, Laurence calculou, mas mesmo a metade ainda era muito impressionante.

O peixe ficou menos notável, porém, quando Maximus finalmente baixou a cabeça para abocanhá-lo: o resto do atum mal foi o suficiente para o dragão, e era engraçado observá-lo mastigando com uma expressão de ceticismo. Temeraire esperava com expectativa; Maximus engoliu e lambeu os beiços, finalmente dizendo:

— Não seria tão ruim comer isso, suponho, se não houvesse mais nada, mas é muito escorregadio.

O rufo de Temeraire se achatou de desapontamento.

— Talvez seja necessário desenvolver um gosto. Ouso dizer que eles poderiam pescar mais um para você.

— Não, deixarei os peixes para você — fungou Maximus. — Tem mais carneiro? — indagou, olhando interessado para o mestre de rebanhos.

— Quantos você já comeu? — perguntou Barkley rispidamente, subindo as escadas até o companheiro. — Quatro? Já é o bastante; se crescer mais, não vai conseguir alçar voo.

Maximus ignorou o capitão e devorou o último pedaço de carneiro no tanque de abate. Os outros também tinham terminado, e os assistentes do mestre de rebanhos começaram a bombear água sobre o convés dos dragões para limpar o sangue. Logo havia dezenas de tubarões frenéticos nas águas ao redor do navio.

O *William of Orange* estava quase ao lado deles, e Riley tinha ido até lá para conversar sobre suprimentos com o outro capitão. Agora ele aparecia no convés e era trazido de volta num bote, enquanto os marujos da outra nau começavam a preparar os botalós e panos de vela para a transferência.

— Lorde Purbeck — Riley chamou ao chegar ao convés. — Mande a lancha buscar os suprimentos, por favor.

— Nós podemos trazê-los, se quiserem — ofereceu Harcourt, do alto do convés dos dragões. — Precisamos tirar o Maximus e a Lily do convés, de qualquer maneira. Para nós é tão fácil buscar o material quanto voar em círculos.

— Obrigado, senhor, seria um grande favor — Riley respondeu, olhando para cima e fazendo uma mesura, sem sinal algum de suspeita. Os cabelos de Harcourt estavam bem presos, a longa trança oculta pelo capuz de voo, e o casaco do uniforme ocultava-lhe a silhueta muito bem.

Maximus e Lily alçaram voo, sem as tripulações, abrindo espaço no convés para que os outros dragões se preparassem. As equipes estenderam os arreios e as armaduras e começaram a aparelhar as feras menores, enquanto os dois maiores voavam até o *William of Orange* para buscar os suprimentos. O momento da partida se aproximava, e Laurence mancou até Temeraire. O capitão estava subitamente consciente de um arrependimento forte e inesperado.

— Não conheço aquele dragão — Temeraire comentou com Laurence, olhando para o outro transporte. Havia uma enorme fera esparramada emburrada sobre o convés do *William*, rajada de marrom e verde, com listras vermelhas nas asas e no pescoço, como se fossem pintadas. Laurence jamais vira aquela raça antes.

— É uma variedade indígena, de uma daquelas tribos do Canadá — explicou Sutton, quando Laurence lhe apontou o estranho dragão. — Acho que dos Dakota, se é que estou pronunciando corretamente. Ouvi dizer que ele e o cavaleiro foram capturados saqueando um assentamento na fronteira; eles não usam tripulações por lá, sabe, é só um homem por dragão, independentemente do tamanho. Foi um belo golpe: uma raça incrivelmente diferente, e fiquei sabendo que são lutadores ferozes. Pretendiam usá-lo como reprodutor em Halifax, mas acredito que fizeram um acordo: quando Praecursoris chegasse lá, mandariam esse dragão de volta em troca. Ele parece ser uma criatura bem sanguinária.

— Parece maldade mandá-lo para tão longe de casa permanentemente — comentou Temeraire, muito abatido, olhando para o outro dragão. — Ele não me parece nada feliz.

— Ele simplesmente ficaria à toa nos campos de reprodução em Halifax, em vez de vir para cá, e isso não faz lá tanta diferença — Messoria retrucou, esticando as asas para ajudar os integrantes da equipe de arreio, que a escalavam para prepará-la. — Os campos são todos parecidos e muito sem graça, exceto pela parte da reprodução — acrescentou, com franqueza um tanto alarmante. Era muito mais velha que Temeraire, com mais de 30 anos de idade.

— Isso também não me parece muito interessante — respondeu Temeraire, e se deitou amuado. — Será que vão me botar num campo de reprodução na China?

— Com certeza não — assegurou Laurence. Pessoalmente, estava ferozmente determinado a não abandonar Temeraire a um destino desses, não importava o que o imperador da China ou qualquer outra pessoa dissesse. — Duvido que eles teriam feito tanta confusão se fosse só por isso.

Messoria fungou, indulgente.

— Você provavelmente não acharia tão terrível, de qualquer maneira, depois de tentar.

— Pare de corromper a moral da juventude! — O capitão Sutton deu um tapa bem-humorado no flanco do dragão fêmea e um puxão final e reconfortante no arreio. — Pronto, acho que estamos preparados. Adeus mais uma vez, Laurence — se despediu enquanto apertavam as mãos. — Espero que já tenha acontecido o suficiente pela viagem inteira e que o restante do caminho seja mais tranquilo.

Os três dragões menores se alçaram para o ar em sequência, sendo que Nitidus mal balançou o *Allegiance*. Sobrevoaram o *William of Orange*, e então Maximus e Lily vieram um de cada vez, para serem preparados também, e para que Berkley e Harcourt pudessem se despedir de Laurence. Finalmente a formação inteira foi transferida para o outro transporte, deixando Temeraire sozinho no *Allegiance* mais uma vez.

Riley deu ordem de velejar imediatamente. O vento fraco que vinha de este-sudeste fez com que içassem todas as velas, criando uma bela e imponente imagem dos panos brancos. O *William of Orange* disparou um canhão a sotavento quando eles passaram, e o *Allegiance* respondeu logo em seguida por ordem de Riley. A tripulação do outro navio irrompeu em vivas, ouvidos do outro lado, e os dois transportes finalmente se afastaram, lentos e majestosos.

Maximus e Lily alçaram voo para brincar, com a energia de dois jovens dragões recém-alimentados. Puderam ser vistos por um longo tempo, perseguindo um ao outro pelas nuvens acima do navio, e Temeraire não tirou os olhos dos amigos até que ficaram reduzidos ao tamanho de pássaros ao longe. O dragão negro suspirou e baixou a cabeça, se enrodilhando.

— Vai levar um longo tempo até nos vermos novamente, imagino — comentou.

Laurence pôs a mão no longo pescoço do dragão, em silêncio. Aquela despedida pareceu, de alguma forma, mais definitiva. Nada de confusão e barulho, nenhum sentimento de uma nova aventura se iniciando: apenas a tripulação cuidando de trabalhar, ainda atordoada, com nada à vista além de longas milhas azuis de oceano vazio, uma estrada incerta para um destino ainda mais incerto.

— O tempo vai passar mais rápido do que você imagina — o capitão respondeu. — Venha, vamos voltar ao livro.

Parte 2

Capítulo 6

O TEMPO SE MANTEVE limpo pela primeira e curta parcela da jornada, com aquela limpeza peculiar do inverno: a água muito escura, o céu sem nuvens e o ar gradualmente se aquecendo conforme eles avançavam para o sul. Foi um período ocupado, movimentado, com os reparos em geral e a instalação de novas velas, de modo que a velocidade aumentava diariamente conforme eles recuperavam a nau. Viram apenas um par de pequenos navios mercantes, que passaram o mais longe que puderam, e, em uma ocasião, bem alto no céu, um dragão mensageiro na rota de despachos. Certamente era um Greyling, um dos voadores de longa distância, mas estava distante demais para que até mesmo Temeraire o reconhecesse.

Os guardas chineses apareceram prontamente com a alvorada no dia seguinte à combinação. Uma tira grossa de tinta separava uma seção no bombordo do convés dos dragões. Apesar da ausência de qualquer arma visível, eles de fato montaram guarda, em turnos de três, tão formais quanto fuzileiros navais numa parada. A tripulação àquela altura já estava bem ciente do desentendimento, que tinha ocorrido perto o bastante das janelas de popa para que fosse ouvido no convés, e os homens estavam naturalmente inclinados a se ressentir com a presença dos guardas, ainda mais com a aparição dos integrantes seniores da comitiva chinesa. Todos eram alvo de olhares sombrios, sem exceção.

Laurence, entretanto, estava começando a discernir traços individuais entre eles, pelo menos naqueles que iam ao convés. Alguns dos chineses mais jovens demonstravam verdadeiro entusiasmo pelo mar, ficando na beirada de bombordo do convés para desfrutar melhor da água que espirrava com o avanço do *Allegiance*. Um jovem rapaz, Li Honglin, era particularmente aventureiro, chegando ao ponto de imitar os hábitos de alguns dos aspirantes e se pendurar nas cordas, apesar das roupas inadequadas: as saias do manto pareciam que iam se enrolar nos cabos, e as botas negras curtas tinham solados grossos demais para aderir bem ao convés, ao contrário dos pés descalços e das sapatilhas finas dos marinheiros. Os compatriotas ficavam muito alarmados sempre que o rapaz tentava as peripécias e pediam para que voltasse ao convés, aos brados e com gestos ríspidos.

Os outros tomavam a fresca com mais parcimônia e ficavam bem longe das beiradas. Frequentemente levavam banquinhos para se sentar e falavam livremente entre si no estranho sobe e desce da própria linguagem, que Laurence não conseguia nem dividir em frases distintas; aquilo tudo lhe parecia completamente confuso. Contudo, apesar da impossibilidade de conversas diretas, ele rapidamente percebeu que a maioria dos integrantes da comitiva não sentia nenhuma hostilidade forte em relação aos britânicos: todos eram igualmente educados, pelo menos em expressões e gestos, e em geral faziam mesuras educadas ao chegar e partir.

Os visitantes omitiam as cortesias apenas nas ocasiões em que estavam na presença de Yongxing: nesses momentos, seguiam o exemplo do príncipe e não acenavam com a cabeça nem faziam qualquer outro gesto para os aviadores britânicos, indo e vindo como se não houvesse ninguém mais a bordo. Entretanto, o príncipe raramente ia ao convés, pois a cabine dele, com as vastas janelas, era espaçosa o bastante para que não fosse necessário sair para se exercitar. Seu principal propósito parecia ser franzir o cenho e olhar para Temeraire, que não tirava nenhum proveito das inspeções, pois estava quase sempre dormindo. Ainda se recuperando do ferimento, o dragão cochilava quase o dia inteiro, deitado despreocupadamente, vez por outra fazendo o convés tremer com um bocejo longo e preguiçoso, enquanto a vida no navio continuava à sua volta.

Liu Bao não fazia nem visitas breves; permanecia enclausurado na cabine: permanentemente, até onde eles sabiam. Ninguém vira nem sequer a ponta do nariz do emissário desde que ele subira a bordo, mesmo que estivesse alojado numa cabine logo abaixo do tombadilho e tivesse apenas que abrir a porta do quarto e sair. Não saía nem para descer e fazer as refeições ou falar com Yongxing, e apenas alguns criados trotavam entre seus aposentos e a cozinha, uma ou duas vezes por dia.

Sun Kai, por outro lado, raramente passava um minuto do dia do lado de dentro; saía para tomar a fresca depois de todas as refeições e passava longos períodos no convés. Quando Yongxing aparecia, Sun Kai sempre se curvava formalmente para o príncipe e então ficava em silêncio num canto, separado do séquito de servos, e os dois raramente conversavam. O interesse pessoal de Sun Kai girava em torno da vida no navio e da construção da nau. Tinha um fascínio particular pelos exercícios de artilharia.

Exercícios esses que Riley foi forçado a limitar mais do que gostaria depois que Hammond argumentou que não poderiam incomodar o príncipe com tanta regularidade. Portanto, na maior parte dos dias, os homens se limitavam a manejavar os canhões num espetáculo mudo, sem disparar, e apenas ocasionalmente provocavam os trovões e estrondos dos exercícios com munição real. Em ambos os casos, Sun Kai aparecia assim que os tambores soavam, se já não estivesse no convés, e assistia atentamente aos procedimentos do começo ao fim, sem estremecer nem com as enormes erupções e o recuo das armas. O emissário tomava o cuidado de se posicionar num lugar onde não atrapalhasse ninguém, nem mesmo enquanto os homens corriam até o convés de dragões para equipar o punhado de canhões lá em cima. Depois da segunda ou terceira ocasião, os canhoneiros pararam de prestar atenção nele.

Quando não havia exercícios de treinamento, Sun Kai estudava os canhões próximos com atenção. No convés dos dragões estavam posicionadas as caronadas, com sua carga de alto impacto de 20 quilos; eram menos precisas do que os canhões longos, mas recuavam muito menos, de maneira que exigiam menos espaço. Sun Kai ficava particularmente fascinado com os suportes fixos, que permitiam que o cano pesado de ferro deslizasse para a frente e para trás ao longo do recuo. Além disso, o chinês parecia não considerar rude ficar encarando os outros conforme passavam por ele enquanto cumpriam as tarefas, aviadores e marinheiros, por mais que não entendesse nem uma palavra que diziam. Sun Kai também estudou o *Allegiance* com o mesmo interesse: o arranjo dos mastros e das velas e especialmente o desenho do casco. Laurence o viu com frequência sobre a amurada do convés dos dragões, olhando a linha branca da quilha, fazendo esboços numa tentativa de desenhar a embarcação.

No entanto, mesmo com essa curiosidade evidente, ele demonstrava uma reserva profunda que ia além do exterior, da severidade da aparência estrangeira: o estudo era mais intenso do que ansioso, menos uma paixão de estudioso do que uma questão de indústria e diligência, e não havia nada de convidativo no comportamento dele. Hammond, indiferente à postura, tinha tentado algumas aproximações, que foram recebidas com cortesia mas sem simpatia, e para Laurence era quase dolorosamente óbvio que Sun Kai não estava interessado. Não havia nenhuma alteração na expressão do emissário quando Hammond se aproximava ou partia, nenhum sorriso ou franzir de cenho, apenas uma atenção educada e calculada.

Mesmo que uma conversa entre eles pudesse ter sido possível, Laurence acreditava que não conseguiria se impor depois de ter presenciado o exemplo de Hammond. Era certo que o estudo de Sun Kai teria se beneficiado de um guia e que seria um ótimo assunto para conversa, mas o tato proibia esse diálogo tanto quanto a barreira da linguagem, então, momentaneamente, Laurence se contentou em observar.

Na ilha da Madeira eles recuperaram os suprimentos de água e gado dos estragos provocados pela visita da formação de Lily, mas não se demoraram no porto.

— Toda essa rearrumação de velas teve um motivo: estou começando a entender bem o que serve melhor ao navio — Riley comentou com Laurence. — Você se importaria em passar o Natal no mar? Eu ficaria muito feliz em testar a nau e ver se consigo levá-la até 7 nós de velocidade.

Eles zarparam de Funchal majestosamente, com uma larga exibição de velas, e o ar jubiloso de Riley anunciou a realização dos sonhos de velocidade dele antes mesmo que dissesse:

— Oito nós, ou quase, o que me diz disso?

— Eu o parabenizo, de fato — congratulou-o Laurence. — Pessoalmente, nunca teria acreditado que fosse possível. O *Allegiance* está praticamente voando. — O capitão aviador sentiu um tipo curioso de tristeza com aquela velocidade, completamente estranha para ele. Como capitão naval, jamais se permitira excessos de velocidade, pois considerava inapropriado ser irresponsável com um navio do rei. Contudo, como qualquer marujo, Laurence gostava de ver a própria nau velejando o melhor possível. Em circunstâncias normais, teria compartilhado sinceramente da alegria de Riley e não teria olhado para trás, para a manchinha da ilha desaparecendo às suas costas.

Riley tinha convidado Laurence e vários dos oficiais navais para jantar, num clima de comemoração pela recém-descoberta velocidade do navio. Como se fosse um castigo, uma tempestade rápida surgiu do nada durante a refeição, enquanto o azarado e jovem tenente Beckett estava no comando. Ele seria capaz de circum-navegar o mundo seis vezes sem pausa, se ao menos os navios pudessem ser controlados diretamente por fórmulas matemáticas. Por outro lado, quase sempre dava a ordem mais errada possível quando confrontado por um tempo verdadeiramente ruim. Todos saíram correndo desabalados da mesa de jantar assim que o *Allegiance* adernou sob os pés deles, baixando a proa e protestando. Temeraire soltou um rugido curto de espanto. Mesmo com a correria dos oficiais, o vento quase arrancou a vela mais alta do terceiro mastro antes que Riley e Purbeck conseguissem chegar ao convés e colocar as coisas em ordem outra vez.

A tempestade se foi tão rapidamente quanto chegou, as nuvens negras apressadas deixando para trás um céu tingido de rosa e azul. A ondulação baixou para uma altura confortável por volta de 1 metro, da qual o *Allegiance* mal tomava conhecimento. Enquanto ainda havia luz suficiente para ler no convés dos dragões, um grupo de chineses apareceu na coberta: vários servos, primeiro ajudando Liu Bao a sair pela porta e levando até o tombadilho superior e o castelo de proa, e finalmente chegando ao convés dos dragões. O emissário mais idoso tinha uma aparência profundamente diferente da última vez em que fora visto, tendo perdido talvez uns 7 quilos e adquirido um tom claramente esverdeado nas bochechas frouxas e sob a barba, tão visivelmente desconfortável que Laurence não pôde evitar sentir pena dele. O criados tinham providenciado para ele uma cadeira, onde Liu Bao foi sentado, o rosto virado para a brisa úmida e fresca; o emissário, porém, não pareceu melhorar nem um pouco. Quando um dos criados tentou lhe oferecer um prato de comida, Liu Bao simplesmente o dispensou com um aceno.

— Você acha que ele vai morrer de fome? — inquiriu Temeraire, mais por curiosidade do que por preocupação, e Laurence respondeu, distraído:

— Espero que não, por mais que ele seja velho demais para velejar pela primeira vez. — Enquanto falava, Laurence se endireitou na cadeira e chamou um dos jovens mensageiros com um gesto. — Dyer, desça até o Sr. Pollitt e pergunte a ele se poderia fazer a gentileza de subir por um momento.

Logo Dyer voltou com o médico do navio ofegando atrás dele, do seu jeito desajeitado. Pollitt tinha sido o médico de Laurence em dois comandos e não era de cerimônias, então simplesmente desabou numa cadeira e falou:

— Bem, então, senhor, é a perna?

— Não, obrigado, Sr. Pollitt, estou melhorando bem, mas estou preocupado com a saúde do cavalheiro chinês. — Laurence apontou para Liu Bao, e Pollitt, balançando a cabeça, opinou que, se ele continuasse perdendo peso com tanta rapidez, provavelmente não chegaria à linha do equador. — Acho que eles não conhecem a cura para um enjoo marítimo tão violento, já que não estão acostumados a longas viagens.

Laurence indagou:

— O senhor poderia fazer um remédio para ele?

— Bem, ele não é meu paciente, e eu não gostaria de ser acusado de interferir; imagino que os médicos deles odeiem isso tanto quanto nós — explicou Pollitt, em tom de desculpas. — Mas, de qualquer maneira, acho que eu poderia lhe prescrever uma porção de biscoitos de navio. Não há estômago que sofra com biscoitos, e sabe-se lá a que tipo de culinária estrangeira ele vem se submetendo. Certamente um vinhozinho leve se encarregará de botá-lo de pé outra vez.

Obviamente, a culinária estrangeira era nativa para Liu Bao, mas Laurence não viu motivo para discutir com aquele plano de ação e, mais tarde naquela noite, mandou ao emissário um grande pacote de biscoitos, com os carunchos catados relutantemente por Roland e Dyer. Além do biscoito, o sacrifício maior foi enviar junto três garrafas de um Riesling particularmente delicado: muito leve, de fato quase etéreo, e compradas ao custo de 6 xelins e 3 pence cada num mercador de vinho de Portsmouth.

Laurence sentiu-se um tanto estranho ao realizar o gesto; gostaria de acreditar que teria feito o mesmo em qualquer ocasião, mas havia mais interesse por trás do ato, algo que ele jamais fizera antes, e havia um leve toque de desonestidade, um toque de bajulação de que o capitão jamais teria gostado, muito menos aprovado em si mesmo. Na verdade, Laurence era contra qualquer aproximação que fosse, considerando o insulto do confisco dos navios da Companhia das Índias Orientais, que ele mantinha na lembrança tanto quanto qualquer um dos marinheiros que olhavam para os chineses com animosidade emburrada.

Mas Laurence se desculpou com Temeraire em particular naquela noite, após a entrega da oferenda à cabine de Liu Bao.

— Afinal de contas, não é culpa deles pessoalmente, assim como não seria culpa minha se o rei me mandasse fazer o mesmo a eles. Se o governo britânico não dá um pio sobre o assunto, os chineses não podem ser condenados por tratar a questão com tanta desatenção: pelo menos eles não fizeram nenhuma tentativa de esconder o incidente nem foram desonestos.

Enquanto falava, porém, Laurence ainda não estava satisfeito. Não pretendia ficar sentado ali sem fazer nada, nem poderia contar com Hammond. O diplomata até era inteligente e habilidoso, mas agora Laurence estava convencido de que o funcionário do Ministério não tinha a menor intenção de fazer um esforço para que Temeraire ficasse. Para Hammond, o dragão era apenas uma ficha de troca. Certamente não havia esperança alguma de que Yongxing pudesse ser convencido, mas os outros integrantes da missão talvez pudessem ser conquistados com boa-fé, e Laurence pretendia tentar, mesmo que o esforço lhe custasse o próprio orgulho.

E valeu a pena: Liu Bao saiu lentamente da cabine no dia seguinte, parecendo um pouco melhor, e na manhã subsequente estava bem o bastante para mandar chamar o intérprete e pedir a Laurence que se juntasse a eles no lado chinês do convés. O rosto do emissário estava um pouco mais corado e parecia muito aliviado. Também levou um dos cozinheiros da comitiva: os biscoitos, relatou, tinham feito maravilhas, consumidos com um pouco de gengibre fresco de acordo com as orientações do médico chinês, e eles queriam aprender a receita com urgência.

— Bem, são praticamente apenas farinha e um pouco de água, e é tudo que sei, infelizmente — explicou Laurence. — Não os assamos a bordo, sabe, mas garanto que temos o bastante na despensa para durar duas voltas ao mundo, senhor.

— Uma volta já foi mais do que suficiente para mim — respondeu Liu Bao. — Um homem idoso como eu não tem nada que se afastar tanto assim de casa e chacoalhar sobre as ondas. Desde que embarcamos, não consegui comer absolutamente nada, nem panquecas, até que você me mandou os biscoitos! Mas hoje consegui comer um pouco de peixe e não fiquei enjoado. Estou imensamente grato.

— Fico feliz por ter ajudado, senhor, e, de fato, o senhor parece estar muito melhor — falou Laurence.

— Palavras gentis, mesmo que não sejam verdadeiras — respondeu Liu Bao. O emissário ergueu o braço com expressão de desgosto e chacoalhou a toga. — Ainda tenho que engordar bastante para voltar a ser eu mesmo.

— Se o senhor estiver disposto, gostaria que jantasse conosco esta noite — propôs Laurence, considerando que aquela abertura era justificativa suficiente, por menor que fosse, para o convite. — É o nosso feriado mais importante, e vou oferecer uma ceia para os meus oficiais. O senhor seria muito bem-vindo, assim como qualquer um dos seus compatriotas.

O jantar acabou tendo muito mais sucesso que o anterior. Granby ainda estava de cama na enfermaria, proibido de comer alimentos mais fortes, mas o tenente Ferris estava determinado a aproveitar ao máximo a oportunidade de impressionar quem quer que fosse. Era um jovem e enérgico oficial, recém-promovido a capitão dos homens de topo de Temeraire, graças a uma abordagem bem-sucedida que comandara em Trafalgar. Normalmente, teria de ter esperado pelo menos mais um ano, provavelmente dois, para poder sonhar em se tornar um segundo-tenente pelos canais regulares, mas depois que o pobre Evans fora mandado para casa, Ferris tinha sido elevado a segundo-tenente interino e claramente pretendia manter a posição.

Naquela manhã, Laurence tinha ouvido, com algum divertimento, Ferris fazendo uma preleção séria para os aspirantes sobre a necessidade de se comportar de maneira civilizada à mesa, em vez de ficar sentado, mudo como um saco de farinha. Laurence suspeitava de que ele tinha até mesmo fornecido algumas anedotas aos rapazes, porque vez por outra, durante a refeição, o oficial lançava olhares bravos e significativos a um ou outro aspirante, que imediatamente engolia o vinho e se lançava numa história bastante improvável para alguém tão jovem.

Sun Kai acompanhou Liu Bao, mas, como antes, parecia mais um observador que um participante. Liu Bao, por outro lado, não compartilhou dessa disposição e claramente tinha comparecido pronto para ser agradado, afinal, apenas um homem muito duro teria sido capaz de recusar o leitão assado no espeto desde a manhã, reluzente sob a camada de manteiga e creme. Nenhum dos dois se negou a repetir o prato, e Liu Bao elogiou em voz bem alta o ganso tostado, de pele crocante, um espécime belíssimo adquirido na Madeira, e ainda complacente e gorducho na hora da morte, ao contrário das aves que geralmente se comiam no mar.

Os esforços corteses dos oficiais também surtiram efeito, apesar dos desempenhos atropelados e desajeitados de alguns dos camaradas mais jovens. Liu Bao tinha uma risada generosa e fácil, e também compartilhou várias das próprias histórias, a maioria sobre desventuras de caçador. O único indivíduo infeliz na ceia era o pobre intérprete, pois tinha que correr de um lado para o outro da mesa sem parar, vertendo o chinês para o inglês e logo em seguida fazendo o caminho inverso. Desde o início a refeição teve uma atmosfera completamente diferente e bastante amigável.

Sun Kai permaneceu calado, ouvindo mais do que falando, e Laurence não teve como saber ao certo se o convidado estava se divertindo; o emissário comia ainda de uma forma quase abstêmia e quase não bebeu, mesmo que Liu Bao, que pessoalmente não se continha em nenhum dos dois aspectos, ralhasse com ele de forma bem-humorada de vez em quando, tornando a encher o copo do amigo até a borda. Enfim, após a chegada cerimoniosa do grande pudim de Natal, que cintilava azul com as chamas do conhaque no qual era flambado, sendo recebido com aplausos para ser desmantelado, servido e devorado, Liu Bao se virou para Sun Kai e disse:

— Você está muito tedioso esta noite. Recite "A dura estrada" para nós, pois é o poema adequado para a nossa jornada!

Mesmo com toda a reserva, Sun Kai parecia mais do que disposto a atender o pedido. Limpou a garganta e recitou:

— "Dez mil peças de cobre é o preço d'uma jarra dourada de puro
vinho,
Uma travessa de jade repleta de iguarias exige um milhão de moedas.
Ignoro potes e carnes com gesto violento, comer ou beber não
consigo...
Ergo minhas garras aos céus, espio os quatro ventos em vão.
Cruzaria o rio Amarelo, mas o gelo me agrilhoa braços e asas;
Voaria sobre os contrafortes de Tai-hang, mas o céu está cego de neve.
Ficaria sentado e observaria a carpa d'ouro, preguiçando a um
regato...
Mas subitamente sonho em cruzar as ondas, velejando ao sol...
Viajar é duro,
Viajar é duro.
Há muitas trilhas...
Qual seguir?
Cavalgarei um longo vento algum dia, rompendo a pesada coberta
de nuvens,
E estenderei minhas asas retas para atravessar o vasto, vasto mar.

Se havia métrica ou rima no poema, elas desapareceram na tradução, mas o conteúdo foi unanimemente aprovado e aplaudido pelos aviadores.

— É da sua autoria, senhor? — indagou Laurence, interessado. — Acho que jamais ouvi um poema do ponto de vista de um dragão.

— Não, não — Sun Kai retrucou. — É uma das obras do honorável Lung Li Po, da dinastia Tang. Sou apenas um mero estudioso, e os meus versos não são dignos de uma plateia — Ele ficou perfeitamente feliz, entretanto, em recitar para eles várias outras seleções de poetas clássicos, todas de memória, o que pareceu a Laurence um grande feito mental.

Os convidados se despediram, por fim, nos termos mais harmoniosos, tendo evitado cuidadosamente qualquer discussão acerca da soberania relativa a navios ou dragões.

— Ouso até dizer que foi um sucesso — Laurence declarou depois, bebericando café no convés dos dragões enquanto Temeraire devorava uma ovelha. — Eles não são uma companhia tão sisuda assim, afinal, e posso afirmar que estou muito satisfeito com Liu Bao; teria ficado muito grato pela companhia dele em várias viagens de navio.

— Bem, fico feliz que a sua noite tenha sido agradável — comentou Temeraire, mastigando pensativo os ossos das patas da ovelha. — Você poderia recitar aquele poema novamente?

Laurence teve que perguntar a todos os oficiais o que eles lembravam na tentativa de reconstituir o poema. Eles ainda debatiam o assunto na manhã seguinte, quando Yongxing apareceu para tomar a fresca e ouviu os britânicos mutilando a tradução. Depois de algumas tentativas dos aviadores, Yongxing franziu o cenho para eles e em seguida se virou para Temeraire, recitando o poema pessoalmente.

O príncipe disse o poema em chinês, sem tradução. Mesmo assim, após escutar uma única vez, Temeraire foi capaz de repetir os versos de volta na mesma língua, sem aparentar a menor dificuldade. Não era a primeira vez que Laurence se surpreendia com a habilidade linguística do dragão: como todos da espécie, Temeraire tinha aprendido a falar durante a longa maturação dentro do ovo, mas, ao contrário dos outros, tinha sido exposto a três línguas e evidentemente ainda se lembrava daquela que devia ter sido a primeira.

— Laurence! — exclamou Temeraire, virando a cabeça para o capitão com empolgação após trocar mais algumas palavras em chinês com Yongxing. — Ele disse que o poema foi escrito por um dragão, não por um humano!

Laurence, ainda espantado pelo fato de Temeraire ser capaz de entender a língua, piscou novamente com a nova informação.

— A poesia me parece uma ocupação um pouco estranha para um dragão, mas imagino que, se os outros dragões chineses gostarem de livros tanto quanto você, não é tão surpreendente assim que um deles tenha tentado compor versos.

— Eu me pergunto como ele os escreveu — comentou Temeraire, pensativo. — Gostaria de tentar, mas não vejo como eu seria capaz de registrá-los; não acho que conseguiria segurar uma pena. — Ele ergueu a perna dianteira e examinou a pata de cinco garras, duvidoso.

— Eu ficaria feliz em escrever o que você ditasse — respondeu Laurence, divertindo-se com a ideia. — Imagino que ele tenha feito o mesmo.

O capitão não pensou mais no assunto até dois dias depois, quando voltou ao convés preocupado após um longo período sentado na enfermaria: a febre teimosa de Granby tinha voltado e ele jazia deitado pálido e semi-inconsciente, com os olhos azuis arregalados e fixados em recantos distantes do teto, os lábios rachados e abertos. O tenente bebia apenas um pouco de água e, quando falava, as palavras eram confusas e errantes. Pollitt não queria dar opinião, limitando-se a balançar um pouco a cabeça.

Ferris estava ansioso ao pé da escada do convés dos dragões, esperando o capitão. Ao ver o rosto do subordinado, Laurence apressou o passo, ainda mancando.

— Senhor — começou Ferris —, eu não sabia o que fazer, ele passou a manhã inteira conversando com Temeraire, e não conseguimos entender o que ele está dizendo.

Laurence subiu os degraus rapidamente e se deparou com Yongxing sentado numa poltrona no convés, conversando com Temeraire em chinês. O príncipe falava alto e lentamente, enunciando as palavras e corrigindo a pronúncia do dragão. Também tinha levado várias folhas de papel, nas quais pintara um punhado dos estranhos caracteres chineses em tamanho grande. Temeraire de fato parecia fascinado: prestava atenção absoluta no príncipe, a ponta da cauda balançando para um lado e para o outro no ar, como fazia quando ficava muito empolgado.

— Laurence, veja, aquilo é "dragão" na escrita deles — anunciou Temeraire, chamando o capitão ao vê-lo. Laurence olhou obediente para a figura, com expressão vazia. Para ele, aquilo parecia ser nada mais que os padrões deixados às vezes em litorais arenosos após a maré vazante, mesmo depois que Temeraire apontou a parte do símbolo que representava as asas do dragão, e em seguida o corpo.

— Eles usam apenas uma letra para a palavra inteira? — indagou Laurence, sem acreditar. — Como se pronuncia?

— Diz-se "lung" — explicou Temeraire. — Como no meu nome chinês, Lung Tien Xiang, e Tien quer dizer Celestial — acrescentou, orgulhoso, apontando outro símbolo.

Yongxing observava os dois sem expressão, mas Laurence acreditou ver talvez uma ponta de triunfo nos olhos dele.

— Fico muito feliz que você tenha encontrado uma distração tão agradável — Laurence comentou com Temeraire e, virando-se para Yongxing, fez uma mesura cuidadosa, dirigindo-se ao príncipe sem ser convidado. — O senhor é muito gentil por fazer tal esforço.

Yongxing respondeu rigidamente:

— Considero um dever. O estudo dos clássicos é o caminho da compreensão.

A postura dele não era lá muito convidativa, mas se ele escolhera ignorar a listra pintada no chão e falar com Temeraire, Laurence considerava o gesto equivalente a uma visita formal, o que concedia a ele o direito de iniciar a conversa. Independentemente do fato de Yongxing concordar ou não com aquilo, a audácia de Laurence não o impediu de fazer novas visitas: todas as manhãs o capitão aviador encontrava o príncipe no convés, dando lições diárias à Temeraire na língua materna deles e oferecendo-lhe novas amostras de literatura chinesa para abrir o apetite do dragão.

Inicialmente, Laurence se irritava apenas com essas tentativas óbvias de sedução. Temeraire parecia muito mais animado do que em qualquer outro momento desde a partida de Maximus e Lily, e mesmo que desgostasse da fonte dessa animação, Laurence não poderia negar a Temeraire a oportunidade de gozar de tanta ocupação mental nova enquanto ele ainda estava preso ao convés por causa do ferimento. Quanto à possibilidade de a lealdade de Temeraire ser abalada por adulações orientais, Yongxing até poderia acreditar que ela existia. Laurence sentia-se absolutamente tranquilo.

Contudo, o capitão não podia evitar uma preocupação crescente, conforme os dias avançavam e Temeraire não se cansava do assunto. Os próprios livros dos dois jaziam esquecidos em favor da recitação de um trecho qualquer de literatura chinesa, que Temeraire gostava de decorar, já que não poderia anotá-los ou lê-los. Laurence sabia muito bem que não era nenhum erudito. Sua ideia de uma ocupação agradável era passar uma tarde conversando, talvez escrevendo cartas ou lendo um jornal, quando encontrava algum que não estivesse excessivamente velho. Por mais que, sob a influência de Temeraire, o capitão tivesse gradualmente passado a gostar mais de livros do que jamais imaginara ser capaz, era muito mais difícil compartilhar do entusiasmo de Temeraire por obras numa língua que ele não conseguia entender de modo algum.

Laurence não tinha a intenção de dar a Yongxing o prazer de vê-lo desconcertado, mas aquilo realmente parecia ser uma vitória do príncipe sobre o capitão, particularmente nas ocasiões em que Temeraire dominava uma nova obra literária e ficava visivelmente orgulhoso com os elogios raros e merecidos oferecidos por Yongxing. O capitão obviamente acreditava que Temeraire era um dragão extraordinário, mas não desejava que Yongxing tivesse a mesma opinião: o príncipe não precisava de motivos adicionais para tentar tomar Temeraire deles.

O único consolo era que Temeraire constantemente voltava a falar em inglês para poder incluir Laurence na conversa; assim, Yongxing era obrigado a conversar com o capitão, de modo a manter a vantagem que tivesse obtido. Porém, por mais que isso fosse satisfatório de uma maneira mesquinha, Laurence não conseguia gostar muito dessas conversas. Qualquer semelhança de personalidade que eles pudessem ter compartilhado teria sido inadequada diante de uma oposição prática tão violenta, e eles não pareciam inclinados a nenhuma semelhança de qualquer maneira.

Uma certa manhã, Yongxing apareceu no convés cedo, quando Temeraire ainda dormia; enquanto os servos traziam a poltrona e a forravam, em seguida organizando os pergaminhos que iria ler para Temeraire naquele dia, o príncipe foi até a beirada do convés para contemplar o oceano. Estavam no meio de um belíssimo trecho de navegação em águas profundas, sem litoral à vista, e o vento vinha fresco e frio do mar. O próprio Laurence estava na proa, aproveitando a paisagem: água escura se estendendo sem fim até o horizonte, com pequenas ondas ocasionais se superpondo numa espuma branca, e o navio completamente sozinho sob a abóbada celeste.

— Só no deserto é possível encontrar uma vista tão desoladora e desinteressante — comentou Yongxing abruptamente, justo quando Laurence estava a ponto de elogiar educadamente a beleza da paisagem, deixando o capitão mudo e espantado. O espanto apenas aumentou com o comentário seguinte: — Vocês, britânicos, estão sempre velejando para algum outro lugar; será que estão tão descontentes assim com o próprio país?

Yongxing não esperou uma resposta, simplesmente balançou a cabeça e deu as costas, confirmando a sensação de Laurence de que jamais poderia ter encontrado um homem que tivesse menos em comum com ele mesmo.

A dieta de Temeraire a bordo do navio em geral teria sido constituída majoritariamente de peixe, pescado pelo próprio dragão. Laurence e Granby tinham contado com isso nos cálculos de suprimentos, de forma que gado e ovelhas tinham sido levados para que ele tivesse variedade e para o caso de alguma temporada de tempo ruim manter o dragão confinado no navio. Contudo, como não podia voar por causa do ferimento, Temeraire estava impossibilitado de pescar, e portanto estava consumindo as reservas num ritmo muito mais acelerado do que eles tinham previsto.

— Vai ser necessário ficar perto da costa saariana, de qualquer maneira, ou acabaremos soprados para o Rio de Janeiro pelos ventos alísios — explicou Riley. — Certamente poderemos parar no cabo Corso para embarcar mais suprimentos — acrescentou como consolo, mas Laurence apenas assentiu com a cabeça e saiu.

O pai de Riley tinha plantações nas Índias Ocidentais e várias centenas de escravos trabalhando nelas, ao passo que o pai de Laurence era um partidário dedicado de Wilberforce e Clarkson, os famosos abolicionistas, e tinha feito vários discursos ácidos na Câmara dos Lordes contra o tráfico de escravos. Certa ocasião, o pai de Laurence chegara a mencionar o nome do pai de Riley numa lista de cavalheiros proprietários de escravos que, como ele afirmara delicadamente, "desgraçavam o bom nome dos cristãos e conspurcavam o caráter e a reputação do próprio país".

O incidente tinha esfriado a amizade dos dois na época: Riley era profundamente ligado ao pai, um homem de personalidade muito mais calorosa do que lorde Allendale, e naturalmente tinha se ressentido com o insulto público. Laurence, mesmo que não tivesse um grau de afeição considerável pelo pai e estivesse com raiva de ter sido posto numa situação tão infeliz, não estava nada disposto a oferecer um pedido de desculpas. Tinha crescido com os panfletos e livros publicados pelo comitê de Clarkson espalhados pela casa, e aos 9 anos fora levado numa visita a um dos navios negreiros, prestes a ser desmantelado: os pesadelos tinham perdurado vários meses e deixaram uma profunda impressão em sua jovem mente. Os dois oficiais jamais fizeram as pazes quanto ao episódio, mas aceitaram uma trégua: nenhum dos dois jamais mencionou o assunto outra vez, e evitavam cuidadosamente mencionar os respectivos pais. Laurence não poderia agora falar abertamente com Riley sobre sua relutância em atracar num porto de tráfico de escravos, por mais preocupado que estivesse.

Em vez disso, perguntou a Keynes em particular se Temeraire estava sarando bem e se poderia fazer voos curtos para pescar.

— É melhor não — o médico de dragões respondeu, laconicamente. Laurence lançou-lhe um olhar irritado e finalmente fez com que Keynes confessasse que estava preocupado: a ferida não estava cicatrizando tão bem quanto ele gostaria. — Os músculos ainda estão quentes ao toque, e acredito ter sentido a carne muito tensa sob o couro — Keynes finalmente admitiu. — Ainda é muito cedo para se preocupar de verdade. Mesmo assim, não quero correr riscos: nada de voar por pelo menos mais duas semanas.

E assim tudo que Laurence conseguiu com a conversa foi mais um motivo de preocupação. Já havia motivos mais do que suficientes, além da falta de comida para Temeraire e a parada agora inevitável no cabo Corso. Com o ferimento de Temeraire e também a oposição feroz de Yongxing, proibindo qualquer trabalho aéreo, os aviadores ficaram praticamente desocupados, enquanto os marujos estiveram particularmente assoberbados com os reparos do navio, e uma série de males não muito imprevisíveis se seguiu.

Pensando em oferecer alguma distração a Roland e Dyer, Laurence chamara os dois ao convés dos dragões logo antes da chegada à ilha da Madeira, para examinar os estudos deles. As crianças o olharam com expressões tão culpadas que o capitão não se surpreendeu ao descobrir que eles tinham negligenciado completamente os estudos desde que tinham se tornado mensageiros dele: poucos conhecimentos de aritmética, nenhum conhecimento de matemática mais avançada, absolutamente nenhum francês; e quando entregou a eles o livro de Gibbon, que ele tinha levado para o convés com a intenção de ler para o Temeraire mais tarde, Roland gaguejou tanto com as palavras que o dragão ergueu o rufo e começou a corrigi-las de memória. Dyer foi um pouco melhor: quando indagado, pelo menos se lembrava de quase toda a tabuada e tinha algumas noções de gramática. Roland tropeçava em qualquer número acima de oito e confessou estar surpresa em saber que uma frase era dividida em partes. Laurence não perguntou mais como poderia preencher o tempo deles, limitando-se a praguejar consigo mesmo por ter sido tão negligente com a educação dos jovens, e se lançou na nova tarefa de mestre-escola com afinco.

Os mensageiros sempre tinham sido os mascotes da tripulação; desde a morte de Morgan, Roland e Dyer eram mais mimados por todos. As batalhas diárias com particípios e divisões foram vistas pelos outros aviadores com alguma diversão, mas só até que os aspirantes do *Allegiance* começassem a zombar. Então os alferes tomaram as dores e assumiram a missão de vingar as ofensas, o que resultou em algumas brigas nos cantos escuros do navio.

Inicialmente, Laurence e Riley se divertiram com uma comparação das desculpas esfarrapadas oferecidas a eles pela coleção de olhos roxos e lábios partidos. Mas as futricas mesquinhas logo tomaram uma forma mais assustadora quando os homens mais velhos começaram a apresentar desculpas semelhantes: o ressentimento mais profundo por parte dos marinheiros baseado no desequilíbrio de trabalho e no medo que sentiam de Temeraire encontrava expressão na troca quase diária de insultos, que não tinham mais nada a ver com os estudos de Roland e Dyer. Por sua vez, os aviadores se ofenderam reciprocamente com a completa falta da gratidão que para eles parecia devida pelo valor de Temeraire.

A primeira explosão real ocorreu logo quando eles começaram a curva para o leste, passando pelo cabo Palmas e rumando para o cabo Corso. Laurence estava cochilando no convés dos dragões, abrigado da força total do sol pela sombra do corpo de Temeraire. Não viu pessoalmente o que tinha acontecido, mas foi acordado por um baque surdo, gritos e berros súbitos e, levantando-se apressadamente, viu o homem cercado. Martin segurava Blythe, o assistente do mestre de armadura, pelo braço; um dos oficiais de Riley, um aspirante mais velho, estava estendido no chão e lorde Purbeck gritava do tombadilho:

— Ponha o homem a ferros, Cornell, imediatamente.

A cabeça de Temeraire se ergueu na mesma hora, e o dragão rugiu. Não foi o vento divino, felizmente, mas um ruído imenso e trovejante mesmo assim, e todos os homens se afastaram para longe, muitos com os rostos pálidos.

— Ninguém vai prender nenhum membro da minha tripulação — Temeraire exclamou, furioso, a cauda agitando-se no ar. O dragão negro se levantou, abriu as asas completamente, e o navio estremeceu. O vento estava soprando da costa do Saara, num ângulo muito fechado, e as velas eram mantidas fechadas para que o navio não saísse do curso sudeste, e as asas de Temeraire serviam como velas independentes e contrárias.

— Temeraire! Pare com isso imediatamente, está me ouvindo? — exclamou Laurence, ríspido. Jamais falara assim desde as primeiras semanas de vida do dragão, e Temeraire se abaixou surpreso, recolhendo as asas por instinto. — Purbeck, deixe meus homens comigo, por favor. Descansar, mestre-d'armas — Laurence continuou disparando ordens rapidamente: ele não pretendia permitir que a cena progredisse, que se tornasse uma luta aberta entre aviadores e marinheiros. — Sr. Ferris, leve o Blythe para o porão e deixe-o confinado.

— Sim, senhor — respondeu Ferris, já avançando pela multidão, empurrando os aviadores para trás e separando os grupos de homens furiosos mesmo antes de alcançar Blythe.

Observando o progresso com um olhar severo, Laurence acrescentou, em voz alta:

— Sr. Martin, na minha cabine imediatamente. De volta ao trabalho, todos vocês. Sr. Keynes, venha cá.

Laurence se deteve mais um momento, mas ficou satisfeito. O perigo imediato tinha sido evitado. Deu as costas à amurada, confiando que a disciplina ordinária iria dispersar o restante da multidão. Temeraire, contudo, estava encolhido e deitado no convés, encarando o capitão com expressão espantada e infeliz. Laurence estendeu a mão e estremeceu quando Temeraire se afastou, não o suficiente para evitar o toque, mas com o impulso plenamente visível.

— Perdoe-me — Laurence rogou, baixando a mão com a garganta apertada. — Temeraire — continuou e parou, pois não sabia o que dizer, considerando que o dragão tinha merecido a bronca: ele poderia ter causado dano real ao navio e, além disso, se continuasse se comportando assim, a tripulação logo ficaria aterrorizada demais para trabalhar. — Você não se machucou? — Laurence acabou perguntando, enquanto Keynes chegava correndo.

— Não — Temeraire respondeu, baixinho. — Estou perfeitamente bem. — O dragão se deixou ser examinado, em silêncio, e Keynes declarou que ele estava ileso apesar do esforço.

— Preciso ir falar com o Martin — Laurence anunciou, ainda sem saber o que dizer. Temeraire não respondeu, enrodilhando-se e usando as asas para cobrir a cabeça. Após um longo momento, Laurence desceu do convés.

A cabine estava abafada e quente, mesmo com todas as escotilhas abertas, e isso não ajudou a melhorar o humor de Laurence. Martin andava de um lado para o outro, agitado. O oficial estava desarrumado, vestindo calças para o calor, o rosto com barba de dois dias por fazer e corado naquele momento. O cabelo estava longo demais, caindo sobre os olhos. O oficial não reconheceu o verdadeiro grau da raiva de Laurence, mas desatou a falar assim que o capitão entrou.

— Lamento tanto, foi tudo culpa minha. Eu não deveria ter falado nada — disse, enquanto Laurence mancava até a cadeira e se sentava pesadamente. — Você não pode punir o Blythe, Laurence.

Laurence tinha se acostumado à falta de formalidade entre os aviadores, e ordinariamente não se frustrava com o excesso de familiaridade em situações informais, mas o fato de Martin abusar disso naquelas circunstâncias era tão ultrajante que Laurence se reclinou e o encarou, a fúria estampada claramente no rosto. A face sardenta de Martin empalideceu, o oficial engoliu em seco e acrescentou, apressadamente:

— Quero dizer, capitão, senhor.

— Farei o que for necessário para manter a ordem nessa tripulação, Sr. Martin, e aparentemente terei de fazer mais do que eu esperava — respondeu Laurence, moderando o volume da voz com grande esforço. Ele se sentia absolutamente irado. — Você vai me contar o que aconteceu imediatamente.

— Foi sem querer — começou Martin, muito submisso. — Aquele camarada Reynolds ficou fazendo comentários a semana inteira, e o Ferris mandou a gente não ligar para ele, mas eu estava passando, e ele disse...

— Não estou interessado nas suas historinhas — cortou Laurence. — O que foi que você fez?

— Ah... — Martin começou, corando. — Eu apenas disse... bom, eu respondi alguma coisa que não deve ser repetida, e então ele... — Martin parou, procurando uma forma de terminar o relato sem acusar Reynolds novamente, e completou, de qualquer jeito: — De qualquer maneira, senhor, ele estava a ponto de me desafiar para um duelo, e foi então que Blythe o nocauteou. Só fez isso porque sabia que eu não poderia lutar e porque não queria que eu fosse obrigado a me recusar diante dos marinheiros. Realmente, senhor, foi culpa minha, não dele.

— De fato, não posso discordar de você — retrucou Laurence de forma áspera, e, na fúria que sentia, ficou feliz em ver os ombros de Martin se curvando para a frente, como se ele tivesse sido atingido fisicamente. — E quando eu der a ordem de chicotear Blythe no domingo, por ter atacado um oficial, espero que você saiba muito bem que ele estará pagando pela sua falta de autocontrole. Está dispensado, mas fique nos seus aposentos a semana inteira, e só saia quando for chamado.

Martin moveu os lábios por um momento. O "sim, senhor" dele saiu muito fraco, e o oficial estava quase cambaleante ao deixar a cabine. Laurence permaneceu sentado, respirando forte, quase ofegando no ar denso. A raiva se dissipou lentamente, apesar de todos os esforços, e deu lugar a uma opressão pesada e amarga. Blythe tinha salvado não apenas a reputação de Martin, mas a de todos os aviadores; se Martin tivesse recusado abertamente um desafio feito diante da tripulação inteira, teria manchado o nome de todos eles, não importando o fato de que a recusa fosse imposta pelos regulamentos do Corpo, que proibiam duelos.

Ainda assim, não havia espaço para leniência em relação ao assunto, de maneira alguma. Blythe tinha atacado abertamente um oficial diante de testemunhas e Laurence teria de aplicar-lhe um castigo pesado o bastante para satisfazer os marinheiros e mostrar a todos os homens o que acontecia com os indisciplinados. E a punição seria executada pelo contramestre, um marujo, que provavelmente aproveitaria a chance para se vingar de um aviador, especialmente no caso de uma ofensa como aquela.

Ele tinha que ir falar com Blythe, mas uma batida à porta o interrompeu antes que Laurence pudesse levantar, e Riley entrou: sério, com o casaco da farda e o chapéu sob o braço, a gravata recém-atada.

Capítulo 7

ELES SE APROXIMARAM do cabo Corso uma semana depois, a atmosfera de mal-estar viva e estabelecida entre eles, palpável como o calor. Blythe tinha adoecido após o chicoteamento brutal; ainda jazia quase inconsciente na enfermaria, enquanto os outros rapazes da equipe de terra se revezavam, sentados ao lado do companheiro abanando as feridas ensanguentadas e tentando convencê-lo a beber água. Tinham visto o tamanho da fúria de Laurence, e a amargura que sentiam em relação aos marinheiros não era expressada em palavras ou ações diretas, mas em olhares e murmúrios amuados e sombrios, e silêncios abruptos sempre que um marujo aparecia.

Laurence não tinha jantado na cabine principal desde o incidente; Riley tinha se ofendido com o fato de Purbeck ter sido desautorizado no convés. Por sua vez, Laurence se aborrecera quando Riley se recusara a ceder e ainda por cima deixara claro que não estava satisfeito com as 12 chibatadas que Laurence determinara como sentença. No calor da discussão, Laurence deixara escapar uma sugestão do quanto ele odiava atracar no porto escravagista. Riley se ressentiu com a insinuação, e os dois encerraram a briga não aos gritos, mas com uma formalidade fria.

O pior de tudo, porém, era o fato de Temeraire estar deprimido. Ele tinha perdoado o momento de rispidez de Laurence e fora convencido de que algum tipo de punição seria necessário. Mas não tinha se reconciliado de forma alguma com o evento em si, e durante o açoite rosnou com selvageria quando Blythe começou a gritar, no fim. Algum bem isso provocou: o contramestre Hingley, que estivera manejando o chicote de nove pontas com energia exagerada, se alarmou, e os dois últimos golpes foram mais leves, mas o estrago já tinha sido feito.

Desde então Temeraire permanecera quieto e infeliz, respondendo apenas com monossílabos, e não estava comendo bem. A maioria dos marinheiros estava tão insatisfeita com a leveza da sentença quanto os aviadores com a brutalidade. O pobre Martin, posto para curar couros com o mestre de arreios como castigo, estava mais devastado pela culpa do que pela punição que sofrera e passava cada minuto livre à cabeceira de Blythe. A única pessoa satisfeita de alguma forma com a situação era Yongxing, que aproveitou a oportunidade para ter várias conversas mais longas com Temeraire em chinês: em particular, pois o dragão não fez o menor esforço para incluir Laurence.

Yongxing pareceu menos satisfeito, porém, no fim da última das conversas, quando Temeraire sibilou, ergueu o rufo e praticamente derrubou Laurence ao se enrodilhar possessivo ao redor dele.

— O que ele estava dizendo a você? — quis saber Laurence, tentando inutilmente espiar por sobre os enormes flancos negros que se erguiam em volta. O capitão já estava extremamente irritado com a interferência contínua de Yongxing e estava quase perdendo a paciência.

— Ele vinha me contando sobre a China e sobre como as coisas são para os dragões por lá — respondeu Temeraire, evasivo, o que fez Laurence desconfiar de que ele tinha gostado das descrições. — Mas então começou a dizer que eu deveria ter um companheiro mais digno de mim lá e que você seria mandado embora.

Quando finalmente foi convencido de se desenrolar, Yongxing tinha ido embora, "parecendo furioso como o diabo", Ferris relatou com uma alegria indigna de um tenente sênior. O fato em nada satisfez Laurence.

— Não admito que o Temeraire seja importunado dessa forma — o capitão reclamou furioso com Hammond, tentando sem sucesso persuadir o diplomata a levar uma mensagem nada diplomática ao príncipe.

— Você está assumindo um ponto de vista muito míope — retrucou Hammond, de forma irritante. — Se pudermos convencer o príncipe Yongxing, durante a viagem, de que o Temeraire não vai aceitar se separar de você, tanto melhor para nós: eles estarão muito mais dispostos a negociar quando finalmente chegarmos à China. — Ele parou e perguntou, com uma ansiedade ainda mais enfurecedora: — Você tem certeza mesmo de que o dragão não vai concordar?

Ao ouvir o relato naquela noite, Granby comentou:

— Acho que deveríamos atirar o Hammond e o Yongxing ao mar juntos uma noite dessas. E já iriam tarde. — E assim expressou os sentimentos privados de Laurence com mais franqueza do que o próprio Laurence sabia ser capaz. Granby falava sem se preocupar com as boas maneiras, entre colheradas de uma refeição leve de sopa, sanduíche de queijo, batatas fritas em banha de porco com cebolas, um frango assado inteiro e uma torta de carne moída. Finalmente tinha sido liberado do leito de enfermo, pálido e muito mais magro, e Laurence o convidara para o jantar. — O que mais o príncipe anda dizendo a ele?

— Não faço a menor ideia; se ele disse três palavras em inglês na última semana foi muito — contou Laurence. — E não quero pressionar o Temeraire a me contar, seria um comportamento muito bisbilhoteiro e inconveniente.

— Acho que o príncipe disse ao Temeraire que nenhum dos amigos dele jamais seria açoitado — comentou Granby, sombrio. — E que ele teria uma dúzia de livros para ler todos os dias, além de montanhas de joias. Já ouvi histórias de gente tentando seduzir dragões assim, mas se um camarada algum dia tentasse algo do gênero, eles o jogariam para fora do Corpo rápido como um raio, isso se o dragão não o fizesse em pedaços primeiro.

Laurence ficou quieto por um momento, girando o cálice de vinho nos dedos.

— O Temeraire só está dando ouvidos ao Yongxing porque está infeliz.

— Ah, inferno. — Granby se reclinou. — Estou muito chateado por ter ficado doente por tanto tempo. O Ferris não é mau, mas ele nunca esteve num transporte antes, e não poderia saber de que jeito os marinheiros ficam, nem ensinar a rapaziada a não dar trela — comentou o oficial, aborrecido. — Não tenho nenhum bom conselho para dar a você sobre como animar o Temeraire. Afinal, servi a maior parte do tempo com a Laetificat, e ela é tranquila até para uma Regal Copper. Temperamento dócil o tempo todo, e nenhum humor jamais a impediu de comer bem. Talvez o problema seja a proibição dos voos.

Chegaram ao porto na manhã seguinte: um largo semicírculo com uma praia dourada, pontilhada com belas palmeiras sob as paredes brancas atarracadas do castelo acima. Uma multidão de canoas toscas, muitas com galhos ainda conectados ao tronco que fora escavado, enfrentava as águas do porto, e além dessas havia um sortimento de brigues e escunas. No extremo oeste, havia uma barcaça de tamanho médio, com os barcos auxiliares indo e voltando, lotados de negros que eram arrebanhados pela boca de um túnel que ia dar na praia.

O *Allegiance* era grande demais para entrar no porto, mas foi ancorado perto o bastante. O tempo estava calmo e o estalar de chicotes era perfeitamente audível vindo da terra, misturado aos gritos e ao som constante de choro. Laurence foi até o convés franzindo o cenho e, para que Roland e Dyer parassem de observar a cena de olhos arregalados, o capitão os mandou descer e arrumar a cabine dele. Temeraire não poderia ser protegido do mesmo jeito, e estava observando o procedimento, bastante confuso, com as pupilas se alargando e estreitando, conforme ele olhava.

— Laurence, aqueles homens estão todos acorrentados, o que foi que eles fizeram? — inquiriu o dragão, acordando da apatia. — Não podem todos ter cometido crimes. Olhe, aquele ali é uma criança, e ali há outra.

— Não — Laurence respondeu. — São escravos. Por favor, não olhe.

Temendo aquele momento, o capitão tinha feito uma vaga tentativa de explicar o conceito de escravidão a Temeraire. O fracasso da tentativa se devera tanto à própria repulsa dele quanto à dificuldade do dragão em compreender a noção de propriedade. Temeraire não deu ouvidos e continuou olhando, a cauda agitada pela ansiedade. O carregamento da nau durou a manhã inteira, e o vento quente que soprava da costa trazia o fedor azedo de corpos sujos, suados e doentes de infelicidade.

Finalmente, o processo de embarcação se completou e o navio negreiro saiu do porto com a carga infeliz. A nau estendeu as velas ao vento, deixando uma trilha fina ao passar por eles, já avançando numa boa velocidade enquanto marinheiros escalavam o cordame. Metade da tripulação consistia em soldados armados, sentados preguiçosamente no convés com mosquetes, pistolas e canecas de grogue. Os soldados encararam Temeraire abertamente, curiosos, sem sorrir, suados e sujos por causa do trabalho. Um deles chegou a pegar o mosquete e mirou Temeraire, como se estivesse caçando.

— Apresentar armas! — ordenou o tenente Riggs antes que Laurence pudesse reagir, e os três fuzileiros no convés estavam com armas prontas num instante. No outro navio, o sujeito baixou o mosquete e sorriu, mostrando fortes dentes amarelados, e se virou para os camaradas, rindo.

O rufo de Temeraire estava abaixado, não pelo medo, pois uma bala de mosquete disparada àquela distância lhe causaria menos dano do que um mosquito a um homem, mas pela enorme repulsa. O dragão começou um grunhido grave, quase inspirando em preparação para um sopro. Laurence pôs a mão no flanco dele e falou baixinho:

— Não, não vai fazer bem algum. — E ficou com o dragão até que o navio desaparecesse no horizonte, saindo da vista deles.

Mesmo depois que o outro navio se foi, a cauda de Temeraire continuou agitada.

— Não, estou sem fome — respondeu quando Laurence sugeriu que ele comesse, e ficou muito quieto outra vez, de quando em quando arranhando o convés com as garras, fazendo um barulho horrível.

Riley estava no extremo oposto do navio, andando no tombadilho, mas havia muitos marinheiros ao alcance da voz, ocupados em baixar a lancha e a barca dos oficiais ao mar, preparando-se para iniciar o processo

165

de reabastecimento, sob a supervisão do lorde Purbeck. De qualquer maneira, ninguém poderia esperar, ao dizer algo em voz alta no convés, que o que foi dito não fosse até o outro lado e em menos tempo do que levaria para fazer o percurso andando. Laurence estava consciente da grosseria absoluta que seria criticar Riley no próprio navio, mesmo sem a briga que já se interpunha entre os dois, mas finalmente não aguentou mais.

— Por favor, não sofra tanto — rogou Laurence, tentando consolar Temeraire, sem chegar ao ponto de criticar a escravidão abertamente. — Há motivos para se acreditar que o tráfico logo vai acabar; o assunto será debatido no Parlamento novamente nessa temporada.

Temeraire se animou visivelmente com a notícia, mas estava insatisfeito com uma explicação tão seca e desatou a perguntar com grande energia sobre a perspectiva de abolição. Laurence acabou obrigado a explicar o Parlamento e a distinção entre a Câmara dos Lordes e a Câmara dos Comuns, e entre as várias facções engajadas no debate, baseando-se nas atividades do próprio pai, mas ciente o tempo todo de que outras pessoas estariam escutando e tentando ser diplomático a todo custo.

Mesmo Sun Kai, que tinha passado a manhã inteira no convés, de onde vira o progresso do navio negreiro e o efeito que ele tivera sobre o dragão, olhou o capitão, pensativo, evidentemente adivinhando partes da conversa. Tinha chegado tão perto quanto poderia sem cruzar a fronteira, e durante uma pausa pediu que Temeraire lhe traduzisse a conversa. Temeraire explicou um pouco; Sun Kai assentiu com a cabeça, e então perguntou a Laurence:

— O seu pai é um parlamentar então, e acredita que essa prática é desonrosa?

A pergunta, posta assim tão diretamente, não poderia ser evitada, por mais que pudesse ofender, o silêncio seria quase igualmente desonroso.

— Sim, senhor, ele acredita — foi a resposta, e antes que Sun Kai pudesse estender a conversa com mais perguntas, Keynes subiu ao convés. Laurence aproveitou a chance para saudar o médico e lhe pedir permissão para levar Temeraire num voo curto até a costa, encerrando assim o debate. Mesmo abreviada, porém, a conversa não ajudou em nada a melhorar as relações no navio. Os marinheiros, a maioria sem opinião formada sobre o assunto, naturalmente tomaram o lado do próprio capitão e consideraram que Riley tinha sido desrespeitado pela expressão aberta de tais sentimentos no próprio navio quando as conexões da família dele com o tráfico eram bem conhecidas.

O correio chegou de bote logo após o jantar dos marujos, e lorde Purbeck decidiu mandar o jovem aspirante Reynolds, que tinha iniciado toda a confusão, levar a correspondência dos aviadores: era praticamente uma provocação deliberada. O próprio rapaz, com o olho ainda roxo graças ao poderoso soco de Blythe, sorria de maneira tão insolente que Laurence resolveu encerrar a punição de Martin no mesmo instante, quase uma semana antes do prazo que tinha determinado, e disse, de maneira deliberada:

— Temeraire, veja, recebemos uma carta da Roland, deve trazer notícias de Dover, tenho certeza. — Temeraire baixou a cabeça para inspecionar a carta, e a sombra tenebrosa do rufo mais o brilho dos dentes serrilhados tão próximos causaram uma profunda impressão em Reynolds: o sorriso desapareceu, e quase tão rapidamente o rapaz fez o mesmo, batendo em retirada apressada do convés dos dragões.

Laurence ficou no convés para ler as cartas com Temeraire. A missiva de Jane Roland, que mal chegava a uma página, tinha sido mandada apenas alguns dias depois da partida e trazia poucas notícias, apenas um relato animado da vida no enclave. Era uma leitura animadora, mesmo que tivesse deixado Temeraire e Laurence suspirando pelo lar. O capitão ficou surpreso, porém, ao perceber que não havia carta dos outros colegas. Já que um dragão mensageiro os tinha alcançado, Laurence esperava receber algo de Harcourt, pelo menos, pois ela era uma boa correspondente, e talvez de um dos outros comandantes.

O capitão recebeu mais uma carta, da mãe, que tinha sido repostada em Dover. Os aviadores recebiam a correspondência mais rápido que todos os outros, pois os dragões-correio faziam a ronda de enclave em enclave, e a mãe tinha evidentemente escrito e enviado a carta antes de receber a carta do próprio Laurence informando da partida.

167

Laurence a abriu e leu a maior parte para distrair Temeraire: a mãe do capitão falava principalmente do irmão mais velho dele, George, que somara uma filha aos três meninos que já tinha, e do trabalho político do pai dele, que era um dos poucos assuntos nos quais Laurence e lorde Allendale estavam sintonizados, e que agora interessava a Temeraire também. No meio do caminho, porém, Laurence parou de repente, enquanto lia sozinho algumas das linhas que a mãe tinha escrito por alto e que explicavam o silêncio inesperado dos companheiros de Laurence:

> Naturalmente estamos todos muito chocados com as notícias horríveis do desastre na Áustria, e eles disseram que o Sr. Pitt adoeceu, o que muito preocupa o seu pai, já que o primeiro-ministro sempre foi um amigo da causa. Temo ouvir muitas conversas sobre como a Providência favorece Bonaparte. Realmente parece estranho que um homem faça tanta diferença no curso de uma guerra, quando os números dos dois lados são iguais. Mas é vergonhoso ao extremo ver como a grande vitória de lorde Nelson em Trafalgar foi esquecida tão rapidamente, assim como a sua nobre defesa do nosso litoral, e como homens de menos força de vontade já falam em selar a paz com o Tirano.

A mãe de Laurence tinha, é claro, escrito aquilo esperando que o filho ainda estivesse em Dover, onde as notícias do continente chegavam primeiro e onde ele já teria escutado tudo que havia para se escutar Em vez disso, os comentários foram um choque muito desagradável, particularmente porque a carta não fornecia detalhes. Laurence tinha ouvido relatos na ilha da Madeira de várias batalhas ocorridas na Áustria, mas nada tão decisivo. Imediatamente pediu licença a Temeraire e se apressou a descer até a cabine de Riley, na esperança de que ele tivesse mais notícias. De fato, lá estava o capitão do navio, lendo estarrecido um despacho expresso que Hammond acabara de lhe entregar, vindo do Ministério.

— Ele os esmagou a todos perto de Austerlitz — anunciou Hammond, e então procurou o lugar nos mapas de Riley: uma vila nas profundezas da Áustria, a nordeste de Viena. — Não recebi muitas informações, o governo está limitando os detalhes, mas provocou pelo menos 30 mil baixas entre mortos, feridos e prisioneiros. Os russos estão fugindo e os austríacos já assinaram um armistício.

Os fatos esparsos já eram terríveis o suficiente sem maior elaboração, e eles permaneceram calados, relendo as poucas linhas da mensagem, que mesmo assim se recusavam a oferecer mais informações.

— Bem — Hammond finalmente comentou —, simplesmente teremos que matá-lo de fome. Temos que dar graças a Deus por Nelson e Trafalgar! E ele não pode tentar invadir pelo ar novamente, não com três Longwings posicionados no canal.

— Não seria melhor dar meia-volta? — arriscou Laurence, desajeitado. Parecia uma proposta tão egoísta que ele se sentiu culpado simplesmente por fazê-la, entretanto não poderia deixar de imaginar que eles seriam muito úteis na Grã-Bretanha. Excidium, Mortiferus e Lily, com as respectivas formações, eram de fato uma força letal que precisava ser reconhecida, mas três dragões não poderiam estar em todas as partes, e Napoleão já tinha encontrado meios de afastá-los antes.

— Não recebi ordens de retornar — respondeu Riley. — Mas tenho que admitir que me sinto muito estranho, raios, ao velejar para a China sem maiores preocupações depois de receber notícias como essas, com uma nau de 150 canhões e um dragão de combate pesado.

— Cavalheiros, estão enganados — retrucou Hammond, violento. — O desastre apenas torna a nossa missão ainda mais urgente. Se quisermos derrotar Napoleão, se a nossa nação quiser preservar o seu lugar como algo mais do que uma ilha inconsequente na costa da Europa francesa, apenas o comércio poderá nos ajudar. Os austríacos podem ter sido derrotados por enquanto, assim como os russos, mas, enquanto pudermos suprir nossos aliados continentais com fundos e recursos, podem apostar que eles resistirão à tirania de Bonaparte. Temos que seguir em frente; é necessário garantir ao menos a neutralidade da parte da China, se não alguma vantagem maior, e garantir o comércio oriental. Nenhum objetivo militar poderia ser mais importante.

O diplomata falou com grande autoridade, e Riley acenou com a cabeça, concordando rapidamente. Laurence se calou quando eles começaram a discutir como poderiam acelerar a viagem, e logo pediu licença para voltar ao convés dos dragões. Não seria possível discutir, pois não era imparcial de forma alguma, e os argumentos de Hammond tinham grande peso. Contudo, Laurence não estava satisfeito e sentia-se muito incomodado com a falta de sintonia entre o pensamento dos dois e o dele.

— Não entendo como eles deixaram Napoleão vencê-los — comentou Temeraire com o rufo eriçado, após Laurence transmitir as notícias infelizes a ele e aos oficiais seniores. — Ele tinha mais navios e dragões do que nós tínhamos em Trafalgar e em Dover, e vencemos mesmo assim. Dessa vez os austríacos e russos tinham a superioridade numérica.

— Trafalgar foi uma batalha naval — explicou Laurence. — Bonaparte nunca entendeu bem a Marinha, ele é um homem de artilharia pelo treinamento. E a batalha de Dover só foi vencida graças a você; de outro modo, ouso dizer que Bonaparte estaria sendo coroado em Westminster agora. Não esqueça como ele conseguiu nos enganar, fazendo com que mandássemos a maior parte das forças do canal para o sul, ocultando a movimentação dos próprios dragões antes da invasão. Se ele não tivesse sido pego de surpresa pelo vento divino, o resultado da batalha teria sido diferente.

— Ainda assim, não me parece que o combate tenha sido conduzido de maneira inteligente — insistiu Temeraire, insatisfeito. — Tenho certeza de que se nós tivéssemos participado dela com os nossos amigos não teríamos perdido, e eu não entendo por que vamos para a China quando outras pessoas estão lutando.

— Essa é uma pergunta realmente muito boa — concordou Granby. — É uma imensa idiotice, ainda por cima, dar um dos nossos melhores dragões de presente quando estamos no meio de uma guerra tão desesperada. Laurence, não deveríamos voltar para casa?

Laurence apenas balançou a cabeça. Ele concordava com Granby, mas estava completamente sem poder para mudar alguma coisa. Temeraire e o vento divino tinham mudado o curso da guerra em Dover. Por mais que o Ministério evitasse admitir o fato ou creditar uma vitória a uma causa tão definida, Laurence ainda se lembrava de como a batalha fora desesperada e desequilibrada até que Temeraire virasse a maré. Entregar tão humildemente Temeraire e suas habilidades incríveis parecia um ato de cegueira voluntária. Além disso, ele não acreditava que os chineses iam ceder a qualquer um dos pedidos de Hammond.

Mas "temos nossas ordens", foi tudo que ele disse. Mesmo que Riley e Hammond estivessem em sintonia com ele, Laurence sabia muito bem que as notícias da batalha não seriam vistas de forma alguma pelo Ministério como motivo para desobedecer às ordens.

— Lamento tanto — acrescentou o capitão, ao ver que Temeraire estava infeliz novamente. — Mas vamos, lá está o Sr. Keynes, para ver se você vai poder fazer algum exercício em terra firme. Vamos sair e dar espaço para o exame.

— Juro, não dói nem um pouco — insistira Temeraire, ansioso, olhando para si mesmo enquanto Keynes se afastava do seu peitoral. — Tenho certeza de que estou pronto para voar de novo, e só vou ali pertinho.

Keynes balançou a cabeça.

— Pelo menos mais uma semana. Não, não me venha com reclamações — acrescentou, severo, quando Temeraire se ergueu para protestar. — Não é uma questão do tempo, alçar voo é que é a parte difícil — argumentou Keynes para Laurence, à guisa de explicação relutante. — O esforço de decolar é o momento mais perigoso, e não confio que os músculos estejam preparados para aguentá-lo.

— Mas estou tão cansado de só ficar deitado no convés — retrucou Temeraire, desconsolado, num quase uivo. — Não consigo nem me virar direito.

— Só mais uma semana, talvez menos — contemporizou Laurence, tentando confortá-lo. O capitão já estava arrependido de ter feito a proposta, dando falsas esperanças a Temeraire. — Lamento muito, mas a opinião do Sr. Keynes vale mais do que a nossa nesse assunto, e é melhor nós o escutarmos.

Temeraire não se renderia assim tão facilmente.

— Não vejo por que a opinião dele vale mais do que a minha; são os meus músculos, afinal.

Keynes cruzou os braços e respondeu friamente:

— Não vou discutir com um paciente. Se você quiser se machucar e passar mais dois meses deitado aí, por favor, pule o quanto quiser.

Temeraire fungou como resposta e Laurence, irritado, se apressou em dispensar Keynes antes que pudesse provocar o dragão ainda mais. O capitão confiava completamente nas capacidades do médico, mas a diplomacia dele poderia melhorar muito, e por mais que Temeraire não fosse difícil por natureza, aquela era uma decepção difícil de aguentar.

— Tenho uma notícia um pouco melhor, pelo menos — disse Laurence a Temeraire, tentando animá-lo. — O Sr. Pollitt fez a gentileza de me trazer vários livros novos da vila, que tal se eu trouxer um agora?

Temeraire apenas resmungou uma resposta, a cabeça pendurada sobre a beirada do convés, sobre a água, olhando para o litoral negado. Laurence desceu para buscar o livro, esperando que o interesse suscitado pelo material pudesse empolgar o dragão, mas, enquanto ainda estava na cabine, o navio balançou abruptamente, e um enorme espirro de água do lado de fora molhou a cabine pela escotilha. Laurence correu para olhar pela janelinha mais próxima, resgatando apressadamente as cartas úmidas, e viu Temeraire, com uma expressão que era ao mesmo tempo culpada e satisfeita, boiando na água.

Laurence disparou de volta ao convés. Granby e Ferris estavam olhando sobre a amurada, alarmados, e os pequenos barcos que cercavam o navio, cheios de prostitutas e pescadores empreendedores, já estavam se afastando velozes em direção à segurança do porto, com muitos gritos e remadas. Temeraire olhou para os barquinhos, aborrecido.

— Não queria assustá-los — exclamou. — Não há necessidade de fugir! — O dragão gritou, mas os barcos não hesitaram. Os marinheiros, privados das diversões, olharam feio; Laurence estava mais preocupado com a saúde de Temeraire.

— Bem, nunca vi nada tão ridículo na minha vida, mas não vai machucá-lo em nada. As bolsas de ar o farão flutuar, e água salgada nunca fez mal a uma ferida — Keynes comentou após ser chamado de volta ao convés. — Mas como vamos trazê-lo de volta a bordo, não faço a menor ideia.

Temeraire mergulhou sob a superfície por mais um momento e reapareceu quase imediatamente, propelido pelo próprio poder de flutuação.

— A água está muito agradável — gritou. — Não está nada fria. Laurence, você não vem nadar?

O capitão não nadava muito bem, e ficava apreensivo com a ideia de se jogar em mar aberto, pois estavam a quase dois quilômetros da costa. Entretanto, desceu num dos botes e remou até Temeraire, para lhe fazer companhia e se assegurar de que o dragão não se cansaria demais após tanto tempo de ócio no convés. O esquife foi jogado de um lado para o outro pelas ondas causadas pelas brincadeiras de Temeraire, e vez por outra era inundado, mas Laurence, prudente, estava vestindo apenas um velho par de calças e sua camisa mais gasta.

O moral do próprio Laurence estava baixo: a derrota em Austerlitz não representava apenas uma batalha perdida, mas o fracasso dos planos cuidadosos do primeiro-ministro Pitt, e a destruição da coalizão reunida para vencer Napoleão. A Grã-Bretanha sozinha não era capaz de montar um exército que chegasse à metade da Grande Armée napoleônica, tampouco de desembarcar tal exército no continente. Com os russos e austríacos expulsos do campo de batalha, a situação deles era realmente ruim. Mesmo com essas preocupações, porém, Laurence não conseguia deixar de sorrir ao ver Temeraire tão cheio de energia e alegria descomplicada, e, depois de algum tempo, cedeu à insistência do dragão e mergulhou. Não nadou muito e logo subiu nas costas de Temeraire, enquanto o dragão nadava com entusiasmo e empurrava o bote com o focinho, como se fosse um brinquedo.

Talvez fosse possível fechar os olhos e se imaginar com Temeraire de volta a Dover ou a Loch Laggan, preocupado apenas com os fatos ordinários da guerra e com o trabalho a ser feito, que ele entendia bem, com toda a confiança de uma amizade e de uma nação unida apoiando-os. Mesmo o presente desastre seria superável em tal contexto: o *Allegiance* seria apenas mais um navio no porto, com o velho e bom enclave a apenas um curto voo de distância, e nada de políticos e príncipes para atrapalhar. Laurence se deitou e estendeu a mão sobre o couro cálido, as escamas negras aquecidas pelo sol, e por algum tempo se distraiu com aqueles pensamentos o suficiente para cochilar.

— Você acha que é capaz de subir de volta a bordo do *Allegiance*? — indagou Laurence. Tinha se preocupado com o problema.

Temeraire virou a cabeça para falar com ele.

— Não poderíamos esperar aqui na costa até que eu esteja bem de novo para só então voltar ao navio? — sugeriu o dragão. — Ou então — e aí o rufo estremeceu de repentina empolgação — nós poderíamos atravessar o continente voando e encontrá-los do outro lado: não há ninguém no meio da África, pelo que eu me lembro dos seus mapas, então não pode haver nenhum francês para nos derrubar a tiros.

— Não, mas de acordo com os relatos, há muitos dragões selvagens, sem falar em muitas outras criaturas perigosas, além dos riscos de doenças — argumentou Laurence. — Não podemos sair voando sobre terras não mapeadas, Temeraire. Os riscos não se justificam, particularmente não agora.

Temeraire suspirou um pouco ao desistir do projeto ambicioso, mas concordou em fazer uma tentativa de subir ao convés. Depois de se divertir mais um pouco, ele nadou de volta até o navio e confundiu bastante os marinheiros ao lhes entregar o bote no convés para que eles não tivessem que içá-lo a bordo. Laurence, após ter subido até a amurada no ombro do dragão, realizou uma conferência particular com Riley.

— Talvez, se baixássemos a âncora de estibordo como contrapeso — sugeriu. — Isso, mais o ferro de leva, deve manter a nau estável, e ela já está com bastante peso na popa.

— Laurence, eu não gostaria de saber o que o Almirantado iria dizer se eu conseguisse afundar um transporte num calmo dia azul no porto,

— respondeu Riley, insatisfeito com aquela ideia. — Ouso dizer que eu seria enforcado, e merecidamente.

— Se houver qualquer risco de virar, ele pode soltar num instante — argumentou Laurence. — Caso contrário, será necessário esperar aqui no porto por mais uma semana, até que o Keynes permita que o Temeraire voe novamente.

— Não vou afundar o navio — afirmou Temeraire, indignado, espichando a cabeça sobre a amurada do tombadilho superior e se intrometendo na conversa, dando um susto em Riley. — Serei especialmente cuidadoso.

Mesmo que ainda tivesse dúvidas, Riley finalmente deu permissão. Temeraire conseguiu se erguer na água e cravar as garras dianteiras no costado do navio. O *Allegiance* se inclinou na direção do dragão, mas não muito, preso às duas âncoras. Tendo conseguido erguer as asas para fora da água, Temeraire as bateu umas duas vezes, e meio que saltou, meio que escalou pela lateral do navio.

O dragão caiu no convés sem muita graça, com as patas traseiras catando cavacos por um momento indigno, mas de fato conseguiu embarcar, e o *Allegiance* mal chegou a quicar sob ele. Temeraire se endireitou apressadamente e se ocupou em chacoalhar a água do rufo e dos longos tendris, fingindo não ter sido desajeitado.

— Não foi nada difícil subir de volta — afirmou a Laurence, satisfeito. — Agora posso nadar todos os dias até ter permissão para voar de novo.

Laurence se perguntou como Riley e os marujos receberiam essa notícia, mas não conseguiu ter muita pena. Teria enfrentado muito mais do que meras caretas para ver o espírito de Temeraire tão restaurado, e quando o capitão sugeriu um lanche, Temeraire concordou feliz e devorou duas vacas e uma ovelha, deixando apenas os cascos.

Quando Yongxing se aventurou novamente no convés, na manhã seguinte, deparou com Temeraire bem-humorado: recém-saído de mais uma sessão de natação, bem alimentado e muito satisfeito consigo mesmo. O dragão subiu a bordo com muito mais agilidade da segunda vez, e mesmo assim lorde Purbeck conseguiu encontrar motivo para reclamar — os arranhões na pintura do casco. Os marinheiros ainda estavam infelizes com a fuga dos botes locais. O próprio Yongxing se beneficiou, pois Temeraire estava numa disposição generosa, sem inclinação para guardar um rancor muito merecido, na opinião de Laurence, mas o príncipe não parecia nada satisfeito. Passou a visita matinal inteira observando de forma silenciosa e carrancuda enquanto Laurence lia um dos novos livros para o dragão.

Yongxing logo saiu de novo, e não demorou muito para que o servo Feng Li aparecesse no convés para convidar Laurence a descer, deixando o significado claro por meio de gestos e mímica. Temeraire já estava se acomodando para dormir durante a parte mais quente do dia. Indisposto e cauteloso, Laurence insistiu em ir ao próprio aposento primeiro e se vestir: estava novamente usando as roupas pobres, e não se sentia preparado para encarar Yongxing, no austero e elegante apartamento, sem a armadura do uniforme completo e das melhores calças, além de um lenço recém-passado.

Não houve teatro algum na chegada do capitão dessa vez. Ele foi levado à cabine principal imediatamente, e Yongxing até mesmo mandou Feng Li embora, para que ficassem a sós. O príncipe, porém, não falou imediatamente, ficando parado, em silêncio, as mãos atrás das costas, olhando pelas janelas de popa com o cenho franzido. Quando Laurence estava a ponto de falar, Yongxing virou-se abruptamente e começou:

— Você tem um afeto sincero por Lung Tien Xiang, e ele por você; isso já percebi. Mas no seu país ele é tratado como um animal, exposto a todos os perigos da guerra. Como pode desejar tal destino para ele?

Laurence ficou muito espantado em ser recebido com um apelo tão direto e concluiu que Hammond tinha razão: não poderia haver outra explicação para a mudança além de uma convicção crescente em Yongxing da inutilidade das tentativas de seduzir o dragão. Mas, por mais que em outras circunstâncias ele fosse ficar feliz em ver Yongxing desistir das tentativas de separar os dois, Laurence ficou apenas mais preocupado. Estava claro que não existia conexão entre eles, e o capitão não entendia a motivação de Yongxing em tentar buscar uma.

— Senhor — respondeu após um momento, falando mais formalmente do que de costume —, sou forçado a discordar das acusações de maus-tratos, e os perigos da guerra são um risco comum a todos aqueles que servem à própria nação. Vossa Alteza não poderia esperar que eu considerasse tal escolha, feita voluntariamente, digna de objeção. Eu mesmo assim escolhi, e considero tais riscos uma honra.

— Mas você é um homem de berço ordinário, e um soldado de baixa patente; deve haver talvez 10 mil homens como você na Inglaterra — continuou Yongxing. — Não pode se comparar a um Celestial. Considere a felicidade dele e ouça o meu pedido. Ajude-nos a devolvê-lo ao seu lugar de direito, e então se despeça dele com alegria: deixe que ele acredite que você não está triste em partir para que ele possa esquecê-lo mais facilmente e encontrar a felicidade com um companheiro à altura dele. Certamente seu dever não é rebaixá-lo ao seu nível, mas deixar que ele alcance todas as vantagens que lhe são de direito.

Yongxing fez todas essas observações num tom que não era de insulto, mas sim de declaração de um fato claro, quase sincero.

— Não acredito nesse tipo de bondade, senhor, que consiste em mentir para o ente querido e enganá-lo para o seu próprio bem — respondeu Laurence, ainda sem saber se deveria estar ofendido ou se aquilo era um apelo à bondade dele. A dúvida, porém, logo foi desfeita quando Yongxing persistiu:

— Sei que o que peço é um grande sacrifício. Talvez as esperanças da sua família sejam frustradas, pois você recebeu uma grande recompensa por trazê-lo ao seu país, que agora será confiscada. Não queremos arruiná-lo: faça como peço e receberá 10 mil taéis de prata, além da gratidão do imperador.

Laurence apenas o encarou, a princípio, em seguida corou mortificado e disse, quando recuperou controle suficiente para falar, com ressentimento amargo:

— Uma soma considerável, de fato, mas não há prata suficiente na China, senhor, para me comprar.

O capitão teria dado meia-volta e saído imediatamente, mas Yongxing falou, numa exasperação sincera, agora que a recusa tinha finalmente desmascarado a fachada de paciência que fora mantida até aquele momento:

— Você é um tolo, pois não pode obter permissão para permanecer na companhia de Lung Tien Xiang e no fim vai ser mandado para casa. Por que não aceitar a oferta?

— Que você é capaz de nos separar, no seu próprio país, eu não tenho dúvida — retrucou Laurence —, mas isso vai ser um ato seu, não meu, e o Temeraire vai saber que eu fui fiel a ele até o fim, como ele também é. — Fez menção de ir; ele não poderia desafiar Yongxing para um duelo nem lhe dar um soco, e somente gestos tão extremos poderiam começar a satisfazer o senso de ofensa profundo e violento do capitão. Mas um convite tão excelente para uma discussão iria pelo menos dar vazão a um pouco da raiva dele, e assim Laurence acrescentou, com o máximo de desprezo que pôde infundir nas palavras: — Não se dê ao trabalho de me adular nem mais um pouco. Todas as suas propinas e maquinações vão fracassar da mesma maneira, e eu tenho confiança demais no Temeraire para imaginar que ele seria persuadido a preferir uma nação na qual essa é a forma civilizada de se conversar.

— Você fala com um desdém ignorante da mais importante nação do mundo — retrucou Yongxing, irritando-se também. — Como todos os seus compatriotas, que não demonstram respeito por aquilo que lhes é superior e insultam nossos costumes.

— Pelo que eu poderia considerar que lhe devo desculpas, senhor, se o senhor não tivesse insultado a mim e ao meu país, nem demonstrado respeito por qualquer costume que não fossem os seus — respondeu Laurence.

— Não desejamos nada que seja seu, nem forçá-los a adotar nenhum dos nossos costumes — afirmou Yongxing. — Da sua ilhazinha vocês vêm ao nosso país, e graças à nossa bondade, têm permissão para comprar o nosso chá, a nossa seda e a nossa porcelana, que vocês desejam tão apaixonadamente. Mas ainda assim, não estão satisfeitos: exigem sempre mais e mais, enquanto seus missionários espalham sua religião estrangeira e seus mercadores traficam ópio, desafiando a nossa lei. Não precisamos das suas bugigangas, dos seus relógios e lampiões nem das suas armas de fogo, nossa terra se basta a si mesma. Estando numa posição tão desigual, vocês deveriam demonstrar gratidão triplicada e submissão ao imperador, mas, em vez disso, oferecem apenas um insulto atrás do outro. Por tempo demais esses insultos foram tolerados.

As queixas listadas, tão além do assunto em questão, foram declaradas com paixão e grande energia. Havia nelas mais sinceridade e abertura do que qualquer outra coisa que Laurence jamais ouvira do príncipe, e a surpresa que o capitão não conseguiu conter claramente levou Yongxing de volta às circunstâncias, fazendo com que controlasse o próprio discurso. Por um momento os dois ficaram ali parados, Laurence ainda ressentido, incapaz de formular uma resposta, como se Yongxing tivesse falado na língua natal, perplexo com a descrição das relações entre os dois países, que agrupara missionários cristãos e traficantes de drogas, e pela recusa tão absoluta em admitir os benefícios de um comércio livre e aberto para ambos os lados.

— Não sou político, senhor, para poder discutir assuntos de política externa — Laurence finalmente conseguiu dizer. — Mas a honra e a dignidade da minha nação e dos meus compatriotas eu vou defender até o meu último suspiro, e não vai me convencer com argumento algum a agir de maneira desonrosa, muito menos contra o Temeraire.

Yongxing tinha recuperado a compostura, mas ainda assim parecia profundamente insatisfeito. O príncipe balançou a cabeça, franzindo o cenho.

— Se você não pode ser persuadido em nome do bem de Lung Tien Xiang ou do seu próprio, poderia pelo menos servir aos interesses do seu país? — Com relutância profunda e evidente, acrescentou: — A abertura dos nossos outros portos além de Cantão não pode ser considerada; mas vamos permitir a permanência do seu embaixador em Pequim, como tanto desejam, e concordaremos em não fazer guerra contra vocês e os seus aliados, desde que mantenham uma obediência respeitosa ao imperador. Essas tais coisas seriam permitidas se você facilitasse o retorno de Lung Tien Xiang.

O príncipe encerrou o discurso em expectativa. Laurence permaneceu parado, sem fôlego, pálido, então disse, quase inaudivelmente:

— Não. — E, sem ficar para ouvir outra palavra, virou-se e deixou o aposento, empurrando os reposteiros para fora do caminho.

Laurence foi cego até o convés e se deparou com Temeraire dormindo pacificamente, a cauda enrodilhada ao redor de si mesmo. Laurence não o tocou; sentou-se num dos baús à beira do convés e baixou a cabeça, para não ter de trocar olhares com ninguém. As mãos estavam unidas, para que ninguém as visse tremendo.

— Você recusou, eu espero? — indagou Hammond, algo completamente inesperado. Laurence, que tinha se preparado para um sermão furioso, apenas olhou, mudo. — Graças a Deus, não tinha me ocorrido que ele pudesse tentar uma abordagem direta, e tão cedo assim. Tenho de lhe rogar, capitão, que não se comprometa com proposta alguma sem me consultar privadamente primeiro, não importa quão atraente lhe pareça. Tanto aqui quanto lá na China — acrescentou, distraído. — Agora, por favor, repita: ele ofereceu uma promessa de neutralidade e um enviado permanente em Pequim, diretamente?

Havia um brilho predatório na expressão do diplomata, e Laurence foi obrigado a revolver a memória em busca dos detalhes da conversa para responder às muitas perguntas.

— Tenho certeza de que me lembro bem. Ele deixou claro que nenhum outro porto jamais seria aberto — protestou Laurence, quando Hammond começou a abrir os mapas da China e especular, em voz alta, o que poderia ser mais vantajoso, indagando a Laurence que portos lhe pareciam melhores para o comércio.

— Sim, sim — respondeu Hammond, dispensando o comentário com um aceno. — Mas se ele chegou a ponto de admitir a permanência de um enviado, como poderíamos não esperar fazer mais progressos?

Você deve saber que a posição dele é absoluta e permanentemente contra qualquer relacionamento com o Ocidente.

— Eu sei — confirmou Laurence, surpreso que Hammond estivesse tão ciente disso, considerando os esforços dele em estabelecer boas relações.

— As nossas chances de conquistar o príncipe Yongxing são pequenas, mesmo que eu tenha esperanças de fazer algum progresso — continuou Hammond. — Mas considero muito encorajador que ele esteja tão ansioso por obter a sua cooperação tão cedo. Claramente, deseja chegar à China com o assunto resolvido, o que significa que ele acha que o imperador pode ser persuadido a nos conceder termos que não agradariam ao príncipe. Ele não é o herdeiro do trono, sabia? — acrescentou Hammond, ao ver o olhar de dúvida de Laurence. — O imperador tem três filhos, e o mais velho, príncipe Mianning, já tem idade e é o príncipe herdeiro. Não que o príncipe Yongxing esteja desprovido de influência, obviamente, ou jamais teria autonomia suficiente para ser mandado à Europa, mas a tentativa dele me dá esperanças. E talvez tenhamos mais oportunidades do que imaginávamos. Se ao menos...

Então Hammond ficou muito aborrecido e se sentou novamente, esquecendo os mapas.

— Se ao menos os franceses já não tivessem se estabelecido junto às mentes mais liberais da corte chinesa — completou, desanimado. — Isso explicaria muita coisa, infelizmente, particularmente por que eles receberam o ovo. Eu poderia arrancar os cabelos com esse assunto. Eles conseguiram se insinuar completamente, imagino, enquanto nós ficamos nos congratulando pela nossa dignidade desde que o lorde Macartney foi posto para fora, sem fazer esforço algum para reatar as relações.

Laurence saiu sentindo muito pouco menos culpa e infelicidade do que antes. A recusa, ele sabia bem, não fora motivada por argumentos nobres e racionais, mas por uma negação reflexiva. Ele certamente jamais concordaria em mentir para Temeraire, como Yongxing tinha proposto, nem em abandoná-lo numa situação bárbara ou desagradável, mas Hammond poderia fazer outras exigências, mais difíceis de recusar. Se eles fossem obrigados a se separar para garantir um tratado realmente vantajoso, seria dever de Laurence não apenas ir embora, mas convencer Temeraire a obedecer, por mais indisposto que estivesse. Até aquele momento, tinha se consolado com a crença de que os chineses jamais ofereceriam termos satisfatórios; esse conforto ilusório agora fora eliminado, e toda a infelicidade da separação parecia mais próxima a cada milha marítima.

Dois dias depois eles deixaram o cabo Corso, para alívio de Laurence. Na manhã da partida, um grupo de escravos fora trazido do interior, e estavam sendo empurrados para as masmorras de espera, à vista do navio. Uma cena ainda mais horrível se seguiu, pois os escravos ainda não tinham sido desgastados pelo longo confinamento ou se resignado ao destino que os esperava, e quando as portas das celas se abriram para recebê-los, tais quais as bocas de covas vazias, vários homens mais jovens iniciaram uma revolta.

Eles tinham obviamente descoberto uma forma de se libertar durante a jornada. Dois dos guardas foram abatidos imediatamente, golpeados pelas próprias correntes que prendiam os escravos, e os outros começaram a cambalear em fuga, atirando indiscriminadamente, em pânico. Uma tropa de guardas veio correndo dos postos, piorando a refrega corpo a corpo.

Era uma tentativa infrutífera, mesmo que corajosa, e a maioria dos homens libertos viu o inevitável e correu pela liberdade pessoal. Alguns fugiram para a praia, outros correram para a cidade. Os guardas conseguiram controlar os escravos atados restantes e começaram a atirar nos fugitivos. A maioria foi morta antes de sair de vista, e grupos de busca foram organizados imediatamente para encontrar os últimos, marcados pela nudez e pelos ferimentos dos grilhões. A estrada de terra que levava à masmorra estava lamacenta com sangue, e pequenos cadáveres encolhidos jaziam terrivelmente parados dentre os vivos. Muitas mulheres e crianças tinham morrido na briga. Os escravagistas já estavam forçando os homens e as mulheres restantes a entrar no porão e ordenando que outros arrastassem os corpos para longe. Não tinham se passado nem quinze minutos.

Não houve cantoria e gritos quando a âncora subiu, e a operação correu mais lenta do que de costume. Mas mesmo o contramestre, geralmente vigoroso no uso da bengala ante qualquer sinal de enrolação, não castigou ninguém. O dia estava novamente grudento e úmido, tão quente que o alcatrão se liquefez e caiu em grandes gotas negras do cordame, chegando a pingar no couro de Temeraire, para sua tristeza. Laurence mandou os mensageiros e alferes ficarem de vigia com baldes e trapos, para limpar o dragão assim que as gotas caíssem, e no fim do dia estavam todos sujos e encharcados de suor.

No dia seguinte ocorreu o mesmo, assim como nos três dias que vieram depois. A costa era emaranhada e impenetrável a bombordo, interrompida apenas por penhascos e penedos, e era necessário atenção constante para manter o navio a uma distância segura, em águas profundas, com os ventos se comportando de maneira imprevisível e variável, tão perto da costa. Os homens trabalhavam silenciosos e sisudos sob o calor do dia; as notícias malévolas de Austerlitz já tinham se espalhado.

Capítulo 8

B LYTHE FINALMENTE EMERGIU da enfermaria, muito magro e enfraquecido, e o máximo que conseguia fazer era sentar-se e cochilar numa cadeira no convés. Martin lhe era especialmente solícito, e falava rispidamente com qualquer um que sequer esbarrasse no toldo improvisado que ele estendera sobre o companheiro. Blythe mal poderia tossir sem que um copo de grogue fosse posto em sua mão. Não podia fazer um comentário sobre o tempo sem que fosse oferecido, de acordo com a necessidade, um tapete, um oleado ou um pano frio.

— Lamento que ele tenha se alterado tanto, senhor — Blythe disse a Laurence, indefeso. — Não acredito que outro camarada de espírito poderia ter aguentado aquilo com facilidade, do jeito que os marujos estavam provocando. Não foi culpa dele, tenho certeza. Gostaria que não tivesse sofrido tanto.

Os marinheiros não estavam felizes em ver o criminoso sendo tão mimado, e como resposta começaram a enaltecer o camarada Reynolds, que já tendia a assumir ares de mártir. Normalmente, era apenas mais um marujo, e o novo grau de respeito que recebia dos colegas lhe subiu à cabeça. O rapaz se pavoneava no convés como um galo de briga, dando ordens desnecessárias apenas pelo prazer de vê-las sendo cumpridas com tal excesso de mesuras, acenos e sinais de subserviência. Nem mesmo Purbeck ou Riley faziam esforços para controlá-lo.

Laurence torcera para que pelo menos o desastre compartilhado de Austerlitz reduzisse a hostilidade entre marujos e aviadores, mas as demonstrações mútuas mantiveram os temperamentos aquecidos dos dois lados. O *Allegiance* agora se aproximava da linha do equador, e Laurence acreditou que seria necessário fazer preparativos especiais para a costumeira cerimônia de cruzamento. Menos da metade dos aviadores já havia cruzado a linha, e se os marinheiros tivessem permissão para afundá-los num barril e raspar-lhes as cabeças naquele clima de tensão, Laurence não acreditava que a ordem pudesse ser mantida. Ele conversou com Riley, e ambos concordaram que ele ofereceria um dízimo, em nome dos próprios homens, de três barris de rum que Laurence comprara em cabo Corso, à guisa de precaução. Assim, os aviadores seriam universalmente liberados da cerimônia.

Todos os marinheiros ficaram insatisfeitos com a alteração na tradição, e vários chegaram ao ponto de falar em má sorte para o navio como consequência. Sem dúvida muitos deles tinham estado pessoalmente esperando pela oportunidade de humilhar os rivais embarcados. Assim, quando finalmente cruzaram a linha do equador e o teatrinho de sempre apareceu, foi bem quieto e sem entusiasmo. Temeraire pelo menos estava se divertindo, mesmo quando Laurence foi obrigado a pedir a ele que ficasse quieto quando o dragão disse, bem alto, ao reconhecer os marujos nas fantasias toscas, que eles tinham feito sem grande esforço:

— Mas, Laurence, aquele não é Netuno de forma alguma, é só o Griggs, e Anfitrite é o Boyne!

O comentário produziu uma grande quantidade de risadas mal disfarçadas na tripulação, e o assistente de Netuno (o carpinteiro Leddowes, menos reconhecível com uma peruca feita de esfregão) teve uma inspiração súbita e declarou que, daquela vez, todos os que deixassem o riso escapar seriam vítimas de Netuno. Laurence acenou rapidamente com a cabeça para Riley, e Leddowes recebeu autorização para "castigar" tanto marinheiros quanto aviadores. Grandes números de ambos foram capturados, enquanto o restante aplaudia, e, para coroar a ocasião, Riley gritou, provocando um viva entusiasmado:

— Uma dose extra de grogue para todos, graças ao tributo pago pela tripulação do capitão Laurence!

Alguns dos marinheiros começaram a tocar música, enquanto outros passaram a dançar. O rum fez efeito rápido e logo os aviadores também batiam palmas e cantarolavam as melodias das canções do mar, mesmo sem conhecer as letras. Não foi o cruzamento mais alegre da história, mas correu bem melhor do que Laurence esperava.

Os chineses tinham subido ao convés para o evento, mesmo que, naturalmente, não estivessem submetidos ao ritual, e observaram tudo com muitos debates entre si. É claro, tratava-se de um tipo muito vulgar de divertimento, e Laurence sentiu-se um tanto constrangido com a presença de Yongxing, mas Liu Bao batia na perna como uma forma de aplauso, acompanhando a tripulação, e soltou uma grande risada para cada uma das vítimas do assistente de Netuno. Finalmente, virou-se para Temeraire, do outro lado da fronteira, e lhe fez uma pergunta.

— Laurence, ele quer saber qual é o propósito da cerimônia, e quais espíritos estão sendo honrados — indagou Temeraire, por sua vez. — Mas eu também não sei. O que estamos celebrando e por quê?

— Ah — começou Laurence, tentando decidir como explicar a ridícula cerimônia. — Acabamos de cruzar o equador, e é uma velha tradição que aqueles que estão cruzando pela primeira vez paguem um tributo a Netuno, o deus romano do mar. Claro, ele não é mais reverenciado.

— Ah! — aprovou Liu Bao, quando isso lhe foi traduzido. — Gostei muito. É bom demonstrar respeito aos velhos deuses, mesmo que não sejam seus. Deve ser muito auspicioso para o navio. E faltam apenas 19 dias para o ano novo: vamos fazer um banquete a bordo, e isso também será auspicioso. Os espíritos dos nossos ancestrais guiarão o navio de volta à China.

Laurence estava em dúvida, mas os marinheiros que ouviram a tradução com interesse encontraram muito o que aprovar no discurso: tanto o banquete quanto a promessa de boa sorte, que falava forte às superstições deles. Mesmo que a menção de espíritos tivesse causado muitos debates sérios sob a coberta, pois era muito próxima de fantasmas, no final eles concordaram que, em se tratando de espíritos ancestrais, teriam que ser de inclinação benevolente em relação aos descendentes transportados pelo navio, portanto não deveriam ser temidos.

— Eles me pediram uma vaca e quatro ovelhas, e todas as oito galinhas restantes também. Seremos obrigados a atracar em Santa Helena, afinal. Vamos virar para o oeste amanhã. Pelo menos vai ser mais fácil velejar para lá do que ficar lidando com os alísios, como estamos fazendo — contou Riley, observando duvidoso, alguns dias depois, vários dos sevos chineses ocupados em pescar tubarões. — Só espero que a bebida deles não seja forte demais. Tenho que fornecê-la aos marujos além do grogue, e não em vez dele, ou não seria uma celebração.

— Lamento lhe dar motivo para alarme, mas o Liu Bao sozinho pode beber mais do que dois de mim. Já o vi derrubando três garrafas de vinho de uma vez só — comentou Laurence, lamentando e falando a partir de uma experiência penosa. O emissário jantara com ele várias vezes desde o Natal, e se ainda sofria de algum efeito negativo do enjoo, não era possível perceber, dado seu apetite. — Por outro lado, Sun Kai não bebe muito, e brandy e vinho são a mesma coisa para ele, pelo que vi.

— Ah, para o diabo com eles — respondeu Riley, suspirando. — Bem, pelo menos algumas dúzias de marujos capazes vão se meter em encrencas suficientes para que eu possa cortar o grogue deles esta noite. O que você acha que eles vão fazer com aqueles tubarões? Já jogaram de volta dois golfinhos, e eles são muito melhores para comer.

Laurence não estava preparado para arriscar um palpite, mas isso não foi necessário. Naquele momento, o vigia gritou:

— Asa, a três pontos da proa a bombordo — e todos foram rapidamente para aquele lado, puxaram os telescópios e espiaram o céu, enquanto os marinheiros correram para os postos, para o caso de se tratar de um ataque.

Temeraire ergueu a cabeça da soneca com o barulho.

— Laurence, é o Volly — anunciou do convés dos dragões. — Ele nos viu e está vindo para cá. — Em seguida, o dragão rugiu uma saudação que fez quase todos os homens pularem e estremeceu os mastros. Vários marinheiros olharam feio, mas nenhum ousou reclamar.

Temeraire se deslocou para abrir espaço, e quinze minutos depois o pequeno mensageiro Greyling pousou no convés, dobrando as asas de listras cinzentas e brancas.

— Temrer! — exclamou, dando uma cabeçada alegre no dragão negro. — Vaca?

— Não, Volly, mas podemos lhe trazer uma ovelha — Temeraire respondeu, indulgente. — Ele se machucou? — perguntou a James, a voz do pequeno dragão soava estranhamente anasalada.

O capitão de Volly, Langford James, escorregou até o convés.

— Olá, Laurence, aí está você. Estivemos procurando vocês por toda a costa — saudou, estendendo a mão para Laurence. — Não se preocupe, Temeraire, ele só pegou um resfriado em Dover. Metade dos dragões anda gemendo e fungando por lá: são os maiores bebês do mundo. Mas ele estará ótimo em uma ou duas semanas.

O comentário alarmou Temeraire ainda mais, e ele se afastou um pouco de Volly. Não estava nem um pouco ansioso por experimentar a primeira doença. Laurence assentiu com a cabeça; a carta de Jane Roland tinha mencionado a doença por alto.

— Espero que vocês não tenham se cansado demais por nossa causa, vindo até tão longe. Quer que eu chame o médico?

— Não, obrigado, ele já foi medicado demais. Ainda vai levar uma semana para que o Volly esqueça o remédio que eu lhe dei e me perdoe por tê-lo misturado à comida — respondeu James, dispensando a oferta. — De qualquer maneira, não viemos de tão longe assim, já estamos voando na rota do sul há duas semanas, e é bem mais quente que a velha e boa Inglaterra, sabe. O Volly também não tem problemas em me dizer quando não está preparado para voar, então, enquanto ele não fala, eu o mantenho no ar.

Ele acariciou o dragão, que tocou a mão de James com o focinho e então imediatamente se ajeitou para dormir.

— Quais são as notícias, afinal? — indagou Laurence, revirando a correspondência que James tinha entregado a ele: era responsabilidade dele, e não de Riley, pois tinha chegado via correio dos dragões. — Alguma novidade do continente? Ouvimos notícias de Austerlitz no cabo Corso. Fomos chamados de volta? Ferris, entregue essas ao lorde Purbeck, e o restante à nossa tripulação — acrescentou, entregando as demais cartas. A própria correspondência, um despacho e duas cartas, Laurence guardou educadamente, em vez de abri-las de imediato.

— Não para ambos, infelizmente. Pelo menos podemos facilitar um pouco a viagem: tomamos a colônia holandesa na Cidade do Cabo, conquistada no mês passado, então vocês podem parar por lá — informou James.

A notícia se espalhou pelo convés, alimentada pelo entusiasmo de homens que havia muito se preocupavam com as notícias horríveis da vitória mais recente de Napoleão, e o *Allegiance* logo estava inflamado com fervor patriótico. A conversa se tornou impossível até que alguma calma fosse restabelecida. O correio ajudou um pouco nisso, com Purbeck e Ferris fazendo a distribuição para as respectivas tripulações, e gradualmente o barulho se restringiu a grupos menores, enquanto muitos dos homens estavam imersos nas cartas.

Laurence mandou levar uma mesa e cadeiras para o convés dos dragões, convidando Riley e Hammond a se juntarem ao grupo e ouvirem as notícias. James ficou feliz em lhes dar uma descrição da captura mais detalhada em comparação com o curto despacho. Ele já era mensageiro desde os 14 anos e tinha uma veia artística. Nesse caso, porém, não havia muito material para a encenação:

— Lamento que não seja uma história melhor; não foi uma luta de verdade, sabem — falou, em tom de desculpa. — O regimento dos Highlanders estava lá, e o governador holandês só tinha alguns mercenários, que fugiram antes mesmo de chegarmos à cidade. O governador teve que se render; o povo ainda está meio desconfiado, mas o general Baird está deixando que eles mesmos cuidem dos assuntos locais, então eles não reclamaram muito.

— Bem, isso certamente vai facilitar o nosso abastecimento — comentou Riley. — Não vai ser necessário parar em Santa Helena, afinal, e isso vai economizar umas duas semanas. É uma notícia muito boa mesmo.

— Vão ficar para o jantar? — indagou Laurence. — Ou precisam partir imediatamente?

Volly espirrou abruptamente, um ruído alto e espantoso.

— Eca — o dragão exclamou, acordando e esfregando o focinho contra a pata dianteira com nojo, tentando raspar o muco do focinho.

— Ah, pare com isso, seu miserável imundo, — retrucou James, levantando-se. Ele tirou um grande quadrado de linho branco da bolsa do arreio e limpou Volly com o ar cansado de quem já tinha muita prática. — Bem, acho que vamos ficar, afinal — afirmou, olhando para o dragão. — Não temos motivo para desgastar o Volly, já que os encontramos a tempo, e você pode escrever quantas cartas quiser que eu leve: vamos para casa depois que deixarmos vocês.

... então a minha pobre Lily, assim como Excidium e Mortiferus, foi banida da confortável clareira para as Valas de Areia, porque, quando ela espirra, não consegue evitar cuspir um pouco de ácido, já que os músculos envolvidos nos dois atos (de acordo com os médicos) são os mesmos. Os três estão muito desgostosos com a situação, pois não conseguem se limpar da areia de um dia para o outro, e se coçam como cães pulguentos, não importando o quanto tomem banho.

Maximus está em profunda desgraça, pois começou a espirrar primeiro, e todos os outros dragões gostam de ter alguém para culpar pelo infortúnio, mas ele aguenta tudo muito bem, ou, como Berkley me mandou escrever. "Não dá a mínima para aquele bando de lagartos e choraminga o dia inteiro, exceto quando está ocupado enchendo a pança; o apetite dele continua o mesmo."

Estamos todos muito bem, em todo o resto, e todos lhe mandam lembranças afetuosas. Os dragões também, e pedem que transmitam a estima e as saudações a Temeraire. Eles de fato sentem muitas saudades dele, entretanto lamento lhe informar que descobrimos recentemente uma causa ignóbil para tanto amor, que é a velha cobiça. Aparentemente, Temeraire os ensinou a arrombar o cercado de alimentação e a fechá-lo depois, então eles passaram a se servir do gado sempre que queriam, sem que ninguém soubesse. O segredo foi descoberto apenas quando se notou que os rebanhos estavam estranhamente reduzidos, e os dragões de nossa formação, superalimentados, ao serem questionados confessaram tudo.

Tenho de parar, pois temos patrulha, e Volatilus vai ao sul pela manhã. Todas as nossas preces para a sua jornada segura e o seu rápido retorno.

Catherine Harcourt

— O que foi isso que a Harcourt me disse sobre você ensinar aos outros dragões como roubar do cercado? — inquiriu Laurence, levantando os olhos da carta. Ele estava aproveitando a hora antes do jantar para ler a correspondência e escrever respostas.

Temeraire ergueu a cabeça de susto, com uma expressão tão reveladora que não restava mais dúvida da culpa do dragão.

— Não é verdade, eu não roubei nada — retrucou. — Os pastores em Dover são muito preguiçosos, nem sempre aparecem de manhã, então nós temos que esperar horas fora do cercado, e os rebanhos são para nós, mesmo; não se pode chamar isso de roubo.

— Eu deveria ter suspeitado de alguma coisa quando você parou de reclamar do atraso deles — comentou Laurence. — Mas como foi que vocês conseguiram?

— O portão é perfeitamente simples — explicou Temeraire. — Há apenas uma barra cruzando a cerca, que pode ser levantada com muita facilidade, e então ele se abre. Nitidus era quem tinha mais facilidade, porque as patas dianteiras dele são menores. Só que é difícil manter os animais dentro do cercado, e, da primeira vez que eu aprendi a abrir, todos eles fugiram. Maximus e eu fomos obrigados a persegui-los por horas e horas... Não foi nem um pouco engraçado! — exclamou o dragão, eriçado, sentado sobre as patas traseiras e olhando para Laurence, que ria, com muita indignação.

— Peço desculpas — falou Laurence, após recuperar o fôlego. — Peço desculpas sinceras, foi só a imagem de você e Maximus, e as ovelhas... Ah, meu caro — Laurence continuou e caiu na gargalhada novamente, por mais que tentasse se conter: a tripulação do dragão o olhava espantada, e Temeraire estava arrogantemente ofendido.

— Há mais notícias na carta? — indagou ele, friamente, quando Laurence terminou.

— Nenhuma notícia, mas todos os dragões lhe mandaram saudações e afeto — contou Laurence, conciliatório. — Você pode se consolar sabendo que estão todos doentes, e que, se estivesse lá, certamente estaria doente também — acrescentou, lembrando que Temeraire tendia a se entristecer quando pensava nos amigos.

— Não me incomodaria de ficar doente, se estivesse em casa. De qualquer maneira, tenho certeza de que vou pegar a doença do Volly — respondeu Temeraire sombrio, olhando para o outro: o pequeno Greyling estava fungando forte durante o sono, bolhas de muco inflando e esvaziando sobre as narinas conforme respirava, e uma pocinha de saliva sob a boca semiaberta.

Laurence não poderia ter esperanças sinceras do contrário, então mudou de assunto.

— Você tem alguma mensagem? Vou descer agora e escrever as minhas respostas, para que o James possa levá-las de volta. Será a última chance de mandar notícias por mensageiro em um longo tempo, temo, pois os nossos não vão ao Extremo Oriente, exceto em casos muito urgentes.

— Mande apenas o meu afeto — pediu Temeraire. — E diga à capitã Harcourt e também ao almirante Lenton que eu não estava roubando nada. Ah, e também conte ao Maximus e à Lily sobre o poema escrito pelo dragão, porque foi muito interessante e talvez eles gostem de saber. E também sobre como eu aprendi a subir no navio, e que nós atravessamos o equador, e sobre Netuno e o assistente.

— Já chega, chega, você vai me fazer escrever um livro — exclamou Laurence, levantando-se com facilidade. Felizmente, a perna tinha se curado afinal, e o capitão não era mais forçado a mancar pelo convés como um velho. Ele acariciou o flanco do dragão. — Podemos sair para sentar com você enquanto tomamos o vinho?

Temeraire fungou e o afagou carinhosamente com o focinho.

— Obrigado, Laurence, seria muito bom, e eu gostaria de ouvir as notícias que o James trouxe dos outros, além do que está nas cartas.

As missivas de resposta foram completadas às 15h, e Laurence e seus convidados jantaram com conforto incomum: em geral, o capitão mantinha o hábito de decoro formal, e Granby e os outros oficiais seguiam seu exemplo. Riley e seus homens faziam o mesmo de acordo com os costumes navais. Todos assavam e suavam durante as refeições sob o tecido espesso dos uniformes e os lenços de pescoço bem amarrados. Mas James tinha o desrespeito nato de um aviador às boas maneiras, combinado à autoconfiança de um homem que já era capitão desde os 14 anos (mesmo que de um dragão-mensageiro de um só passageiro). Sem hesitar, ele tirou o casaco e o lenço ao descer, exclamando:

— Por Deus, está abafado aqui, vocês devem estar sufocando, Laurence.

Laurence por sua vez não se arrependeu de seguir-lhe o exemplo, algo que teria feito não apenas pelo desejo de não deixar o convidado se sentir um peixe fora d'água. Granby o imitou imediatamente, seguido com alguma surpresa por Riley e Hammond. Apenas lorde Purbeck manteve o casaco e a expressão intocados, claramente desaprovando a cena. O jantar seguiu animado, mesmo que, a pedido de Laurence, James tivesse deixado as notícias particulares para quando eles estivessem confortavelmente instalados no convés dos dragões com os charutos e o vinho do porto, onde Temeraire poderia ouvir e, com o corpo gigantesco, isolá-los dos ouvidos do restante da tripulação. Laurence dispensou os aviadores para o castelo de proa, deixando assim apenas Sun Kai, que como de costume tomava a fresca no canto reservado do convés dos dragões, perto o bastante para ouvir coisas sem significado algum para ele.

James tinha muito a contar sobre os movimentos das formações: quase todos os dragões da divisão do Mediterrâneo tinham sido realocados para o canal, com Laetificat e Excursius, e as respectivas formações, formando uma oposição absolutamente impenetrável, caso Bonaparte tentasse mais uma invasão pelo ar, encorajado pelo sucesso no continente.

— Não resta lá muita coisa que o impeça de atacar Gibraltar, porém, com todas essas mudanças — comentou Riley. — E precisamos ficar de olho em Toulon: podemos ter capturado 20 naus em Trafalgar, mas agora Bonaparte tem todas as florestas da Europa ao seu dispor e pode construir mais navios. Espero que o Ministério esteja preocupado com isso.

— Ah, inferno — exclamou James, endireitando-se com um baque; a cadeira estivera inclinada precariamente, enquanto ele se reclinava com os pés na amurada. — Sou um idiota, suponho que vocês não tenham notícias do Sr. Pitt.

— Não está mais doente? — indagou Hammond, ansioso.

— De modo algum — respondeu James. — Morreu há mais de quinze dias. As notícias o mataram, dizem. Caiu enfermo assim que ouvimos falar no armistício e nunca mais se levantou.

— Deus tenha piedade da sua alma — falou Riley.

— Amém — concluiu Laurence, profundamente perturbado. Pitt não era um homem idoso. Mais jovem que o pai do capitão, com certeza.

— Quem é o Sr. Pitt? — inquiriu Temeraire, e Laurence fez uma pausa para lhe explicar sobre o posto de primeiro-ministro.

— James, você faz ideia de quem vai formar o novo governo? — indagou Laurence, já se perguntando o que isso poderia significar para ele e Temeraire, caso o novo ministro acreditasse que a Inglaterra deveria lidar de forma diferente com a China, talvez de forma mais conciliatória ou mais beligerante.

— Não, eu parti antes que qualquer outra notícia a esse respeito chegasse — explicou James. — Prometo que, caso alguma coisa tenha mudado quando eu chegar lá, farei o melhor para lhes mandar notícias na Cidade do Cabo. Entretanto — acrescentou —, eles geralmente só nos mandam lá de seis em seis meses, ou mais, então não tenho grandes esperanças. Os pontos de pouso são muito incertos, e já perdemos mensageiros por aqui antes sem deixar rastros, quando tentavam sobrevoar o continente ou mesmo passar uma noite na costa.

James partiu na manhã seguinte, acenando das costas de Volly até que o dragãozinho branco e cinza desaparecesse completamente nas nuvens baixas. Laurence tinha conseguido escrever uma resposta curta para Harcourt, além de completar as cartas já iniciadas para a mãe e Jane, e o mensageiro as levou todas: a última notícia que receberiam deles durante meses, com quase toda a certeza.

Houve pouco tempo para melancolia: ele foi imediatamente convocado a descer para ajudar Liu Bao a encontrar um substituto apropriado para algum tipo de órgão de macaco que em geral era usado num dos pratos. Após sugerir rins de cordeiro, Laurence imediatamente foi solicitado a ajudar com mais uma tarefa, e o restante da semana se passou em preparativos cada vez mais frenéticos. A cozinha funcionava dia e noite a todo vapor, até que o convés dos dragões se aqueceu tanto a ponto de Temeraire achar um pouco quente demais. Os criados chineses também estavam eliminando as pestes do navio, uma tarefa impossível, mas na qual perseveraram. Subiam ao convés às vezes cinco ou seis vezes por dia para atirar ratos mortos ao mar enquanto os aspirantes olhavam ultrajados, pois os animais serviam, no fim da viagem, como parte das refeições.

Laurence não fazia ideia do que esperar da ocasião, mas tomou o cuidado de se vestir com o máximo de formalidade, aproveitando a ajuda do mordomo de Riley, Jethson, no papel de valete. A melhor camisa, engomada e passada; meias de seda e culotes até o joelho em vez de calças; as botas Hessianas; a jaqueta do uniforme de gala, verde-garrafa, com barras douradas nos ombros, e as condecorações: a medalha dourada do Nilo, onde ele fora tenente da Marinha, com sua faixa azul larga, e o pino de prata recentemente votado aos capitães da batalha de Dover.

Ficou muito feliz por ter se arrumado tanto ao entrar nos alojamentos chineses. Ao passar pela porta, teve que se abaixar sob uma cortina de pano vermelho pesado e se deparou com um salão tão ricamente decorado com panos e pinturas que parecia saído de um grande pavilhão em terra, exceto pelo balanço constante do navio sob os pés. A mesa estava posta com porcelana delicada, cada peça de uma cor diferente, muitas decoradas com prata e ouro, e os palitos laqueados que serviam de talher e provocaram medo em Laurence a semana inteira estavam por toda a parte.

Yongxing já estava sentado à cabeceira da mesa, imponente e vestindo os trajes mais formais, de seda dourada bordada com dragões em azul e preto. Laurence sentou-se perto o suficiente para ver que havia pequenas pedras preciosas fazendo as vezes dos olhos e das garras dos dragões, e no centro, cobrindo o peito, uma única silhueta de dragão maior que as outras, bordada em pura seda branca, com rubis no lugar dos olhos e das cinco garras esticadas em cada pata.

De alguma forma, todos foram alojados ali, até mesmo os pequenos Roland e Dyer, sendo que os oficiais mais jovens foram todos espremidos numa mesa separada, os rostos já rosados e brilhantes do calor. Os servos começaram a servir o vinho assim que todos se sentaram, e outros subiam da cozinha para pôr grandes travessas em todas as mesas: cortes de frios misturados a um sortimento de castanhas amarelas, cerejas em conserva e camarões com as cabeças e patas intactas.

Yongxing pegou a taça para fazer o primeiro brinde e todos se apressaram em beber com ele. O vinho de arroz foi servido morno e desceu perigosamente fácil. Essa era evidentemente a deixa para o início dos trabalhos: os chineses começaram a atacar as travessas e os mais jovens hesitaram pouco em seguir o exemplo. Laurence ficou embaraçado ao ver que Roland e Dyer não estavam tendo nenhuma dificuldade com os palitos e que suas bochechas já se inflavam com a comida que enfiavam na boca.

Ele próprio só havia conseguido colocar um pedaço de carne na boca após perfurá-lo com um dos palitos. A carne tinha um quê de defumada e estava longe de ser desagradável. Ele havia acabado de engolir quando Yongxing levantou a taça para outro brinde, de forma que ele teve que beber mais uma vez. Isso ainda aconteceu várias vezes, até que Laurence se sentiu desconfortavelmente aquecido, a cabeça flutuando.

Aos poucos foi ficando mais ousado com os palitos e arriscou-se com um camarão, embora os outros oficiais os estivessem evitando. O molho os tornava escorregadios e difíceis de manipular. O camarão sacolejou temerariamente, as bolotas dos olhos escuros balançando diante dele. Laurence seguiu o exemplo dos chineses e mordeu o camarão atrás da cabeça. Imediatamente teve de procurar a taça, respirando forte pelo nariz. O molho era picante demais e fez com que sua testa se cobrisse de suor. As gotas desciam pela lateral de seu rosto para dentro do colarinho. A expressão de Laurence fez Liu Bao gargalhar com gosto, e ele serviu mais vinho ao capitão, inclinando-se sobre a mesa e batendo em seu ombro, incentivando-o.

As travessas logo foram retiradas, sendo substituídas por uma coleção de pratos de madeira, cheios de pastel no vapor, alguns com cascas de fino papel crepe; outros feitos de massa branca levedada. Pelo menos esses eram mais fáceis de pegar com os palitos e podiam ser mastigados e engolidos de uma só vez. Os cozinheiros haviam exercitado a criatividade ao máximo, estimulados pela falta de ingredientes. Laurence encontrou um pedaço de alga em um deles, e os rins de cordeiro também deram o ar da graça. Mais três sequências de pratos menores se seguiram, e então veio à mesa uma estranha iguaria de peixe não cozido, rosa pálido e carnudo, acompanhado de macarrão frio e conservas que um longo período de armazenamento deixara com uma cor marrom mortiça. Uma estranha substância esfarelenta na mistura foi identificada por Hammond como água-viva seca, informação que fez com que vários homens catassem disfarçadamente os pedaços e os jogassem no chão.

Liu Bao encorajou Laurence, com gestos e com o próprio exemplo, a literalmente arremessar os ingredientes para o alto para misturá-los, e Hammond informou a todos, traduzindo, que fazer isso garantia a boa sorte — quanto mais alto, melhor. Os britânicos não se furtaram a tentar. No entanto, sua coordenação não ficou à altura da tarefa e num instante os uniformes e a mesa ficaram salpicados de pedaços de peixe e verduras em conserva. Foi um golpe fatal para a dignidade de todos: depois de cada homem ter bebido quase uma caneca inteira de vinho de arroz, nem mesmo a presença de Yongxing foi o suficiente para abafar a hilaridade geral de ver colegas oficiais furiosamente arremessando pedaços de peixe em si próprios.

— É bem melhor do que o que comemos no escaler do *Normandy* — disse Riley para Laurence, um tanto alto, referindo-se ao peixe cru. Hammond e Liu Bao demonstraram interesse na história, e ele passou a relatar os detalhes aos presentes: — Naufragamos com o *Normandy* quando o capitão Yarrow abalroou um recife, e acabamos todos em uma ilha a mais de mil quilômetros de distância do Rio. Fomos mandados com o escaler para buscar resgate e, apesar de Laurence ser apenas segundo-tenente na época, o capitão e o primeiro-tenente sabiam menos sobre o mar que macacos treinados, e foi por isso que nos afundaram. Nem amor nem dinheiro os convenceriam a liderar a missão, e eles também não foram muito generosos com os suprimentos que nos deram quando partimos — contou Riley, ainda visivelmente rancoroso com tal tratamento.

— Doze homens sem nada além de bolachas e uma sacola de cocos. Ficávamos tão felizes em pegar algum peixe que o comíamos cru, com as mãos, assim que o pescávamos — continuou. — Mas não posso reclamar. Tenho uma certa convicção de que o Foley me escolheu para primeiro-tenente no *Goliath* por causa disso, e eu teria comido muito mais peixe cru para agarrar essa chance. Mas isso aqui é bem melhor, sem comparação — acrescentou Laurence rapidamente, para que não pensassem que ele estava querendo dizer que peixe cru só servia para consumo em situações desesperadoras. Essa era a opinião que ele mantinha para si, embora não achasse conveniente compartilhá-la com a presente companhia.

A essa história se seguiram outras, contadas por vários dos oficiais navais presentes, que já estavam com as línguas frouxas e as costas relaxadas pela comilança. O intérprete se manteve ocupado relatando as anedotas para a comitiva chinesa, que se mostrava bastante interessada. Até Yongxing acompanhava as histórias. Ele não havia se dignado ainda a romper o silêncio, exceto pelos brindes formais, mas havia um certo abrandamento de humor em seus olhos.

Liu Bao era menos cerimonioso quando se tratava de satisfazer sua curiosidade.

— Posso ver que você já esteve em muitos lugares e passou por aventuras incomuns — disse a Laurence. — O almirante Zheng chegou até a África, mas morreu em sua sétima viagem e sua tumba ficou vazia. Você já deu a volta ao mundo várias vezes. Nunca se preocupou com a possibilidade de morrer no mar, de não receber os ritos da sepultura?

— Eu nunca pensei muito a respeito — disse Laurence, sendo um pouco desonesto: na verdade jamais dera atenção à matéria. — De qualquer forma, Drake e Cook, como tantos outros grandes homens, foram sepultados no mar. Não posso reclamar de dividir a cova com eles, senhor, e com o seu navegador também, aliás.

— Bem, espero que muitos filhos aguardem o senhor em casa — disse Liu Bao, e balançou a cabeça.

A maneira casual com que ele fez um comentário tão pessoal surpreendeu Laurence.

— Não, senhor, nenhum — respondeu Laurence, atordoado demais para fazer qualquer outra coisa a não ser responder. — Eu nunca me casei — acrescentou.

Liu Bao estava prestes a adotar uma expressão simpática de encorajamento, mas, ouvindo a tradução da resposta de Laurence, não pôde dissimular o espanto. Yongxing e até mesmo Sun Kai viraram a cabeça na direção de Laurence, que, sentindo-se acossado, começou a se explicar:

— Não há pressa. Eu sou o terceiro filho, e o meu irmão mais velho já tem três meninos.

— Perdoe-me, capitão, se me permite — interveio Hammond, e continuou: — Senhores, entre a nossa gente o filho mais velho herda as propriedades da família, e espera-se que os mais jovens trilhem seu próprio caminho na vida. Estou ciente de que o mesmo não se passa em sua terra.

— Suponho que o seu pai seja um soldado, como o senhor — disse Yongxing, repentinamente. — As suas propriedades são reduzidas, e é por isso que ele não pode cuidar de todos os filhos?

— Não, senhor. O meu pai é o lorde Allendale — disse Laurence, um tanto ofendido pela sugestão. — A casa da família fica em Nottinghamshire. Não creio que ninguém a chamaria de pequena.

Yongxing pareceu espantado e desagradado com a resposta, mas talvez ele estivesse apenas fazendo uma careta para a sopa que estava sendo servida naquele momento: um caldo ralo, de um dourado pálido e com um gosto estranho, fumarento, acompanhado de jarras de vinagre vermelho brilhante para dar um sabor mais picante e pequenos as porções de macarrão seco nas tigelas, estranhamente crocantes.

Enquanto os servos traziam os pratos, o intérprete respondia com murmúrios algumas perguntas de Sun Kai. Em seguida inclinou-se sobre a mesa e perguntou:

— Capitão, o seu pai tem parentesco com o rei?

Embora surpreso com a pergunta, Laurence ficou grato pela oportunidade de parar de comer. Teria achado a sopa difícil de engolir mesmo que ela não fosse o sétimo prato do jantar.

— Não, senhor. Jamais me atreveria a chamar Sua Majestade de parente. A família do meu pai descende dos Plantagenetas. Temos apenas um vínculo distante com a atual casa real.

Sun Kai ouviu a tradução e insistiu um pouco mais:

— Mas vocês são mais próximos do rei que lorde Macartney?

Como o intérprete pronunciasse o nome um tanto desajeitadamente, Laurence teve alguma dificuldade em reconhecer o nome do embaixador anterior, até que Hammond, sussurrando apressado em seu ouvido, esclareceu a quem Sun Kai se referia.

— Ah, certamente — disse Laurence. — Ele foi agraciado com o título por serviços prestados à coroa. Não que consideremos isso menos honrado, eu lhe garanto, mas o meu pai é o undécimo conde de Allendale. A investidura da casa data de 1529.

Enquanto falava, Laurence achou curioso como era cioso ao falar de sua ascendência, do outro lado do mundo, na companhia de homens para quem isso pouco importava, quando jamais se jactara dela entre suas relações na Inglaterra. De fato, muitas vezes havia se rebelado contra os sermões do pai sobre o assunto, dos quais houve muitos, particularmente após sua primeira tentativa abortada de fugir para o mar. Mas as quatro semanas em que fora convocado diariamente ao escritório do pai para ouvir a mesma ladainha evidentemente surtiram algum efeito para que ele respondesse de forma tão afetada ao ser comparado com um grande diplomata de uma linhagem bastante respeitável.

Ao contrário de suas expectativas, porém, Sun Kai e seus compatriotas demonstraram um vivo interesse por essa informação, traindo um entusiasmo por genealogia que Laurence até então só havia encontrado em alguns de seus conhecidos mais altivos. Logo ele se viu pressionado a fornecer detalhes de sua história familiar, detalhes que ele conseguia recuperar de forma muito vaga de suas lembranças.

— Peço desculpas — disse por fim, sentindo-se desesperar. — Para memorizar direito uma coisa preciso antes escrevê-la. Espero que me perdoem.

Foi um movimento infeliz. Liu Bao, que também ouvia com interesse, disse prontamente:

— Isso é fácil. — Então pediu pincel e tinta. Os servos estavam retirando a sopa, e havia espaço suficiente na mesa naquele instante. Imediatamente, todos os que estavam próximos se inclinaram para ver melhor. Os chineses por curiosidade, os britânicos em defesa própria, pois ainda havia um prato esperando para ser servido, e apenas os cozinheiros tinham pressa àquela altura.

Sentindo que estava sendo punido excessivamente por aquele momento de vaidade, Laurence teve que fazer um diagrama em um longo pergaminho de papel de arroz sob os olhares de todos. À dificuldade de desenhar o alfabeto latino com um pincel se somou a de lembrar os nomes de vários ancestrais. Vários ficaram em branco, marcados com um ponto de interrogação, até que a linhagem chegou a Eduardo III depois de várias contorções e um salto pela linhagem sálica. O resultado não foi muito lisonjeiro para a caligrafia de Laurence, mas o diagrama passou pelas mãos dos chineses repetidas vezes e foi discutido com entusiasmo, mesmo que a escrita fizesse tão pouco sentido para eles quanto a deles para Laurence. O próprio Yongxing olhou para o diagrama por um bom tempo, embora seu rosto não demonstrasse qualquer emoção, e Sun Kai, recebendo finalmente o pergaminho, o enrolou e guardou com uma expressão de intensa satisfação.

Felizmente, a cena acabou ali, e já não era possível adiar mais o próximo prato, de forma que os criados trouxeram as aves, todas as oito de uma vez em grandes travessas fumegantes, cobertas de molho. Elas foram dispostas na mesa e trinchadas em pequenos pedaços pelos servos, usando cutelos, e Laurence mais uma vez se desesperou ao ver-se permitindo que servissem seu prato. A carne era deliciosa, tenra e suculenta, mas comer era quase um castigo. E ainda não tinha acabado: quando as aves foram retiradas — longe de terem sido terminadas —, peixes inteiros foram à mesa, fritos na rica gordura da carne de porco salgada dos marujos. Ninguém conseguiu fazer mais que beliscar esse prato ou os doces que se seguiram: bolo de cominho e pasteizinhos doces grudentos mergulhados em melado, recheados de uma pasta grossa vermelha. Os criados estavam particularmente ansiosos para empurrar os doces aos oficiais mais jovens, e pôde-se ouvir a pobre Roland choramingando:

— Será que eu não posso comer isso amanhã?

Quando finalmente puderam escapar, mais de dez de homens tiveram que ser erguidos e ajudados pelos companheiros a sair da cabine. Os que conseguiam caminhar sem ajuda fugiram para o convés, onde ficaram inclinados na amurada em várias atitudes de fascinação fingida, na verdade esperando a vez de usar as retretes mais abaixo. Laurence abusou sem pudores de suas instalações particulares. E então se forçou a subir de volta para se sentar com Temeraire, sentindo a cabeça protestar tanto quanto a barriga.

Laurence ficou perplexo ao ver o próprio Temeraire sendo banqueteado por uma delegação de servos chineses, que haviam preparado para ele as iguarias preferidas dos dragões de sua terra: entranhas de vaca recheadas com o fígado e os pulmões do próprio animal picados bem finos e misturados a temperos, que pareciam salsichas gordas. E também um pernil flambado de leve com um toque do que parecia ser o mesmo molho ardido que havia sido servido aos comensais humanos. O prato de peixe consistiu de um enorme atum de carne marrom-escura fatiada em bifes grossos, entremeados com folhas inteiriças de macarrão amarelo. Depois, com grande cerimônia, os servos trouxeram uma ovelha inteira picada e novamente envolvida com sua pele tingida de carmesim brilhante, tendo pedaços de madeira por pernas.

Temeraire provou o prato e disse, surpreso:

— Ora, é doce.

Ele perguntou algo aos servos em chinês. Eles se curvaram repetidas vezes enquanto respondiam, e Temeraire assentiu com a cabeça. Então começou a comer, delicadamente, deixando a pele e as pernas de madeira de lado.

— São só decorativas — o dragão explicou para Laurence, ajeitando-se com um suspiro de grande contentamento; o único convidado que se sentia tão confortável. Do tombadilho inferior veio o tênue som de engulhos. Era um dos aspirantes mais velhos sofrendo as consequências da gula.

— Eles me disseram que na China, assim como as pessoas, os dragões não comem as peles.

— Espero que você não ache indigesto, com tanto tempero — disse Laurence, e se arrependeu imediatamente, reconhecendo em si mesmo o ciúme que fazia com que ele se irritasse ao ver Temeraire apreciando os costumes chineses. Tinha a triste consciência de que jamais lhe ocorrera oferecer pratos especiais a Temeraire, nem variedade alguma além de peixe e carneiro, mesmo em ocasiões especiais.

Contudo, Temeraire apenas disse:

— Não, está bem ao meu gosto.

Despreocupado e bocejando, ele se esticou longamente e flexionou as garras.

— Vamos fazer um voo longo amanhã? — perguntou, enrodilhando-se novamente e ficando mais compacto. — Já faz uma semana que não me sinto cansado. Tenho certeza de que posso dar conta de uma viagem mais longa.

— Com certeza — disse Laurence, feliz em saber que Temeraire se sentia mais forte. Keynes havia finalmente estabelecido um período para a convalescença um pouco depois de eles terem partido do cabo Corso. A injunção de Yongxing que proibia Laurence de voar com Temeraire jamais fora revogada, mas Laurence não tinha nenhuma intenção de respeitá-la nem de implorar a Yongxing que voltasse atrás. Hammond, no entanto, usou de algum engenho e discrição para conseguir arranjar tudo diplomaticamente: Yongxing subiu ao convés depois do último pronunciamento de Keynes e deu permissão em alto e bom som.

— Para garantir o bem-estar de Lung Tien Xiang por meio de exercícios saudáveis — disse ele.

Assim ficaram livres para subir uma vez mais sem a ameaça de discussões, mas Temeraire havia reclamado de alguma sensibilidade e se cansava rápido demais.

O banquete havia durado tanto que quando Temeraire começou a comer já estava anoitecendo. Agora a escuridão se espalhava, e Laurence estava recostado no flanco de Temeraire, olhando para as estrelas menos conhecidas do hemisfério sul. Era uma noite perfeitamente límpida, e ele esperava que o navegador conseguisse fixar uma boa longitude pelas constelações. Os marujos haviam sido liberados para celebrar, e o vinho de arroz fluíra livremente nas mesas deles também. Estavam cantando uma canção escandalosa e despudorada, e Laurence se certificou com o olhar de que Roland e Dyer não estavam no convés para prestar atenção. Não havia sinal dos dois; provavelmente tinham ido para a cama logo após o jantar.

Um por um os homens começaram a se retirar da festa e a procurar as redes. Riley veio subindo do tombadilho inferior, galgando os degraus um por vez com ambos os pés, muito cansado e com o rosto avermelhado. Laurence o convidou a se sentar e por consideração não ofereceu uma taça de vinho.

— Foi um sucesso extraordinário, devo dizer. Qualquer político no papel de anfitrião consideraria um jantar como o de hoje um triunfo — comentou Laurence. — Mas confesso que eu teria me dado por satisfeito com apenas metade dos pratos. Os criados podiam ter sido bem menos solícitos e ainda assim eu não ficaria com fome.

— Oh, sim, sem dúvida — disse Riley, distraído. E, ao observar melhor, Laurence viu que ele parecia francamente infeliz e frustrado.

— O que houve? Há alguma coisa errada? — Laurence olhou imediatamente para o cordame, para os mastros, mas tudo parecia bem e, de qualquer maneira, toda a lógica e a intuição lhe diziam que o navio velejava bem. Pelo menos tão bem quanto possível, já que não passava de uma enorme barcaça.

— Laurence, eu odeio ser dedo-duro, mas não posso mais esconder isso — Riley disse. — Aquele alferes, ou melhor, cadete seu, o Roland. Ele, ou melhor, Roland estava dormindo na cabine chinesa, e na hora em que eu estava saindo, o criado veio me perguntar, por meio do intérprete, onde ele estava alojado, para que pudessem levá-lo. — Laurence já estava com medo da conclusão e não ficou nada surpreso quando Riley acrescentou: — Mas o camarada disse "ela". Eu estava a ponto de corrigi-lo quando olhei... bem, para encurtar a história, Roland é uma menina. Não faço a menor ideia de como ela escondeu isso por tanto tempo.

— Ah, maldito inferno — exclamou Laurence, muito cansado e irritadiço pelo excesso de comida e bebida para controlar a língua. — Você não falou sobre isso com ninguém, falou, Tom? Qualquer outra pessoa? — Riley fez que não com a cabeça, cauteloso, e Laurence continuou: — Tenho de lhe pedir que mantenha o assunto em sigilo. A verdade pura e simples é que os Longwings não aceitam ser comandados por um capitão homem. Algumas outras raças também não, mas são menos importantes. Não podemos ficar sem os Longwings de jeito nenhum, portanto algumas garotas precisam ser treinadas para eles.

— Você está... — Riley começou a falar, duvidando, meio que sorrindo. — Mas isso é absurdo! Não esteve aqui recentemente, neste exato navio, o líder da sua formação, com o Longwing dele? — protestou, ao ver que Laurence não estava brincando.

— Você se refere à Lily? — indagou Temeraire, inclinando a cabeça. — A capitã dela é Catherine Harcourt; ela não é homem.

— É a mais pura verdade, eu lhe garanto — Laurence assegurou enquanto Riley olhava para ele e para Temeraire e de volta.

— Mas Laurence, a simples ideia... — Riley começou, ficando chocado conforme passava a acreditar neles. — Todos os meus sentimentos se revoltam contra esse absurdo. Céus, se vamos mandar mulheres para a guerra, então por que não levá-las ao mar também? Poderíamos dobrar o nosso contingente, e o que importa se o convés de cada navio virar um bordel, enquanto as crianças são deixadas, chorando e abandonadas, em terra firme?

— Ora, uma coisa não tem nada a ver com a outra, convenhamos. — Laurence retrucou, impaciente com o exagero. Ele mesmo não gostava daquela necessidade, mas não se dispunha de modo algum a aceitar argumentos tão românticos contra a ideia. — Não digo que isso seria uma solução no caso geral, de forma alguma, mas se o sacrifício voluntário de alguns pode significar a segurança e a felicidade de todos os outros, não posso achar assim tão ruim. Nenhuma das oficiais mulheres que conheci foi forçada a se alistar no serviço, tampouco foram obrigadas a aceitá-lo pelas necessidades ordinárias que fazem com que os homens procurem emprego, e garanto a você que ninguém no serviço sonharia em ofendê-las.

A explicação não apaziguou Riley de forma alguma, mas o capitão da Marinha abandonou o protesto geral por um mais específico.

— Então você realmente pretende manter a menina no serviço? — inquiriu, num tom agora mais queixoso do que chocado. — E obrigá-la a se vestir de homem assim... É realmente permitido?

— Há uma dispensa formal das leis suntuárias para as oficiais mulheres do Corpo, quando no exercício do dever, autorizada pela coroa — explicou Laurence. — Lamento que você tenha de se aborrecer com esse assunto, Tom. Eu tinha esperanças de evitar a questão inteiramente, mas imagino que era querer demais em sete meses dentro de um navio. Eu lhe juro — acrescentou — que fiquei tão chocado quanto você quando fiquei sabendo da prática; mas desde então servi com várias oficiais, e elas de fato não são nada como as mulheres comuns. São criadas desde a infância para essa vida, e nessas circunstâncias, o hábito de fato faz o monge.

Temeraire estivera acompanhando o debate com a cabeça inclinada e cada vez mais confuso. Finalmente, indagou:

— Não estou entendendo nada, por que isso faria alguma diferença? A Lily é fêmea, e luta tão bem quanto eu, ou quase — acrescentou, com um toque de superioridade.

Riley, ainda insatisfeito mesmo após as garantias de Laurence, encarou o comentário como se lhe tivessem pedido para justificar as marés ou a fase da lua. Laurence, graças à longa experiência, estava mais preparado para lidar com as ideias radicais do dragão e respondeu:

— As mulheres em geral são menores e mais fracas que os homens, Temeraire, menos capazes de aguentar as privações do serviço.

— Eu nunca achei que a capitã Harcourt fosse menor que qualquer um de vocês — comentou o dragão, e realmente seria muito difícil notar, falando de uma altura de 9 metros e um peso de 18 toneladas. — Além disso, eu sou menor do que Maximus, e Messoria é menor do que eu, mas isso não quer dizer que a gente não possa lutar.

— É diferente para dragões e humanos — argumentou Laurence. — Entre outras coisas, as mulheres engravidam e geram filhos, e precisam cuidar deles durante a infância, enquanto a sua raça põe ovos e já nasce pronta para cuidar de si mesma.

Temeraire piscou ao ficar sabendo disso.

— Vocês não põem ovos? — indagou, profundamente fascinado. — Então como...

— Eu peço licença, acho que o Purbeck está procurando por mim — disse Riley, apressado, e escapou numa velocidade admirável, Laurence pensou com algum ressentimento, para um homem que tinha acabado de comer quase um quarto do próprio peso.

— Não posso realmente lhe explicar o processo, pois não tenho filhos. — Laurence encerrou o assunto. — De qualquer maneira, está tarde, e se você quer fazer um voo longo amanhã, precisa descansar bem esta noite.

— É verdade, e eu estou com sono — concordou Temeraire e bocejou, deixando a longa língua bífida se desenrolar, provando o ar. — Acho que o tempo vai se manter firme; será bom para um voo. — O dragão se ajeitou para dormir. — Boa-noite, Laurence. Vai vir cedo amanhã?

— Imediatamente após o café da manhã estarei ao seu dispor — prometeu Laurence. Ficou acariciando o dragão gentilmente até que ele dormiu. O couro ainda estava quente ao toque, provavelmente por causa do último calor da cozinha, agora que os fornos finalmente descansavam após os longos preparativos. Quando enfim os olhos de Temeraire se fecharam em fendas mínimas, Laurence se levantou e desceu para o tombadilho.

Os homens tinham se recolhido ou estavam cochilando no convés, exceto por uns poucos que estavam rabugentos por terem sido postos de vigia e resmungavam sobre a má sorte no cordame. O ar da noite estava agradavelmente fresco. Laurence andou um pouco na direção da popa, para esticar as pernas antes de descer. O aspirante de guarda, o jovem Tripp, bocejava quase tanto quanto Temeraire. O rapaz fechou a boca rapidamente e se endireitou desajeitado na posição de sentido quando Laurence passou.

— Que noite mais agradável, Sr. Tripp — comentou Laurence, escondendo o divertimento. O rapaz estava indo muito bem, pelo que Riley lhe dissera, e pouco lembrava a criatura preguiçosa e mimada que tinha sido enviada pela família. Os pulsos se estendiam nus por vários centímetros após o fim das mangas, e as costas do casaco tinham se aberto tantas vezes que fora necessário expandi-las com a inserção de um painel de pano de vela tingido de azul, de um tom diferente do restante, de forma que ele tinha uma estranha listra descendo pelo meio das costas. O cabelo tinha se encaracolado, descolorido até quase o amarelo pelo sol. A própria mãe não reconheceria o jovem.

— Ah, sim, senhor — respondeu Tripp, entusiasmado. — Que comida maravilhosa, e eles me deram uma dúzia inteira daqueles pasteizinhos doces no fim. É uma pena não podermos comer sempre assim.

Laurence suspirou diante do exemplo de resiliência juvenil. O estômago do próprio capitão não estava assim tão confortável ainda.

— Cuidado para não dormir em serviço — avisou. Após aquele banquete, seria incrível se o rapaz não estivesse fortemente tentado a fazê-lo, e Laurence não queria vê-lo sofrer o humilhante castigo.

— Nunca, senhor — respondeu Tripp, engolindo um novo bocejo e terminando a frase num guincho. — Senhor — indagou, nervoso, em voz baixa —, poderia fazer uma pergunta? O senhor não acha que aqueles espíritos chineses apareceriam para um camarada que não fosse da família deles, acha?

— Tenho considerável certeza de que você não vai ver espírito algum na vigia, Sr. Tripp, a não ser que tenha escondido algum no bolso do casaco — retrucou Laurence, secamente. O rapaz levou um momento para decifrar a resposta, então riu, ainda nervoso, e Laurence franziu o cenho. — Alguém andou lhe contando histórias? — inquiriu, ciente do efeito que tais rumores poderiam ter no estado da tripulação de um navio.

— Não, é só que... Bem, eu achei que tinha visto alguém adiante quando fui virar a ampulheta. Mas então eu chamei, e a figura desapareceu na hora. Tenho certeza de que era um chinês, e, oh, que rosto mais branco!

— É muito simples: você viu um dos criados que não falam a nossa língua, vindo da retrete, e o assustou, fazendo com que se escondesse do que acreditava ser algum tipo de repreensão. Espero que você não tenha tendência à superstição, Sr. Tripp, é algo que precisa ser tolerado nos marujos, mas que é considerado uma falha trágica num oficial — disse Laurence com firmeza, esperando assim evitar que o rapaz espalhasse a história, pelo menos. Afinal, se o medo o mantivesse acordado o restante da noite, seria uma boa coisa.

— Sim, senhor — respondeu Tripp, muito infeliz. — Boa-noite, senhor.

Laurence continuou o circuito do convés, num passo descansado, o mais rápido de que era capaz naquele momento. O exercício estava assentando seu estômago, e o capitão estava quase inclinado a dar outra volta, mas a ampulheta estava quase vazia, e ele não queria acordar tarde e desapontar Temeraire. Quando ia descer pela escotilha de proa, porém, um súbito golpe pesado o atingiu nas costas, e Laurence cambaleou, tropeçou e desabou de cabeça escadaria abaixo.

A mão do capitão automaticamente se estendeu para pegar a corda que servia de corrimão e depois de um giro atordoante ele tocou os degraus com o pé, agarrando-se à escada com um baque. Furioso, olhou para cima e quase caiu de novo, recuando para longe do rosto branco pálido, incompreensivelmente deformado, que o espiava de perto no escuro.

— Meu Deus do Céu! — Laurence exclamou, com grande sinceridade. Em seguida reconheceu Feng Li, o criado de Yongxing, e respirou novamente: o homem só tinha parecido tão estranho porque estava pendurado de cabeça para baixo na escotilha, a poucos centímetros de cair também. — O que diabos você quer, se atirando pelo convés assim? — Laurence exigiu, pegando a mão solta do homem e colocando-a na corda-guia para que pudesse se endireitar também. — Já deveria estar mais acostumado ao balanço do navio.

Feng Li se limitou a encará-lo com muda incompreensão, e em seguida se levantou e passou desabalado por Laurence escada abaixo, desaparecendo no convés inferior, onde os servos estavam alojados, tão rápido que seria possível dizer que ele se desmaterializara. Com as roupas azuis e os cabelos negros, Feng Li se tornou invisível assim que o rosto sumiu de vista.

— Não posso culpar o Tripp de maneira alguma — Laurence comentou em voz alta, agora encarando com mais generosidade a bobagem do rapaz. O coração do capitão ainda martelava de maneira vergonhosa enquanto ele se dirigia ao alojamento.

Laurence acordou na manhã seguinte com gritos de desespero e passos no convés acima. O capitão saiu em disparada imediatamente para a coberta e deparou com a verga da vela principal de proa caída no convés em dois pedaços, a enorme vela drapejada sobre o castelo de proa, e Temeraire com uma expressão ao mesmo tempo sofrida e envergonhada.

— Foi sem querer — o dragão se desculpou, soando fanhoso e diferente, e espirrou de novo, dessa vez conseguindo virar a cabeça para longe do navio: a força da erupção provocou algumas ondas que bateram no casco a bombordo.

Keynes, que já estava subindo ao convés com a bolsa, encostou a orelha no peito de Temeraire.

— Hum — foi o que disse, e nada mais, auscultando vários outros pontos, até que Laurence ficou impaciente e cobrou notícias.

— Ah, certamente é um resfriado, não há nada a ser feito além de esperar que passe, e dar a ele remédios para a tosse quando ela começar. Estou apenas tentando ouvir se o fluido está se movendo pelos canais relacionados ao vento divino — Keynes comentou, distraído. — Não fazemos ideia de como é anatomia, dessa característica, pois infelizmente nunca tivemos um espécime para dissecar.

Temeraire recuou ao ouvir isso, baixando o rufo, e fungou. Ou pelo menos tentou, mas o que realmente fez foi expelir muco, cobrindo a cabeça inteira de Keynes. Laurence conseguiu pular para trás no último segundo, mas não sentiu lá muita pena do cirurgião: o comentário tinha sido completamente desproposital.

— Estou muito bem — grasnou Temeraire. — Ainda podemos voar.

— E olhou para Laurence, num apelo.

— Talvez um voo mais curto agora, e então outro à tarde, se você não estiver cansado — ofereceu Laurence, olhando para Keynes, que tentava remover a gosma do rosto, sem sucesso.

— Não, em um tempo quente como esse, ele pode voar o quanto quiser. Não há necessidade de protegê-lo — Keynes falou bruscamente, conseguindo por fim limpar os olhos. — Desde que você se amarre muito bem, ou será atirado longe com um espirro. Com licença.

No fim, Temeraire conseguiu seu voo longo. O *Allegiance* foi deixado para trás nas águas azuis profundas, e o oceano clareou para um tom de vidro cristalino quando se aproximaram da costa: velhos penhascos, erodidos pelo tempo, desciam gentilmente até o mar sob um manto de verde intocado, com uma franja de penedos cinzentos pontiagudos na base, onde quebraram as ondas. Havia algumas faixas de areia pálida, nenhuma delas grande o bastante para que Temeraire pousasse mesmo que eles não estivessem sendo particularmente cuidadosos. Fora isso, as árvores eram impenetráveis, mesmo depois que eles já haviam voado terra adentro por quase uma hora.

Era solitário e quase tão monótono quanto voar sobre o mar vazio. O vento entre as árvores, em vez das ondas, era apenas um tipo diferente de silêncio. Temeraire olhava ansioso para qualquer urro animal que interrompesse a quietude, mas não via nada no chão, tão espessa era a cobertura das árvores.

— Não há ninguém morando aqui? — o dragão acabou perguntando. Ele poderia estar mantendo a voz baixa por causa do resfriado, mas Laurence sentiu a mesma inclinação de preservar o silêncio e respondeu baixinho:

— Não, voamos muito para dentro. Mesmo as tribos mais poderosas vivem apenas ao longo da costa, nunca se aventuram tão no interior. Há muitos dragões selvagens e outros monstros violentos demais para se enfrentar.

Eles continuaram, sem falar, por mais algum tempo. O sol estava muito forte e Laurence dormitou, nem acordado, nem dormindo, a cabeça pendendo sobre o peito. Irreprimido, Temeraire seguiu em frente, a velocidade lenta não desafiando sua resistência física. Quando finalmente Laurence acordou por completo, com outro espirro do dragão, o sol estava além do zênite. Eles iriam perder o jantar.

Temeraire não expressou desejo de ficar mais tempo quando Laurence sugeriu que eles voltassem. Na verdade, acelerou o voo de volta. Tinham penetrado tão fundo que a costa desaparecera, e só conseguiram retornar na direção correta graças à bússola de Laurence, pois não havia nenhum ponto de referência na paisagem que os guiasse pela selva uniforme. A curva suave do oceano foi uma visão muito bem-vinda, e o espírito de Temeraire se elevou quando passaram a sobrevoar as ondas novamente.

— Pelo menos não estou me cansando mais, mesmo que esteja doente — comentou o dragão, e então soltou um espirro que o fez pular quase 10 metros acima, com um som semelhante ao de um canhão.

Quando eles chegaram ao *Allegiance* já era quase noite, e Laurence descobriu que tinha perdido muito mais do que a hora do jantar. Outro marinheiro, além de Tripp, tinha visto Feng Li no convés na noite anterior e durante a ausência de Laurence a história do fantasma dera a volta no navio, amplificada uma dúzia de vezes, ficando completamente consolidada. Todas as tentativas do capitão de explicar foram inúteis, e agora a tripulação do navio estava absolutamente convencida. Três homens juravam ter visto o fantasma dançando sobre a verga da vela principal de proa, na noite anterior, vaticinando seu fim. Outros, da vigília da madrugada, afirmavam que o fantasma tinha passado a noite inteira esvoaçando pelo cordame.

O próprio Liu Bao apenas jogou mais lenha na fogueira ao ser consultado, e, depois de ouvir a história quando visitou o convés na manhã seguinte, balançou a cabeça e opinou que o fantasma era sinal de que algum tripulante tinha agido de maneira imprópria com uma mulher. Isso qualificava quase todos os homens a bordo. Eles murmuraram impropérios sobre o fantasma estrangeiro com inclinações puritanas e debateram o assunto ansiosamente durante as refeições, cada um tentando convencer a si mesmo e aos companheiros de que não poderia ser o culpado: a infração cometida tinha sido pequena e inocente e de qualquer maneira ele sempre tivera a intenção de se casar com ela assim que voltasse.

Naquele momento, a suspeita geral ainda não tinha recaído sobre nenhum indivíduo específico, mas era apenas uma questão de tempo, e então a vida do pobre coitado se transformaria num inferno absoluto. Enquanto isso, os homens cumpriam suas tarefas noturnas com muita relutância, chegando a ponto de recusar ordens que exigissem que ficassem sozinhos em alguma parte do convés. Riley tentou dar o exemplo aos homens, saindo da vista deles durante as vigílias, mas isso teve muito menos efeito do que gostaria, já que ele mesmo tinha que se preparar visivelmente antes de ir. Laurence deu uma severa bronca em Allen, o primeiro integrante da sua tripulação que ele ouviu falar em fantasmas, e depois disso nada mais foi dito diante do capitão. Os aviadores, porém se mostraram inclinados a ficar perto de Temeraire quando em serviço e a só entrar e sair dos alojamentos em grupos.

O próprio Temeraire estava desconfortável demais para prestar muita atenção. Considerou espantoso o grau de medo e expressou desapontamento por jamais ter visto o espectro quando tantos evidentemente o tinham visto de relance, mas na maior parte do tempo o dragão se ocupava em dormir e direcionar os espirros frequentes para longe do navio. Tentou esconder a tosse quando esta começou, relutante em tomar remédio: Keynes já estava preparando o medicamento numa grande panela na cozinha desde o primeiro sinal da doença de Temeraire, e o fedor horrível se erguia por entre as tábuas, agourento. Contudo, no fim do terceiro dia o dragão foi tomado por um acesso de tosse incontrolável, e Keynes levou a panela para o convés dos dragões com os assistentes: uma mistura grossa, quase gelatinosa, que nadava em um líquido gorduroso alaranjado.

Temeraire olhou infeliz para o caldeirão.

— Eu preciso mesmo tomar isso?

— Vai fazer mais efeito se você beber ainda quente — retrucou Keynes, implacável, e Temeraire fechou os olhos e dobrou o pescoço para engolir.

— Ah, não. Não — exclamou, depois do primeiro gole. Agarrou o barril de água que tinha sido preparado e o virou na boca, derramando quase tudo no rosto e no pescoço enquanto engolia. — Eu não consigo mais beber isso, de jeito nenhum. — Com muita insistência e convencimento, porém, ele finalmente engoliu tudo, infeliz e quase vomitando o tempo todo.

Laurence ficou ao lado dele, acariciando o dragão, ansioso. O capitão não ousara falar mais depois que fora cortado com grosseria por Keynes quando sugerira uma breve pausa. Temeraire enfim terminou de tomar o remédio e desabou no convés, declarando, com emoção:

— Jamais ficarei doente outra vez. — Mas, apesar da infelicidade, a tosse realmente parou e naquela noite ele dormiu melhor, fazendo menos esforço para respirar.

Laurence ficou no convés, ao lado do dragão, como tinha feito todas as noites desde que ele ficara doente. Com Temeraire dormindo tranquilo, o capitão teve amplas chances de testemunhar as maluquices que os homens inventavam para fugir do fantasma: iam em duplas até a prova, e se agrupavam ao redor dos dois lampiões deixados no convés em vez de dormir. Até mesmo o oficial de vigília ficava por perto, constrangido, e parecia pálido todas as vezes que voltava da caminhada para virar a ampulheta e bater o sino.

Nada aplacaria o medo, exceto uma distração, e havia poucas perspectivas nesse sentido. O tempo estava bom, e não havia quase nenhuma chance de encontrar um inimigo disposto a iniciar uma batalha. Qualquer nau que não quisesse lutar poderia deixá-los para trás sem dificuldade. Laurence não desejava de fato nenhuma das duas coisas, de qualquer maneira. Só lhe restava tolerar a situação até que chegassem ao porto, onde a pausa na jornada talvez ajudasse a dispersar o mito.

Temeraire fungou no sono e quase acordou, tossindo molhado, depois suspirou de infelicidade. Laurence tocou o dragão e abriu o livro no colo novamente; o lampião balançando ao lado deles lhes oferecia uma luz incerta, e ele leu em voz alta, lentamente, até as pálpebras de Temeraire se fecharem outra vez.

Capítulo 9

— Não quero ensiná-los a navegar — falou o general Baird, sem demonstrar hesitação em lhes ensinar nada. — Contudo, os ventos para a Índia são horrivelmente imprevisíveis nessa época do ano, com as monções de inverno recém-terminadas. Vocês têm grandes chances de serem soprados direto de volta para cá. Seria muito melhor se esperassem a chegada do lorde Caledon, especialmente depois dessas notícias sobre o Pitt.

Era um homem mais novo, com um rosto comprido e sério e uma boca muito decidida. O colarinho alto do uniforme lhe empurrava o queixo e fazia o pescoço parecer rígido e alongado. O novo governador britânico ainda não tinha chegado, e Baird estava temporariamente no comando do assentamento da Cidade do Cabo, abrigado no grande castelo fortificado no meio da cidade, no sopé do grande e achatado morro de Table Mount. O pátio reluzia com o sol, refletido nas pontas cintilantes das baionetas das tropas que treinavam, e as paredes circundantes bloqueavam a brisa que os refrescara na caminhada desde a praia.

— Não podemos ficar parados no porto até junho — argumentou Hammond. — Seria muito melhor zarparmos e perdermos algum tempo no mar, numa tentativa óbvia de nos apressar, do que ficarmos parados diante do príncipe Yongxing. Ele já anda me perguntando quanto tempo mais vai durar a viagem, e onde mais vamos parar.

— No que me diz respeito, fico perfeitamente satisfeito em içar âncoras assim que estivermos abastecidos — comentou Riley, pousando a xícara vazia e indicando com um gesto que o criado a enchesse novamente. — Não é um navio rápido, de forma alguma, mas aposto mil libras nele contra qualquer tempo que possamos enfrentar.

— Não, é claro que eu não gostaria realmente de testá-lo contra um tufão — ele disse a Laurence mais tarde, um tanto ansioso, enquanto voltavam para o *Allegiance*. — Nunca quis dizer nada do gênero, estava pensando apenas num tempo ruim comum, talvez um pouco de chuva.

Os preparativos para o longo trecho de oceano que restava seguiram em frente, não se limitando à compra de mais gado e rebanho vivo, mas também com o empacotamento e a preservação de mais carne salgada, já que não havia provisões navais oficiais para se comprar no porto. Felizmente não faltava oferta: a população local não se ressentia da ocupação benigna e ficava feliz em vender parte dos animais. Laurence estava mais ocupado com a demanda, pois o apetite de Temeraire tinha se reduzido muito desde o início do resfriado, e ele tinha começado a brincar com a comida, lamurioso, reclamando da falta de sabor.

Não havia um enclave propriamente dito, mas, alertado por Volly, Baird tinha antecipado a chegada deles e mandado abrir um grande espaço na mata perto do campo de pouso, para que o dragão pudesse descansar confortavelmente. Após Temeraire voar até o local estável, Keynes pôde fazer um exame adequado: o dragão foi instruído a deitar a cabeça e abrir completamente a boca, enquanto o médico entrava com um lampião, passando cuidadosamente pelos enormes dentes para espiar a garganta de Temeraire.

Enquanto assistia ansioso do lado de fora com Granby, Laurence podia ver que a estreita língua bífida de Temeraire, em geral de um rosa pálido, estava no momento coberta com um muco branco grosso, pintado com manchas vermelhas virulentas.

— Imagino que esse seja o motivo da falta de paladar; não há nada fora do normal na condição das vias dele — Keynes falou, dando de ombros enquanto saía de dentro das mandíbulas de Temeraire sob aplausos. Uma multidão de crianças, tanto filhos de colonizadores quanto de nativos, tinha se reunido do lado de fora da cerca da clareira para assistir, fascinadas como se estivessem num circo. — E os dragões usam a língua para sentir cheiros também, o que deve estar contribuindo com as dificuldades.

— Certamente não se trata de um sintoma normal? — indagou Laurence.

— Não me lembro de jamais ter visto um dragão perder o apetite com um resfriado — Granby acrescentou, preocupado. — No curso natural das coisas, eles ficam ainda mais famintos.

— Ele só é mais chato para comer do que a maioria dos dragões — disse Keynes. — Você simplesmente vai ter que se obrigar a comer até a doença passar — acrescentou, olhando para Temeraire com severidade. — Venha, aqui temos carne de boi fresca, quero que você coma tudo.

— Vou tentar — respondeu Temeraire, soltando um suspiro que soou quase como um assovio pelo nariz entupido. — Mas é muito cansativo mastigar e mastigar algo que não tem gosto de nada.

O dragão comeu, obediente, ainda que não estivesse nem um pouco entusiasmado, vários pedaços grandes, mas apenas rasgou alguns outros nacos sem engolir muitos deles e então voltou a assoar o nariz no pequeno poço que tinha sido cavado para esse fim, limpando o focinho numa pilha de largas folhas de palmeira.

Laurence observou em silêncio, e então tomou a estreita trilha que levava de volta ao castelo. Deparou com Yongxing descansando nos aposentos formais de hóspedes com Sun Kai e Liu Bao. Cortinas finas tinham sido penduradas para filtrar a luz do sol, em vez dos pesados respoteiros, e dois criados faziam brisa, parados diante das janelas completamente abertas e abanando enormes leques de papel dobrado. Outro aguardava, sem atrapalhar, mantendo os copos dos emissários cheios de chá. Laurence sentiu-se desarrumado e calorento em comparação com eles, o colarinho molhado e amolecido contra o pescoço após os esforços do dia e uma grossa camada de poeira nas botas, também manchadas pelo sangue do jantar de Temeraire.

Depois que o intérprete foi convocado e os rapapés executados, o capitão explicou a situação, tão graciosamente quanto possível.

— Eu ficaria muito grato se os senhores me cedessem um dos cozinheiros para fazer algo para Temeraire ao estilo chinês, algo que tenha um sabor mais forte do que carne pura.

No instante em que Laurence terminou, Yongxing já estava dando ordens em chinês. Os cozinheiros foram despachados à cozinha imediatamente.

— Sente-se e espere conosco — Yongxing ordenou e, inesperadamente, mandou trazer uma cadeira para o capitão, forrada com um longo pano de seda.

— Não, senhor, obrigado, estou todo sujo — Laurence respondeu, olhando para a bela estampa de flores do pano na cadeira. — Fico bem em pé.

Yongxing, porém, se limitou a repetir o convite. Cedendo, Laurence se sentou cuidadosamente na beirada da cadeira e aceitou a xícara de chá que lhe ofereceram. Sun Kai assentiu com a cabeça, de uma forma estranhamente aprovadora.

— O senhor teve notícias da sua família, capitão? — inquiriu, por meio do intérprete. — Espero que tudo esteja bem com eles.

— Não sei de nenhuma novidade, senhor, mas agradeço a preocupação — respondeu Laurence, e eles passaram mais quinze minutos entretidos em uma conversa educada sobre o tempo e as perspectivas de partida. O capitão ficou curioso com a súbita mudança na recepção.

Logo duas carcaças de ovelha sobre uma camada de massa e acompanhadas de um molho gelatinoso vermelho-alaranjado emergiram da cozinha e foram levadas pela trilha até a clareira em grandes travessas de madeira. Temeraire se animou imediatamente, os intensos temperos penetrando nos sentidos embotados dele, e se alimentou direito.

— Eu estava com fome, afinal — comentou, lambendo os beiços e baixando a cabeça para que Laurence pudesse limpá-lo melhor. O capitão esperava não estar fazendo mal a Temeraire com a medida: um pouco de molho caiu na mão dele enquanto limpava o dragão e literalmente

220

queimou a pele, deixando marcas. Mas Temeraire parecia bem confortável e não pediu mais água que o normal, de modo que Keynes opinou que mantê-lo alimentado era o mais importante.

Laurence nem precisou pedir que o empréstimo dos cozinheiros fosse estendido. Yongxing não apenas concordou, mas fez questão de supervisioná-los e pressioná-los a realizar um trabalho ainda mais elaborado, e o próprio médico do príncipe foi chamado para recomendar a introdução de várias ervas nos pratos. Os pobres criados foram mandados aos mercados (a prata era a única linguagem que tinham em comum com os mercadores locais) e orientados a coletar quaisquer ingredientes que encontrassem, quanto mais exóticos, melhor.

Keynes estava cético mas despreocupado, e o próprio Laurence, mais consciente do dever de gratidão do que realmente grato e se sentindo culpado pela própria falta de sinceridade, não tentou interferir no cardápio, ainda que os servos voltassem todos os dias do mercado com uma sucessão cada vez mais bizarra de ingredientes: pinguins, servidos recheados com grãos e os próprios ovos; carne defumada de elefante trazida por caçadores dispostos a enfrentar a perigosa jornada terra adentro; ovelhas de cauda gorducha, com pelo em vez de lã; e os temperos e vegetais ainda mais estranhos. Os chineses insistiam nestes últimos, jurando que faziam bem aos dragões, mesmo que o costume inglês fosse alimentá-los exclusivamente com carne. Temeraire, por sua vez, devorou os pratos complicados um atrás do outro sem outro efeito colateral além da tendência de soltar fétidos arrotos depois.

As crianças locais se tornaram visitantes regulares, encorajadas ao ver Dyer e Roland escalando Temeraire com tanta frequência. Os meninos passaram a ver a busca pelos ingredientes como um jogo, comemorando a cada nova receita, e ocasionalmente rejeitando os pratos que consideravam de criatividade insuficiente. As crianças nativas eram integrantes das tribos que viviam na região. A maioria tirava o sustento pastoreando rebanhos, mas outros viviam do extrativismo nas montanhas e florestas além, e esses em particular se juntaram à brincadeira, levando diariamente itens que os parentes mais velhos tinham considerado bizarros demais para serem consumidos.

O triunfo absoluto foi um gigantesco fungo disforme, levado para a clareira por um grupo de cinco crianças com ar de triunfo e cujas raízes ainda estavam cobertas de terra preta úmida. Parecia um cogumelo, mas com três campânulas de manchas marrons em vez de uma, arrumadas uma sobre a outra ao longo do talo, a maior com quase 60 centímetros, e tão fétido que as crianças o carregavam com os rostos virados, passando a coisa entre si em meio a muitas risadas.

Os criados chineses levaram a coisa para a cozinha do castelo com grande entusiasmo, pagando as crianças com punhados de fitas coloridas e conchas. Não muito tempo depois, o general Baird apareceu para reclamar: Laurence o seguiu de volta ao castelo e entendeu as reclamações antes mesmo de entrar completamente no complexo. Não havia fumaça visível, mas o ar estava carregado com o cheiro do cozimento, algo como uma mistura de repolho cozido com o mofo verde molhado que crescia nas vigas do convés no tempo úmido; um cheiro azedo, enjoativo, que grudava na língua. A rua do lado de fora da muralha, junto à cozinha, que geralmente ficava lotada de mercadores locais, estava deserta. Os salões do castelo estavam quase inabitáveis com o miasma. Os emissários estavam alojados em outro prédio, bem longe da cozinha, e por isso não tinham sido afetados pessoalmente, mas os soldados estavam aquartelados logo ao lado e não conseguiam comer naquela atmosfera.

Os cozinheiros atarefados, cujo olfato, na opinião de Laurence, só poderia estar embotado pela semana que haviam passado produzindo pratos cada vez mais pungentes, protestaram por meio do intérprete, dizendo que o molho não estava pronto, e foi necessária toda a força persuasiva de Laurence e Baird para fazê-los entregar o grande caldeirão. Baird, sem vergonha, ordenou que um par de recrutas azarados levasse o caldeirão até a clareira, suspenso entre eles num grande galho de árvore. Laurence os seguiu, tentando respirar devagar.

Temeraire, contudo, recebeu o prato com entusiasmo, muito mais feliz pelo fato de poder sentir algum odor do que pela qualidade do cheiro em si.

— Parece perfeitamente bom para mim — afirmou, e indicou com um aceno impaciente que o molho fosse despejado sobre a carne. Ele devorou um dos bois corcundas locais inteiro lambuzado na coisa e então lambeu completamente o interior do caldeirão enquanto Laurence observava duvidoso de tão longe quanto as boas maneiras permitiam.

Temeraire se esticou numa sonolência extática após a refeição, murmurando aprovação e soluçando um pouco entre as palavras, quase como se estivesse bêbado. Laurence chegou mais perto, um pouco alarmado ao ver o dragão adormecer tão rapidamente, mas Temeraire acordou ao ser cutucado e insistiu em abraçar Laurence apertado. O bafo do dragão fedia tanto quanto o molho, e Laurence teve que virar o rosto e se esforçar para não vomitar, feliz em escapar quando Temeraire adormeceu novamente, permitindo que o capitão se livrasse do abraço afetuoso.

Laurence teve que tomar banho e trocar de roupa antes de se consı derar apresentável. Mas mesmo depois disso ainda era possível sentir o cheiro remanescente nos cabelos. Era demais para aguentar, ele concluiu, e sentiu-se no direito de levar a reclamação aos chineses. Não foi considerada ofensiva, mas tampouco foi recebida com a gravidade esperada: na verdade, Liu Bao gargalhou fortemente quando Laurence descreveu os efeitos do cogumelo e sugeriu que eles talvez pudessem organizar uma variedade mais regular e limitada de pratos. Yongxing dispensou a ideia, dizendo:

— Não podemos insultar um *tien-lung* oferecendo a ele as mesmas coisas todos os dias. Os cozinheiros terão de ser mais cuidadosos.

Laurence saiu sem conseguir a vitória que buscava e com a suspeita de que o controle que tinha sobre a dieta de Temeraire tinha sido usurpado. Os temores logo se confirmaram. Temeraire acordou no dia seguinte, após um sono anormalmente longo, muito melhor de saúde e muito menos congestionado. O resfriado desapareceu completamente após mais alguns dias e, por mais que Laurence insinuasse repetidamente que não havia mais necessidade de assistência, os pratos preparados continuavam chegando. Temeraire certamente não fez objeções, nem mesmo quando seu olfato voltou ao normal.

— Acho que estou começando a diferenciar os temperos — comentou, lambendo as garras. Tinha passado a pegar a comida com as patas dianteiras, em vez de simplesmente comer do coxo. — Aquelas coisas vermelhas se chamam *hua jio*, gosto muito delas.

— Desde que você goste das suas refeições... — Laurence respondeu.

— Não posso dizer mais nada sem soar grosseiro — o capitão confidenciou a Granby, mais tarde, na cabine. — Pelo menos os esforços deles o deixam mais confortável e fazem com que o Temeraire se alimente bem. Não posso dizer "não, obrigado", especialmente considerando que ele gosta da comida.

— Eu acho que isso não é nada menos do que uma interferência séria — Granby retrucou, muito insatisfeito. — Como vamos mantê-lo alimentado assim quando o levarmos de volta para casa?

Laurence balançou a cabeça, tanto para a pergunta quanto para o "quando". Ele teria aceitado o problema da alimentação de bom grado, se pudesse ter certeza de que Temeraire voltaria com eles.

O *Allegiance* deixou a África para trás, velejando quase diretamente para leste com a corrente. Riley tinha considerado essa uma solução muito melhor do que tentar subir acompanhando a linha da costa, enfrentando os ventos imprevisíveis que sopravam mais para o sul do que para o norte, naquele momento, e não gostava da ideia de atravessar o corpo principal do oceano Índico. Laurence olhou o estreito cabo de terra escurecer e sumir no oceano atrás deles. Já contavam quatro meses de jornada e já tinham passado da metade do caminho até a China.

Um ânimo igualmente desconsolado prevalecia sobre o restante da tripulação do navio, que deixara para trás os confortos do porto e todas as suas atrações. Não receberam carta alguma na Cidade do Cabo, quando Volly trouxe o correio, e não havia quase nenhuma perspectiva de receber notícias de casa dali em diante, a não ser que alguma fragata ou navio mercante mais veloz passasse por eles, mas haveria poucos deles velejando tão no começo da estação. Assim, não havia nada a se antecipar com alegria, e o fantasma ainda pesava nos corações de todos.

Preocupados com os temores supersticiosos, os marujos não prestavam tanta atenção quanto deveriam. Três dias após deixar o porto, Laurence acordou de um sono inquieto, antes da alvorada, com o som, que atravessava sem dificuldades a divisória que separava as cabines, de Riley dando uma bronca furiosa no pobre tenente Beckett, responsável pela vigília da madrugada. O vento tinha mudado e aumentado no meio da noite e, confuso, Beckett os tinha colocado no rumo errado e esquecido de recolher parte da vela principal. Em geral, esses erros eram corrigidos pelos marinheiros mais experientes, que tossiam de maneira significativa até que ele desse a ordem certa. Os homens, porém, estavam mais preocupados em evitar o fantasma e se manter longe do cordame, de forma que naquela ocasião ninguém tinha lhe dado o aviso, e o *Allegiance* tinha sido soprado bem para o norte do curso correto.

A maré tinha subido uns 5 metros sob um céu que clareava, as ondas pálidas, esverdeadas e translúcidas como vidro sob a espuma de sabão, saltando em picos altos e depois se esparramando novamente em grandes nuvens de maresia. Subindo até o convés dos dragões, Laurence puxou o capuz do casaco de chuva mais para a frente, os lábios já secos e endurecidos pelo sal. Temeraire estava enrodilhado sobre si mesmo, o mais longe possível da beira do convés, com o couro molhado e reluzente sob a luz dos lampiões.

— Será que eles não poderiam aumentar um pouco o fogo na cozinha? — indagou o dragão, um pouco queixoso, tirando a cabeça de debaixo da asa e estreitando os olhos para evitar a névoa. Tossiu um pouco para dar ênfase. Era provavelmente apenas um recurso dramático, pois tinha se recuperado completamente do resfriado antes da partida, mas Laurence não queria correr o risco de um recrudescimento. Mesmo que a água do mar estivesse morna, o vento que ainda soprava aleatoriamente do sul estava gelado. Laurence mandou a tripulação de aviadores recolher oleados para cobrir Temeraire e fez que os homens de arreio os costurassem para que ficassem no lugar.

Temeraire ficou muito estranho sob o cobertor improvisado, apenas o focinho visível. Quando ele mudava de posição, tinha que se arrastar desajeitado como um monte de roupa suja. Laurence estava perfeitamente satisfeito contanto que o dragão permanecesse seco e aquecido e, portanto, ignorou as risadinhas abafadas que vinham do castelo de proa. Também teve que ignorar Keynes, que resmungou algo sobre mimar os pacientes e encorajar a preguiça. O tempo não permitia a leitura no convés, então o capitão entrou um pouco sob as lonas para se sentar com Temeraire e lhe fazer companhia. O cobertor gigante conteve não apenas o calor da cozinha, mas também a calidez constante do corpo de Temeraire, e Laurence logo tirou o casaco e ficou sonolento ao lado do dragão, respondendo vagamente e sem muita atenção à conversa.

— Está dormindo, Laurence? — indagou Temeraire. O capitão acordou com a pergunta e se perguntou se realmente teria dormido por um longo tempo, ou se talvez uma dobra do oleado não teria caído e obscurecido a abertura. Tinha ficado muito escuro.

Laurence abriu caminho para sair de debaixo do oleado. O oceano tinha se alisado até se tornar quase uma superfície polida, e diretamente à frente um banco sólido de nuvens preto-arroxeadas se estendia pelo horizonte oriental; as franjas fofas, sopradas pelo vento e iluminadas por trás pelo sol nascente, adquiriam um tom vermelho profundo. Mais no meio, clarões súbitos de relâmpagos marcavam rapidamente os contornos da massa de nuvens. Bem ao norte, uma linha rasgada de nuvens marchava para se juntar ao restante da multidão, curvando-se no céu até um ponto logo adiante do navio. O céu diretamente acima deles estava limpo.

— Por favor, traga as correntes de tempestade, Sr. Fellowes — ordenou Laurence, baixando a luneta. O cordame já estava vivo com a atividade.

— Talvez vocês devessem enfrentar a tempestade no ar — sugeriu Granby, juntando-se ao capitão na amurada. Era uma sugestão natural a fazer: por mais que Granby já tivesse estado em transportes antes, ele servira quase exclusivamente em Gibraltar e no canal, portanto não tinha muita experiência com o mar aberto. A maioria dos dragões poderia passar o dia inteiro no ar, planando no vento se estivessem bem alimentados. Era uma maneira comum de mantê-los fora do caminho quando um transporte enfrentava uma tempestade de raios ou um temporal. Mas não era esse o caso.

Como resposta, Laurence apenas balançou a cabeça rapidamente.

— Ainda bem que montamos esses oleados; ele vai ficar muito melhor com eles sob as correntes — respondeu e viu que Granby tinha entendido.

As correntes de tempestade foram trazidas uma de cada vez dos porões, cada elo de ferro da espessura do pulso de um garoto. Foram colocadas sobre as costas de Temeraire em faixas cruzadas. Cabos pesados foram entremeados por todos os elos e atados aos quatro postes nos cantos do convés dos dragões. Laurence inspecionou os nós ansiosamente e mandou que refizessem vários até se dar por satisfeito.

— As cordas e correntes estão incomodando em algum ponto? — perguntou Laurence a Temeraire. — Estão apertadas demais?

— Não consigo me mexer com todas essas correntes — reclamou Temeraire, testando os limites de movimento, a ponta da cauda balançando agitada de um lado para o outro conforme ele forçava as linhas. — Não é como o arreio. Para que servem? Por que preciso usá-las?

— Por favor, não as force — pediu Laurence, preocupado, e foi olhar. Felizmente, nenhuma tinha se esgarçado. — Sinto muito que isso seja necessário — acrescentou o capitão, voltando. — Mas se o mar ficar agitado, você precisa estar bem preso ao convés, caso contrário, pode escorregar para a água, ou tirar o navio do curso com os seus movimentos. Está desconfortável?

— Não, não muito — aquiesceu Temeraire, sem muita convicção. — Vai demorar muito?

— Enquanto a tempestade durar — afirmou Laurence e olhou além da proa: o banco de nuvens estava sumindo na massa plúmbea do céu, e o sol que acabara de nascer já tinha sido engolido. — Preciso ir olhar o barômetro.

O mercúrio estava bem baixo na cabine de Riley: vazia e sem o cheiro do café da manhã, exceto pelo café sendo passado. Laurence aceitou uma xícara do mordomo e a bebeu de pé, quente, voltando ao convés logo em seguida. Durante a breve ausência, as ondas tinham subido talvez mais uns 3 metros, e agora o *Allegiance* mostrava seu verdadeiro poder, a proa couraçada cortando as ondas e o enorme peso empurrando-as para os lados.

Cobertas de tempestade estavam sendo colocadas nas escotilhas. Laurence fez uma inspeção final das correntes de Temeraire e por fim falou com Granby:

— Mande os homens para baixo; vou ficar com a primeira vigília. — Entrou sob o oleado junto à cabeça de Temeraire e ficou ao lado dele, acariciando o focinho macio. — Temo que tenhamos que ficar aqui um bom tempo. Quer comer mais alguma coisa?

— Comi tarde ontem, não estou com fome — respondeu Temeraire. Nas profundezas escuras do oleado, as pupilas dele se abriram, líquidas e negras, apenas as bordas mais leves de crescentes azuis. As correntes de ferro gemeram suavemente quando ele deslocou o peso, num tom mais agudo do que o ranger constante da madeira, as vigas do navio trabalhando. — Já estivemos numa tempestade antes, no *Reliant*, mas não tive que usar correntes daquela vez.

— Você era muito menor, assim como a tempestade — respondeu Laurence, e Temeraire sossegou, não sem um grunhido de descontentamento. O dragão não tentou conversar; ficou apenas deitado em silêncio, ocasionalmente raspando as garras contra as bordas das correntes. Estava com a cabeça virada para longe da proa, para evitar espirros. Laurence podia olhar para fora, por sobre o focinho, e vigiar os marinheiros, ocupados em colocar as amarras de tempestade e recolher as velas de topo. Todos os ruídos, menos o arranhar metálico, eram abafados pela grossa camada de tecido.

Após os dois sinos da vigília da manhã, o oceano passava por sobre as amuradas em grossos lençóis sobrepostos, com uma catarata quase contínua se derramando sobre a beirada do convés dos dragões sobre o castelo de proa. A cozinha tinha esfriado: não haveria fogo a bordo até que a tempestade tivesse passado. Temeraire se encolheu bem junto ao convés e não reclamou mais, puxando o oleado mais para perto de si, os músculos estremecendo sob o couro para espantar os filetes de água que penetravam fundo sob as camadas.

— Todos os marujos, todos os marujos — comandava Riley, distante, em meio ao vento. O contramestre repetiu o chamado com a voz poderosa nas mãos em concha, e os homens foram imediatamente para o convés, o ruído surdo dos muitos pés apressados sobre as tábuas, para começar o trabalho de encurtar as velas antes que o vento as levasse.

O sino tocava sem falta a cada virada de meia hora da ampulheta, a única medida de tempo disponível. O sol tinha sumido logo cedo, e o crepúsculo fora apenas uma intensificação das trevas. Uma fosforescência azul fria brilhava sobre o convés, transportada pela água, e iluminava os cabos e as beiradas das tábuas. Pelo cintilar fraco, era possível ver as cristas das ondas cada vez mais altas.

Nem mesmo o *Allegiance* era capaz de cortar aquelas ondas e tinha que escalar lentamente suas faces, erguendo-se tão inclinado que Laurence poderia olhar direto para baixo ao longo do convés e ver o fundo dos vales das ondas. Então, enfim, a proa vencia a crista: quase com um salto, o navio se inclinava para o lado descendente da onda em colapso e mergulhava fundo com uma força estraçalhante na base da trincheira. O leque largo do convés dos dragões se erguia então coberto de água, cavando um oco na face da próxima onda, e a escalada recomeçava do princípio, com nada além da ampulheta para diferenciar uma onda da outra.

De manhã: o vento ainda era selvagem, mas as ondas estavam um pouco mais fracas, e Laurence acordou de um sono difícil e nada restaurador. Temeraire se recusou a comer.

— Não conseguiria comer nada, mesmo que fosse possível trazer a comida até aqui — declarou, ao ser indagado por Laurence, e fechou os olhos novamente, mais exausto do que adormecido, as narinas cobertas de sal.

Granby tinha rendido Laurence na vigília. O tenente e dois tripulantes estavam no convés, aninhados contra o outro lado do dragão. Laurence chamou Martin e mandou que trouxesse alguns trapos molhados. A chuva estava misturada demais com o espirro das ondas para ser fresca, mas felizmente eles não tinham falta de água potável, e os barris de proa estavam cheios antes da tempestade. Segurando-se com as duas mãos às cordas de segurança esticadas ao longo do convés, Martin lentamente avançou até o barril e trouxe os trapos pingando de volta. Temeraire mal se mexeu enquanto Laurence delicadamente limpava-lhe as crostas de sal do focinho.

O céu era de uma cor estranha e uniforme acima, sem nuvens nem sol visíveis. A chuva vinha em rajadas curtas e encharcantes atiradas pelo vento, e no topo das ondas toda a curva do horizonte estava tomada pelo mar cheio e ondulado. Laurence mandou Granby descer quando Ferris apareceu, e comeu um pouco de biscoito com queijo duro. Não queria deixar o convés. A chuva foi aumentando, conforme o dia passava, mais fria do que antes. Um mar cheio e pesado atingia o *Allegiance* dos dois lados. Uma onda monstruosa arrebentou perto da altura do mastro de proa e a massa d'água golpeou o flanco do dragão, que acordou assustado.

A inundação derrubou o grupo de aviadores, que se agarraram desesperadamente a qualquer coisa que pudessem. Laurence segurou Portis antes que o aspirante fosse lançado para fora do convés e os dois caíram escada abaixo, mas ele foi obrigado a se segurar até que Portis pudesse agarrar a corda de segurança e se endireitar. Temeraire estava forçando as correntes, semiadormecido e em pânico, chamando por Laurence. O convés ao redor da base dos postos estava começando a se deformar com a força do dragão.

Correndo pelo convés molhado para pôr as mãos no flanco de Temeraire, Laurence gritou para acalmá-lo.

— Foi só uma onda, estou aqui — disse, com urgência. Temeraire parou de lutar contra as amarras e se abaixou no convés, ofegante. As cordas, porém, tinham sido esticadas, as correntes estavam mais frouxas exatamente no momento em que seriam mais necessárias, e o mar estava violento demais para que homens de terra firme, mesmo aviadores, tentassem reapertar os nós.

O *Allegiance* foi atingido por mais uma onda no quarto e se inclinou de forma alarmante. A massa de Temeraire deslizou contra as correntes, forçando-as mais ainda e, por instinto, ele cravou as garras no convés para tentar se segurar. As tábuas de carvalho se estilhaçaram onde o dragão se prendeu.

— Ferris, fique com ele — berrou Laurence, e saiu sozinho para o convés. Ondas inundavam a superfície de madeira em sequência agora, e ele se movia de uma corda a outra cegamente, com as mãos segurando-as sem comando consciente.

Os nós estavam completamente encharcados e teimosos, apertados pela puxada de Temeraire. Laurence só conseguia trabalhar neles quando a corda afrouxava, nos curtos espaços entre as ondas, cada centímetro conquistado com muita luta. Temeraire tinha se deitado o mais achatado que podia, a única ajuda que poderia oferecer; todo o restante da atenção do dragão estava concentrado em ficar no mesmo lugar.

Laurence não conseguia ver mais ninguém no convés, obscurecido pelo jorro de água; nada sólido existia além das cordas queimando as mãos e os atarracados postes de ferro, e o corpo de Temeraire era apenas uma região mais escura do ar. Dois sinos tocaram na vigília das 16h: em algum lugar atrás das nuvens, o sol estava se pondo. Com o canto do olho, Laurence viu duas sombras se movendo por perto. Num instante, Leddowes estava ajoelhado ao lado do capitão, ajudando-o com as cordas. Leddowes puxava enquanto Laurence apertava os nós, os dois segurando-se um no outro e nos tocos de ferro quando as ondas vinham, até que finalmente o metal das correntes estava sob as mãos deles. Tinham removido os pontos de frouxidão.

Era quase impossível falar com o uivo do vento. Laurence simplesmente apontou para o segundo poste de amarra de bombordo. Leddowes assentiu com a cabeça, e eles partiram. Laurence foi na frente, ficando junto à amurada: era mais fácil escalar por sobre os grandes canhões do que se manter de pé no meio do convés. Uma onda passou e lhes deu um momento de descanso. Laurence estava a ponto de soltar da amurada para passar por cima da primeira caronada quando Leddowes gritou.

Virando-se, Laurence viu um vulto escuro vindo contra a própria cabeça e ergueu a mão por instinto. Um golpe terrível, como ser atingido por um atiçador, acertou-lhe o braço. O capitão conseguiu agarrar a culatra da caronada ao cair, teve apenas a impressão confusa de outra sombra movendo-se sobre ele, enquanto Leddowes, aterrorizado e de olhos arregalados, recuava com as duas mãos erguidas. Uma onda estourou sobre o costado e Leddowes desapareceu subitamente.

Laurence se agarrou ao canhão e engasgou com água salgada, chutando, tentando se levantar. As botas estavam cheias de água e pesadas como chumbo. O cabelo tinha se soltado, Laurence jogou a cabeça para trás para tirá-lo de um dos olhos, e conseguiu segurar o pé de cabra que descia com a mão livre. Detrás da arma improvisada, Laurence viu com um choque o rosto branco, aterrorizado e desesperado de Feng Li. O criado chinês tentou puxar o pé de cabra de volta para outro golpe, e os dois lutaram pela barra de ferro. Laurence estava esparramado no chão, os saltos das botas derrapando sobre a madeira molhada.

O vento era um terceiro combatente na luta, tentando separá-los e vencendo no fim: o pé de cabra escorregou dos dedos dormentes de Laurence. Feng Li, ainda de pé, cambaleou para trás com os braços abertos, como se quisesse abraçar a rajada de vento. Correspondendo ao gesto, o vento o levou para trás por sobre a amurada, para a água agitada, e o chinês desapareceu sem deixar rastro.

Laurence se levantou novamente, apoiando-se nos objetos próximos, e olhou por sobre a amurada. Nem sinal de Feng Li ou de Leddowes. Não dava nem para ver a superfície do mar sob a névoa que se erguia das ondas. Ninguém mais tinha visto a breve luta. Atrás dele, o sino tocava novamente a virada da ampulheta.

Confuso e cansado demais para tentar entender o ataque assassino, Laurence nada disse sobre o assunto, apenas comunicou rapidamente a Riley que homens tinham sido perdidos no mar. Não conseguia pensar no que mais poderia fazer, e a tempestade ocupou completamente o pouco de atenção que pôde reunir. O vento amainou na manhã seguinte e, no começo da vigília da tarde, Riley estava confiante o bastante para mandar os homens jantar, ainda que em turnos. A massa pesada de nuvens se dividiu às seis badaladas, colunas de sol descendo em tiras dramáticas das nuvens ainda escuras, e todos os marujos ficaram satisfeitos, apesar do cansaço.

Estavam tristes por Leddowes, que era benquisto e um dos favoritos de todos, mas era como uma perda havia muito aguardada: agora estava provado que ele fora a presa do fantasma o tempo todo, e os colegas de refeitório já tinham começado a amplificar aos sussurros os feitos eróticos do rapaz para o restante da tripulação. A perda de Feng Li passou sem grandes comentários, nada além de uma coincidência para os marujos: se um estrangeiro desacostumado tinha resolvido passear pelo convés em meio a um tufão, então não havia outro resultado a esperar, e eles tampouco o conheciam bem.

O mar ainda estava agitado, mas Temeraire estava infeliz demais para permanecer atado. Laurence deu ordem para soltá-lo assim que a tripulação voltou do jantar. Os nós tinham inchado no ar quente, e as cordas tiveram que ser cortadas a machadadas. Libertado, Temeraire se livrou das correntes, que caíram no convés com um baque alto. Em seguida, o dragão olhou em volta e arrancou o cobertor com os dentes. Sacudiu-se como um cachorro para se secar um pouco e anunciou, combativo:

— Eu vou voar.

Saltou para o ar sem arreio ou companheiro, deixando todos para trás, boquiabertos. Laurence fez um gesto espantado e involuntário, como se fosse segui-lo no ar, inútil e absurdo, e então baixou o braço, triste por ter se traído dessa forma. Temeraire estava apenas esticando as asas após o longo confinamento, nada mais, ou pelo menos foi o que ele disse a si mesmo. Estava profundamente chocado e alarmado, mas sentia as emoções apenas de uma maneira abafada, a exaustão um peso sufocante sobre tudo que sentia.

— Você já está no convés há três dias — falou Granby, e o levou para baixo cuidadosamente. Os dedos de Laurence pareciam estar grossos e dormentes, e não queriam se segurar no corrimão. Granby segurou o braço do capitão uma vez quando ele quase caiu, e Laurence não pôde evitar uma exclamação de dor. Havia uma linha sensível e latejante onde o primeiro golpe do pé de cabra o atingira na parte de cima do braço.

Granby teria levado o capitão ao médico imediatamente, mas Laurence se recusou.

— É só um roxo, John, e eu prefiro manter o assunto em segredo. — Isso, porém, o obrigou a explicar o motivo, de maneira desconexa; depois, sob a pressão de Granby, a história acabou saindo.

— Laurence, isso é um ultraje, o camarada tentou matar você, temos que fazer alguma coisa — afirmou Granby.

— Eu sei — concordou Laurence, sem pensar, enquanto subia na rede de dormir. Os olhos dele já estavam se fechando. Teve uma percepção vaga de alguém cobrindo-o, e da luz diminuindo, e então nada mais.

O capitão acordou com a mente mais clara, mesmo que o corpo não doesse muito menos, e se apressou em se levantar. O *Allegiance* estava baixo o suficiente na água para que Laurence soubesse que Temeraire tinha voltado, mas passada a fadiga a consciência do capitão estava inteiramente livre para se preocupar. Ao sair da cabine assim distraído, Laurence quase caiu sobre Willoughby, um dos homens de arreio, que estava dormindo estendido diante da porta.

— O que você está fazendo? — Laurence indagou.

— O Sr. Granby nos organizou em turnos de guarda, senhor — respondeu o jovem, bocejando e esfregando o rosto. — O senhor vai ao convés agora?

Laurence protestou em vão. Willoughby o seguiu como um cão pastor excessivamente cuidadoso até o convés dos dragões. Temeraire se sentou, alerta, assim que os viu, e chamou Laurence para a proteção do seu corpo de dragão enquanto os aviadores cerravam fileiras atrás deles. Claramente, Granby não tinha guardado segredo.

— Quanto você se machucou? — Temeraire farejou Laurence inteiro, a língua chicoteando.

— Estou perfeitamente bem, garanto, apenas um calombo no braço — Laurence respondeu, tentando escapar do dragão, mesmo que não conseguisse evitar a felicidade ao perceber que o humor de Temeraire tinha melhorado pelo menos temporariamente.

Granby se abaixou para entrar na toca formada pelo dragão e ignorou os olhares frios de Laurence sem demonstrar culpa.

— Pronto, organizamos vigílias entre nós mesmos. Laurence, você não acha que foi algum tipo de acidente ou que ele confundiu você com outra pessoa, acha?

— Não — hesitou Laurence, e então admitiu, relutante: — Não foi a primeira tentativa. Não tinha percebido na ocasião, mas tenho quase certeza de que ele já tinha tentado me derrubar na escotilha de proa, depois do jantar de ano-novo.

Temeraire grunhiu profundamente, e foi com dificuldade que ele se controlou e parou de arranhar o convés, que já tinha marcas profundas da agitação da tempestade.

— Fico feliz por ele ter caído no mar — falou o dragão, venenoso. — Espero que tenha sido comido por tubarões.

— Bem, eu não fiquei feliz — respondeu Granby. — Agora vai ser muito mais difícil provar por que ele estava metido nisso.

— Não pode ter sido nada de natureza pessoal — comentou Laurence. — Eu não tinha trocado mais do que dez palavras com ele, e, mesmo que tivesse, ele não entenderia nada. Talvez ele tenha enlouquecido — sugeriu, sem convicção.

— Duas vezes, sendo que uma durante um tufão — retrucou Granby com desprezo, dispensando a ideia. — Não, não acho que foi nada tão extraordinário. Eu pessoalmente acredito que ele fez o que fez sob ordens, e isso significa que o príncipe deles é o suspeito mais provável, ou talvez um daqueles chineses. É melhor descobrirmos logo, antes que eles tentem de novo.

Temeraire concordou energicamente com isso, e Laurence deu um suspiro pesado.

— É melhor chamarmos o Hammond à minha cabine, para contar a ele a história — decidiu. — Talvez tenha alguma ideia de qual seria a motivação dos chineses, e precisaremos da ajuda dele para interrogá-los de qualquer maneira.

Após a convocação, Hammond recebeu as notícias com preocupação perceptível e crescente, mas as ideias dele sobre o assunto eram completamente diferentes.

— Você propõe seriamente que interroguemos o irmão do imperador e o séquito dele como uma gangue de criminosos, acusando-os de conspiração para assassinato, exigindo-lhes álibis e provas... Era melhor que vocês incendiassem o paiol e explodissem o navio. A missão teria tanta chance de sucesso assim como do outro jeito. Ou melhor, mais chances, porque pelo menos estaríamos todos mortos no fundo do oceano e não haveria motivo para brigas.

— Bem, o que você propõe então, que esperemos sentados e sorridentes até eles conseguirem matar o Laurence? — retrucou Granby, enfurecendo-se ele também. — Acho até que isso seria muito conveniente para você, menos uma pessoa para se manifestar contra o seu plano de entregar o Temeraire a eles; e para você o Corpo pode ir para o inferno.

— A minha preocupação principal é com o nosso país — argumentou Hammond, voltando para o oficial. — E não com um homem ou um dragão isoladamente, e o senhor deveria fazer o mesmo, se tivesse algum senso de dever...

— Já chega, cavalheiros — interrompeu Laurence. — O nosso primeiro dever é estabelecer uma paz duradoura com a China, e a nossa primeira esperança é conseguir isso sem a perda da força do Temeraire. Quanto a esses dois objetivos, não pode haver dúvida.

— Portanto, nem dever nem esperança serão alcançados com esse curso de ação — Hammond ralhou. — Se vocês conseguissem alguma prova, o que imaginavam que poderia ser feito? Acham que poderíamos colocar o príncipe Yongxing a ferros? — Hammond fez uma pausa e se recompôs por um momento. — Não vejo razão nem prova alguma que sugiram que o Feng Li não estivesse agindo sozinho. Você diz que o primeiro ataque ocorreu após o ano-novo. Pois pode tê-lo insultado durante o banquete sem perceber. Ele pode ser um fanático, enfurecido pela sua posse do Temeraire, ou simplesmente louco. Ou então você pode estar completamente enganado. Na verdade, isso me parece o mais provável:

os dois incidentes ocorreram em condições tão confusas, o primeiro sob a influência de bebida forte, o segundo em meio a uma tempestade...

— Pelo amor de Cristo — exclamou Granby rudemente, fazendo Hammond encará-lo. — E o Feng Li estava empurrando o Laurence em escotilhas e tentando acertá-lo cabeça por algum motivo perfeitamente aceitável, é claro.

O próprio Laurence tinha ficado sem voz diante de uma sugestão ofensiva como aquela.

— Se alguma uma das suas suposições for verdadeira, senhor, então uma investigação seria muito reveladora. O Feng Li não poderia ter ocultado loucura ou tamanho fanatismo dos compatriotas, como faria conosco. Se eu o ofendi, ele certamente teria comentado.

— E, ao chegar a tais conclusões, a investigação apenas resultaria num profundo insulto ao irmão do imperador, que pode vir a ser a pessoa-chave para o nosso sucesso ou o nosso fracasso em Pequim — Hammond argumentou. — Não apenas não vou contribuir, senhor, como proíbo terminantemente tal suposição, e se você fizer uma tentativa que seja de investigar alguma coisa, farei o possível para convencer o capitão do navio de que o dever dele para com o rei inclui o seu confinamento.

Essa declaração naturalmente encerrou a discussão do ponto de vista de Hammond. Contudo, após fechar a porta atrás de si, Granby a retomou com mais força do que seria necessário.

— Não sei se alguma vez já me senti mais tentado a esmigalhar o nariz de um camarada. Laurence, o Temeraire poderia servir de intérprete se nós trouxéssemos os sujeitos até ele.

Laurence balançou a cabeça e foi até a garrafa de vinho. Ele estava furioso e sabia disso, portanto não confiava no próprio julgamento. Serviu uma taça a Granby, levou a sua própria até os armários de estibordo, onde se sentou, bebendo e olhando o oceano. Uma ondulação constante de 1,5 metro, nada mais, rolando contra o quadrante de bombordo.

Laurence pousou o cálice.

— Não, acho que é necessário pensar melhor no assunto, John. Por menos que eu goste da forma pela qual Hammond se expressa, não posso dizer que ele esteja errado. Pense bem: se ofendermos Yongxing e o imperador com a investigação, e mesmo assim não encontrarmos provas, ou pior ainda, nem uma explicação racional...

— Podemos dizer adeus e boa viagem a qualquer chance de ficar com o Temeraire — completou Granby, resignado. — Bem, acho que você tem razão, e que é melhor ficarmos quietos por enquanto. Mas não espere que eu goste disso.

Temeraire ficou ainda mais revoltado com a decisão.

— Não me importo com o fato de não termos provas — falou o dragão, furioso. — Não vou ficar aqui sentado esperando que ele mate você. Na próxima vez que Yongxing vier ao convés, eu mesmo o matarei, e isso vai pôr um fim no assunto.

— Não, Temeraire, você não pode! — exclamou Laurence, chocado.

— Eu tenho bastante certeza de que posso — discordou Temeraire. — Acho que ele não virá mais ao convés... — acrescentou, pensativo. — Mas eu sempre posso abrir um buraco nas janelas de popa e alcançá-lo dessa forma. Quem sabe uma bomba também não resolveria?

— Por favor, não — rogou Laurence, apressado. — Mesmo com provas, não poderíamos fazer nada contra ele. Seria motivo para uma declaração de guerra imediata.

— Se é tão terrível assim matá-lo, por que não é terrível ele matar você? — inquiriu Temeraire. — Por que ele não tem medo de nós declararmos guerra a eles?

— Sem provas adequadas, duvido que o nosso governo tome essa medida — explicou Laurence. Ele também duvidava que o governo declarasse guerra com as provas, mas isso não seria um bom argumento naquele momento.

— Mas não temos permissão para conseguir provas — reclamou Temeraire. — E eu não tenho permissão para matar Yongxing. Temos a obrigação de sermos educados com ele, e tudo isso em nome desse governo, que eu nunca vi e que está sempre insistindo que eu faça coisas desagradáveis, além de não fazer nada de bom para ninguém.

— Deixando a política de lado, não podemos ter certeza de que o príncipe Yongxing teve alguma coisa a ver com o assunto — insistiu Laurence. — Há milhares de perguntas sem resposta: por que ele poderia querer me matar, e por que mandaria o criado pessoal, em vez de um dos guardas. E, no fim das contas o Feng Li poderia ter algum motivo próprio que não conhecemos. Não podemos sair por aí matando pessoas por causa de suspeitas, sem provas, isso seria assassinato também. Você não se sentiria bem depois, eu lhe garanto.

— Eu me sentiria sim — murmurou Temeraire, e então se limitou a fazer cara feia.

Para grande alívio de Laurence, Yongxing não voltou ao convés por vários dias após o incidente, o que serviu para fazer com que Temeraire esfriasse a cabeça. E quando finalmente fez outra aparição, não houve nenhuma alteração em seu comportamento: ele saudou Laurence com a mesma civilidade fria e distante e deu a Temeraire mais um recital de poesia, o que acabou por capturar a atenção do dragão, apesar da sua má vontade, e fez com que se esquecesse de seus olhares feios. Temeraire não era rancoroso. Se Yongxing tinha qualquer consciência de culpa, não demonstrou de forma alguma, e Laurence começou a questionar o próprio julgamento.

— Pode ter sido um erro — comentou, infeliz, com Granby e Temerai-re, depois que Yongxing deixou o convés novamente. — Não consigo me lembrar mais dos detalhes, e no fim das contas, eu estava meio atordoado pela fadiga. Talvez o pobre camarada simplesmente tenha vindo ajudar, e eu estou imaginando coisas. A cena me parece cada vez mais fantasio-sa. Que o irmão do imperador da China tenha tentado me assassinar, como se eu representasse uma ameaça para ele, é absurdo. Vou acabar concordando com o Hammond e me chamando de bêbado e tolo.

— Bom, eu não vou chamá-lo de nada disso — Granby respondeu. — Também não consigo entender o caso, mas a ideia de que Feng Li simplesmente resolveu lhe dar uma cacetada na cabeça é ridícula. Tere-mos apenas que manter um guarda fazendo a sua escolta, e torcer para que o príncipe não prove que o Hammond estava errado.

Capítulo 10

DEMOROU MAIS TRÊS semanas, transcorridas completamente sem incidentes, para que eles avistassem a ilha de Nova Amsterdã. Temeraire ficou maravilhado com os montes reluzentes de focas tomando sol nas praias, as mais vigorosas vindo até o navio para brincar no rastro. Não temiam os marinheiros, nem mesmo os fuzileiros navais, que gostavam de usá-las como alvo para treinos, mas quando Temeraire desceu à água, desapareceram imediatamente, e mesmo aquelas na praia se arrastaram lentamente para mais longe da linha d'água.

Abandonado, Temeraire nadou em volta do navio num círculo emburrado e em seguida subiu de volta. Tinha ficado mais habilidoso na manobra com a prática e agora mal estremecia o *Allegiance*. As focas voltaram gradualmente e não pareceram se incomodar que ele as espiasse do convés mais de perto, mas mergulhavam fundo se o dragão pusesse a cabeça muito para dentro da água.

Eles tinham sido levados para o sul pela tempestade quase até o paralelo de 40°, perdendo quase todo o progresso feito para o leste: um custo de mais de uma semana de navegação.

— O único benefício é o fato de a monção ter começado, acho — comentou Riley, consultando os mapas com Laurence. — Daqui poderemos ir direto para as Índias Orientais Holandesas. Será um bom mês e meio sem atracar, mas mandei os barcos às ilhas, e, com alguns dias de caça às focas, vamos ficar bem.

Os barris de carne de foca salgada fediam profundamente. Mais duas dúzias de carcaças frescas foram penduradas nos armários de carne das serviolas para serem mantidas frias. No dia seguinte, já velejando novamente, os cozinheiros chineses limparam quase a metade delas no convés, jogando fora cabeças, caudas e entranhas com um desperdício chocante, e serviram uma pilha de bifes levemente grelhados a Temeraire.

— Não é ruim, quem sabe com bem mais pimenta e talvez mais algumas cebolas assadas — comentou o dragão, depois de provar, agora cheio de opiniões.

Ainda tão ansiosos para agradar como antes, eles imediatamente alteraram o prato de acordo com as instruções. Temeraire devorou a refeição inteira com prazer e se deitou para uma longa soneca, completamente alheio à desaprovação pesada do cozinheiro, dos intendentes do navio e da tripulação em geral. Os cozinheiros chineses não tinham limpado a sujeira após o término do serviço e deixaram o convés superior encharcado de sangue. Como isso ocorreu à tarde, Riley não viu como poderia ordenar aos homens que lavassem o convés de novo naquele mesmo dia. O fedor era fortíssimo quando Laurence se sentou para jantar com o capitão da nau e os outros oficiais graduados, ainda mais por que as pequenas janelas tinham sido fechadas para bloquear o cheiro ainda mais pungente das carcaças restantes do lado de fora.

Infelizmente, os cozinheiros de Riley tinham pensado de maneira semelhante aos chineses: o prato principal sobre a mesa era um belo empadão dourado, cuja massa continha o equivalente a uma semana de manteiga, além das últimas ervilhas frescas da Cidade do Cabo, acompanhado de uma tigela de molho borbulhante de tão quente. Ao cortar o empadão, porém, o cheiro de carne de foca foi imediatamente reconhecido e a mesa inteira ficou brincando com a comida.

— Não adianta — admitiu Riley, com um suspiro, e jogou o que havia no prato de volta na travessa. — Leve isso ao refeitório dos aspirantes, Jethson, e deixe-os comer, seria uma pena desperdiçar. — Todos os outros seguiram o exemplo e se viraram com os pratos restantes, mas ficou um triste espaço vazio na mesa. Quando o mordomo levou a travessa, foi possível ouvi-lo pela porta, reclamando em voz alta sobre como "os estrangeiros não sabem se comportar civilizadamente e estragam o apetite dos outros".

Os oficiais estavam passando a garrafa pela mesa, como consolo, quando o navio deu um tranco estranho, um solavanco diferente de tudo que Laurence já experimentara. Riley já estava correndo para a porta quando Purbeck exclamou:

— Olhem! — E apontou para fora da janela: a corrente do armário de carne estava balançando, solta, e a jaula tinha sumido.

Todos olharam; em seguida uma confusão de gritos e berros irrompeu no convés e o navio se inclinou fortemente para estibordo, com o som da madeira estalando. Riley correu para fora, os outros logo atrás. Quando Laurence começou a subir a escada, outro impacto estremeceu o navio, e o capitão escorregou quatro degraus, quase derrubando Granby da escada.

Todos saltaram juntos para o convés. Havia uma perna ensanguentada, com sapato de fivela e meia de seda, caída no tombadilho de bombordo. Era tudo que restava de Reynolds, o aspirante de serviço; dois outros corpos tinham ficado presos num buraco em meia lua na amurada, aparentemente depois de levar um golpe mortal. No convés dos dragões, Temeraire estava sentado sobre os quartos traseiros, olhando em volta desnorteado. Os outros homens saltavam para o cordame ou tentavam descer pela escada de proa, lutando contra os aspirantes que tentavam subir.

— Içar bandeiras — comandou Riley, gritando por sobre o barulho enquanto saltava para tentar agarrar o timão, chamando vários marinheiros para ajudá-lo. Basson, o timoneiro, não estava em lugar algum, e o navio estava saindo de curso. Ele avançava constante, de forma que não podiam ter encalhado no recife, e não havia sinal de outro navio; o horizonte estava limpo em todas as direções.

— Toque de recolher. — O tambor começou e afogou qualquer esperança de descobrir o que estava acontecendo, mas era a melhor maneira de colocar os homens em pânico de volta em ordem, o mais importante a fazer.

— Senhor Garnett, barcos sobre a amurada, por favor — comandou Purbeck em voz bem alta, indo até o meio da amurada e ajeitando o chapéu. Ele tinha, como de costume, vestido o melhor uniforme para o jantar e era uma figura alta e oficial. — Griggs, Masterson, o que significa isso? — inquiriu ele, dirigindo-se a um par de marujos que espiavam apavorados dos topos. — Grogue suspenso por uma semana! Desçam até os seus canhões!

Laurence se acotovelou pelo tombadilho, forçando a passagem contra homens que corriam para os lugares designados. Um dos fuzileiros navais passou pulando, tentando calçar uma bota recém-engraxada, as mãos sujas e escorregando no couro. As equipes de canhão das caronadas de proa passaram uma atrás da outra.

— Laurence, Laurence, o que foi? — chamou Temeraire ao vê-lo. — Eu estava dormindo, o que aconteceu?

O *Allegiance* balançou subitamente para um dos lados, e Laurence foi jogado contra a amurada. Do outro lado do navio, um grande jato de água se ergueu e caiu sobre o convés, e uma cabeça de dragão monstruosa se ergueu sobre a amurada: olhos enormes, palidamente alaranjados, detrás de um focinho redondo com cristas de membranas emaranhadas com algas negras. Um braço ainda pendia da boca do monstro, sem vida. A coisa abriu as mandíbulas e jogou a cabeça para trás com um tranco, engolindo tudo. Os dentes brilhavam vermelhos de sangue.

Riley ordenou uma salva de estibordo. No convés, Purbeck estava reunindo três das equipes de canhões ao redor de uma caronada. Pretendia apontá-la diretamente para criatura. Os homens tiravam as travas, enquanto os mais fortes erguiam as rodas. Todos suavam em completo silêncio, exceto pelos grunhidos graves, trabalhando o mais rápido possível. O canhão de carga de 42 libras não era fácil de manejar.

— Atirem, atirem, seus malditos covardes! — Macready gritava rouco dos topos, já recarregando a própria arma. Os outros fuzileiros navais dispararam mais uma salva atrasada e desorganizada, mas as balas não penetraram. O pescoço da criatura era couraçado com grossas escamas sobrepostas, azuis e prateadas. A serpente do mar grasniu e atacou o convés, esmagando dois homens e levando outro na boca. Os gritos de Doyle podiam ser ouvidos vindos de dentro enquanto ele chutava freneticamente.

— Não! — exclamou Temeraire. — Pare! *Arrêtez*! — E seguiu com uma sucessão de palavras em chinês. A criatura olhou para o dragão sem curiosidade, sem dar sinais de compreendê-lo, e mordeu: as pernas de Doyle caíram abruptamente, decepadas, o sangue espirrando brevemente no ar antes que se chocassem com o convés

Temeraire ficou completamente imóvel, em horror mudo, com os olhos fixos nas mandíbulas esmagadoras da criatura e o rufo completamente chato sobre o pescoço. Laurence gritou-lhe o nome, e o dragão ganhou vida novamente. O mastro de proa e o principal estavam entre ele e a serpente, de forma que Temeraire não poderia atacá-la diretamente. Então saltou da proa e contornou o navio num círculo estreito para atacar o monstro por trás.

A serpente do mar virou a cabeça para acompanhar o movimento dele, saindo mais da água. Colocou as patas dianteiras delgadas na amurada do *Allegiance* enquanto se erguia, com membranas estendidas entre dedos anormalmente longos. O corpo era muito mais estreito que o de Temeraire, engrossando apenas um pouco no cumprimento, mas a cabeça era maior, com olhos maiores do que um prato de jantar, terríveis na selvageria sem emoção.

Temeraire mergulhou. As garras deslizaram no couro prateado, mas ele conseguiu tração ao abraçar o corpo com as patas dianteiras. Apesar do comprimento da fera, era estreita o bastante para ser agarrada. A serpente grasniu de novo, gargarejando no fundo da garganta e se segurando no *Allegiance*. As dobras frouxas pendentes do pescoço se moviam com os gritos. Temeraire se ajeitou e puxou para trás, as asas batendo furiosamente. O navio se inclinou perigosamente sob a força combinada dos dois, e gritos podiam ser ouvidos das escotilhas, onde a água entrava pelas portinholas inferiores de canhões.

— Temeraire, solte — gritou Laurence. — O navio vai virar.

Temeraire foi obrigado a soltar. A serpente parecia preocupada apenas em fugir dele agora, subindo no navio, tirando do prumo as vergas da vela principal e rasgando o cordame ao passar, a cabeça indo de um lado para o outro. Laurence viu o próprio reflexo, estranhamente alongado, na pupila negra. Em seguida a serpente piscou de lado, uma grossa camada de pele translúcida deslizando sobre o orbe, e passou adiante. Granby o puxava para trás, em direção à escada.

O corpo da criatura era imensamente longo. A cabeça e as patas dianteiras já desapareciam do outro lado do navio e os quartos traseiros ainda não tinham emergido. As escamas ficavam cada vez mais escuras, tornando-se purpúreas e iridescentes. Laurence jamais vira uma serpente que tivesse o décimo daquele tamanho. As serpentes do Atlântico não passavam de 4 metros, nem mesmo nas águas quentes da costa do Brasil, e as do Pacífico mergulhavam ao ver os navios, e raramente se via algo além de barbatanas rompendo a superfície.

O mestre assistente Sackler estava subindo a escada, ofegante, com uma pá afiada enorme de 18 centímetros de largura, amarrado a uma verga: ele tinha sido primeiro-oficial num baleeiro dos mares do sul antes de ser recrutado.

— Senhor, senhor, mande eles tomarem cuidado, ah, Cristo, ela vai se enrolar na gente — gritou, vendo Laurence através da abertura enquanto jogava a pá no convés e subia atrás dela.

Com isso, Laurence se lembrou do dia em que vira um peixe-espada ou atum ser pescado com uma serpente do mar enrolada nele, estrangulando-o Era o método de caça favorito delas. Riley também tinha ouvido o aviso e estava mandando buscar machados e espadas. Laurence pegou um machado na primeira cesta erguida pela escada e começou a golpear com mais uma dúzia de homens, mas o corpo continuou avançando. Eles fizeram alguns cortes na gordura pálida e esbranquiçada, mas não alcançaram a carne, não chegaram nem perto de parti-la em duas.

— A cabeça, cuidado com a cabeça — gritou Sackler, de pé na amurada com a pá cortadora pronta, as mãos cerradas se movendo no cabo.

Laurence largou o machado e foi tentar orientar Temeraire: o dragão ainda pairava frustrado, incapaz de lutar contra a serpente emaranhada como ela estava nos mastros e no cordame.

A cabeça da serpente emergiu outra vez, do mesmo lado de antes, como Sackler tinha avisado, e o corpo começou a apertar. O *Allegiance* grunhiu, a amurada rachou e começou a ceder sob a pressão.

Purbeck estava com a caronada reposicionada e pronta.

— Homens, preparar para atirar.

— Espere, espere — gritou Temeraire. Laurence não conseguia entender por quê.

Purbeck ignorou o dragão e comandou :

— Fogo!

A caronada rugiu, e o tiro voou sobre a água, atingindo a serpente no pescoço, e continuou mais um pouco antes de afundar. A cabeça do monstro foi empurrada para o lado pelo impacto, e um cheiro ardente de carne cozida se elevou. O golpe, porém, não foi mortal: a criatura apenas gorgolejou e passou a apertar ainda mais.

Purbeck nem estremeceu, mantendo-se firme mesmo com o corpo do monstro a menos de 15 centímetros dele.

— Iniciar recarga! — ordenou assim que a fumaça baixou. Mas levaria três minutos até que pudessem atirar de novo, atrapalhados pela posição desajeitada da arma e pela confusão das três equipes trabalhando numa arma só.

De repente, uma seção da amurada de estibordo, junto ao canhão, cedeu sob a pressão, disparando grandes estilhaços pontiagudos, tão perigosos quanto aqueles lançados pelas balas de canhão. Um deles atingiu Purbeck fundo no braço, manchando o casaco de vermelho imediatamente. Chervins ergueu os braços, gargarejando com um estilhaço na garganta, e caiu sobre a arma. Dyfydd jogou o corpo no chão, sem hesitar, apesar do estilhaço atravessado na mandíbula, a outra ponta saindo pela parte de baixo do queixo e pingando sangue.

Temeraire ainda estava pairando perto da cabeça da serpente, rosnando para ela. Ainda não tinha rugido, talvez por medo de fazê-lo tão perto do *Allegiance*. Uma onda como a que destruíra a fragata *Valérie* poderia afundá-los com tanta facilidade quanto a própria serpente. Laurence estava a ponto de dar a ordem mesmo assim. Os homens golpeavam freneticamente com os machados, mas o couro grosso resistia, e a qualquer momento o *Allegiance* poderia ser danificado além de qualquer reparo. Se as alhetas rachassem, ou pior, a quilha dobrasse, eles jamais conseguiriam levá-lo a um porto novamente.

Antes que pudesse falar, porém, Temeraire subitamente soltou um grito grave frustrado, subiu no ar e fechou as asas: caiu como uma pedra, com as garras estendidas, e atingiu diretamente a cabeça da serpente, mergulhando-a no mar. A força o fez mergulhar sob as ondas também, e uma nuvem de sangue de um roxo profundo se espalhou pela água.

— Temeraire! — gritou Laurence, passando enlouquecido por cima do corpo convulsivo da serpente, meio se arrastando meio correndo ao longo do convés escorregadio. O capitão escalou a amurada e pulou nas correntes do mastro principal enquanto Granby tentou agarrá-lo, mas não conseguiu.

Laurence chutou as botas na água, sem um plano muito coerente. Não sabia nadar muito bem e não tinha arma ou faca. Granby tentou escalar para se juntar a ele, mas não conseguia firmar os pés enquanto o navio chacoalhava como um cavalinho de balanço. Subitamente um imenso arrepio percorreu em sentido inverso o comprimento prateado do corpo da serpente, a única parte visível. Os quartos traseiros e a cauda emergiram num salto convulsivo e em seguida caíram na água com um enorme espirro. Finalmente a serpente ficou imóvel.

Temeraire emergiu como uma rolha, quicando para fora da água e afundando de novo. Tossiu, engasgou e cuspiu. Havia sangue por toda a mandíbula.

— Acho que ela morreu — comentou, entre respirações ofegantes, e nadou lentamente até o costado do navio. Não subiu a bordo, ficou encostado no *Allegiance*, contando com a própria flutuação natural. Laurence desceu até ele pelos degraus como um garoto, e ali ficou empoleirado acariciando o dragão, para confortar a ambos.

Temeraire estava cansado demais para subir a bordo imediatamente, então Laurence pegou um dos botes menores e levou Keynes para uma inspeção ao redor do dragão, buscando sinais de ferimentos. Havia alguns arranhões (em um deles, havia um dente feio e serrilhado cravado), mas nada muito sério. Entretanto, Keynes auscultou o peito de Temeraire e pareceu preocupado, opinando que entrara água nos pulmões.

Com muito encorajamento de Laurence, Temeraire subiu a bordo novamente. O *Allegiance* virou mais do que o normal, tanto pelo cansaço do dragão quanto pelo próprio estado caótico do navio, mas Temeraire acabou conseguindo subir, apesar de ter provocado mais algum estrago na amurada. Nem mesmo lorde Purbeck, devotado como era à aparência do navio, culpou Temeraire pelos corrimãos rachados. Na verdade, um "viva" cansado mas sincero irrompeu quando o dragão finalmente caiu para dentro.

— Ponha a cabeça para baixo, sobre a amurada — ordenou Keynes após Temeraire se ajeitar no convés. O dragão grunhiu um pouco, querendo apenas dormir, mas obedeceu. Depois de se inclinar precariamente para fora e reclamar, numa voz abafada, que estava ficando tonto, Temeraire conseguiu tossir bastante água. Quando Keynes ficou satisfeito, o dragão se arrastou lentamente de volta até alcançar uma posição mais segura no convés e se enrodilhou num amontoado.

— Você quer comer alguma coisa? — perguntou Laurence. — Algo fresco? Talvez uma ovelha? Mandarei preparar do jeito que você quiser.

— Não, Laurence, não consigo comer nada, de jeito nenhum — respondeu Temeraire, abafado, com a cabeça sob a asa, e um estremecimento visível entre as omoplatas. — Por favor, peça para eles a tirarem daqui.

O corpo da serpente do mar ainda jazia atravessado no *Allegiance*. A cabeça tinha flutuado até a superfície de bombordo e agora a extensão completa podia ser vista. Riley mandou que homens em barcos a medissem do focinho à cauda: mais de 75 metros, pelo menos o dobro do comprimento do maior Regal Copper de que Laurence ouvira falar, o que a tornava capaz de envolver o barco inteiro, mesmo que tivesse menos de 6 metros de diâmetro.

— *Kiao*, dragão do mar — nomeou Sun Kai, ao subir para ver o que tinha acontecido. Ele informou que havia criaturas semelhantes no mar da China, porém bem menores.

Ninguém sugeriu que a comessem. Após tomarem as medidas e o poeta chinês, que também era artista, desenhar um esboço, os machados foram aplicados novamente. Sackler liderou o esforço com golpes experientes da pá de corte, e Pratt cortou a grossa coluna blindada da espinha com três machadadas pesadas. Depois disso, o próprio peso da criatura e o lento avanço do *Allegiance* fizeram o restante do trabalho quase imediatamente. O que restava de carne e pele se desprendeu com um som de pano rasgando, e as metades separadas deslizaram dos lados opostos.

Já havia uma grande atividade na água ao redor do corpo: tubarões atacando a cabeça, além de outros peixes. Uma luta cada vez mais furiosa surgiu ao redor dos extremos destroçados e sangrentos das duas metades.

— Vamos sair daqui o mais rápido possível — disse Riley a Purbeck. Os mastros principal e de popa tinham sido danificados, mas o mastro de proa estava intocado, exceto por algumas cordas emaranhadas, e eles conseguiram içar um pouco de vela ao vento.

Deixaram o corpo para trás, flutuando na superfície da água, e foram em frente. Uma hora depois, não passava de uma linha prateada na água. O convés já tinha sido lavado, esfregado, lixado com pedra-pomes e enxaguado novamente, a água sendo bombeada com grande entusiasmo. O carpinteiro e sua equipe já trabalhavam no corte de vigas para substituir as vergas da vela principal e da vela de popa.

O pior estrago foi nas velas: panos de reserva foram trazidos do porão de carga e descobriu-se que estavam roídos por ratos, o que enfureceu Riley. Remendos apressados foram feitos, mas o sol já estava se pondo, e os cabos novos não poderiam ser preparados até de manhã. Os homens jantaram em turnos e depois foram dormir sem a inspeção de costume.

Ainda descalço, Laurence tomou um pouco de café com biscoitos de navio, trazidos por Roland, mas ficou ao lado de Temeraire, que continuava quieto e sem fome. Laurence tentou animá-lo um pouco, preocupado com a possibilidade de haver algum ferimento mais profundo, não imediatamente aparente, mas Temeraire apenas respondeu:

— Não, não estou ferido nem doente. Estou perfeitamente bem.

— Então o que está deixando você tão perturbado assim? — acabou indagando Laurence. — Você foi tão bem hoje, salvou o navio.

— Tudo que eu fiz foi matá-la. Não vejo motivo para orgulho nisso — retrucou Temeraire. — Ela não era uma inimiga nos enfrentando por alguma causa. Acho que só veio porque estava com fome, então nós a assustamos com os tiros, e foi por isso que ela nos atacou. Eu queria ter feito com que ela entendesse e fosse embora.

Laurence apenas olhou fixamente para ele. Não tinha lhe ocorrido que Temeraire poderia não ter visto a serpente marinha como o monstro que ele vira.

— Temeraire, você não pode achar que aquele monstro era como um dragão — respondeu. — Não falava nem tinha inteligência; ouso dizer que talvez você tenha razão em pensar que ela veio procurando comida, mas qualquer animal pode caçar.

— Como pode dizer essas coisas? — Temeraire indagou. — Quer dizer que ela não sabia falar inglês, francês ou chinês, mas era uma criatura do oceano. Como poderia ter aprendido as línguas humanas se não recebeu cuidados dentro do ovo? Eu não entenderia essas línguas se não tivesse aprendido no ovo, mas isso não significaria que eu não tinha inteligência.

— Mas você certamente viu que ela não parecia ter razão — Laurence argumentou. — Comeu quatro tripulantes e matou seis. Eram homens, não focas, e obviamente não eram feras estúpidas. Se ela era inteligente, então o que fez foi desumano, incivilizado. — Laurence tropeçou na escolha das palavras. — Ninguém nunca conseguiu domesticar uma serpente do mar, até mesmo os chineses concordam com isso.

— Então quer dizer que se uma criatura não serve às pessoas e não aprende os hábitos delas, então não é inteligente e deve ser morta — Temeraire insistiu, com o rufo tremendo. O dragão ergueu a cabeça, eriçado.

251

— De maneira alguma — Laurence falou, tentando pensar em como poderia confortá-lo. Para o capitão, a ausência de sensibilidade nos olhos da criatura tinha sido óbvia. — Estou dizendo apenas que se elas fossem inteligentes, teriam aprendido a se comunicar, e nós teríamos ficado sabendo. Afinal, muitos dragões não aceitam um tratador e se recusam a falar com os homens. Isso não acontece com muita frequência, mas acontece, e ninguém acha que os dragões são desprovidos de inteligência por isso — acrescentou, achando que tinha conseguido um bom exemplo.

— Mas o que acontece com eles, nesses casos? — Temeraire perguntou. — O que teria acontecido comigo se eu tivesse me recusado a obedecer? Não me refiro a uma ordem isolada, o que aconteceria se eu não tivesse aceitado lutar pelo Corpo?

Até então, o debate tinha sido genérico. O súbito estreitamento do assunto assustou Laurence, dando um tom mais agourento à conversa. Felizmente, não havia muito trabalho a fazer com tão pouco pano içado. Os marinheiros estavam reunidos no castelo de proa, apostando as rações de grogue em jogos de dados, muito concentrados. O punhado de aviadores que ainda estava em serviço estava reunido, conversando baixinho na amurada. Não havia ninguém para ouvir a conversa, e Laurence estava muito grato por isso. Alguém poderia entender mal, e achar que Temeraire estava de má vontade, talvez até mesmo sendo desleal à Coroa. Pessoalmente, Laurence não conseguia acreditar que houvesse qualquer risco real de Temeraire decidir abandonar o Corpo e todos os amigos. O capitão tentou responder calmamente.

— Dragões selvagens são abrigados nos campos de reprodução muito confortavelmente. Se você quiser, pode morar lá também. Há um campo grande no norte de Gales, na baía de Cardigan, que dizem ser muito bonito.

— E se eu não quiser viver lá, mas quiser ir a outro lugar?

— Como você se alimentaria? — Laurence indagou. — Os rebanhos que alimentam os dragões são pastoreados por homens e pertencem a eles.

— Se os homens prenderam todos os animais e não deixaram nenhum livre, não posso considerar razoável da parte deles reclamar quando eu pegar um aqui ou ali — argumentou Temeraire. — Mas mesmo respeitando essa loucura, eu poderia pescar. E se eu decidisse viver perto de Dover, voar para onde quisesse, e comer peixe, sem incomodar os rebanhos dos outros, eu teria permissão?

Laurence percebeu tarde demais que tinha adentrado terreno perigoso e se arrependeu amargamente de ter levado a conversa nessa direção. Sabia perfeitamente bem que Temeraire jamais teria permissão para nada disso. As pessoas ficariam aterrorizadas em ter um dragão vivendo solto entre elas, não importava o quão pacífico ele fosse. As objeções a esse esquema seriam muitas e razoáveis, mas do ponto de vista de Temeraire representariam uma limitação injusta da liberdade dele. Laurence não conseguia pensar em uma resposta que não o ofendesse ainda mais.

Temeraire tomou o silêncio pelo que era e assentiu com a cabeça.

— Se eu não aceitasse os campos, seria acorrentado novamente e arrastado para longe — afirmou. — Seria forçado a ir para os campos e se tentasse partir não me deixariam, como aconteceria com qualquer outro dragão. Então, me parece — acrescentou Temeraire, sombrio, com uma sugestão de rosnado furioso na voz — que nós dragões somos como escravos, só que há menos de nós e somos muito maiores e mais perigosos, portanto somos tratados com generosidade, enquanto eles são tratados com crueldade. Mas ainda assim não somos livres.

— Bom Deus, não é nada disso — exclamou Laurence, levantando-se. Estava espantado e desgostoso tanto com o comentário quanto com a própria cegueira. Não era de admirar que Temeraire tivesse estremecido com as correntes de tempestade se essa sequência de ideias já estivesse instalada na imaginação do dragão, e Laurence não acreditava que ela fosse resultado apenas da batalha recente.

— Não, não é verdade. É totalmente irracional. — repetiu Laurence. O capitão sabia que não estava à altura de Temeraire em debates filosóficos, mas a ideia era completamente absurda, e ele achava que seria capaz de convencer o dragão se ao menos pudesse encontrar as palavras certas. — É o mesmo que dizer que eu sou um escravo, porque tenho o dever de obedecer às ordens do Almirantado. Se eu recusasse, seria dispensado do serviço e muito provavelmente enforcado, mas isso não significa que eu seja um escravo.

— Mas você escolheu entrar para a Marinha e para o Corpo — Temeraire insistiu. — Poderia pedir baixa, se quisesse, e ir para outro lugar.

— Sim, mas eu teria de encontrar outra profissão para me sustentar, se eu não tivesse capital suficiente para viver de juros. Na verdade, se você não quisesse mais voar pelo Corpo, eu teria dinheiro suficiente para comprar uma propriedade em algum lugar no norte, talvez na Irlanda, e enchê-la de rebanhos. Você poderia viver lá exatamente como deseja, e ninguém poderia discordar — Laurence respirou de novo enquanto Temeraire ruminava a ideia. A luz combativa tinha se reduzido um pouco nos olhos do dragão, e gradualmente a cauda parou de se agitar no ar e se espiralou novamente no convés. Os chifres curvos do rufo baixaram um pouco mais sobre o pescoço.

Oito badaladas soaram suavemente, os marinheiros encerraram o jogo de dados, e o turno seguinte subiu ao convés para apagar as últimas luzes. Ferris subiu as escadas do convés dos dragões, bocejando, com um punhado de tripulantes que ainda esfregavam o sono dos olhos. Baylesworth levou o turno anterior para baixo; os homens diziam: "Boa-noite, Temeraire, boa-noite, capitão" ao passar, muitos deles dando tapinhas no flanco do dragão.

— Boa-noite, cavalheiros — respondeu Laurence, e Temeraire ronronou longamente.

— Os homens podem dormir no convés se quiserem, Sr. Tripp — Purbeck estava dizendo, a voz sendo trazida da popa. A noite caiu sobre o navio, e os marujos agradecidos se deitaram no castelo de proa, usando rolos de corda e camisas enroladas como travesseiros. Tudo era treva exceto pela solitária lanterna de popa piscando ao longe, no outro extremo do navio, e pelas estrelas. Não havia lua, mas as nuvens de Magalhães estavam particularmente brilhantes e a longa massa nebulosa da Via Láctea ajudava. O silêncio dominou. Os aviadores também tinham se espalhado pela amurada de bombordo, e a dupla estava novamente tão sozinha quanto era possível ficar num navio.

Laurence voltou a se sentar, recostado no flanco do dragão. Havia uma espera no silêncio de Temeraire.

Por fim, ele falou, como se a conversa não tivesse sido interrompida:

— Mas se você o fizesse, se você me comprasse uma propriedade, ainda seria um ato seu, e não meu. Você me ama e faria qualquer coisa ao seu alcance para garantir a minha felicidade, mas e quanto a um dragão como o pobre Levitas, com um capitão do calibre de Rankin, que não se importava com o conforto dele? Não entendo o que é exatamente o capital, mas sei que não tenho um meu, tampouco uma forma de consegui-lo.

Pelo menos ele não estava tão violentamente aborrecido como antes, mas agora soava cansado e um pouco triste.

— Você tem suas joias, sabe. O pingente sozinho vale umas dez mil libras e foi um presente. Ninguém poderia discutir que é sua propriedade perante a lei.

Temeraire baixou a cabeça para inspecionar a joia, a placa peitoral que Laurence lhe comprara com uma bela porção do prêmio recebido pelo *Amitié*, a fragata que transportara o ovo do dragão. A platina tinha sofrido alguns amassados e arranhões durante a viagem, que ainda permaneciam porque Temeraire não admitia ficar longe do objeto por tempo suficiente para que fosse polido. Mas a pérola e as safiras estavam tão brilhantes como sempre.

— Então capital é isso? Joias? Não me surpreende que seja tão bom. Mas, Laurence, não faz diferença, ainda assim foi um presente seu, e não algo que eu tenha ganhado sozinho.

— Acho que ninguém nunca pensou em oferecer um salário ou recompensas aos dragões. Não é por falta de respeito, eu juro. É só que o dinheiro não parece ser de grande utilidade para os dragões.

— Não é de utilidade porque não temos permissão para ir a lugar algum, nem para fazermos o que quisermos, portanto não temos em que gastá-lo — Temeraire retrucou. — Se eu tivesse dinheiro, certamente não poderia ir a uma loja comprar mais joias ou livros. Ouvimos sermões até mesmo quando tiramos nossa comida dos cercados, quando temos vontade.

— Mas isso não acontece porque vocês são escravos, mas porque as pessoas ficariam naturalmente perturbadas com a sua presença, e o bem público precisa ser considerado — argumentou Laurence. — Não faria bem algum você ir à cidade, a uma loja se o lojista fugir assim que você chegar.

— Não é justo nós sermos submetidos assim aos temores alheios quando não fizemos nada de errado. Você tem que entender isso, Laurence.

— Não, não é justo — admitiu Laurence, relutante. — Mas as pessoas vão ter medo dos dragões não importa quantas vezes lhes dissermos que é seguro. É a natureza humana, por mais ridículo que pareça, e não há como evitar isso. Sinto muito, meu caro — Pousou a mão no flanco do dragão. — Eu queria ter respostas melhores para os seus questionamentos, mas só posso acrescentar o seguinte: não importam as inconveniências que a sociedade lhe imponha, eu jamais considerei você um escravo e sempre ficarei feliz em ajudá-lo a superar o que vier.

Temeraire deu um longo suspiro, mas acariciou Laurence com o focinho afetuosamente, e o protegeu melhor com a asa. Não falou mais no assunto, em vez disso pediu o livro mais recente, uma tradução francesa de *As Mil e uma noites* que tinham comprado na Cidade do Cabo. Laurence ficou feliz por escapar assim, mas continuou apreensivo. Não achava que tinha tido sucesso em reconciliar Temeraire com uma situação que ele sempre achara satisfatória para o dragão.

Parte 3

Capítulo 11

Allegiance, Macau

Jane, tenho de lhe pedir que me perdoe pelo longo vazio nesta carta e pelas poucas palavras apressadas que foram tudo que pude acrescentar à mesma agora. Não tenho o prazer de tomar a pena há três semanas, desde que passamos pelo estreito de Bangka e fomos muito afligidos pelas febres de malária. Pessoalmente, escapei da doença, assim como a maioria dos meus homens e, segundo a opinião de Kynes, devemos isso a Temeraire, pois o calor do corpo dele de alguma forma espanta os miasmas que provocam a maleita e a nossa associação próxima nos oferece proteção.

Mas fomos poupados apenas para ter mais trabalho: o capitão Riley está de cama desde quase o começo da epidemia, e o lorde Purbeck adoeceu, de forma que tenho me revezado na vigília com o terceiro-tenente e o quarto-tenente do navio, Franks e Beckett. Ambos são jovens dedicados, e Franks faz o que pode, mas não está de forma alguma preparado para o dever de supervisionar um navio tão vasto quanto o *Allegiance*, nem para manter a disciplina sobre a tripulação — ele gagueja, lamento dizer, o que explica a aparente rudeza à mesa, sobre a qual eu comentei anteriormente.

Como estamos no verão e o porto de Cantão propriamente dito está fechado aos ocidentais, vamos atracar amanhã de manhã em Macau, onde o médico de bordo espera encontrar casca de quinino para reabastecer os nossos estoques, e eu espero encontrar alguma nau mercante britânica que possa levar esta missiva a você. Será minha última oportunidade, uma vez que, por autorização especial do príncipe Yongxing, temos permissão de continuar para o norte em direção ao golfo de Zhi-Li, para que possamos alcançar Pequim via Tien-sing. Vamos economizar um tempo enorme, mas como normalmente nenhum navio ocidental tem permissão de passar ao norte de Cantão, não teremos chance de encontrar navios britânicos depois que deixarmos o porto.

Já passamos por três navios mercantes franceses em nossa chagada, mais do que eu costumava ver antes nesta parte do mundo, mas já se passaram sete anos desde a minha última visita a Cantão, e navios estrangeiros de todos os tipos são muito mais numerosos. Enquanto lhe escrevo, uma neblina densa recobre o porto e impede a visão da minha luneta, então não posso ter certeza, mas temo que haja também uma nau de guerra, talvez holandesa em vez de francesa. Certamente não é uma das nossas. O *Allegiance*, é claro, não corre nenhum perigo direto, uma vez que é de um tamanho inteiramente diferente e está sob a proteção da Coroa Imperial, que os franceses não ousariam ofender nestas águas, mas tememos que os franceses tenham uma embaixada própria, que naturalmente terá como objetivo o fracasso da nossa missão.

No que se refere às minhas suspeitas anteriores, nada mais posso dizer. Nenhum atentado novo ocorreu, pelo menos, apesar de os nossos números infelizmente reduzidos facilitarem tal empreitada, e começo a ter esperanças de que Feng Li tenha agido inteiramente por algum motivo próprio e inescrutável, e não a mando de outrem.

O sino tocou; preciso subir ao convés. Permita-me enviar-lhe esta com toda a minha afeição e todo o meu respeito, e acredite sempre em mim,

Seu servo obediente,
Wm. Laurence,
16 de junho, 1806

O NEVOEIRO CONTINUOU NOITE adentro, prolongando-se enquanto o *Allegiance* se aproximava do porto de Macau. As longas curvas arenosas das praias, cercadas por prédios quadrados e organizados, em estilo português, e fileiras de mudas plantadas geometricamente, tinham todo o conforto da familiaridade. Como a maioria dos juncos ainda tinha as velas recolhidas, era como se fossem botes ancorados em Funchal ou Portsmouth. Mesmo as montanhas verdes erodidas suavemente que eram reveladas pelo nevoeiro não seriam estranhas em portos mediterrâneos.

Temeraire, que já estava havia um bom tempo empoleirado sobre os quartos traseiros, com uma curiosidade ansiosa, desistiu de olhar e se abaixou no convés, insatisfeito.

— Não é assim tão diferente — comentou, decepcionado. — E também não vi nenhum outro dragão.

O próprio *Allegiance*, chegando do oceano, estava coberto por uma pesada névoa, e a forma do navio não se mostrava clara para os que estavam em terra, revelando-se apenas quando o sol, que surgia lentamente, dissipou a bruma e a nau penetrou mais no porto, uma rajada de vento afastando a névoa da proa. Então o navio foi notado de forma violenta: Laurence tinha atracado na colônia antes e esperava alguma agitação, talvez exagerada pelo imenso tamanho do *Allegiance*, mas ficou surpreso com o barulho que irrompeu quase explosivo da costa.

— *Tien-lung, tien-lung!* — O grito veio por sobre a água, e muitos dos juncos menores, mais ágeis, voaram pelo mar para encontrá-los, aglomerando-se de tal forma que batiam uns nos outros e no *Allegiance* enquanto a tripulação gritava e uivava para tentar afastá-los.

Mais barcos partiam da costa enquanto os britânicos lançavam âncora, com o extremo cuidado necessário devido à proximidade dos barcos que vinham dar as boas-vindas. Laurence se espantou ao ver as mulheres chinesas indo até a beira da água no caminhar contido e estranho que lhes era característico, algumas em trajes elaborados e elegantes, com crianças pequenas e até bebês a reboque. Elas então se enfiavam em qualquer junco no qual houvesse espaço sobrando, sem se importar com as roupas. Felizmente, o vento estava fraco e a correnteza suave, ou os barquinhos pesados e sobrecarregados teriam virado, com grande perda de vidas. Naquelas circunstâncias, chegavam bem perto do *Allegiance*, e as mulheres erguiam as crianças bem alto sobre as cabeças, quase abanando-as na direção do navio.

— O que elas querem dizer com isso? — Laurence nunca tinha visto uma exibição assim. Em todas as suas experiências anteriores, as mulheres chinesas eram extremamente cuidadosas em se isolar dos olhares ocidentais, e ele nem sabia que tantas assim viviam em Macau. Suas maneiras curiosas chamaram a atenção dos ocidentais que estavam no ancoradouro também, tanto no litoral quanto nos conveses dos outros navios que compartilhavam o porto. Laurence percebeu, preocupado, que a avaliação da noite anterior não tinha sido exagerada: pelo contrário, tinha sido insuficiente, pois havia dois navios de guerra franceses ancorados, ambos novos e em excelente estado, sendo um deles um navio de linha de dois conveses com 64 canhões, e o outro uma fragata pesada de 48 canhões.

Temeraire estivera observando a cena com muito interesse, divertindo-se ao ver algumas das crianças, que lhe pareciam ridículas nos trajes excessivamente bordados, como salsichas entremeadas de seda e fio dourado, a maioria chorando infeliz ao ser chacoalhada no ar.

— Vou perguntar a elas o que está havendo — disse Temeraire, e se dobrou sobre a amurada para questionar uma das mulheres mais vigorosas, que tinha chegado ao ponto de derrubar uma rival para garantir um lugar na beira do barco para ela e para o filho, um garoto gorducho de talvez uns 2 anos de idade que, de alguma forma, conseguia manter uma expressão resignada e fleumática no rosto de bochechas rotundas, mesmo tendo sido quase engolido pelo dragão.

Temeraire piscou com a resposta, e se sentou novamente sobre as patas traseiras.

— Não tenho muita certeza, porque soam um tanto diferentes — finalmente disse. — Mas acho que ela me disse que estão aqui para me ver. — Fingindo não estar preocupado, o dragão virou a cabeça e, com movimentos que claramente achava que fossem discretos, limpou o couro com o focinho, polindo manchas imaginárias, e, cedendo mais ainda à vaidade, ajeitou-se na posição que considerava mais bela, com a cabeça erguida e as asas erguidas e dobradas um pouco distantes do corpo. O rufo estava completamente erguido de empolgação.

— É boa sorte ver um Celestial. — Yongxing parecia achar que essa ideia era perfeitamente óbvia quando alguém lhe pediu mais explicações. — Eles jamais teriam a chance de ver um de outro modo. São apenas mercadores. — O príncipe deu as costas para o espetáculo, como se não tivesse importância.

— Nós, com Liu Bao e Sun Kai, vamos até Guangzhou para falar com o superintendente e o vice-rei e para mandar notícias da nossa chegada ao imperador — anunciou, usando o nome chinês para Cantão e aguardando com expectativa, de modo que Laurence foi obrigado a lhe oferecer o uso do escaler do navio para esse propósito.

— Rogo que me permita lembrar-lhe, Vossa Alteza, que estamos confiantes de que alcançaremos Tien-sing em três semanas, então o senhor pode considerar a ideia de evitar comunicações com a capital. — Laurence pretendia apenas lhe poupar o esforço, pois a distância era certamente maior do que 1.600 quilômetros.

Yongxing, porém, deixou claro com muita energia que essa sugestão era considerada quase escandalosa, dada a negligência em relação ao devido respeito ao trono que demonstrava, e Laurence foi forçado a se desculpar por tê-la feito, alegando ignorância dos costumes locais. Yongxing não se comoveu. No fim, Laurence ficou feliz em despachá-lo com os outros dois emissários à custa dos serviços do escaler, mesmo que isso acabasse deixando para ele mesmo e para Hammond apenas o bote menor como meio de transporte para levá-los aos próprios compromissos em terra, já que a lancha já estava empregada no transporte de água e gado para o navio.

— Posso lhe trazer alguma coisa para o seu conforto, Tom? — indagou Laurence, metendo a cabeça na cabine de Riley.

O capitão da Marinha ergueu a cabeça dos travesseiros nos quais se recostava diante das janelas e acenou com a mão amarelada.

— Já estou bem melhor, mas não recusaria um bom vinho do Porto se puder encontrar uma garrafa decente por lá. Acho que a minha boca foi estragada para sempre por aquele quinino horrível.

Tranquilizado, Laurence foi se despedir de Temeraire, que tinha convencido os alferes e mensageiros a lavá-lo, desnecessariamente. Os visitantes chineses tinham ficado mais ousados e começado a jogar oferendas de flores a bordo, além de outras coisas menos inócuas. O tenente Franks foi correndo até Laurence, tão alarmado que se esqueceu de gaguejar.

— Senhor, estão jogando incenso aceso a bordo. Por favor, peça-lhes que parem com isso.

Laurence subiu até o convés dos dragões.

— Temeraire, por favor, diga-lhes que nada aceso pode ser jogado a bordo. Roland, Dyer, prestem atenção no que eles jogam, e se virem qualquer coisa que represente risco de incêndio, joguem-na de volta para fora imediatamente. Espero que não tentem jogar bombinhas — acrescentou, sem muita confiança.

— Eu os impedirei, se o fizerem — prometeu Temeraire. — Por favor, veja se há algum lugar onde eu possa pousar em terra.

— Verei, mas não tenho muitas esperanças. O território inteiro mal tem 10 quilômetros quadrados, e está inteiramente ocupado por construções — respondeu Laurence. — Mas poderemos pelo menos sobrevoá-lo, ou até mesmo Cantão, se os mandarins não se opuserem.

A feitoria inglesa fora construída de frente para a praia principal, de modo que foi muito fácil encontrá-la. Na verdade, após ver a multidão reunida, os comissários da Companhia mandaram um pequeno comitê de boas-vindas esperá-los na praia, liderado por um jovem alto vestindo um uniforme do serviço particular da Companhia das Índias Orientais, com suíças agressivas e um proeminente nariz aquilino que lhe dava uma aparência predatória, amplificada pelo brilho alerta no olhar.

— Major Heretford, ao seu serviço — se apresentou, com uma mesura. — E permita-me dizer, senhor, que estamos felizes como o diabo em vê-los — acrescentou, com a franqueza de um soldado, após entrarem no prédio. — Dezesseis meses e começávamos a achar que ninguém se importaria.

Com um choque desagradável, Laurence se lembrou do confisco dos navios mercantes da Companhia das Índias pelos chineses tantos meses antes. Atarantado com as próprias preocupações com o status de Temeraire e distraído pelos eventos da viagem, o capitão aviador quase tinha se esquecido completamente do incidente, mas ele dificilmente poderia ter sido ocultado dos homens lotados ali. Eles tinham passado os meses subsequentes furiosos, à espera da retaliação pelo profundo insulto.

— Nenhuma atitude foi tomada, por certo? — indagou Hammond, com uma ansiedade tal que provocou em Laurence um renovado desgosto pelo sujeito; havia um tom de medo nela. — Teria sido o curso mais prejudicial de todos.

Heretford olhou-o de esguelha.

— Não, os comissários acharam melhor, devido às circunstâncias, aplacar os chineses e esperar por ordens oficiais — disse, num tom que deixava pouquíssima dúvida quanto ao rumo que o major teria tomado.

Laurence não poderia deixar de se solidarizar com ele, ainda que no curso ordinário das coisas não tivesse uma opinião muito elevada das forças privadas da Companhia. Mas Heretford parecia inteligente e competente, e o grupo de homens sob o seu comando demonstrava sinais de disciplina: as armas estavam em bom estado de manutenção, e os uniformes tinham ótima aparência, apesar do calor que deixava todos ensopados.

A sala de reuniões estava toda fechada como proteção contra o calor do sol que subia, os leques a postos para abanar o ar úmido e sufocante. Cálices de ponche de clarete, resfriado com gelo das adegas, foram trazidos após o término das apresentações. Os comissários ficaram felizes em receber as correspondências levadas por Laurence e prometeram providenciar que fossem enviadas à Inglaterra. Com isso, concluíram a troca de gentilezas e passaram ao assunto importante mas delicado do motivo da missão.

— Naturalmente ficamos felizes em saber que o governo compensou os capitães Mestis, Holt e Greggson, e também a Companhia, mas não posso exagerar o estrago que o incidente provocou em nossas operações — começou Sir George Staunton, em voz baixa, mas firme. Ele era o chefe dos comissários, apesar da idade, pelo mérito de sua longa experiência com aquela nação. Aos 12 anos, ainda um menino, participara da missão de Macartney na equipe do pai e era um dos poucos britânicos perfeitamente fluentes na língua.

Staunton descreveu várias outras ocasiões de maus-tratos, concluindo assim:

— São exemplos perfeitamente característicos, lamento dizer. A insolência e a rapacidade da administração local aumentaram perceptivelmente, e apenas conosco. Os holandeses e franceses não recebem o mesmo tratamento. As nossas reclamações, antes tratadas com algum respeito, agora são descartadas sumariamente, e na verdade só pioram a situação para nós.

— Vivemos com um temor quase diário de sermos mandados embora de vez — acrescentou o Sr. Grothing-Pyle. Era um homem corpulento, com cabelos brancos um tanto desgrenhados pela ação vigorosa do próprio leque. — Sem querer insultar o major Heretford ou seus homens — indicou o oficial com um aceno da cabeça —, nós teríamos muita dificuldade em suportar essa exigência, e vocês podem ter certeza de que os franceses ficaram felizes em ajudar os chineses a nos pressionar.

— E ficariam felizes também em tomar os nossos prédios para si assim que saíssemos — opinou Staunton, ao que todos concordaram com acenos de cabeça. — A chegada do *Allegiance* certamente nos põe numa posição diferente no que diz respeito à possibilidade de resistência...

Foi então que Hammond cortou-o:

— Senhor, preciso pedir permissão para interrompê-lo. Não há nenhuma possibilidade de colocarmos o *Allegiance* em ação contra o Império

Chinês, absolutamente nenhuma. Os senhores precisam tirar essa ideia de suas mentes. — Hammond falou muito decidido, mesmo que fosse o homem mais novo à mesa, depois de Heretford. O resultado foi uma frieza palpável. Hammond não deu atenção a isso. — O nosso objetivo primeiro e principal é elevar o favorecimento da corte chinesa à nossa nação a um nível suficiente para evitar que os chineses formem uma aliança com os franceses. Todos os outros assuntos são insignificantes, em comparação com esse.

— Sr. Hammond — falou Staunton —, não acredito que exista qualquer possibilidade de essa aliança ocorrer. Nem poderia ser uma ameaça tão grande quanto o senhor parece imaginar. O Império Chinês não é nenhuma potência militar ocidental, por mais impressionantes que o tamanho e as fileiras de dragões possam parecer ao olho inexperiente. — Hammond corou com a alfinetada, talvez não acidental. — E eles estão ativamente desinteressados nos assuntos europeus. É uma diretriz deles, reforçada por séculos de prática, agir como se não se preocupassem com o que acontece fora das suas fronteiras, sendo que às vezes é assim mesmo que eles se sentem.

— O fato de terem se dado ao trabalho de despachar o príncipe Yongxing à Grã-Bretanha certamente demonstra, senhor, que uma mudança nas diretrizes pode acontecer se o ímpeto for suficiente — retrucou Hammond, friamente.

Eles discutiram esse ponto e muitos outros com educação crescente ao longo de várias horas. Laurence teve de se esforçar para manter-se atento à conversa, livremente salpicada de referências a nomes, incidentes e questões das quais ele nada sabia. Algum tumulto local de camponeses e o estado das coisas no Tibete, onde aparentemente algum tipo de rebelião aberta estava em curso. Falou-se também do déficit comercial e da necessidade de se abrirem novos mercados chineses, além de dificuldades com os incas com relação à rota sul-americana.

Por menos que Laurence tivesse se sentido capaz de tirar as próprias conclusões, porém, a conversa lhe serviu a outro propósito. Ele se convenceu de que, apesar de estar muito bem informado, a visão que Hammond tinha da situação contradizia diretamente, em quase todos os pontos, as opiniões dos comissários. A certa altura, a questão da cerimônia de prostração foi citada e tratada por Hammond como inconsequente: naturalmente eles iriam executar o ritual completo de genuflexão e assim, esperava-se, corrigir o insulto provocado pela recusa do lorde Macartney em fazer o mesmo na missão diplomática anterior.

Staunton discordou com veemência:

— Ceder nesse aspecto sem nenhuma concessão da parte deles pode apenas piorar a nossa imagem diante dos chineses. A recusa não foi feita sem razão. A cerimônia se aplica a enviados de Estados tributários, vassalos do trono chinês, e, tendo nos recusado a fazê-lo com base nessas razões antes, não podemos agora executá-lo sem dar mostras de estarmos cedendo ao tratamento ultrajante a que fomos submetidos. Seria, acima de tudo, prejudicial à nossa causa, pois os encorajaria a continuar nos humilhando.

— Não posso de forma alguma admitir que algo seja mais prejudicial à nossa causa do que a resistência proposital aos costumes de uma nação poderosa e antiga no seu próprio território, só porque não se encaixam na nossa noção de etiqueta — retrucou Hammond. — A vitória nesse ponto pode ser conquistada apenas ao custo da derrota em todos os outros, como foi demonstrado pelo fracasso completo da missão diplomática de lorde Macartney.

— Temo que eu tenha que lhe recordar que os portugueses se prostraram não apenas diante do imperador, mas diante do retrato e das cartas dele, diante de todas as exigências feitas pelos mandarins, e a missão deles fracassou tão completamente quanto a nossa — argumentou Staunton.

Laurence não gostava da ideia de rastejar diante de homem nenhum, imperador da China ou não, mas acreditava que não era só por causa das próprias preferências que tendia a concordar com Staunton. Degradar-se a tal ponto não poderia causar nada além de repulsa mesmo em quem exigisse o ato, era o que lhe parecia, e levaria apenas a um tratamento mais desprezível. O capitão sentou-se à esquerda de Staunton no jantar e, durante a conversa mais casual da refeição, ficou ainda mais convencido do bom julgamento do comissário e com mais dúvidas em relação às avaliações de Hammond.

Finalmente pediram licença e voltaram à praia para aguardar o barco.

— Essa notícia sobre o enviado francês me preocupa mais do que todas as outras — confidenciou Hammond, mais para si mesmo do que para Laurence. — De Guines é perigoso... Como eu queria que Napoleão tivesse mandado qualquer outro!

Laurence nada respondeu. Estava infeliz por perceber que pessoalmente desejava o mesmo em relação a Hammond e teria alegremente substituído o sujeito se pudesse.

O príncipe Yongxing e os companheiros voltaram da incumbência tarde no dia seguinte, e quando indagado sobre a permissão para prosseguir com a viagem ou mesmo para sair do porto, o príncipe recusou imediatamente, insistindo que o *Allegiance* teria de esperar por mais instruções. Como elas deveriam chegar e quando ele não revelou, e nesse meio-tempo os barcos locais continuaram com a peregrinação até mesmo noite adentro, carregando grandes lanternas de papel suspensas nas proas para iluminar o caminho.

Laurence foi obrigado a acordar bem cedo na manhã seguinte, ao som de uma altercação do lado de fora da porta da cabine. Roland, soando muito feroz apesar da voz aguda e cristalina, estava dizendo alguma coisa numa mistura de inglês e chinês, que tinha começado a aprender com Temeraire.

— Que maldito barulho é esse? — gritou ele bem alto.

A menina espiou pela porta, que abriu apenas um pouco, o suficiente para os olhos e a boca aparecerem. Por sobre o ombro podia-se ver um dos criados chineses fazendo gestos impacientes e tentando pegar a maçaneta.

— É o Huang, senhor, ele está fazendo uma confusão e diz que o príncipe quer que o senhor suba imediatamente ao convés, mesmo depois que eu disse a ele que o senhor tinha ido dormir só depois do turno da madrugada.

Laurence suspirou e esfregou o rosto.

— Muito bem, Roland, diga a ele que eu já vou. — Ele não estava nem um pouco feliz em ser acordado. No fim do turno da noite, um dos barcos visitantes, pilotado por um rapaz mais ousado do que habilidoso, tinha sido pego de lado por uma onda. A âncora do barco, mal assentada, voara para cima e acertara o *Allegiance* por baixo, abrindo um buraco substancial no porão e encharcando boa parte dos grãos recém-comprados. Ao mesmo tempo, o barquinho virou e, ainda que o porto não estivesse longe, os ocupantes não conseguiriam chegar lá com as pesadas roupas de seda e tiveram que ser pescados à luz de lanternas. Fora uma noite longa e cansativa, e Laurence ficara de pé turno após turno lidando com a confusão, só conseguindo ir se deitar quando já era madrugada. O capitão jogou a água tépida da bacia no rosto e vestiu o casaco com relutância antes de subir ao convés.

Temeraire estava falando com alguém. Laurence teve que olhar duas vezes antes de perceber que o outro era de fato um dragão, como nenhum que ele vira antes.

— Laurence, esta é Lung Yu Ping — apresentou Temeraire quando Laurence chegou ao convés dos dragões. — Ela nos trouxe o correio.

Virando-se para a fêmea de dragão, Laurence percebeu que as cabeças dele mesmo e dela estavam quase na mesma altura. Ela era menor até mesmo que um cavalo, com uma testa curva e comprida e um longo focinho em seta, além de um peito enormemente largo, de proporções semelhantes às de um galgo. Não poderia ter carregado ninguém nas costas, exceto uma criança, e não vestia arreio, mas uma coleira delicada de seda amarela e dourada, a partir da qual uma cota de malha fina bem justa cobria-lhe o peito, afixada às patas e garras dianteiras por meio de argolas douradas.

A malha era banhada em ouro, muito chamativa contra o couro verde-pálido. As asas eram de um verde mais escuro, listrado com finas faixas douradas que também tinham uma aparência muito incomum: estreitas e cônicas, mais longas do que o dragão fêmea. Mesmo dobradas sobre as costas dela, as longas pontas das asas arrastavam no chão.

Quando Temeraire repetiu as apresentações em chinês, a dragoneta se sentou sobre os quartos traseiros e fez uma mesura. Laurence respondeu ao gesto, divertindo-se em saudar um dragão como a um igual. Satisfeito o protocolo, Lung Yu Ping esticou a cabeça para a frente para inspecioná-lo melhor, inclinando-se para olhá-lo de cima a baixo dos dois lados com grande interesse. Os olhos dela eram grandes e líquidos, âmbar e com pálpebras grossas.

Hammond estava conversando com Sun Kai e Liu Bao, que inspecionava uma carta curiosa, larga e com vários selos, a tinta preta entremeada liberalmente com as marcas avermelhadas. Yongxing estava um pouco à parte, lendo outra missiva escrita em letras estranhamente enormes num longo rolo de papel. O príncipe não compartilhou o conteúdo da carta, apenas a enrolou de novo, guardou-a e se reuniu aos outros.

Hammond curvou-se diante deles e foi levar as notícias a Laurence:

— Recebemos ordens de deixar o navio continuar até Tien-sing enquanto vamos em frente pelo ar — contou. — E eles insistem que devemos partir imediatamente.

— Recebemos ordens? — indagou Laurence, confuso. — Não entendo, de onde vieram essas ordens? Não podemos já ter notícias de Pequim, o príncipe Yongxing só mandou a mensagem para eles há meros três dias.

Temeraire fez uma pergunta a Ping, que inclinou a cabeça e respondeu em tons graves e nada femininos, que vinham ecoando do largo peitoral.

— Ela disse que trouxe as cartas de uma estação de troca em Heyuan, que fica a 400 unidades de alguma medida chamada *li*, e que o voo não dura mais que duas horas — anunciou Temeraire. — Mas eu não sei o que isso significa em termos de distância.

— Um li tem 530 metros — informou Hammond, franzindo o cenho ao fazer a conta. Laurence, mais rápido na matemática mental, olhou espantado para a dragoneta: se nada tivesse sido exagerado, ela tinha coberto cerca de 190 quilômetros na jornada. A uma velocidade como essa, com mensageiros se revezando, a mensagem poderia de fato ter vindo de Pequim, que distava quase 3.200 quilômetros dali. Era incrível.

Yongxing, ouvindo a conversa, falou, impaciente:

271

— A nossa mensagem é da mais alta prioridade e voou com dragões de Jade a rota inteira; é claro que já recebemos a resposta. Não podemos nos atrasar desse jeito quando o imperador se pronunciou. De quanto tempo precisam para partir?

Ainda surpreso, Laurence recuperou a compostura e protestou que não poderia deixar o *Allegiance* naquelas condições; teria que esperar até que Riley estivesse bem o bastante para se levantar. Em vão: Yongxing nem teve chance de retrucar antes que Hammond interferisse.

— Não podemos ousar começar o contato ofendendo o imperador — vociferou. — O *Allegiance* certamente pode permanecer atracado até que o capitão Riley melhore.

— Pelo amor de Deus, isso só vai piorar a situação — argumentou Laurence, impaciente. — Metade da tripulação já caiu com malária, o navio não pode perder a outra metade para a deserção.

Entretanto, a discussão já estava resolvida, particularmente depois que Staunton manifestou sua opinião ao chegar para o café da manhã combinado com Hammond e Laurence.

— Fico feliz em prometer qualquer ajuda que o major Heretford e seus homens possam oferecer ao capitão Riley — declarou Staunton. — Concordo com eles, os chineses são muito preocupados com o protocolo, e negligenciar a educação básica é quase um insulto deliberado. Rogo que não se atrasem.

Com esse encorajamento e após uma rápida consulta com Franks e Beckett, que com mais coragem do que sinceridade juraram ser capazes de lidar com o serviço, seguida de uma visita a Riley, Laurence cedeu.

— Afinal, não estamos atracados, de qualquer maneira, por causa do calado, e temos suprimentos suficientes para que Franks recolha os barcos e mantenha os homens a bordo — apontou Riley. — Infelizmente ficaremos para trás, não importa o que acontecer, mas eu estou muito melhor, assim como Purbeck, e logo poderemos seguir em frente e nos reunir a vocês em Pequim.

Isso, porém, apenas deu início a uma nova série de problemas. Os preparativos já corriam avançados quando as indagações cuidadosas de Hammond determinaram que o convite chinês de modo algum se estendia a todos. Laurence fora aceito por necessidade como adjunto de Temeraire, e Hammond, como representante do rei, aceito apenas relutantemente. A sugestão de que a tripulação de Temeraire fosse junto, montada no arreio, foi rejeitada com horror.

— Não vou a lugar algum sem a tripulação junto, para proteger o Laurence — afirmou Temeraire ouvindo o debate, e transmitiu o fato diretamente a Yongxing em tons desconfiados. Para dar ênfase, aboletou-se no convés com determinação, a cauda enrolada ao redor de si, parecendo irredutível. Um acordo foi alcançado rapidamente, possibilitando que Laurence escolhesse dez integrantes da tripulação, a serem transportados por outros dragões chineses, cuja dignidade seria menos ultrajada ao executar o serviço.

— Que utilidade terão dez homens no meio de Pequim eu gostaria de saber — observou Granby mordaz, quando Hammond levou a oferta à cabine. Ele não tinha perdoado o diplomata pela recusa em investigar o atentado contra a vida de Laurence.

— E que utilidade cem homens teriam, na sua opinião, no caso de o exército imperial realmente representar ameaça eu gostaria de saber — respondeu Hammond com igual aspereza. — De qualquer maneira, é o melhor que vamos conseguir, já tive muito trabalho para obter permissão para tantos.

— Então teremos que nos virar com isso — Laurence nem se deu ao trabalho de erguer a cabeça. Estava ocupado selecionando as roupas, descartando aquelas que tinham ficado muito gastas pela viagem para serem respeitáveis. — O problema mais importante, do ponto de vista da segurança, é garantir que o *Allegiance* seja ancorado a uma distância que Temeraire seja capaz de alcançar num único voo sem dificuldade. Senhor — disse, virando-se para Staunton —, posso contar com você para acompanhar o capitão Riley se os seus deveres permitirem? A nossa partida vai privá-lo ao mesmo tempo de todos os intérpretes e da autoridade dos emissários. Fico preocupado com o caso de ele encontrar dificuldades na viagem para o norte.

— Estou inteiramente ao dispor dele e do senhor — respondeu Staunton, inclinando a cabeça. Hammond não pareceu muito satisfeito, mas não poderia levantar objeções, dadas as circunstâncias. Laurence ficou feliz em encontrar uma maneira política de ter os conselhos de Staunton à mão, mesmo que a chegada dele fosse atrasada.

Granby naturalmente o acompanharia, portanto Ferris teria de ficar para trás e supervisionar os homens que não pudessem ir. O restante da seleção foi mais doloroso. Laurence não queria demonstrar favoritismos, e na verdade tampouco queria deixar Ferris sem seus melhores homens. O capitão finalmente se decidiu por Keynes e Willoughby, da equipe de terra. Tinha aprendido a confiar na opinião do médico e, mesmo tendo que deixar o arreio para trás, achou melhor levar pelo menos um dos homens de arreio junto, para instruir os outros se fosse necessário improvisar um substituto de arreio em alguma emergência.

O tenente Riggs interrompeu os debates de Laurence e Granby com um pedido emocionado para ir junto, levando também seus quatro melhores fuzileiros.

— Nós não somos necessários aqui, há os fuzileiros navais a bordo, e se alguma coisa der errado, os fuzileiros serão muito úteis, pode apostar — argumentou. Do ponto de vista tático, era a mais pura verdade; mas também era igualmente verdadeiro que os fuzileiros eram os mais arruaceiros dentre todos os oficiais quando em grupo, e Laurence temia levar tantos deles para a corte depois de terem passado quase sete meses no mar. Qualquer insulto a uma dama chinesa seria profundamente ofensivo, e o capitão estaria ocupado demais para tomar conta deles.

— Vamos levar o Sr. Dunne e o Sr. Hackley — Laurence finalmente decidiu. — Entendo os seus argumentos, Sr. Riggs, mas quero homens estáveis para o serviço, homens que não vão se distrair. Acho que o senhor me entende. Muito bem. John, também vamos levar o Blythe, e o Martin, dos homens de topo.

— Agora só faltam dois — informou Granby, somando os nomes ao total.

274

— Não posso levar o Baylesworth também, Ferris precisará de um segundo-oficial confiável — comentou Laurence, após considerar rapidamente o último dos tenentes. — Vamos levar Therrows, dos sineiros, então. E Digby, por último. Ele é muito jovem, mas se portou bem, e a experiência será boa para ele.

— Estarão todos prontos no convés em quinze minutos, senhor — respondeu Granby, levantando-se.

— Sim, e mande o Ferris descer — instruiu Laurence, já escrevendo as ordens. — Sr. Ferris, confio no seu julgamento — continuou, quando o segundo-tenente interino chegou. — Não há como prever um décimo do que poderá acontecer, dadas as circunstâncias. Escrevi um conjunto formal de ordens para o caso de eu e o Sr. Granby sermos perdidos. Se isso acontecer, a sua principal preocupação será o bem-estar do Temeraire, em seguida, o bem-estar da tripulação e o retorno seguro de todos à Inglaterra.

— Sim, senhor — Ferris respondeu, aborrecido, e aceitou o pacote selado. Não tentou barganhar a própria inclusão e deixou a cabine com os ombros caídos e infelizes.

Laurence terminou de rearrumar o baú. Felizmente, no início da jornada ele tinha separado o melhor casaco e o melhor chapéu, que ficaram embrulhados em papel e oleado no fundo do baú, de modo a preservá-los para a missão diplomática. Vestiu o casaco de couro e as calças de lã grossa que usava para voar: não tinham ficado muito gastos, sendo mais resistentes e tendo sido menos usados durante a viagem. Apenas duas das camisas poderiam ser incluídas, e um punhado de lenços de pescoço. O restante ele deixou de lado numa pilha, dentro do armário da cabine.

— Boyne — chamou, colocando a cabeça para fora da porta e vendo um marujo desocupado remendando uma corda. — Leve isso para o convés, por favor. — Com o baú despachado, Laurence escreveu algumas palavras para a mãe e para Jane e as levou para Riley. O pequeno ritual apenas aumentou a sensação que o dominava, de que estava às vésperas de uma batalha.

Os homens estavam reunidos no convés quando o capitão subiu, os vários baús e bolsas sendo carregados na lancha. Decidiu-se que a bagagem dos enviados ficaria quase toda a bordo, depois que Laurence comentou que seria necessário quase um dia inteiro para descarregá-la. Ainda assim, as necessidades básicas deles juntas eram mais pesadas que toda a bagagem dos tripulantes. Yongxing estava no convés dos dragões entregando uma carta selada a Lung Yu Ping; ele não parecia achar nada de mais em confiá-la diretamente a um dragão, considerando que estava sem cavaleiro, e ela própria recebeu a missiva com habilidade e experiência, segurando-a tão delicadamente na pata com longas garras que era como se tivesse mãos humanas. A dragoneta meteu a carta cuidadosamente na malha dourada, prendendo-a contra a barriga.

Depois disso, fez uma mesura para o príncipe e em seguida para Temeraire, e bamboleou para a frente, pois as asas atrapalhavam a caminhada. Na beira do convés, ela abriu as largas asas, bateu-as um pouco e então saltou num pulo enorme, quase equivalente à altura dela, já batendo-as furiosamente, e num instante era só um pontinho no ar.

— Ah — exclamou Temeraire, impressionado, assistindo à partida. — Ela voa bem alto. Nunca subi tanto assim.

Laurence também estava maravilhado e ficou observando por mais alguns minutos com a luneta. Ela já tinha sumido de vista, mesmo que o dia estivesse limpo.

Staunton chamou Laurence em particular.

— Posso fazer uma sugestão? Leve as crianças também. Se posso falar pela minha própria experiência de garoto, elas podem ser úteis. Não há nada como ter crianças presentes para transmitir intenções pacíficas, e os chineses têm especial respeito pelas relações filiais, sejam adotivas ou sanguíneas. Pode-se afirmar com naturalidade que você é o guardião delas, e tenho certeza de que posso convencer os chineses a não contá-las no seu total.

Roland ouviu isso. Imediatamente ela e Dyer estavam parados com os olhos brilhantes e esperançosos diante de Laurence, implorando silenciosamente, e com alguma hesitação, o capitão falou:

— Bem, se os chineses não se opuserem à inclusão deles no grupo...

— Isso foi encorajamento suficiente; os dois desapareceram em busca das próprias malas e estavam de volta antes mesmo que Staunton tivesse acabado de negociar a inclusão deles.

— Isso me parece uma bobagem — comentou Temeraire, no que deveria ter sido um tom confidencial. — Eu poderia facilmente carregar todos vocês e mais todos que estão naquele barco também. Se eu tiver que voar ao lado, vai levar muito mais tempo.

— Não discordo, mas não vamos recomeçar a discussão — respondeu Laurence cansado, recostado em Temeraire, acariciando-lhe o focinho. — Só desperdiçaria mais tempo.

Temeraire o afagou com o focinho reconfortante, e Laurence fechou os olhos por um momento. O momento de quietude, após três horas de pressa frenética, trouxe de volta todo o cansaço da noite mal dormida.

— Sim, estou pronto — disse, endireitando-se. Granby estava lá. Laurence ajeitou o chapéu sobre a cabeça e assentiu para a tripulação conforme passava, enquanto os homens tocavam as testas. Alguns até murmuravam "Boa sorte, senhor" e "Vá com Deus, senhor".

O capitão apertou a mão de Franks e desceu pelo costado ao som das flautas e dos tambores, com o restante da tripulação já instalado na lancha. Yongxing e os outros emissários já tinham sido baixados na cadeira de contramestre e estavam abrigados na popa sob uma cobertura contra o sol.

— Muito bem, Sr. Tripp, vamos lá — disse Laurence ao aspirante, e lá foram eles, o alto costado do *Allegiance* recuando quando ergueram a vela e tomaram o vento sul para longe de Macau, entrando no largo delta do rio Pérola.

Capítulo 12

Não seguiram a costumeira curva do rio até Whampoa e Cantão, mas tomaram um braço mais ao leste na direção da cidade de Dongguan. Ora à deriva com o vento, ora remando contra a lenta corrente ante os largos arrozais quadrados nas margens do rio, verdejantes com os topos dos brotos rompendo a superfície da água. O fedor de estrume era como uma nuvem sobre o rio.

Laurence dormitou quase a viagem inteira, apenas vagamente ciente das fúteis tentativas da tripulação de fazer silêncio. Os sussurros sibilantes faziam com que as instruções fossem repetidas três vezes, gradualmente subindo até o volume normal. Qualquer incidente ocasional, como soltar um rolo de corda com muita força ou tropeçar em um dos bancos de remador, provocava uma torrente de xingamentos e ordens de silêncio que eram consideravelmente mais barulhentas que o próprio barulho. Mesmo assim Laurence dormiu, ou algo próximo disso. De vez em quando abria os olhos e olhava para cima, para se assegurar de que o vulto de Temeraire ainda os acompanhava.

O capitão acordou de um sono mais profundo apenas depois do crepúsculo. A vela estava sendo recolhida, e alguns momentos depois a lancha bateu levemente na doca, ao que se seguiram os xingamentos costumeiros dos marujos amarrando o barco. Havia pouquíssima luz à mão, exceto as lanternas do barco, apenas o suficiente para mostrar uma larga escadaria que ia até a água, os degraus mais baixos sumindo sob o rio. Dos dois lados, apenas sombras escuras de juncos nativos encostados à praia.

Uma procissão de lanternas vinha na direção deles do interior; os nativos obviamente tinham sido avisados da chegada deles. Grandes esferas incandescentes de seda vermelha, esticadas sobre armações de bambu, com reflexos que pareciam chamas na água. Os portadores de lanternas se espalharam ao longo das paredes numa procissão cuidadosa, e subitamente um grande número de chineses estava entrando no barco, pegando os vários itens da bagagem e transferindo-os sem sequer pedir permissão, um gritando alegremente para o outro enquanto trabalhavam.

Laurence sentiu-se inclinado a reclamar de início, mas não havia motivo: a operação inteira estava sendo conduzida com admirável eficiência. Um escrivão tinha se sentado na base dos degraus com algo semelhante a uma prancheta no colo e fazia uma lista dos diferentes volumes num rolo de papel conforme passavam por ele, ao mesmo tempo que marcava cada um visivelmente. Em vez de reclamar, Laurence se levantou e tentou relaxar o pescoço discretamente com pequenos movimentos para cada lado, sem se espreguiçar de forma espalhafatosa. Yongxing já tinha saído do barco e entrado num pequeno pavilhão na margem. Era possível ouvir a voz tonitruante de Liu Bao vinda de dentro, pedindo o que Laurence já reconhecia como a palavra para vinho. Sun Kai estava na margem, falando com o mandarim local.

— Senhor — disse Laurence a Hammond —, o senhor me faria a gentileza de perguntar aos oficiais locais onde o Temeraire pousou?

Hammond fez algumas perguntas aos homens na margem, franziu o cenho e disse a Laurence, em tom confidencial:

— Disseram que ele foi levado para o Pavilhão das Águas Quietas e que nós vamos passar a noite em outro local. Por favor, faça alguma objeção, em voz bem alta, para que eu tenha uma desculpa para discutir com eles. Não podemos abrir o precedente de sermos separados do Temeraire.

Laurence, que teria feito um grande escarcéu mesmo que isso não tivesse sido pedido, acabou confuso com a requisição de uma encenação. Gaguejou um pouco e disse numa voz alta, mas insegura:

— Tenho de ver o Temeraire imediatamente e me assegurar do bem--estar dele.

Hammond voltou-se imediatamente para os criados, estendendo as mãos como se se desculpasse, e falou com urgência. Sob os olhares feios dos chineses, Laurence fez o melhor que pôde para parecer severo e obstinado, sentindo-se completamente ridículo e furioso ao mesmo tempo. Finalmente, Hammond virou-se de volta com expressão satisfeita e anunciou:

— Excelente, eles concordaram em nos levar até ele.

Aliviado, Laurence assentiu com a cabeça e se virou para a tripulação do barco.

— Sr. Tripp, deixe que os cavalheiros mostrem a você e aos homens onde dormir. Falarei com todos amanhã de manhã, antes de voltarem ao *Allegiance* — o capitão instruiu o aspirante, que tocou o chapéu, e em seguida subiu as escadas.

Sem discussão, Granby organizou os homens numa formação folgada ao redor de Laurence conforme eles andavam pelas estradas largas e pavimentadas, seguindo a lanterna oscilante do guia. Laurence teve a impressão de ver muitas casas pequenas dos dois lados, e havia marcas fundas de sulcos nas pedras do pavimento, com as bordas agudas desgastadas e suavizadas pela passagem de muitos anos. O capitão sentia-se bem acordado após o longo dia de sonecas, mas havia algo curiosamente onírico na caminhada pelas trevas estrangeiras, enquanto as botas negras macias do guia faziam barulhos sibilantes ao tocar as pedras e a fumaça dos fogos escapava das casas próximas, a luz muda filtrada de detrás das telas e janelas. Um trecho de uma canção desconhecida soou na voz de uma mulher.

Eles chegaram enfim ao fim da estrada, e o guia os levou por uma larga escadaria de um pavilhão, por entre duas enormes colunas redondas de madeira pintada, e o teto era tão alto que o formato se perdia nas trevas. A respiração grave e barulhenta dos dragões ecoava alto no espaço semifechado, a toda a volta deles. A luz fulva da lanterna reluzia em escamas em todas as direções, como montanhas de tesouro ao redor da passagem estreita no centro. Hammond se aproximou inconscientemente do centro do grupo e prendeu a respiração quando a lanterna foi refletida no olho semiaberto de um dragão, transformando-o num disco de ouro liso e reluzente.

Os ingleses passaram por mais um par de colunas, chegando a um jardim aberto, onde água corria em algum lugar nas trevas, além do sussurro de folhas largas roçando umas nas outras. Mais alguns dragões dormiam ali, um deles esparramado atravessado no caminho. O guia cutucou-o com a vara da lanterna até que a criatura se moveu, de má vontade, sem nem abrir os olhos. Eles subiram mais escadas até outro pavilhão, menor que o primeiro, onde finalmente encontraram Temeraire, enrodilhado sozinho num vazio gritante.

— Laurence? — indagou Temeraire, erguendo a cabeça quando eles entraram, e o acariciou com o focinho, feliz. — Vai ficar aqui comigo? É muito estranho dormir em terra novamente. Parece até que o chão está se movendo.

— É claro que vou dormir aqui — assegurou Laurence, e a tripulação se deitou pelo pavilhão sem reclamar: a noite estava agradavelmente morna, e o piso, feito de quadrados de madeira marchetada, estava gasto pelos anos de uso, de forma que não era desconfortável. Laurence assumiu o lugar de sempre na pata dianteira do dragão. Depois de dormir durante toda a jornada, o capitão estava sem sono e disse a Granby que assumiria o primeiro turno.

— Deram alguma coisa para você comer? — perguntou o capitão depois que estavam todos instalados.

— Ah, sim — respondeu Temeraire, sonolento. — Um porco assado, bem grande, e alguns cogumelos assados. Não estou com fome alguma. Não foi um voo muito difícil, afinal, e não havia nada de interessante para ver antes do pôr do sol, exceto aqueles campos estranhos, cheios de água.

— Os arrozais — explicou Laurence, mas Temeraire já estava adormecido e logo começou a roncar. O som era definitivamente mais alto dentro do pavilhão, mesmo que não tivesse paredes. A noite estava silenciosa, e os mosquitos não atormentavam tanto, felizmente. Os insetos evidentemente não gostavam do calor seco do corpo do dragão. Não havia nada que ajudasse a marcar a passagem do tempo, e Laurence perdeu a noção das horas. Nenhuma interrupção na quietude durante a noite, exceto um barulho no pátio que lhe chamou a atenção: um dragão pousou, voltando um olhar leitoso para eles, refletindo a luz da lua como olhos de gato, mas não se aproximou do pavilhão, e se afastou na escuridão.

Granby acordou para o turno de vigília. Laurence se preparou para dormir. Também sentia a velha ilusão familiar da terra em movimento, quando o corpo se lembrava do oceano mesmo depois que ele tinha sido deixado para trás.

O capitão acordou num susto. A confusão de cores acima era estranha até que ele entendeu que estava olhando para a decoração do teto, cada pedaço de madeira pintado e laqueado em cores vibrantes e dourado reluzente. Laurence sentou-se e olhou em volta com interesse renovado. As colunas redondas eram pintadas de vermelho sólido, montadas sobre bases de mármore branco, e o telhado estava a pelo menos 9 metros de altura. Temeraire não teria dificuldades em entrar ali.

A frente do pavilhão se abria para uma vista do pátio que Laurence considerou mais interessante do que bela: o piso era pavimentado com pedras cinzentas ao redor de um caminho serpenteante de pedras vermelhas, cheio de rochas estranhas e árvores, e, é claro, dragões: havia cinco esparramados sobre o chão em várias posições de descanso, exceto por um que já estava acordado e se limpava meticulosamente numa enorme piscina que ocupava o canto nordeste do pátio. O dragão era de um tom de azul-acinzentado não muito diferente da cor do céu naquele momento, e curiosamente as pontas das quatro garras estavam pintadas de vermelho brilhante. Enquanto Laurence observava, a criatura terminou a higiene matinal e alçou voo.

A maioria dos dragões no pátio parecia ser de raça similar, mesmo que houvesse grande variação em tamanho, no tom exato da cor e no número e no posicionamento dos chifres. Alguns tinham costas lisas, enquanto outros tinham espinhas com cristas espinhosas. Logo um tipo bem diferente de dragão veio do pavilhão maior ao sul: maior, de cor carmesim, com garras de tom dourado e uma crista amarelo brilhante correndo a partir da cabeça de muitos chifres e descendo pela espinha. Bebeu da fonte e deu um enorme bocejo, exibindo uma fileira dupla de dentes pequenos, mas afiados, e um conjunto de quatro presas maiores e curvas. Corredores mais estreitos, com paredes entremeadas de pequenos arcos, corriam para o leste e o oeste do pátio, unindo os dois pavilhões. O dragão vermelho foi até um dos arcos e gritou algo para dentro.

Alguns momentos depois, uma mulher saiu cambaleando de dentro do arco, esfregando o rosto e grunhindo sem palavras. Laurence olhou fixamente para ela, depois afastou o olhar, envergonhado, pois ela estava nua até a cintura. O dragão a empurrou com força e a derrubou na piscina. O ato certamente teve um efeito estimulante. A mulher se levantou cuspindo água, os olhos arregalados, e tagarelou alguma coisa para o dragão sorridente com vontade, antes de voltar ao corredor. Saiu de novo alguns minutos depois, vestindo o que parecia ser algum tipo de colete acolchoado, de algodão azul-escuro com bordas vermelhas largas, e mangas largas. Levava um arnês de tecido; também seda, Laurence imaginou. Ela jogou o arnês no dragão sozinha, ainda falando alto e obviamente aborrecida. Laurence teve uma lembrança irresistível de Berkley e Maximus, mesmo que Berkley jamais tivesse dito tantas palavras tão rápido assim na vida inteira. Havia algo de irreverente nos dois relacionamentos.

Com o arnês seguro, a aviadora chinesa montou e os dois decolaram sem cerimônia, desaparecendo do pavilhão para executar quaisquer que fossem os deveres diários deles. Todos os dragões começavam a acordar agora, e mais três dos grandes escarlates vinham do pavilhão; mais pessoas também vinham dos salões: homens do leste, e mais algumas mulheres do oeste.

O próprio Temeraire estremeceu sob Laurence e então abriu os olhos.

— Bom-dia — cumprimentou, bocejando. E em seguida disse: — Oh! — Os olhos arregalados olhavam em volta, absorvendo a decoração suntuosa e todo o movimento no pátio. — Não tinha percebido que havia tantos outros dragões aqui, nem que o lugar era tão belo — comentou, um pouco nervoso. — Espero que sejam amigáveis.

— Tenho certeza de que serão todos corteses, quando perceberem que você veio de tão longe — Laurence tranquilizou-o, descendo da pata para que o dragão pudesse se levantar. O ar estava abafado e pesado com a umidade, o céu parecia incerto e cinzento. Faria calor novamente, o capitão pensou. — Você deveria beber o máximo que puder — aconselhou. — Não faço ideia de quantas vezes vamos parar e descansar ao longo do caminho hoje.

— Pode ser — respondeu Temeraire, relutante, e desceu do pavilhão até o pátio. O burburinho crescente cessou completamente, e tanto os dragões quanto seus companheiros olharam fixamente para Temeraire, ao que se seguiu um movimento geral para trás e para longe dele. Laurence ficou chocado e ofendido por um momento, então percebeu que estavam todos, humanos e dragões, se curvando bem baixo até o chão. Estavam apenas abrindo caminho até o tanque.

Houve um silêncio perfeito. Temeraire andou inseguro em meio às fileiras abertas de dragões até a piscina, bebeu água apressadamente e se retirou para o pavilhão elevado. Apenas após a partida dele a atividade geral recomeçou, com muito menos barulho do que antes e uma boa quantidade de espiadelas para o pavilhão enquanto fingiam fazer outras coisas.

— Foram muito gentis em me deixar beber — confidenciou Temeraire, quase sussurrando —, mas gostaria que não me olhassem tanto.

Os dragões pareciam dispostos a ficar por ali mais tempo, mas um a um decolaram, exceto pelos que eram claramente mais velhos, com escamas esmaecidas nas bordas, que voltaram a tomar sol nas pedras do pátio. Granby e o restante da equipe acordaram nesse meio-tempo, sentando-se para observar o espetáculo com o mesmo interesse que os outros dragões demonstraram por Temeraire. Acordaram completamente e começaram a endireitar as roupas.

— Acho que vão mandar alguém nos buscar — comentou Hammond, alisando inutilmente as calças. Ele tinha se vestido formalmente, em vez de usar o uniforme de voo como todos os aviadores. Naquele exato momento, Ye Bing, um dos jovens servos chineses do navio, chegou ao pátio, acenando para chamar a atenção deles.

O café da manhã não foi nada a que Laurence estivesse acostumado, consistindo num mingau ralo de arroz misturado a peixe seco e fatias de ovo horrivelmente descolorido, servido com palitos gordurosos de pão muito leve. Os ovos ele empurrou para o lado, e o restante ele se obrigou a comer, baseado no mesmo conselho que dera a Temeraire; o capitão teria pagado muito caro por ovos bem cozidos e um pouco de bacon. Liu Bao cutucou Laurence no braço com os palitos e apontou para os ovos enquanto fazia algum comentário. O emissário comia os ovos que havia no próprio prato com grande prazer.

— O que você acha que há de tão importante neles? -- inquiriu Granby em voz baixa, cutucando a própria porção com desconfiança.

Após perguntar a Liu Bao, Hammond respondeu com a mesma desconfiança:

— Ele diz que são ovos dos mil anos. — Mais corajoso que os outros, o diplomata pegou uma das fatias e a comeu, mastigou e engoliu, parecendo pensativo enquanto todos esperavam pelo veredicto: — Parecem quase em conserva — comentou. — De qualquer maneira, não estão podres.

Hammond provou mais um pedaço e acabou comendo toda a porção. Laurence, por sua vez, deixou as estranhas coisas amarelas e verdes em paz.

Tinham sido levados a um tipo de salão de convidados não muito distante do pavilhão dos dragões para a refeição. Os marinheiros estavam lá esperando e se juntaram aos outros para o desjejum, sorrindo maliciosamente. Não estavam mais felizes em serem deixados de fora da aventura do que o restante dos aviadores tinha ficado e não perderam a chance de fazer comentários sobre a qualidade da comida que o grupo poderia esperar no resto da viagem. Enfim, Laurence se despediu de Tripp.

— Não deixe de dizer ao capitão Riley que está tudo na mais completa paz, nessas exatas palavras — instruiu. Os dois capitães combinaram que qualquer outra mensagem, não importava o quão reconfortante fosse, significaria que alguma coisa tinha dado horrivelmente errado.

Um par de carroças puxadas por mulas estava esperando por eles do lado de fora, toscas e claramente sem molas. A bagagem tinha seguido na frente. Laurence subiu na carroça e se agarrou desesperado à lateral conforme sacolejaram estrada abaixo. As ruas, pelo menos, não eram tão impressionantes à luz do dia: muito largas, mas pavimentadas com pedras redondas e antigas e cuja argamassa já se desgastara havia muito. As rodas da carroça corriam por dois sulcos gastos e fundos entre as pedras, batendo e pulando na superfície irregular.

Havia muita atividade ao redor deles, e as pessoas os olhavam com grande curiosidade, às vezes parando de trabalhar para observá-los por algum tempo.

— E isto não é nem uma cidade? — comentou Granby, interessado, tentando somar o número de pessoas. — Parece haver muita gente para ser uma simples vila.

— Há uns 200 milhões de pessoas neste país, de acordo com as informações mais recentes — revelou Hammond distraído, ocupado em fazer anotações num diário. Laurence balançou a cabeça diante do número apavorante, mais de dez vezes a população da Inglaterra.

O capitão ficou mais surpreso pessoalmente ao ver um dragão passar andando vindo na direção contrária. Mais um dos azul-acinzentados. Vestia um estranho arreio de seda com um peitoral proeminente, e quando o grupo passou por ele, viram que havia três dragonetes, dois do mesmo tipo e um do tipo vermelho, caminhando atrás, cada um atado ao arreio, como se usassem rédeas.

Esse dragão, porém, não foi o único a ser visto nas ruas. Logo passaram por um posto militar, com uma pequena tropa de soldados vestidos de azul-claro treinando no pátio e um par de grandes dragões vermelhos sentados do lado de fora do portão, falando e exclamando sobre um jogo de dados entre os respectivos capitães. Ninguém parecia dar a menor atenção à presença deles. Os camponeses apressados levavam suas cargas sem olhar duas vezes, ocasionalmente passando por cima de uma das patas estendidas quando outros caminhos estavam bloqueados.

Temeraire esperava por eles num campo aberto, dois dos dragões azuis também perto, vestindo arreios de malha que estavam sendo carregados com bagagem pelos criados. Os dois menores sussurravam entre si, olhando Temeraire de esguelha. O dragão negro parecia constrangido e ficou muito aliviado ao ver Laurence.

Finalmente carregados, os dragões ficaram de quatro para que os criados pudessem subir e montar pequenos pavilhões nas costas deles muito parecidos com as tendas usadas para longos voos pelos aviadores britânicos. Um dos criados falou com Hammond e indicou um dos dragões azuis.

— Vamos viajar naquele ali — disse Hammond a Laurence, e então perguntou alguma outra coisa ao servo, que balançou a cabeça com força e respondeu veemente, apontando novamente o segundo dragão.

Antes que a resposta pudesse ser traduzida, Temeraire se sentou, indignado.

— O Laurence não vai montar nenhum outro dragão — declarou, estendendo uma pata possessiva e quase derrubando Laurence ao puxálo mais para perto. Hammond mal teve que repetir a declaração para os chineses.

O capitão não tinha percebido que eles não iam permitir que ele viajasse com Temeraire. Laurence não gostava da ideia do dragão negro voando sozinho numa longa jornada, mas não podia deixar de considerar a questão um tanto menor. Eles estariam voando ao mesmo tempo, bem próximos um do outro, e Temeraire não estaria em nenhum perigo real.

— É só uma viagem curta — disse ao dragão, e ficou surpreso ao ser contestado imediatamente não por Temeraire, mas por Hammond.

— Não, a sugestão é inaceitável, não pode ser considerada — insistiu Hammond.

— De maneira alguma — Temeraire concordou plenamente, e chegou a grunhir quando o criado tentou continuar discutindo.

— Sr. Hammond — chamou Laurence, com uma feliz inspiração —, por favor, diga a eles que se o problema for o arreio, eu posso me atar facilmente à corrente do pingente de Temeraire; desde que não tenha que ficar subindo por aí, ficarei seguro.

— Eles não poderão discordar disso — exclamou Temeraire, satisfeito, e interrompeu a discussão imediatamente para fazer a sugestão, que foi aceita de má vontade.

— Capitão, posso lhe falar um instante? — Hammond puxou-o para o lado. — Essa tentativa é como os arranjos de ontem à noite. Preciso lhe pedir, senhor, que de maneira alguma concorde em continuar viajando se ficarmos separados; e fique preparado para qualquer outra tentativa de separá-lo do Temeraire.

— Entendo o seu argumento, senhor, e obrigado pelo conselho — respondeu Laurence, sombrio, e olhou com olhos estreitos para Yongxing. Mesmo que o príncipe não tivesse se dignado a participar de nenhuma das discussões, Laurence suspeitava do dedo dele por trás de todas elas e tinha esperado que os fracassos das tentativas de separá-los a bordo tivessem ao menos evitado aqueles esforços.

Depois de tantas tensões no início da jornada, o longo dia de voo se passou sem eventos, exceto pelo frio ocasional na barriga de Laurence quando Temeraire decidia mergulhar para ver melhor alguma coisa no solo. O peitoral não ficou perfeitamente parado durante o voo, e se movia muito mais que o arreio. Temeraire era consideravelmente mais veloz que os outros dois, mais resistente, e poderia alcançá-los mesmo que se demorasse meia hora em cada parada turística. O aspecto mais impressionante para Laurence era a exuberância da população. Eles não tinham passado por nenhuma extensão de terra que não fosse cultivada de alguma forma, e todos os cursos d'água um pouco maiores estavam lotados de barcos indo nas duas direções. E, é claro, a real imensidão do país: eles viajavam da manhã até a noite, com apenas uma parada para o almoço ao meio-dia, e os dias eram longos.

Uma extensão quase infinita de planícies largas, quadriculadas com os arrozais e entremeadas com muitos riachos, deu lugar, após dois dias de viagem, a colinas, e daí a montanhas crescentes. Vilas e aldeias de tamanhos variados pontilhavam o país abaixo, e ocasionalmente as pessoas que trabalhavam os campos paravam e os observavam voando acima caso Temeraire voasse baixo o bastante para ser reconhecido como um Celestial. Laurence primeiro achou que o Yangtse fosse um lago de tamanho respeitável, com menos de 2 quilômetros de largura, as margens leste e oeste encobertas por um chuvisco fino e cinzento. Foi apenas quando chegaram diretamente acima que ele pôde ver o poderoso rio se estendendo infinitamente e a lenta procissão de juncos aparecendo e sumindo em meio à névoa.

Depois de passar duas noites em vilas menores, Laurence começara a achar que o primeiro estabelecimento tinha sido um caso atípico, mas a residência deles naquela noite na cidade de Wuchang transformou o belo pavilhão em algo insignificante. Oito grandes pavilhões, arranjados numa forma simétrica octogonal e unidos por salões fechados mais estreitos, ao redor de um espaço que era mais um parque do que um jardim. Roland e Dyer começaram a brincar de contar os dragões que habitavam o lugar, mas desistiram depois dos trinta. Perderam a conta do total quando um grupo de pequenos dragões roxos pousou e disparou numa fúria de asas e patas passando pelo pavilhão, muitos e rápidos demais para serem contados.

Temeraire dormitou. Laurence pousou a tigela. Mais um jantar sem graça de arroz e vegetais. A maioria dos homens já estava dormindo embrulhada nos mantos, e o restante estava em silêncio. A chuva ainda caía numa cortina constante e fumegante além das paredes do pavilhão, fazendo barulho nos cantos curvados do telhado. Ao longo das encostas do vale do rio, vagamente visíveis, pequenos faróis amarelos queimavam sob cabanas abertas, para sinalizar o caminho aos dragões que voavam pela noite. Um burburinho suave ecoava dos pavilhões vizinhos, e muito mais longe um grito penetrante ressoava claramente apesar do peso abafador da chuva.

Yongxing passara a maioria das noites separado dos outros, em alojamentos mais particulares, mas dessa vez saiu do isolamento e parou à beira do pavilhão, olhando para o vale. Após mais um momento, o chamado soou novamente, mais perto. Temeraire ergueu a cabeça para ouvir, com o rufo levantado e alerta, em seguida Laurence ouviu o familiar bater coriáceo de asas. Névoa e vapor rolaram para longe das pedras com a descida do dragão, uma sombra fantasmagórica e branca se coagulando na chuva prateada. Ela dobrou as grandes asas alvas e foi andando até eles, as garras ecoando nas pedras. Os criados que passavam entre pavilhões se encolhiam diante dela, virando os rostos e apressando-se, mas Yongxing desceu os degraus até a chuva, e ela baixou a cabeça grande e largamente rufada até o príncipe, dizendo-lhe o nome numa voz clara e doce.

— Aquela é outra Celestial? — perguntou Temeraire, em voz baixa e desconfiada. Laurence apenas balançou a cabeça, sem poder responder. Ela era de um branco absurdamente puro, uma cor que o capitão jamais vira num dragão nem mesmo em listras ou manchas. As escamas tinham o brilho translúcido de um velino fino e muito raspado, perfeitamente incolor, e as beiradas dos olhos eram um labirinto rosa vítreo com veias inchadas a ponto de serem vistas de longe. Porém, ela tinha o mesmo grande rufo e as mesmas longas gavinhas que bordejavam as mandíbulas que Temeraire, só a cor era diferente. Vestia um conjunto de colares torcidos de ouro engastados com rubis e capas de garras de ouro com rubis nas pontas em todas as garras dianteiras. A cor profunda ecoava o tom dos olhos.

Ela empurrou Yongxing carinhosamente de volta para dentro do templo e entrou atrás dele, primeiro estremecendo as asas rapidamente para fazer a chuva escorrer. Mal dirigiu um olhar a eles, apenas um dardejar dos olhos e mais nada, em seguida se enrodilhou em volta de Yongxing, ciumenta, para murmurar com ele num canto distante do pavilhão. Criados lhe trouxeram o jantar, arrastando os pés de má vontade, mesmo que não tivessem mostrado relutância semelhante perto de nenhum outro dragão, e de fato demonstrassem satisfação visível ao redor de Temeraire. Ela não parecia merecer o medo. Comeu rápida e delicadamente, sem deixar nem uma gota cair do prato, e não prestou nenhuma atenção a eles.

Na manhã seguinte, Yongxing a apresentou rapidamente como Lung Tien Lien, e então a levou para um café da manhã particular. Hammond tinha feito algumas perguntas discretas, de modo que pôde revelar um pouco mais aos outros durante o café da manhã.

— Ela certamente é uma Celestial — contou. — Suponho que seja um caso de albinismo, não faço ideia da razão para eles terem ficado tão apreensivos.

— Ela nasceu com as cores do luto, é claro que dá azar — Liu Bao revelou cuidadosamente quando lhe pediram mais informações, como se o fato fosse evidente, e então acrescentou: — O imperador Qianlong ia dá-la a um príncipe na Mongólia, para que a má sorte não afetasse nenhum dos filhos dele, mas Yongxing insistiu em ficar com ela, em vez de deixar um Celestial sair da família imperial. Ele poderia ter sido o imperador, mas é claro que não se pode ter um imperador com um dragão amaldiçoado, seria um desastre para o Estado. Então o irmão dele agora é o imperador Jiaqing. Assim desejaram os céus! — Com esse comentário filosófico, o emissário deu de ombros e comeu mais um pedaço de pão frito. Hammond recebeu mal as novidades, e Laurence compartilhou do desgosto: uma coisa era ter orgulho, outra coisa era ter um princípio implacável o suficiente a ponto de sacrificar um trono.

Os dois dragões de carga que acompanhavam o grupo foram trocados por mais um da mesma raça azul-acinzentada e outro de um tipo um pouco maior, verde profundo com listras azuis e cabeça lisa. Eles encaravam Temeraire com o mesmo espanto, entretanto, e Lien com um respeito nervoso, e se mantiveram isolados. Temeraire a essa altura já tinha se reconciliado com o estado de solidão majestática, e de qualquer maneira estava ocupado completamente em espiar Lien de esguelha com curiosidade fascinada, até que ela se virou para encará-lo, e o dragão negro baixou a cabeça, envergonhado.

Naquela manhã, Lien vestia um tipo estranho de decoração na cabeça, feita de seda fina drapejada entre barras de ouro, que ficavam sobre os olhos dela como um pálio e os protegiam. Laurence se perguntou se ela acharia aquilo necessário com o céu ainda encoberto e cinzento. Mas o tempo quente e úmido se abriu quase abruptamente durante as primeiras horas de voo, por entre gargantas serpenteantes em meio a montanhas antigas. As faces meridionais reclinadas eram luxuriosas e verdes, e as faces setentrionais eram quase estéreis. Um vento frio atingiu-os nos rostos quando sobrevoaram os sopés, e o sol surgiu por entre as nuvens quase dolorosamente brilhante. Os arrozais não reapareceram, substituídos por longas extensões de trigo amadurecendo, e uma vez viram um enorme rebanho de bois marrons avançando lentamente por um vale gramado, as cabeças baixas enquanto pastavam.

Uma pequena cabana estava plantada num morro, supervisionando a manada, e ao redor dela giravam vários espetos enormes, nos quais vacas inteiras assavam, um perfume fragrante subindo ao céu.

— Parecem deliciosas — observou Temeraire, desejoso. Não era o único que tinha essa opinião. Quando eles se aproximaram, um dos dragões acompanhantes acelerou de repente e mergulhou. Um homem saiu da cabana e debateu com o dragão, em seguida entrando novamente. Saiu com uma grande tábua de madeira e a deitou diante do dragão, que gravou alguns símbolos chineses na tábua com a garra.

O homem levou a tábua embora, e o dragão levou uma vaca. Claramente, tinha feito uma compra. Decolou com o acepipe e se juntou aos outros, mastigando a vaca feliz enquanto voava. Evidentemente, não considerara necessário desembarcar nenhum dos passageiros durante o procedimento. Laurence achou que podia ver o pobre Hammond parecendo bem verde enquanto o dragão chupava os intestinos como se fossem macarrão.

— Nós poderíamos comprar uma, se eles aceitassem guinéus — ofereceu Laurence a Temeraire, meio duvidoso. Ele tinha trazido ouro em vez de papel-moeda, mas não fazia ideia se o pastor aceitaria.

— Ah, não estou com muita fome — respondeu Temeraire, parecendo pensar em outra coisa agora. — Laurence, aquilo foi escrita, não foi? O que ele fez na tábua?

— Acho que sim, por mais que eu não me considere um especialista nas letras chinesas — disse Laurence. — Você é mais capaz de reconhecê-las do que eu.

— Pergunto-me se todos os dragões chineses sabem escrever — comentou Temeraire, triste com a ideia. — Eles vão achar que eu sou muito burro se for o único iletrado. Preciso aprender de alguma forma. Sempre achei que letras deveriam ser feitas com penas, mas tenho certeza de que consigo gravar daquele jeito.

Talvez como cortesia a Lien, que parecia incomodada com a luz do sol direta, eles fizeram uma pausa durante o calor do dia em outro pavilhão de viagem para almoçar e para que os dragões descansassem, depois voaram noite adentro. Faróis no solo iluminavam o caminho em intervalos irregulares, mas de qualquer maneira Laurence poderia determinar o curso pelas estrelas. Deram uma guinada mais forte para nordeste, e os quilômetros passaram rapidamente. Os dias continuavam quentes, mas não mais tão extraordinariamente úmidos, e as noites eram maravilhosamente frescas e agradáveis. Sinais da força do inverno do norte eram aparentes, entretanto: os pavilhões tinham paredes de três lados e eram erguidos sobre plataformas de pedra com fornos para aquecer o piso.

Pequim se espalhava a uma grande distância além das muralhas da cidade, que eram numerosas e enormes, com muitas torres quadradas e parapeitos não muito diferentes dos castelos europeus. Ruas largas de pedra cinzenta corriam em linhas retas até os portões e para dentro, tão cheias de gente, cavalos e carroças se movendo que do alto pareciam rios. Viram muitos dragões também, tanto nas ruas como no céu, saltando no ar para curtos voos de um quarteirão ao outro, às vezes com uma multidão dependurada que evidentemente se locomovia assim. A cidade era dividida com extraordinária regularidade em seções quadradas, exceto pela extensão curva de quatro pequenos lagos dentro das muralhas. Ao leste deles ficava o grande palácio imperial, não um prédio único, mas formado por muitos pavilhões menores, cercados de muros e de um fosso de água lamacenta. Sob o sol poente, todos os telhados do complexo brilhavam como se fossem dourados, aninhados entre as árvores com a copa de primavera ainda fresca e amarelo-esverdeada, lançando longas sombras nas praças de pedra cinzenta.

Um dragão menor se encontrou com eles em pleno ar quando se aproximaram. Preto com listras amarelo-canário e usando uma coleira de seda verde-escura, levava um cavaleiro nas costas, mas falou pessoalmente com os outros dragões. Temeraire seguiu os outros na descida para uma ilhota redonda no lago mais ao sul, a menos de 800 metros das muralhas do palácio. Aterrissaram sobre um píer largo de mármore branco que se estendia sobre o lago, para a conveniência dos dragões apenas, pois não havia barcos visíveis.

O píer terminava em um portão enorme: uma estrutura vermelha que era mais que uma muralha, porém estreita demais para ser considerada um edifício, com três arcadas retangulares como passagem. As duas passagens menores eram muito mais altas que a cabeça de Temeraire e eram espaçosas o suficiente para que quatro dragões de igual porte passassem lado a lado com conforto. A abertura do meio era ainda maior. Um par de dragões imperiais gigantescos montava guarda de cada lado, parecidos com Temeraire no porte, mas sem seu rufo característico. Um era preto, o outro, azul-escuro. Ao lado deles estava postada uma extensa fila de soldados de infantaria em casquetes de aço brilhantes e camisas azuis, portando longas lanças.

Os dois dragões acompanhantes passaram pelas arcadas menores, e Lien passou direto pela entrada central, mas o dragão de listras amarelas impediu Temeraire de prosseguir e, curvando-se, disse alguma coisa em tom de desculpas, apontando para a arcada central. Temeraire deu uma resposta curta e se sentou, apoiando-se nos quartos traseiros com uma expressão de irredutibilidade. Seu rufo se enrijeceu, encostando no pescoço em sinal de óbvia contrariedade.

— Alguma coisa errada? — perguntou Laurence discretamente. Pela arcada ele podia ver muitas pessoas e muitos dragões reunidos no pátio mais além, o que obviamente sinalizava para alguma cerimônia prestes a ser realizada.

— Eles querem que você desça e passe por uma das passagens menores; eu devo ir sozinho pela passagem maior — disse Temeraire. — Mas não vou deixar você ir sozinho. De qualquer forma, tudo me parece muito tolo: três portas dando para o mesmo lugar...

Laurence queria muito poder contar com os conselhos de Hammond ou com qualquer conselho, na verdade. O dragão listrado e seu cavaleiro estavam igualmente desconcertados com a recalcitrância de Temeraire. Laurence viu no outro homem uma expressão de confusão idêntica à sua. Os dragões e soldados na arcada permaneceram imóveis, precisos feito estátuas, mas à medida que os minutos se passavam, as pessoas reunidas do outro lado da muralha começaram a perceber que algo não estava certo. Um homem vestido em um robe azul ricamente bordado veio apressadamente pelo corredor lateral e falou com o dragão listrado e seu cavaleiro. Então, dando um rápido olhar de esguelha na direção de Laurence e Temeraire, partiu rapidamente de volta para o outro lado.

Um murmúrio baixo de conversação começou, ecoando pela arcada, e então cessou abruptamente. As pessoas do outro lado se dividiram para dar passagem, e um dragão veio pela arcada na direção de Laurence e Temeraire. Um dragão de cor negra lustrosa, similar à de Temeraire, com os mesmos olhos azuis e as mesmas marcas nas asas, e um grande rufo negro translúcido esticado entre chifres estriados de vermelho brilhante: outro Celestial. Ela parou diante deles e falou em tom profundo e ressoante, e Laurence sentiu Temeraire primeiro enrijecer-se, depois tremer. Seu rufo começou a subir lentamente, e então ele disse, num tom baixo e incerto:

— Laurence... essa é a minha mãe.

Capítulo 13

$\mathcal{L}$AURENCE SOUBE DEPOIS por Hammond que a passagem pelo portão central era reservada à família e aos dragões imperiais, além dos Celestiais, e esse era o motivo por que eles não permitiam sua passagem por ali. O nó górdio foi cortado com elegância, no entanto: Qian simplesmente conduziu Temeraire em um voo curto por sobre o portão até o paço central mais abaixo.

Com o problema de etiqueta resolvido, foram todos conduzidos para um grande banquete, em um dos maiores pavilhões de dragões, com duas mesas. Qian se sentou à cabeceira da primeira mesa, com Temeraire à esquerda e Yongxing e Lien à direita. Laurence foi instruído a se sentar num ponto mais distante, com Hammond do outro lado, vários lugares adiante. O restante da comitiva britânica foi acomodado na segunda mesa. Laurence achou que objetar não seria diplomático. A separação não era maior que a extensão da sala, e de qualquer forma naquele momento Temeraire parecia totalmente absorto. Estava falando com a mãe em um tom quase tímido, bem diferente do habitual, obviamente impressionado. Ela era bem maior que ele, e a translucidez diáfana de suas escamas indicava uma idade avançada, assim como seus modos majestosos. Não usava arreios, mas seu rufo era adornado com grandes topázios amarelos engastados nos talos e com um enganadoramente frágil colar de ouro filigranado, enfeitado com pérolas e mais topázios.

Travessas gigantes de bronze foram postas diante dos dragões. Cada uma com um cervo assado inteiro, as galhadas preservadas. Laranjas perfuradas com cravos haviam sido espetadas nas galhadas, exalando uma fragrância prazerosa ao olfato humano. A barriga dos cervos era recheada com uma mistura de nozes e brilhantes cerejas vermelhas. Os humanos foram servidos com uma sequência de oito pratos, menores mas igualmente sofisticados. Depois da comida sem graça que tiveram que suportar na viagem, mesmo um repasto tão exótico foi muito bem recebido.

Laurence supôs que não haveria ninguém com quem ele pudesse conversar, a não ser que estivesse disposto a gritar para Hammond do outro lado da mesa, já que não havia intérprete por perto. À esquerda se sentava um velho mandarim, usando um chapéu com uma joia branca perolada no topo e uma pena de pavão pendurada por sobre uma trança formidável, ainda bastante negra, apesar das várias rugas que lhe sulcavam o rosto. Ele comia e bebia com determinação concentrada, sem tentar falar com Laurence uma única vez sequer. Quando seu vizinho se inclinou para ele e gritou em sua orelha, Laurence se deu conta de que o homem era bem surdo, além de não saber falar inglês.

Logo depois de ele ter sentado, surpreendeu-se ao ser interpelado do outro lado da mesa em um inglês arrastado com sotaque francês:

— Espero que o senhor tenha feito uma viagem aprazível — disse uma voz alegre. Era o embaixador francês, vestindo os longos robes da tradição chinesa em vez de roupas europeias. As vestes, e os cabelos negros tinham impedido Laurence de notá-lo imediatamente. — Espero que o senhor permita que eu me apresente, apesar do infeliz estado em que se encontram os nossos países — continuou De Guignes. — Posso alegar uma ligação informal entre nós, pois o meu sobrinho afirma que deve a vida à sua magnanimidade.

— Perdoe-me, senhor mas não faço ideia de a quem o senhor se refere — disse Laurence. — Seu sobrinho?

— Jean-Claude De Guignes, tenente na nossa Armée de l'Air — disse o embaixador, ainda sorrindo e curvando a cabeça levemente — O senhor o encontrou em novembro passado, no canal, quando ele tentou abordar vocês.

— Bom Deus! — exclamou Laurence, lembrando-se por fim do jovem tenente que havia lutado tão vigorosamente na batalha do comboio. Apertou com gosto a mão de De Guignes. — Sim, eu me lembro. Coragem extraordinária. Folgo em saber que ele se recuperou.

— Ah, sim. Ele me mandou uma carta em que diz que está prestes a receber alta; para ir para a prisão, é claro, mas de qualquer forma é melhor que ir para a sepultura — De Guignes disse com um prosaico encolher de ombros. — Ele me escreveu contando sobre a sua viagem, sabendo que eu havia sido despachado para cá também. Tenho esperado com grande alegria pelo senhor todo esse último mês, desde que recebi a carta do meu sobrinho, na esperança de expressar a minha gratidão pela sua generosidade.

Depois desse início fortuito eles continuaram conversando sobre tópicos neutros: o clima das terras chinesas, a comida e o número impressionante de dragões. Laurence não pôde evitar sentir uma certa proximidade com ele, como outro ocidental nas profundezas do enclave oriental, e mesmo que De Guignes não fosse militar, sua familiaridade com a força aérea francesa fazia dele uma companhia agradável. Caminharam juntos no fim do banquete, seguindo os outros para o paço. A maior parte dos convidados estava sendo levada por dragões, da mesma forma que haviam testemunhado antes na cidade.

— É um engenhoso meio de transporte, não é? — disse De Guignes, e Laurence, observando com interesse, concordou inteiramente. Os dragões, a maioria do tipo que ele agora considerava a variedade azul comum, usavam arreios leves feitos de seda, estendidos por sobre as costas, aos quais se prendiam numeroso laços de amplas tiras de seda. Os passageiros subiam pelos laços e, ao encontrar um espaço ao seu gosto, ali sentavam, passando as tiras por sobre os braços e debaixo das nádegas. Assim, podiam viajar em relativa estabilidade, segurando firme na tira de seda principal, contanto que o dragão voasse na horizontal.

Hammond surgiu do pavilhão e, avistando-os, se apressou em se juntar a eles. Logo ele e De Guignes estavam sorrindo um para o outro e conversando amigavelmente, mas assim que o francês partiu, desculpando-se, na companhia de dois mandarins, Hammond imediatamente se voltou para Laurence e exigiu de forma bastante descarada que todo o conteúdo da conversação prévia fosse repassado para ele.

— Nos esperando há um mês!

Hammond ficou chocado com a informação e conseguiu se fazer entender sem ter que realmente dizer nada que soasse ofensivo: Laurence fora simplório por não desconfiar do francês.

— Só Deus sabe o que ele pode ter tramado contra nós nesse período. Por favor, não tenha mais conversas particulares com ele.

Laurence não respondeu a essas observações como teria sido do seu gosto. Em vez disso, foi para o lado de Temeraire. Qian havia sido a última a partir, despedindo-se afetuosamente de Temeraire esfregando o focinho no dele antes de alçar voo. Sua forma negra sinuosa desapareceu rapidamente na noite, e Temeraire ficou olhando para ela ainda por algum tempo, melancolicamente.

A ilha onde ficariam hospedados havia sido oferecida a eles como um meio-termo. Era de propriedade do imperador e possuía muitos pavilhões de dragões elegantes, com instalações planejadas para uso humano contíguas a eles. Laurence e sua comitiva puderam se acomodar em uma residência anexa ao maior dos pavilhões, de frente para um pátio espaçoso. Era um bonito prédio, e grande, mas todo o andar superior estava tomado por um contingente de servos bem maior do que o que eles precisavam. Logo Laurence suspeitou de que também serviam de guardas e espiões, uma vez que, não importava onde fosse, tinha que tomar cuidado para não acabar esbarrando em algum deles.

Dormiu pesadamente, mas foi acordado antes do amanhecer pelos criados, que espiavam para dentro de vez em quando para ver se ele já havia acordado. Dez minutos depois, na quarta tentativa, Laurence desistiu e se levantou, sentindo a cabeça doer pelo consumo liberal de vinho na noite anterior. Não conseguiu expressar sua necessidade por uma bacia para se lavar e no final teve que sair para o pátio e se lavar no pequeno lago que havia lá. Fazer isso foi fácil, pois havia uma grande janela circular um pouco menor que ele na parede e o parapeito quase tocava o chão.

Temeraire estava esparramado mais adiante, deitado de barriga para o ar, a cauda completamente esticada. Ele ainda dormia pesado e dava pequenos grunhidos de satisfação enquanto sonhava.

De debaixo do pavimento surgia um sistema de canos de bambu, evidentemente usado para aquecer as pedras; dos canos jorrava uma nuvem de água quente para o lago, de forma que Laurence pôde se lavar mais prazerosamente do que esperava. Os servos ficaram por perto o tempo inteiro, com impaciência evidente, e parecerem escandalizados ao vê-lo ficar nu da cintura para cima para se lavar. Quando ele finalmente terminou e voltou, eles lhe deram roupas chinesas: calças macias e as vestes de colarinho duro que pareciam onipresentes entre os homens. Laurence resistiu um momento, mas bastou um olhar para ver que suas próprias roupas ainda estavam amarrotadas pela viagem. Pelo menos os trajes nativos eram decentes, embora ele ainda não tivesse se acostumado; e não eram fisicamente desconfortáveis, apesar de ele se sentir quase indecente sem um casaco adequado ou um plastrão.

Um funcionário tinha vindo tomar o café da manhã com eles, e já esperava à mesa. Era essa a razão da pressa dos criados. Laurence se curvou rapidamente para o estranho, chamado Zhao Wei, e deixou que Hammond conduzisse a conversa enquanto bebia grandes quantidades de chá, que era fragrante e forte, embora não houvesse uma jarra de leite por perto. Os servos fizeram uma expressão de absoluta incompreensão quando o pedido foi traduzido para eles.

— Sua Majestade Imperial, em sua benevolência, decretou que vocês ficarão instalados aqui pela duração de sua visita — disse Zhao Wei. Seu inglês não era refinado, mas era compreensível; tinha uma aparência delicada e emaciada, e observava Laurence usando desastrosamente os palitos com uma expressão de desdém na boca.

— O senhor pode andar pelo pátio a contento, mas não deve deixar a residência sem antes fazer uma requisição formal e receber permissão.

— Senhor, creia-me, estamos muito gratos, mas o senhor deve entender que se não pudermos circular livremente durante o dia, o tamanho dessa casa é bem pouco condizente com as nossas necessidades — disse Hammond. — Ora, apenas o capitão Laurence e eu tivemos alojamentos particulares esta noite, e mesmo assim pequenos, pouco adequados ao nosso tamanho; o restante dos nossos compatriotas ficou alojado em alojamentos coletivos, bastante amontoados.

Laurence não havia notado esse desconforto e considerou tanto as tentativas de restringir seus movimentos quanto o pleito de Hammond por mais espaço levemente absurdos, e seu espanto aumentava cada vez mais à medida que a conversa deixava transparecer que toda a ilha havia sido evacuada em deferência a Temeraire. O lugar podia acomodar uma dúzia de dragões com bastante conforto, e havia residências humanas em número suficiente para que cada homem da tripulação de Laurence tomasse um edifício para morar sozinho. Além disso, a residência atual estava em perfeito estado, era confortável e bem mais espaçosa que os alojamentos a bordo, que tinham sido seu lar pelos últimos sete meses. Não conseguia ver motivo para desejar mais espaço, nem para restringir a movimentação deles pela ilha. Mas Hammond e Zhai continuaram a negociar o assunto com gravidade e uma polidez ensaiadas.

As poucos Zhao Wei acabou cedendo e consentiu que eles dessem voltas pela ilha na companhia dos servos.

— Contanto que não sigam para a costa, ou para as docas, e não interfiram com as patrulhas dos guardas.

A isso, Hammond respondeu dizendo que estava satisfeito. Zhao Wei bebeu chá e então disse:

— É claro que Sua Majestade deseja que Lung Tien Xiang veja um pouco da cidade. Eu o levarei num passeio assim que ele acabar de comer.

— Tenho certeza de que o Temeraire e o capitão Laurence acharão tudo muito edificante — disse Hammond imediatamente, antes que

Laurence pudesse falar qualquer coisa. — De fato, foi muito gentil de sua parte arranjar roupas nativas para o capitão Laurence, de forma que ele não sofra demais com a curiosidade local.

Só então Zhao Wei notou as roupas de Laurence, com uma expressão que deixava perfeitamente claro que ele não tinha nada a ver com aquilo, mas suportou a derrota com razoável bom humor. E disse apenas, curvando a cabeça levemente:

— Espero que o senhor esteja pronto para partir em breve, capitão.

— Vamos poder caminhar pela cidade? — perguntou Temeraire com animação, enquanto tomava banho após o desjejum. Os servos o esfregavam e enxaguavam, e Temeraire esticava as patas dianteiras para a frente uma de cada vez, as garras de fora para serem vigorosamente escovadas com água e sabão. Até seus dentes estavam sendo limpos por uma jovem serva que se agachava em sua boca para escovar melhor os dentes do fundo.

— Mas claro — disse Zhao Wei, demonstrando sincera confusão com a pergunta.

— Talvez você possa ver alguma coisa dos campos de treinamento de dragões daqui, se houver algum nos limites da cidade — sugeriu Hammond. Ele os acompanhou para fora da casa. — Tenho certeza de que vai achá-los interessantes, Temeraire.

— Ah, sim — respondeu Temeraire. Seu rufo já se arrebitara, estremecendo.

Hammond lançou um olhar cheio de significado para Laurence, que preferiu ignorá-lo completamente. Ele não tinha interesse algum em bancar o espião nem em prolongar o passeio, não importava quão interessante fosse a cidade.

— Já está pronto, Temeraire? — perguntou ele.

Foram transportados para a costa em uma balsa enfeitada com belos adornos, mas desajeitada, que balançava incerta sob o peso de Temeraire mesmo naquele lago pequeno e calmo. Laurence não saiu de perto do timoneiro e ficou vigiando o piloto desengonçado com um olhar sinistro e censurador. Ele teria adorado arrancar o timão daquele camarada.

Assim, a pouca distância até a costa levou o dobro do tempo que deveria. Uma escolta considerável de guardas armados destacados das patrulhas os acompanhou no passeio. A maior parte se espalhava à frente para limpar o caminho pelas ruas, mas cerca de dez ficaram na retaguarda, perto dos calcanhares de Laurence, saindo de formação e se empurrando para, ao que parece, garantir que ele não se afastaria do grupo.

Zhao Wei os levou por outro dos portais elaborados em vermelho e dourado, este vigiado por vários guardas em uniformes imperiais e por dois dragões também paramentados. Um do tipo vermelho, já conhecido, e outro verde forte com marcas vermelhas. Seus capitães sentavam juntos, bebendo chá sob um toldo, com os gibões acolchoados removidos por causa do calor; eram mulheres.

— Vejo que vocês também empregam mulheres — disse Laurence para Zhao Wei. — Elas servem junto com espécies específicas?

— As mulheres são as companheiras dos dragões que escolhem servir no Exército — respondeu Zhao Wei. — É claro, apenas as espécies mais baixas escolheriam esse tipo de trabalho. Aquele verde ali é um Vidro Esmeralda. São preguiçosos e lerdos demais para passar nos exames; e os Flor Escarlate gostam demais de lutar, de forma que não prestam para muito mais.

— O senhor quer dizer que só mulheres servem na sua força aérea? — perguntou Laurence, certo de que havia ouvido mal. Mas Zhao Wei assentiu com a cabeça. — Qual é o motivo para tal política? Certamente não recrutam mulheres para servir na Infantaria ou na Marinha? — Laurence protestou.

Seu assombro era evidente, e Zhao Wei, talvez sentindo necessidade de defender a prática incomum de seu país, começou a narrar a lenda que lhe servia de justificativa. Os detalhes haviam sido sem dúvida romantizados: uma jovem havia supostamente se disfarçado de homem para lutar no lugar do pai; tornou-se a companheira de um dragão militar e ajudou o império a vencer uma grande batalha, e por isso o imperador havia decretado que mulheres podiam ser aceitas para servir com dragões.

Exageros empolgantes à parte, a política da nação podia ser bem explicada pelo fato de que, em épocas de recrutamento, o chefe da família era instado a servir ou enviar um dos filhos em seu lugar. Como as meninas eram consideravelmente menos valiosas que os rapazes, tornaram-se a escolha preferida para preencher a quota quando possível. E como só podiam servir na força aérea, elas passaram a dominar esse ramo do serviço militar até que a força se tornou exclusivamente feminina.

O relato da lenda, completo com a recitação de sua tradicional versão poética, que, Laurence suspeitava, perdia muito com a tradução, os levou até depois do portão e por algum tempo pela avenida em direção a uma praça ampla, embandeirada em cinza e afastada da estrada, repleta de crianças e filhotes. Os meninos se sentavam de pernas cruzadas no chão, na frente, os filhotes enrodilhados ordenadamente atrás, e todos juntos, numa estranha mistura de vozes de criança e os tons de dragões ribombantes, imitavam um professor humano em pé num pódio de frente para os alunos, lendo um grande livro em voz alta e instando os estudantes a repetir depois de cada linha.

Zhao Wei acenou na direção deles.

— O senhor queria ver as nossas escolas. Essa é uma nova classe, é claro, eles acabaram de começar a estudar os Analectos.

Laurence ficou pasmo com a ideia de sujeitar dragões ao estudo e a provas escritas.

— Eles não parecem emparelhados — disse, estudando o grupo. Zhao Wei o encarou sem compreender, e Laurence explicou: — Quer dizer, os meninos não estão sentados com seus respectivos filhotes, e as crianças parecem jovens demais para os dragões.

— Ah, esses dragonetes são jovens demais para já ter escolhido um companheiro — disse Zhao Wei. — Eles só têm algumas semanas de vida. Quando chegarem aos quinze meses, então estarão prontos para escolher, e os meninos já estarão mais velhos também.

A surpresa fez Laurence parar por alguns instantes. Ele se virou para olhar para os filhotes uma vez mais. Sempre ouvira dizer que os dragões precisavam ser domados ao nascer, para que não se tornassem selvagens e escapassem, mas isso entrava em franca contradição com o exemplo chinês. Temeraire disse:

— Deve ser muito solitário. Eu não teria gostado nem um pouco se o Laurence não estivesse comigo quando fui chocado. — Ele abaixou a cabeça e fez um carinho em Laurence com o focinho. — E deve ser bem extenuante ter que caçar por conta própria depois de nascer. Eu vivia faminto — completou, de forma mais prosaica.

— É claro que os filhotes não precisam caçar por conta própria — Zhao Wei disse. — Eles precisam estudar. Há dragões que cuidam dos ovos e alimentam os mais jovens. É muito melhor do que ter uma pessoa fazendo isso, pois de outra forma o dragonete acabaria se ligando ao tratador antes que fosse sábio o suficiente para julgar com exatidão o caráter e as virtudes do companheiro a ele oferecido.

Era um comentário penetrante, mas Laurence respondeu friamente:

— Suponho que isso possa ser motivo de preocupação quando há menos regulamentos sobre que tipo de homem pode receber tal oportunidade. Entre nós, é claro, um homem deve ter servido por muitos anos antes de poder sequer se considerar digno de ser apresentado a um filhote. Nessas circunstâncias, me parece que um vínculo estabelecido em tenra idade, que o senhor denigre, pode ser a base de uma afeição profunda e duradoura, mais benéfica para ambos os lados.

Eles continuaram pela cidade, e agora, com uma perspectiva mais prosaica dos arredores que a que tinha do alto, Laurence ficou novamente assombrado com a largura das ruas, que quase pareciam ter sido projetadas tendo os dragões em mente. Elas davam à cidade uma sensação de espaço completamente diferente da de Londres, apesar de que o número total de pessoas fosse, segundo sua estimativa, quase igual. Temeraire olhava mais do que era olhado. A população da cidade estava evidentemente acostumada com a presença das espécies mais exaltadas, ao passo que ele mesmo jamais havia estado numa cidade antes, e sua cabeça volteava, quase dando um nó no pescoço enquanto ele tentava olhar em três direções ao mesmo tempo.

Os guardas empurravam rispidamente os viajantes comuns da frente das liteiras verdes, que carregavam mandarins em missões oficiais. Por uma larga via uma procissão de casamento serpeava brilhante em escarlate e dourado, ao som de gritos e aplausos felizes, com músicos e fogos de artifício chispando atrás das pessoas. A noiva passava, escondida em uma cadeira drapejada. Um casamento de ricos, a julgar pelos detalhes elaborados. Uma ou outra mula avançava resoluta, suportando grandes cargas, já acostumadas à presença dos dragões, os cascos estalando contra as pedras. Laurence não viu nenhum cavalo nas avenidas principais, nem carruagens. Com certeza, não teria sido possível domá-los para que tolerassem a presença de tantos dragões. O ar tinha um cheiro bastante diferente. Nada do odor de grama azedo com estrume e urina de cavalo, inescapável em Londres. Em seu lugar, o cheiro levemente sulfuroso de excremento de dragão, mais pronunciado quando o vento soprava de nordeste. Laurence desconfiava que houvesse uma fossa naquele lado da cidade.

E por toda parte, dragões: os azuis, mais comuns, envolvidos nas mais variadas tarefas. Além desses, Lawrence viu dragões transportando pessoas em arreios e levando cargas fretadas. Um número considerável também parecia estar viajando sozinho em negócios mais importantes, usando colarinhos de cores variadas, um pouco como as diferentes cores das joias dos mandarins. Zhao Wei confirmou que aqueles eram indicadores hierárquicos, e que os dragões assim adornados pertenciam ao serviço público.

— Os Shen-lung são como as pessoas; alguns são inteligentes, outros, preguiçosos — disse e acrescentou, para grande interesse de Laurence: — Muitos espécimes superiores já surgiram dentre eles, e os mais sábios podem mesmo vir a ser honrados com um consorte imperial.

Dúzias de outros dragões podiam ser vistos, alguns com outros sem companheiros humanos, parecendo muito atarefados. Dois dragões imperiais vieram na direção oposta e inclinaram polidamente a cabeça na direção de Temeraire ao passar. Estavam enfeitados com cachecóis muito elegantes de seda vermelha entremeados com correntes de ouro e incrustados com pérolas, e Temeraire lhes lançou um longo olhar de cobiça.

Logo chegaram ao distrito do mercado, com lojas luxuosamente decoradas com entalhes e douraduras, repletas de mercadorias. Sedas em cores e texturas gloriosas, muitas de qualidade superior a qualquer coisa que Laurence já tivesse visto em Londres; grandes novelos entremeados e jardas de algodão azul em fio e tecido, em diferentes graus de espessura e intensidade de cor. E porcelana, que atraiu a atenção de Laurence em particular. Ao contrário do pai, ele jamais fora um conhecedor de arte, mas a precisão e os detalhes em azul e branco também lhe pareceram superiores aos dos pratos importados que já vira, e os pratos coloridos eram particularmente bonitos.

— Temeraire, pergunte se ele aceita ouro — pediu ele. Temeraire espiava para dentro da loja com muito interesse, enquanto o mercador ansiosamente olhava para a sua cabeça, suspensa na entrada. Aquele parecia um dos poucos locais na China em que os dragões não eram exatamente bem-vindos. O mercador parecia desconfiado e fez algumas perguntas a Zhao Wei. Só depois disso, consentiu em ao menos pegar meio guinéu e inspecioná-lo. Esfregou a moeda na lateral da mesa e então chamou o filho de uma sala nos fundos. Como tinha poucos dentes na boca, ele entregou a moeda para o rapaz morder. Uma mulher sentada nos fundos da loja olhou na direção deles, interessada no barulho, e foi censurada em voz alta e sem resultado, até por fim se satisfazer em olhar para Laurence e sumir novamente. Contudo, sua voz vinha alta e estridente do cômodo nos fundos, de forma que ela também parecia participar do debate.

Por fim o mercador pareceu satisfeito, mas quando Laurence pegou o vaso que tinha estado examinando, ele imediatamente deu um pulo para a frente e tomou o vaso de volta, deixando escapar uma torrente de palavras. Fazendo gestos a Laurence para que esperasse, ele desapareceu no quarto dos fundos.

— Ele diz que aquele não vale quase nada — Temeraire explicou.

— Mas eu só dei meio guinéu — Laurence protestou. O homem voltou carregando um vaso muito maior, de um vermelho-escuro quase brilhante, que se esvanecia em um gradiente até o branco no topo, tão lustroso como um espelho. Ele o colocou sobre a mesa e todos olharam com admiração. Nem mesmo Zhao conteve um murmúrio de aprovação, e Temeraire disse:

— Ah, é tão bonito!

Com dificuldade, Laurence conseguiu dar mais alguns guinéus ao dono da loja e ainda se sentiu culpado ao levar o vaso, coberto em muitas camadas protetoras de algodão. Nunca tinha visto uma peça tão bonita, e já se sentia apreensivo quanto à segurança do vaso durante a longa jornada de volta. Encorajado por esse primeiro sucesso, começou a fazer compras, adquirindo sedas e outras porcelanas e depois um pequeno pingente de jade, que Zhao Wei — cuja fachada de desdém aos poucos cedia ao entusiasmo pela expedição de compras — havia apontado para ele, explicando que os símbolos no pingente eram o início do poema sobre a lendária mulher cavaleira de dragão. Aparentemente era um talismã, e por isso era comprado frequentemente para ser dado de presente a uma mulher prestes a entrar na carreira. Laurence imaginou que Jane Roland gostaria de um e adicionou o pingente à crescente pilha de compras. Logo Wei teve que convocar vários soldados para carregar os pacotes. Já não pareciam tão preocupados com a potencial fuga de Laurence, e sim com o fato de que ele os sobrecarregava feito burros de carga.

Os preços de muitas das mercadorias pareciam, em geral, consideravelmente menores do que Laurence estava habituado. Mais baratos do que deveriam, considerando apenas os custos de frete. Isso não foi surpresa depois que Laurence ouviu encarregados da Companhia em Macau falando sobre a cobiça dos mandarins locais e sobre as propinas que eles exigiam, além das taxas de praxe do Estado. Mas a diferença era tão grande que Laurence teve que reajustar bem para cima suas estimativas quanto ao nível da extorsão.

— É uma grande pena — disse Laurence a Temeraire ao chegarem ao final da avenida. — Se o comércio pudesse operar abertamente, então esses mercadores e artesãos poderiam viver bem melhor. Ter que vender todas as mercadorias via Cantão é o que permite aos mandarins serem tão intransigentes. Provavelmente os mercadores querem evitar qualquer problema apenas para conseguir vender seus produtos aqui, de forma que recebemos apenas o rebotalho do mercado.

— Talvez eles não queiram vender as melhores peças para tão longe. Que cheiro agradável! — disse Temeraire com aprovação ao cruzarem uma pequena ponte para outro distrito, cercada por um pequeno fosso e por uma parede baixa de pedra. Trincheiras rasas abertas de cada lado da rua fumegavam com carvões acesos enquanto vários animais eram cozidos sobre elas, suspensos em barras de metal e umedecidos com grandes pinceladas por homens seminus e suados. Bois, porcos, carneiros, cervos e criaturas menores, mais difíceis de identificar — Laurence não olhou de muito perto. Os molhos pingavam nas pedras levantando densas nuvens de fumaça aromática. Apenas um punhado de pessoas estava comprando algo ali, desviando habilmente dos dragões que compunham a maior parte da clientela.

Temeraire havia comido fartamente aquela manhã: um par de cervos jovens, com pato assado como petisco. Não pediu para comer, mas olhou de um jeito pidão para um dragão roxo menor, que comia churrasquinho de leitão. No final de um beco menor, Laurence também viu um dragão azul de aparência cansada, o couro marcado com antigas cicatrizes do arreio de seda, dando tristemente as costas a uma bela vaca assada e apontando para um carneiro menor e meio queimado que ficara esquecido. Ele o levou para um canto e começou a comer lentamente, fazendo com que durasse, e não dispensou as entranhas nem os ossos.

Era natural que, se era esperado que os dragões ganhassem o próprio sustento, alguns haveriam de ser menos afortunados que outros, mas Laurence achou quase criminoso que alguns passassem fome, particularmente quando havia tanto desperdício em sua residência e por toda a parte. Temeraire não notou, pois tinha o olhar fixo nas carnes em exposição. Saíram daquele distrito cruzando outra pequena ponte que os levou de volta à larga avenida onde haviam começado. Temeraire deu um profundo suspiro de prazer, despedindo-se lentamente do aroma que deixava suas narinas.

Laurence, de sua parte, ficara quieto. A visão dispersara a fascinação natural com todas as novidades dos arredores e o interesse natural suscitado por uma capital estrangeira de tal magnitude, e sem essa distração foi obrigado a reconhecer o extremo contraste no tratamento dado aos dragões. As ruas da cidade não eram mais amplas que as de Londres por uma questão de gosto, nem pela maior grandeza que propiciavam, mas sim para que os dragões pudessem viver em completa harmonia com os homens; de que tal projeto havia sido bem-sucedido, ele não poderia duvidar. O caso de miséria que havia testemunhado parecia servir antes para ilustrar o bem geral.

A hora do jantar se aproximava, e Zhao Wei direcionou o passeio de volta para a ilha. Temeraire também ficou em silêncio à medida que eles deixavam a área do mercado para trás, e caminharam em silêncio até chegar ao portão. Parando ali por um instante, ele olhou por cima do ombro para a cidade, para toda a atividade que prosseguia imperturbada. Zhao Wei percebeu o olhar e disse algo em chinês.

— É muito bonito — Temeraire respondeu, e acrescentou: — Mas não tenho como comparar, pois nunca andei por Londres, nem mesmo Dover.

Eles se despediram rapidamente de Zhao Wei do lado de fora do pavilhão e entraram juntos. Laurence se sentou pesadamente em um banco de madeira, enquanto Temeraire andava irrequieto de um lado para outro, a ponta da cauda igualmente agitando-se para lá e para cá.

— Não é verdade, de modo algum — ele disse finalmente, — Laurence, nós andamos por onde quisemos; eu andei pelas ruas e lojas e ninguém correu nem se assustou. Nem no sul, nem aqui. As pessoas aqui não têm o menor medo dos dragões.

— Devo pedir desculpas — disse Laurence timidamente. — Confesso que me enganei: percebi que os homens se acostumam a tudo. Acho que com tantos dragões por perto, as pessoas se acostumam rapidamente a eles e perdem o medo. Mas eu lhe asseguro que não menti. O mesmo não acontece na Inglaterra. Deve ser uma questão de costume.

— Se é uma questão de costume, não vejo por que devemos continuar enjaulados, perpetuando o medo das pessoas — disse Temeraire.

Laurence não encontrou resposta, e nem tentou. Em vez disso, retirou-se para o quarto para um modesto jantar. Temeraire se enrodilhou para o cochilo da tarde costumeiro, inquieto e pensativo, enquanto Laurence se sentava sozinho, beliscando o jantar sem entusiasmo. Hammond veio saber notícias do passeio. Laurence respondeu às suas perguntas tão secamente quanto pôde, mal disfarçando a irritação, e em pouco tempo Hammond se retirou, vexado e apertando os lábios.

— Aquele camarada está incomodando você? — perguntou Granby, olhando para dentro.

— Não — respondeu Laurence, cansado, levantando-se para enxaguar as mãos na terrina que havia enchido no lago. — Na verdade, temo ter sido rude com ele agora há pouco, sem necessidade. Afinal, tudo o que queria eram informações sobre como os dragões são criados aqui, para poder argumentar com os chineses que o tratamento de Temeraire na Inglaterra não tem sido tão ruim.

— Bem, o que eu acho é que ele mereceu o corte — disse Granby. — Quase arranquei os cabelos quando acordei e ele me disse, tranquilo feito um padre, que havia mandado você passear sozinho com um chinês. Não que o Temeraire fosse deixar algo acontecer, mas no meio da multidão tudo é possível, não é?

— Não, ninguém tentou nada assim. O nosso *guia* foi um pouco rude no começo, mas no final estava perfeitamente civilizado. — Laurence olhou para os pacotes empilhados a um canto, onde os homens de Zhao Wei os haviam deixado. — Começo a achar que o Hammond estava certo, John. Que tudo não passou de imaginações e fantasias de comadre — disse, amargo. Depois do longo passeio, parecia a ele que o príncipe não precisava recorrer ao assassinato, tendo ao seu dispor as vantagens naturais do país, que eram argumentos mais sutis e não menos persuasivos.

— Acho mais fácil o príncipe Yongxing ter desistido de fazer alguma coisa a bordo do navio e estar esperado a chance de dar cabo de você debaixo das vistas dele — disse Granby, pessimista. — Não deixa de ser um chalezinho agradável — completou, olhando ao redor. — Mas tem guardas demais se esgueirando por aí.

— Mais um motivo para não se preocupar — respondeu Laurence. — Se eles quisessem me matar já poderiam ter tentado algo, várias e várias vezes.

— Dificilmente o Temeraire ficaria aqui se os guardas do imperador matassem você, e ele já está desconfiado — disse Granby. — Acho que tentaria matar quantos pudesse, depois tentaria achar o navio e voltar pra casa, embora seja duro para eles perder um capitão, de forma que ele poderia também simplesmente fugir para as florestas

— Vamos ficar andando em círculos para sempre. — Laurence ergueu as mãos com impaciência e as deixou cair. — Pelo menos hoje, o único objetivo do dia pareceu ter sido causar uma boa impressão em Temeraire.

— Não disse que tal objetivo havia sido completamente bem-sucedido, e com pouco esforço. Não sabia como descrever o contraste entre o tratamento dispensado aos dragões no Ocidente sem soar no melhor dos casos como um querelante, no pior, como um traidor do reino. Tinha consciência de não ter sido criado aviador e agora hesitava em dizer algo que pudesse ferir os sentimentos de Granby.

— Você está quieto demais — disse Granby de surpresa, e Laurence se sobressaltou, culpado; tinha ficado pensativo e em silêncio já havia algum tempo. — Não me surpreende que ele tenha gostado da cidade, está sempre animado com alguma coisa. Mas ele achou tão bom assim?

— Não é só a cidade — respondeu Laurence finalmente. — É o respeito dispensado aos dragões, não só a ele. Todos usufruem de alto grau de liberdade, naturalmente. Devo ter visto hoje uns cem dragões, pelo menos, vagando pelas ruas, sem que ninguém parecesse lhes dar atenção.

— E, Deus nos proteja, se voássemos sobre o Regent's Park haveria gritos de assassinato, e fogo e sangue, e dez memorandos furibundos do Almirantado — Granby concordou, e um lampejo de ressentimento passou pelo seu rosto. — Não que conseguíssemos descer em Londres, mesmo que pudéssemos. As ruas são estreitas demais para qualquer coisa maior que um Winchester. Pelo que vimos do alto, esse lugar foi construído com muito mais bom senso. Não admira que tenham dez feras para cada uma nossa, se não mais.

Laurence se sentiu enormemente aliviado ao ver que Granby não só não se ofendia como estava disposto a discutir o assunto

— John, você sabia que aqui eles não designam tratadores até que o dragão tenha quinze meses? Até lá ele é criado por outros dragões.

— Me parece uma perda de tempo enorme, usar dragões como babás — disse Granby. — Mas suponho que podem se dar ao luxo. Laurence, quando penso no que poderíamos fazer com uma dúzia daqueles bichos vermelhos que eles deixam engordar por aí... É de chorar...

— É, mas o que quero dizer é que eles não parecem ter nenhum dragão selvagem — disse Laurence. — Nós perdemos o quê? Um em dez?

— Ah, não chega nem perto disso já há algum tempo — respondeu Granby. Costumávamos perder Longwings às dúzias, até que a rainha Elizabete teve a brilhante ideia de deixar uma serva cuidar de um. Foi quando descobrimos que eles são como cordeiros perto de mulheres — e depois descobrimos que os Xenicas eram assim também. Os Winchesters costumavam fugir feito um relâmpago antes que alguém conseguisse pôr um arreio neles, mas hoje em dia nós os chocamos em lugares fechados, deixamos eles se sacudirem um pouco antes de trazer a comida. Um em cada trinta, no máximo, se você não contar os ovos que perdemos nos campos de reprodução: os selvagens de lá costumam escondê-los de nós.

A conversa foi interrompida por um criado. Laurence tentou afastar o homem com acenos, mas ele insistiu, desculpando-se com muitas prostrações e puxando a manga de Laurence, deixando claro que queria levá-los até o salão principal de jantar, pois Sun Kai tinha vindo tomar chá com eles sem ser anunciado.

Laurence não estava para conversa, e Hammond, que se juntara a eles para traduzir, ainda estava cerimonioso e frio. Foram uma companhia um tanto desajeitada, e na maior parte do tempo, silenciosa. Sun Kai perguntou polidamente sobre as acomodações e depois sobre o quanto estavam apreciando o país. Laurence respondeu laconicamente. Não pôde evitar a suspeita de que aquela poderia ser uma tentativa de sondar o estado de espírito de Temeraire, e a suspeita cresceu quando Sun Kai finalmente revelou o propósito da visita.

— Lung Tien Qian lhes envia um convite — disse Sun Kai. — Ela espera que o senhor e o Temeraire tomem chá com ela amanhã no Palácio dos Dez Mil Lótus, na manhã antes de as flores desabrocharem.

— Obrigado, senhor, por trazer a mensagem — respondeu Laurence, educado mas frio. — O Temeraire está ansioso por conhecê-la melhor.

— O convite de modo algum poderia ser recusado, mas Laurence não ficou nem um pouco feliz em ver mais iscas atraentes sendo jogadas para Temeraire.

Sun Kai assentiu com a cabeça e disse:

— Ela também está ansiosa para conhecer as condições em que o filho se encontra. A opinião dela tem muito valor para o Filho dos Céus. — Ele bebericou o chá e acrescentou: — Talvez o senhor queira contar a ela sobre seu país e sobre o respeito que Lung Tien Xiang conquistou lá.

Hammond traduziu e acrescentou, rapidamente, para que Sun Kai não percebesse:

— É uma deixa até bastante clara. Deve tentar cair nas graças dela de qualquer jeito.

— Não vejo por que Sun Kai me daria conselhos, em primeiro lugar — disse Laurence, depois que o emissário os deixou sozinhos. — Ele sempre foi bastante educado, mas nada que pudesse ser chamado de "amigável".

— Bom, não ajuda muito, não é? — questionou Granby. — Ele disse apenas para o senhor contar a ela que Temeraire é feliz. Isso é algo em que o senhor poderia muito bem ter pensado sozinho, e soa tão bem ao ser dito.

— Sim, mas nós não saberíamos quanto a opinião dela é estimada, nem imaginaríamos a importância desse jantar — retrucou Hammond. — Não, ele falou até demais para um diplomata. Tanto quanto pôde, imagino, sem se comprometer abertamente conosco. Acho que é um sinal reconfortante — acrescentou. Laurence achou que aquilo era um otimismo infundado, provavelmente advindo da frustração, pois Hammond já havia escrito cinco vezes para os ministros do imperador requisitando uma reunião na qual ele pudesse apresentar suas credenciais. As mensagens voltaram sem ter sido abertas, e uma recusa franca foi a resposta ao seu pedido de sair da ilha para encontrar outros ocidentais na cidade.

— Antes de mais nada, não acho que ela seja assim tão maternal, se concordou em enviar o Temeraire para tão longe — disse Laurence para Granby um pouco depois do amanhecer no dia seguinte. Ele inspecionava seus melhores casacos e um par de calças que ele deixara tomando ar na noite anterior. A gravata precisava ser passada, e ele acreditou ver algumas pontas esfiapadas em sua melhor camisa.

— Elas não são, geralmente — disse Granby. — Pelo menos não depois que o dragão nasce, embora choquem os ovos logo após a postura. Não é que não se importem, mas um dragonete pode arrancar a cabeça de um bode cinco minutos depois de sair da casca. Não precisam de mãe. Aqui, me dê isso. Não sei passar roupas sem queimá-las, mas sei costurar. — Ele tomou a camisa e a agulha das mãos de Laurence e começou a reparar o rasgo no punho.

— Ainda assim, não creio que ela vá gostar de vê-lo negligenciado — disse Laurence. — Embora eu me pergunte como ela pode fazer parte do círculo íntimo do imperador. Eu imaginava que para eles terem mandado um ovo de Celestial para longe, o ovo deveria ser de uma linhagem menos importante. Obrigado, Dyer, pode deixar aí — ele disse quando o jovem mensageiro veio com o ferro quente do forno.

Com a aparência tão aprumada quanto possível, Laurence se juntou a Temeraire no pátio. O dragão listrado havia voltado para escoltá-los. O voo foi curto mas curioso: eles voaram tão baixo que puderam ver os tufos de hera e pequenas touceiras que haviam conseguido se estabelecer nos telhados amarelos dos palácios, e as cores das joias nos chapéus dos mandarins enquanto os ministros passavam apressados pelos enormes paços e passarelas lá embaixo, apesar de ser ainda bem cedo.

O palácio particular ficava dentro das muralhas da imensa Cidade Proibida, facilmente identificável do alto por seus dois gigantescos pavilhões de dragões de cada lado de um lago comprido quase completamente tomado por nenúfares ainda fechados nos botões. Viram pontes amplas e robustas descrevendo altos arcos decorativos erguendo-se pela extensão do lago e um pátio pavimentado com mármore negro mais ao sul, que apenas agora começava a ser tocado pela luz do sol.

O dragão listrado de amarelo pousou por ali e acenou para que eles avançassem. À medida que Temeraire caminhava, Laurence pôde ver outros dragões se movendo à primeira luz matinal sob os beirais dos grandes pavilhões. Um antigo Celestial saía rijamente da baia mais a sudeste. As gavinhas que lhe recobriam a mandíbula eram longas e pendiam feito bigodes, e o rufo já não tinha cor; o couro estava tão translúcido que o negro agora estava levemente tingido com a cor da carne mais abaixo. Outro dos dragões listrados amarelos o conduzia com cuidado, empurrando-o suavemente com o nariz na direção do pátio banhado de sol. Os olhos do Celestial eram de um azul leitoso, com pupilas que mal se podia discernir sob a catarata.

Alguns outros dragões apareceram: Imperiais, e não Celestiais, sem o rufo e as gavinhas e com mais variedade de cor. Alguns negros como Temeraire, outros em tons escuros de azul-índigo-acinzentado. Todos bastante escuros, exceto por Lien, que surgiu no mesmo instante de um pavilhão particular separado, montado mais atrás, entre as árvores. Ela se dirigiu para o lago para beber. Com seu o couro branco, parecia de outro mundo perto dos outros. Laurence achou difícil recriminar alguém por assumir atitudes supersticiosas com relação a ela — e de fato os outros dragões lhe abriam ampla passagem. Ela os ignorava em resposta; a bocarra se abriu vermelha num bocejo e ela sacudiu a cabeça vigorosamente para espalhar as gotas de água, então voltou para os jardins com uma dignidade solitária.

A própria Qian estava esperando por eles em um dos pavilhões centrais, flanqueada por dois dragões imperiais de aparência particularmente graciosa, adornados com joias elaboradas. Ela inclinou a cabeça cortesmente e deu um peteleco num sino próximo para convocar os servos. Os dragões convidados se mexeram em seus lugares para dar lugar a

Laurence e Temeraire à direita dela, e os servos humanos trouxeram uma cadeira confortável para Laurence. Qian não iniciou a conversa de imediato, mas acenou na direção do lago; a linha do sol da manhã agora viajava rapidamente para o norte por sobre a água à medida que o sol se levantava, e os botões de lótus estavam se abrindo numa progressão perfeita como num balé. Milhares de flores criavam um espetáculo de rosa brilhante contra o verde-escuro das folhas.

Quando as últimas flores terminaram de se abrir, os dragões bateram com as garras nas pedras do pavimento, fazendo um ruído de pancadas múltiplas que era seu aplauso. Então uma pequena mesa foi trazida para Laurence e grandes tigelas de porcelana pintada de azul e branco foram dispostas diante dos dragões. Um chá preto e forte foi servido a todos. Para surpresa de Laurence, os dragões beberam com prazer, chegando mesmo a lamber as folhas no fundo de suas tigelas. Ele achou o chá estranho, forte demais, mas esvaziou educadamente sua tigela. O chá tinha um aroma quase como de carne defumada. Temeraire bebeu com entusiasmo, bastante rápido, e então se recostou com uma expressão peculiar e incerta, como se tentasse decidir se havia gostado ou não.

— Você veio de bem longe — disse Qian, dirigindo-se a Laurence. Um criado discreto havia se adiantado para traduzir. — Espero que o senhor esteja apreciando a sua estada conosco. Com certeza sente falta de casa.

— Um oficial a serviço do rei deve se acostumar a ir onde precisam dele, madame — respondeu Laurence, imaginando se aquilo teria sido uma sugestão. — Não passei mais de seis meses em casa desde que subi a bordo de um navio pela primeira vez, e isso quando eu era um mero menino de 12 anos.

— Jovem demais, me parece, para andar por tão longe — respondeu Qian. — A sua mãe deve ter sentido grande angústia por sua causa.

— Ela conhecia o capitão Mountjoy, com quem servi, e nós conhecíamos bem a família dele — disse Laurence, e aproveitou a abertura para acrescentar: — Lamento que a senhora não tenha tido essa vantagem quando se separou de Temeraire, mas ficarei feliz em esclarecer quaisquer pontos sobre os quais deseje detalhes.

Ela voltou a cabeça para os outros dragões.

— Talvez Mei e Shu possam levar Xiang para ver as flores mais de perto — disse, usando o nome chinês de Temeraire.

Os dois Imperiais inclinaram as cabeças e esperaram por Temeraire. Ele olhou um tanto preocupado para Laurence e disse:

— Daqui elas parecem lindas.

Laurence ficou um pouco ansioso com a perspectiva de participar sozinho da entrevista, fazendo tão pouca ideia do que agradaria Qian, mas conseguiu sorrir para Temeraire e dizer:

— Eu espero aqui com a sua mãe, tenho certeza de que você vai gostar delas.

— Não perturbem o Avô ou Lien — acrescentou Qian para os dragões Imperiais, que assentiram com a cabeça ao acompanhar Temeraire até as flores.

Os servos encheram a xícara de Laurence e a de Qian com o conteúdo de uma chaleira nova, e Qian bebeu o chá de forma mais relaxada. Ela disse então:

— Soube que o Temeraire tem servido em seu exército.

Havia uma nota indisfarçável de censura em sua voz, que não precisou ser traduzida.

— Na nossa terra, todos os dragões capazes servem em defesa da pátria; isso não é desonroso, e sim é o cumprimento de um dever — explicou Laurence. — Garanto à senhora que o Temeraire goza da nossa mais alta estima. Entre nós há poucos dragões; mesmo os menores são extremamente apreciados e o Temeraire é um membro das hostes mais altas.

A voz de Qian veio retumbante e pensativa:

— Por que há tão poucos dragões, forçando vocês a pedir aos mais estimados que lutem?

— Somos uma nação pequena, diferente da sua — disse Laurence — As Ilhas Britânicas contavam apenas com poucas espécies menores quando os romanos chegaram e começaram a domá-las. Desde então as nossas linhagens vêm se multiplicando via fertilização cruzada, e temos conseguido aumentar os nossos contingentes graças ao cuidado que dispensamos aos nossos rebanhos, mas ainda não podemos sustentar nem uma fração do que vocês têm aqui.

Ela baixou a cabeça e perguntou, astutamente:

— E entre os franceses, como os dragões são tratados?

Instintivamente, Laurence tinha certeza de que o tratamento que os britânicos dispensavam aos dragões era superior e mais generoso que o de qualquer outra nação ocidental, mas estava tristemente ciente de que, antes de sua vinda quando pôde testemunhar os fatos, também consideraria o tratamento britânico superior ao chinês. Até um mês antes poderia falar com orgulho da maneira pela qual os dragões britânicos eram tratados. Como todos eles, Temeraire havia sido alimentado e criado com carne crua, em alojamentos despojados, com treinamentos constantes e pouca distração. Laurence imaginou que poderia muito bem estar se gabando com a rainha por criar crianças num chiqueiro ao explicar para a elegante fêmea de dragão naquele palácio florido as condições em que Temeraire havia sido criado. Se os franceses não eram melhores, dificilmente seriam piores. E ele não via com bons olhos quem tentava cobrir as próprias falhas apontando as dos outros.

— De modo geral, creio que as práticas francesas são bem parecidas com as nossas — disse ele finalmente. — Não sei o que foi prometido a vocês no caso do Temeraire, mas posso assegurar que o imperador Napoleão é um militar. Quando saímos da Inglaterra ele estava em campo, e qualquer dragão que o acompanhasse dificilmente ficaria para trás enquanto ele estivesse na guerra.

— O senhor descende de reis, se não estou enganada — disse Qian de súbito. Virando-se para um dos servos, mencionou algo. O servo se adiantou, apressado, e desenrolou sobre a mesa um longo pergaminho de papel de arroz: Laurence constatou com espanto que se tratava de uma cópia maior e mais bem escrita, da árvore genealógica que ele havia desenhado tanto tempo antes no banquete de ano-novo. — Está correto? — perguntou ela, vendo-o tão espantado.

Jamais lhe passara pela cabeça que a informação chegaria até ela, nem que ela fosse ter algum interesse naquilo, mas ele deixou para trás qualquer relutância e resolveu tagarelar sobre sua ascendência dia e noite se isso garantisse a aprovação de Qian:

— A minha família é de fato antiga e orgulhosa. Eu mesmo entrei para o serviço da corporação, o que considero uma honra — disse ele, ainda que um pouco de culpa o incomodasse: certamente ninguém usaria esse termo em seu círculo familiar.

Qian assentiu, aparentemente satisfeita, e bebeu do chá novamente enquanto o servo levava o pergaminho embora. Laurence procurou algo para dizer.

— Se me permite, senhora, posso dizer em nome do meu governo que estamos dispostos a aceitar as mesmas condições impostas aos franceses quando vocês enviaram o ovo para eles.

— Há outras coisas a considerar — foi tudo o que ela respondeu a esse avanço, no entanto.

Temeraire e os dois Imperiais já retornavam do passeio. Temeraire obviamente havia apertado o passo. Ao mesmo tempo, o dragão fêmea branco passou por eles, retornando aos seus aposentos com Yongxing ao seu lado, falando com ela em um tom baixo, uma das mãos afetuosamente pousada em seu flanco. Ela caminhava devagar para que ele pudesse acompanhá-la, bem como os vários servos que seguiam relutantemente atrás, assoberbados com grandes pergaminhos e vários livros. Os Imperiais aguardaram a passagem do cortejo antes de retornar para o pavilhão.

— Qian, por que ela é daquela cor? — perguntou Temeraire, espiando Lien à medida que ela se afastava. — Ela parece tão estranha.

— Quem pode compreender os desígnios dos céus? — disse Qian, em tom de reprimenda. — Não seja desrespeitoso. Alien é uma grande acadêmica. Ela se tornou *chuang-yuan* há muitos anos, embora não tenha precisado se submeter aos exames, sendo uma Celestial; também é sua prima mais velha. Foi gerada por Chu, que foi chocado de Xian, como eu.

— Ah — Temeraire disse, envergonhado. Ele perguntou então, mais timidamente: — Quem foi o meu genitor?

— Lung Qin Gao — disse Qian, e sacudiu a cauda. Ela pareceu feliz com a lembrança. — É um dragão Imperial, estacionado no momento ao sul, em Hangzhou. Seu acompanhante é um príncipe do terceiro escalão, e eles estão visitando o lago Oeste.

Laurence estava impressionado com o fato de Celestiais poderem gerar descendência com Imperiais. Qian confirmou ao ser questionada:

— É assim que a nossa linhagem se perpetua. Não podemos gerar descendência entre os nossos — contou ela, e acrescentou sem se dar conta do quanto chocava Laurence: — Só restamos eu e a Lien agora de fêmeas, e além do Avô e de Chu, só existem Chuan, Min e Zhi, e somos todos primos.

— Apenas oito no total? — exclamou Hammond e se sentou sem saber o que dizer, como era de se esperar.

— Não vejo como pretendem continuar dessa forma — disse Granby. — Será que estão tão obcecados em guardar os dragões apenas para os imperadores a ponto de arriscar perder toda a linhagem?

— Evidentemente, de tempos em tempos um par de Imperiais dá à luz um Celestial — disse Laurence, entre uma mordida e outra. Ele finalmente jantava, penosamente tarde, em seu quarto. Eram sete da noite e do lado de fora já estava completamente escuro. Ele havia bebido chá quase até estourar, em um esforço para afastar a fome durante a visita, que havia se alongado por várias horas. — Foi assim que o camarada mais velho lá nasceu, e ele gerou todo o restante, indo quatro ou cinco gerações para trás.

— Não consigo compreender — disse Hammond, sem prestar atenção ao restante da conversa. — Oito Celestiais. Por que razão teriam dado um deles? Claramente, nem que fosse apenas para procriação, mas não posso acreditar nisso. Bonaparte não teria feito tamanha impressão, não por meio de relatos, a um continente de distância. Deve haver algo mais, algo que ainda não consegui entender. Senhores, com a sua licença

— acrescentou distraidamente e se levantou, deixando-os sozinhos. Laurence terminou a refeição sem muito apetite e deixou de lado os palitos.

— Ela não se opôs a que ficássemos com o Temeraire, de qualquer forma — disse Granby, mas um tanto desanimado.

Após um instante, Laurence disse, mais para silenciar os pensamentos:

— Eu não poderia ser tão egoísta a ponto de tentar negar a ele o prazer de conhecer melhor a sua própria raça, ou de aprender mais sobre a sua terra natal.

— Isso tudo não passa de baboseira, Laurence — disse Granby, tentando confortá-lo. — Um dragão não se separa do capitão nem por todas as joias da Arábia, nem por todos os novilhos da cristandade, aliás.

Laurence se levantou e foi para a janela. Temeraire havia se enrodilhado para dormir sobre as pedras aquecidas do pátio mais uma vez. A lua havia surgido, e ele fazia uma bela figura na luz prateada, com as árvores cheias de flores de cada lado pendendo sobre ele enquanto seu reflexo tremeluzia no lago com todas as escamas brilhando.

— Isso é verdade; um dragão tolerará muita coisa antes de se separar de seu capitão. Mas não é por isso que um homem decente pediria tal coisa dele — Laurence disse baixinho e deixou a cortina cair.

Capítulo 14

TEMERAIRE FICOU QUIETO por todo o dia que se seguiu à visita. Laurence foi se sentar ao lado dele e o olhou com apreensão, mas não sabia como abordar o assunto que o incomodava, nem o que dizer. Se Temeraire estivesse infeliz com sua sorte na Inglaterra e quisesse permanecer na China, não havia nada que pudesse ser feito. Hammond dificilmente protestaria, contanto que tivesse chance de completar as negociações. Ele se importava bem mais em estabelecer uma embaixada permanente e em conseguir alguma espécie de tratado, do que em levar Temeraire para casa. Laurence não estava disposto a trazer o assunto à baila tão cedo.

Quando eles foram embora, Qian dissera que Temeraire podia visitar o palácio quando tivesse vontade, mas o convite não fora estendido a Laurence. Temeraire não pediu permissão para ir, mas ficou mirando a distância e andando em círculos pelo pátio, impaciente. Laurence perguntou se ele queria ler e Temeraire recusou. Ao final, enojado consigo mesmo, Laurence disse:

— Gostaria de ir ver Qian mais uma vez? Tenho certeza de que ela apreciaria a sua visita.

— Ela não convidou você — disse Temeraire, mas suas asas já abanavam, meio erguidas, mas ainda hesitantes.

— Não há ofensa nenhuma no fato de uma mãe querer passar algum tempo a sós com o filho — argumentou Laurence, e essa desculpa foi suficiente; Temeraire pareceu resplandecer de júbilo e partiu imediatamente. Voltou apenas tarde da noite, radiante e com muitos planos de retornar.

— Eles começaram a me ensinar a escrever — disse. — Só hoje já aprendi 25 caracteres, quer ver?

— Claro que sim — respondeu Laurence, e não só para agradar Temeraire; sombriamente começou a estudar os símbolos que Temeraire desenhava e a copiá-los o melhor que podia com uma pena, em vez de um pincel, enquanto Temeraire pronunciava os sons para ajudá-lo. Embora o dragão não parecesse muito confiante nas tentativas de Laurence de reproduzir o que ouvia. Ele não fez muitos progressos, mas seu esforço deixou Temeraire tão feliz que ele não se ressentiu. Laurence preferiu esconder o cansaço intenso que o havia acossado por todo aquele dia aparentemente interminável.

Para aumentar sua frustração, o capitão teve que lutar não só contra seus sentimentos, mas contra Hammond também.

— *Uma* visita, acompanhado por você, pode servir como garantia e dar a ela a oportunidade de conhecer você — o diplomata disse. — Mas visitas repetidas e desacompanhadas não podem acontecer. Se ele vier a preferir a China e concordar em ficar por vontade própria, perderemos qualquer chance de sucesso aqui; eles nos mandarão de volta imediatamente.

— Já chega — disse Laurence, zangado. — Não tenho a menor intenção de insultar o Temeraire sugerindo que a sua inclinação natural para conhecer sua raça implica deslealdade.

Hammond voltou à carga e a discussão aumentou de volume; finalmente Laurence deu um fim àquilo dizendo:

— Se é para deixar claro, então que seja: eu não me considero abaixo do senhor nem sob o seu comando. Nenhuma instrução me foi dada nesse sentido, e as suas tentativas de firmar a sua autoridade sem embasamento oficial são deveras impróprias.

O relacionamento entre eles, que já havia esfriado consideravelmente, agora se tornava gélido, e Hammond não foi jantar com Laurence e os oficiais aquela noite. No dia seguinte, no entanto, chegou cedo ao pavilhão, antes que Temeraire partisse para sua visita, acompanhado pelo príncipe Yongxing.

— Sua Alteza teve a bondade de vir ver como estamos passando. Estou certo de que o senhor se juntará a mim para lhe dar as boas-vindas — disse, enfatizando as últimas palavras, e Laurence se levantou relutantemente para cumprir o melhor que podia as formalidades.

— O senhor é muito gentil. Como pode ver, estamos bastante confortáveis — disse, com uma polidez enrijecida e cansada. Ele ainda não confiava nem um pouco nas intenções de Yongxing.

Yongxing inclinou a cabeça um pouco, igualmente rígido e sem sorrir, então se voltou e acenou para o menino que o seguia: uma criança de não mais que 13 anos, usando roupas discretas de algodão tingido de índigo. Olhando para ele, o menino assentiu com a cabeça e então, passando por Laurence, foi direto até Temeraire, a quem cumprimentou formalmente: estendeu as mãos para a frente com os dedos entrelaçados e inclinou a cabeça, dizendo algo em chinês. Temeraire pareceu um tanto perplexo, e Hammond intercedeu apressado:

— Diga que sim, ora essa!

— Ah — disse Temeraire, ainda incerto, e então respondeu ao menino num tom afirmativo. Laurence se surpreendeu ao ver o menino subir na perna dianteira de Temeraire e se acomodar lá. A expressão de Yongxing, como sempre, era difícil de interpretar, mas havia uma sombra de satisfação pairando em seus lábios. Então ele disse:

— Vamos para dentro, tomar chá. — E se virou para se afastar.

— Não vá deixá-lo cair — Hammond ainda disse para Temeraire, lançado um olhar aflito para o menino, que se sentava de pernas cruzadas, numa pose altiva, parecendo tão capaz de cair dali quanto uma estátua do Buda seria capaz de descer sozinha do pedestal.

— Roland — chamou Laurence. Ela e Dyer tinham estado estudando trigonometria um pouco atrás deles. — Por favor, veja se o menino quer um refresco.

Ela assentiu e foi falar com o menino usando o pouco chinês que sabia, enquanto Laurence seguia os outros homens pelo pátio e para dentro da casa. Os criados já haviam rearranjado a mobília rapidamente: uma cadeira drapejada com um escabelo para Yongxing e cadeiras sem braços dispostas em ângulo reto para Laurence e Hammond. O chá foi trazido com grande cerimônia e desvelo, e durante todo o processo Yongxing permaneceu em completo silêncio. Não falou nem mesmo depois que os servos se retiraram, apenas bebeu chá vagarosamente.

Hammond finalmente rompeu o silêncio com agradecimentos polidos pelo conforto da residência e pela atenção que haviam recebido.

— Particularmente o passeio pela cidade. Posso perguntar se foi ideia sua, senhor?

Yongxing disse:

— Foi desejo do imperador. Talvez, capitão — ele acrescentou —, o senhor tenha ficado impressionado de forma favorável.

Mal se notava um tom de pergunta no que Yongxing dissera. Laurence respondeu prontamente:

— Fiquei, senhor. A sua cidade é deveras notável.

Yongxing sorriu, pouco mais que um pequeno ricto seco nos lábios, e nada disse. Laurence olhou para o lado, relembrando em agudo contraste os abrigos de dragões da Inglaterra.

Eles continuaram com a pantomima ainda por algum tempo. Hammond tentou ainda uma vez:

— Permita-me inquirir sobre a saúde do imperador. Estamos ansiosos, como o senhor bem pode imaginar, para entregar as saudações do rei a Sua Majestade Imperial e entregar as cartas que trago comigo.

— O imperador está em Chengde — Yongxing disse, displicente. — Não vai voltar a Pequim tão cedo. O senhor terá que ser paciente.

Laurence começou a se irritar. As tentativas de Yongxing de impingir o menino a Temeraire eram tão óbvias quanto as tentativas anteriores de separar Laurence do dragão, e ainda assim Hammond se mostrava mais submisso que nunca, e ainda por cima tentava encetar uma conversa civilizada diante de uma rudeza aviltante. Laurence perguntou:

— O companheiro de Sua Majestade parece um rapazote muito vivaz; se me permite a pergunta, trata-se do seu filho?

A isso Yongxing respondeu com uma careta e com um frio "não".

Hammond, vendo a impaciência de Laurence, interveio apressado antes que o capitão pudesse dizer algo mais.

— Da nossa parte, estamos muito felizes em esperar o melhor momento para falar com o imperador; espero no entanto que possamos ter um pouco mais de liberdade, uma vez que teremos que estender nossa estadia aqui por mais tempo. Pelo menos tanta liberdade quanto desfruta o embaixador francês. Tenho certeza, senhor, que não se esqueceu do ataque homicida perpetrado por eles no começo da nossa jornada, e espero que me permita dizer, mais uma vez, que os interesses das nossas nações são muito mais próximos que os da sua com a deles.

Hammond continuou, sem se deixar deter por qualquer réplica: falou demorada e apaixonadamente sobre os perigos da dominação napoleônica da Europa, sobre a supressão de um comércio que tanta riqueza poderia trazer para a China, sobre a ameaça de um conquistador insaciável espalhando seu império cada vez mais — quem sabe até mesmo indo parar nas portas dos chineses:

— Pois Napoleão já tentou uma vez, senhor, nos alcançar na Índia, e não faz segredo de sua ambição de ultrapassar Alexandre. Se for bem-sucedido, o senhor entende que a sua voracidade não se contentará em parar por aí.

A ideia de Napoleão subjugando a Europa, conquistando a Rússia e o Império Otomano, cruzando o Himalaia, se estabelecendo na Índia e ainda tendo energia para guerrear com a China era para Laurence um exagero desmedido que dificilmente convenceria alguém. Quanto ao comércio, ele sabia que o argumento pouco valia para Yongxing, que já havia falado tão fervorosamente sobre a autossuficiência chinesa. Mas o príncipe não interrompeu Hammond, escutando seu longo discurso do começo ao fim, de testa franzida. Quando a arenga finalmente terminou, com um pleito renovado pela mesma liberdade conferida a De Guignes, Yongxing, tendo escutado tudo em silêncio, ficou sentado ainda um bom tempo e então disse:

— Os senhores têm tanta liberdade quanto ele. Mais do que isso seria inconveniente.

— Senhor — disse Hammond —, talvez não esteja ciente de que fomos proibidos de deixar a ilha ou de nos comunicarmos com qualquer oficial, mesmo que por carta.

— Tal proibição também se aplica ao senhor De Guignes — disse Yongxing. — Não é adequado que estrangeiros perambulem por Pequim, atrapalhando os afazeres dos magistrados e ministros, que já têm muito com que se ocupar.

Hammond ficou perplexo com a resposta. A confusão se estampava claramente em seu rosto; quanto a Laurence, sua paciência tinha acabado. Yongxing estava ali ostensivamente para lhe roubar tempo, enquanto o menino bajulava e se insinuava para Temeraire. O menino não era filho de Yongxing, que por certo o havia escolhido pelo grande charme de sua personalidade e a quem instruíra a ser tão encantador quanto ele próprio seria. Laurence não temia de verdade que Temeraire fosse preferir o menino, mas não tinha intenção de ficar sentado bancando o bobo para benefício dos planos de Yongxing.

— Não podemos deixar as crianças sozinhas assim — disse abruptamente, e se levantou da cadeira já fazendo uma mesura. — Peço que o senhor me desculpe.

Como Laurence suspeitava, Yongxing não tinha nenhuma intenção de ficar sentado conversando com Hammond, a não ser pela chance que isso dava ao menino de privar com Temeraire. Assim, também se levantou para deixá-los. Eles voltaram para o pátio juntos, onde Laurence viu com satisfação que o menino havia descido do braço de Temeraire e agora se entretinha jogando pedrinhas com Roland e Dyer, todos mastigando bolachas da ração. Temeraire havia se afastado na direção do píer para apreciar a brisa que vinha do lago.

Yongxing falou duramente, e o menino se levantou com expressão culpada. Roland e Dyer parecerem igualmente acabrunhados, lançando olhares na direção dos livros deixados de lado.

— Só queríamos ser hospitaleiros... — disse Roland apressadamente, olhando para Laurence para ver sua reação.

— Espero que ele tenha apreciado a visita — disse Laurence calmamente, para alívio de todos. — Agora, de volta ao trabalho.

Eles voltaram a se debruçar sobre os livros, e Yongxing, com o garoto colado nos calcanhares, partiu com uma expressão insatisfeita, trocando algumas palavras com Hammond em chinês. Laurence o viu partir com satisfação.

— Pelo menos podemos ficar gratos por De Guignes ter tão pouca liberdade de movimentos quanto nós — disse Hammond, após um instante. — Não creio que Yongxing se daria ao trabalho de mentir a respeito, embora não consiga entender como... — E parou, desconcertado, balançando a cabeça. — Bom, talvez eu possa saber um pouco mais amanhã.

— Perdão, o que disse? — perguntou Laurence, e Hammond respondeu distraidamente:

— Ele disse que voltaria amanhã no mesmo horário; planeja fazer visitas regulares.

— Ele pode planejar o que quiser — disse Laurence, com raiva, ao descobrir que Hammond havia aceitado timidamente novas intrusões em seu nome. — Mas *eu* não planejo ficar fazendo sala para ele. E francamente não concebo o motivo de o senhor perder tempo cativando um homem que sabe muito bem não ter a menor simpatia por nós.

Hammond respondeu acaloradamente:

— É claro que o príncipe Yongxing não tem nenhuma simpatia natural por nós. Por que ele deveria, ou qualquer outra pessoa daqui? O nosso trabalho é conquistá-los, e se ele está nos dando a chance de persuadi-lo, é nosso dever agarrar essa chance. Estou surpreso que o esforço de beber um pouco de chá e ser civilizado por algumas horas seja um fardo tão pesado para a sua paciência.

Laurence estourou:

— E eu estou surpreso de ver o senhor tão despreocupado no que diz respeito a essa tentativa óbvia de usurpar a minha posição depois de suas declarações anteriores.

— Quem, aquele menino de 12 anos? — perguntou Hammond, tão incrédulo que chegava a ser ofensivo. — Eu, no que me diz respeito, fico abismado ao vê-lo se alarmando agora, pois se o senhor não tivesse sido tão apressado em desconsiderar os meus conselhos antes, não teria tanto o que temer.

— Eu não temo nada — retrucou Laurence. — Mas não é por isso que vou tolerar uma tentativa tão descarada ou me submeter cordialmente a uma invasão diária cujo motivo é apenas nos espicaçar.

— Devo lembrá-lo, capitão, como o senhor me lembrou não faz muito tempo, que, assim como o senhor não está sob a minha autoridade, tampouco eu me encontro sob a sua — disse Hammond. — A condução dos assuntos diplomáticos foi deixada aos meus encargos, e dou graças aos céus por isso! Se confiássemos no senhor, a essa altura ouso dizer que já estaríamos voando de volta para a Inglaterra, deixando para trás metade das nossas mercadorias no Pacífico indo para o fundo do oceano.

— Muito bem. Faça como quiser — retrucou Laurence. — Mas é melhor que deixe claro para ele que não pretendo deixar mais o seu protegido sozinho com o Temeraire, e creio que o achará menos disposto a ser persuadido depois disso. Não creia também — acrescentou. — que vou tolerar o rapaz aqui quando eu virar as costas.

— Já que o senhor está inclinado a ver em mim um manipulador mentiroso e inescrupuloso, não vejo muito sentido em negar que eu jamais faria tal coisa — disse Hammond, zangado, sentindo-se corar.

Ele partiu imediatamente, deixando Laurence irritado, mas consciente e envergonhado por ter sido injusto. Ele mesmo teria achado aquilo justificativa para um duelo. Na manhã seguinte, no pavilhão, quando viu Yongxing partindo com o garoto, tendo evidentemente decidido encurtar a visita ao ter o acesso a Temeraire impedido, a culpa o espicaçou de tal forma que ele chegou a tentar se desculpar, mas sem sucesso: Hammond não quis nem saber.

— Não sei se ele se ofendeu com a sua recusa em se juntar a nós, ou se o senhor estava certo o tempo todo sobre os seus objetivos, mas pouca diferença faz — disse ele, friamente. — Com a sua licença, senhor, tenho algumas cartas para escrever. — Ele saiu.

Laurence desistiu e foi se despedir de Temeraire, apenas para sentir sua culpa e sua tristeza se reavivarem ao ver o dragão tingido de uma empolgação quase furtiva — uma grande impaciência por partir. Hammond estava provavelmente certo: a lisonja anódina de uma criança não era nada perto do perigo representado pela companhia de Qian e dos dragões Imperiais, não importava quão sinceros ou deturpados pudessem ser os motivos de Qian; era apenas uma desculpa menos honesta para desconfiar dela.

Temeraire ficaria fora por várias horas, mas como a casa era pequena e os cômodos eram separados por telas de papel de arroz, a presença irritada de Hammond era quase palpável ali dentro, de forma que Laurence permaneceu no pavilhão depois que o dragão partiu, cuidando das correspondências. Não havia necessidade disso, já que cinco meses já haviam se passado desde que ele recebera alguma carta e pouca coisa de interesse havia acontecido desde o jantar de boas-vindas, duas semanas antes. E ele não estava disposto a escrever a respeito da discussão com Hammond.

Cochilou sobre a papelada e acordou abruptamente, quase chocando a cabeça com a de Sun Kai, que se inclinava por trás dele e o sacudia para acordá-lo.

— Capitão Laurence, acorde — dizia Sun Kai.

Laurence disse automaticamente:

— Perdão, o que está havendo? — E ficou pasmo ao notar que Sun Kai havia falado num inglês excelente, com um acento mais pronunciadamente italiano que chinês. — Santo Deus, o senhor sabia falar inglês o tempo todo? — Exigiu saber, enquanto sua mente repassava cada ocasião em que Sun Kai havia se postado no convés dos dragões, escutando as conversas; ele havia compreendido cada palavra dita então.

— Não há tempo para explicações — disse Sun Kai. — O senhor precisa vir comigo imediatamente. — Há pessoas vindo para cá para matar o senhor e os seus acompanhantes.

Eram quase 17h, e o lago e as árvores, emoldurados pelas portas do pavilhão, resplandeciam em dourado à luz do poente. Pássaros chilreavam ocasionalmente das vigas no teto onde tinham seus ninhos. A observação de Sun Kai, feita num tom perfeitamente calmo, soou tão fora de propósito que Laurence não a entendeu de imediato. Então levantou-se, ultrajado.

— Não vou a parte alguma por causa de uma ameaça e sem uma explicação mais decente — disse, e levantou a voz: — Granby!

— Está tudo bem, senhor? — Blythe tinha se mantido ocupado no pátio vizinho com algum serviço manual, e a cabeça dele apareceu, enquanto Granby chegava correndo.

— Sr. Granby, devemos esperar um ataque — informou Laurence. — Como esta casa não nos oferece muita segurança, vamos ocupar o pequeno pavilhão ao sul, com o interior. Posicione vigias, e vamos deixar todas as pistolas carregadas e prontas.

— Muito bem, senhor — respondeu Granby e saiu correndo novamente. Blythe, no silêncio de costume, pegou os alfanjes que andara afiando e entregou um a Laurence antes de embrulhar os outros e carregá-los, com a pedra de amolar, até o pavilhão.

Sun Kai balançou a cabeça.

— Isso é uma grande tolice — exclamou, seguindo Laurence. — A maior de todas as gangues de *hunhun* está vindo da cidade. Tenho um barco esperando aqui, e ainda há tempo para que você e todos os seus homens peguem as suas coisas e venham comigo.

Laurence inspecionou a entrada do pavilhão. Como recordava, os pilares eram feitos de pedra, em vez de madeira, e tinham quase 60 centímetros de diâmetro, muito resistentes, e havia paredes de tijolos cinzentos lisos sob a tinta vermelha. O telhado era de madeira, o que era uma pena, mas o capitão concluiu que as telhas laqueadas não pegariam fogo com facilidade.

— Blythe, veja se pode conseguir um ponto mais alto para o tenente Riggs e seus fuzileiros com as pedras do jardim. Por favor, ajude-o, Willoughby, obrigado.

Virando-se, falou com Sun Kai.

— O senhor não me disse aonde nos levaria, nem quem são os assassinos, nem por que foram mandados. E pior: não nos deu motivo para que confiássemos no senhor. Certamente nos enganou até agora quanto ao seu conhecimento da nossa língua. Por que o senhor mudaria de comportamento tão abruptamente eu não faço ideia, e depois do tratamento que recebemos, não estou disposto a me colocar nas suas mãos.

Hammond chegou com os outros homens, parecendo confuso, e foi se juntar a Laurence, saudando Sun Kai em chinês.

— Posso perguntar o que está acontecendo? — inquiriu, rigidamente.

— Sun Kai me disse que eu deveria esperar outra tentativa de assassinato — respondeu Laurence. — Veja se consegue alguma explicação melhor dele nesse meio-tempo, pois preciso assumir que seremos atacados em breve e tomar as devidas providências. Ele fala inglês perfeitamente — acrescentou. — Não é necessário recorrer à língua chinesa. — Laurence deixou Sun Kai com um Hammond visivelmente espantado, e se juntou a Riggs e Granby na entrada.

— Se pudéssemos abrir um par de furos nessa parede frontal, poderíamos matar a tiros qualquer um que se aproximasse — falou Riggs, batendo nos tijolos. — De outra forma, seria melhor fazer uma barricada no centro da sala e atirar conforme eles entrarem. Mas assim não será possível colocar gente com espadas na entrada.

— Monte e ocupe a barricada — decidiu Laurence. — Sr. Granby, bloqueie o máximo que puder da entrada, para que não possam passar mais de três ou quatro lado a lado, se for possível. Vamos formar o restante dos nossos homens dos dois lados da abertura, fora do campo de tiro, e proteger a porta com pistolas e alfanjes enquanto o Sr. Riggs e os camaradas recarregarem as armas.

Granby e Riggs assentiram.

— O senhor está certo — acrescentou Riggs. — Temos um par de rifles extras, senhor, e o senhor seria útil na barricada.

Foi uma tentativa transparente de proteger Laurence, tirando-o da linha de combate corpo a corpo, e o capitão a tratou com o desprezo merecido.

— Use-os para segundos tiros, se puderem. Não podemos desperdiçar as armas nas mãos de homens que não forem fuzileiros treinados.

Keynes chegou quase cambaleando sob uma cesta de lençóis, com três elaborados jarros de porcelana da residência em cima.

— Vocês não são o meu tipo costumeiro de paciente — o médico de dragões falou —, mas posso enfaixá-los e colocar talas, de qualquer maneira. Ficarei no fundo, junto ao espelho tanque, e trouxe esses vasos para carregar água — acrescentou, sardônico, indicando os vasos com o queixo. — Acho que valeriam 50 libras cada num leilão, então será um encorajamento maior para não soltá-los.

— Roland, Dyer, qual dos dois é melhor em recarregar fuzis? — indagou Laurence. — Muito bem, os dois ajudarão o Sr. Riggs nas três primeiras salvas e então correrão com as jarras de água até a fonte e de volta, conforme for possível.

— Laurence — chamou Granby em tom confidencial, depois que os outros saíram. — Não vejo sinal algum de todos aqueles guardas, e eles sempre patrulhavam a essa hora. Devem ter sido retirados por ordem de alguém.

Laurence assentiu em silêncio e o mandou de volta ao trabalho com um aceno.

— Sr. Hammond, por favor, vá para detrás da barricada — instruiu, no que o diplomata veio até ele com Sun Kai.

— Capitão Laurence, por favor, rogo que o senhor me escute — pediu Hammond, com urgência. — Seria muito melhor se fôssemos com Sun Kai imediatamente. Os atacantes esperados são jovens das tribos tártaras, obrigados pela pobreza e pelo desemprego a praticar um tipo de bandidagem local, e pode haver um grande número deles.

— Terão algum tipo de artilharia? — indagou Laurence, sem prestar atenção na tentativa de persuadi-lo.

— Canhões? Não, claro que não, eles não têm nem mosquetes — respondeu Sun Kai. — Mas de que isso importa? Pode haver talvez cem deles ou mais, e ouvi rumores de que alguns até mesmo estudaram as artes de Shaolin Quan, em segredo, mesmo que seja contra a lei.

— E alguns podem ser aparentados com o imperador, por mais distante que seja o parentesco — acrescentou Hammond. — Se matarmos um, isso poderá ser usado com facilidade como desculpa para se ofender e nos expulsar do país. Você precisa entender que temos que fugir imediatamente.

— Senhor, por favor, nos dê um pouco de privacidade — pediu Laurence a Sun Kai, secamente, e o emissário não discutiu, curvando a cabeça em silêncio e se afastando um pouco.

— Sr. Hammond — começou Laurence, voltando-se para o diplomata. — O senhor mesmo me avisou que eu deveria tomar cuidado com tentativas de me separar do Temeraire. Agora considere o seguinte: se ele chegar aqui e não nos encontrar, sem explicação, com a nossa bagagem desaparecida também, como poderia nos encontrar de novo? Talvez possa até ser convencido de que firmamos um tratado e o deixamos para trás deliberadamente, como Yongxing já quis que eu fizesse uma vez.

— E como a situação seria melhor se ele voltasse e encontrasse você morto, e todos nós também? — indagou Hammond, impaciente. — Sun Kai já nos deu motivos para confiar nele antes.

— Dou menos peso a um conselho menor e inconsequente do que o senhor, e mais a uma longa e deliberada omissão. Ele nos espionou desde o princípio, isso é inquestionável — insistiu Laurence. — Não, não vamos com ele. O Temeraire vai chegar em poucas horas, e tenho confiança de que seremos capazes de aguentar até lá.

— A não ser que eles tenham descoberto alguma forma de distraí-lo, e mantê-lo na visita durante mais tempo — argumentou Hammond. — Se o governo chinês quisesse separar vocês dois, poderia tê-lo feito à força a qualquer momento, durante a ausência dele. Tenho certeza de que Sun Kai poderá enviar uma mensagem a Temeraire na residência da mãe dele uma vez que estivermos seguros.

— Então deixe-o ir e mandar a mensagem agora, se ele quiser — decidiu Laurence. — O senhor está livre para acompanhá-lo.

— Não, senhor — retrucou Hammond, corando, e deu meia-volta para ir falar com Sun Kai. O emissário balançou a cabeça e partiu, enquanto Hammond foi pegar um alfanje da pilha.

Os ingleses trabalharam por mais 15 minutos, carregando três dos pedregulhos estranhos para fazer a barricada no meio da sala e arrastando o enorme sofá de dragões para bloquear a maior parte da entrada. O sol tinha se posto, mas as lanternas costumeiras não apareceram ao redor da ilha, nem outro sinal qualquer de vida humana.

— Senhor! — sibilou Digby subitamente, apontando para o pátio. — Dois graus a estibordo, do lado de fora da casa.

— Saiam da entrada — ordenou Laurence. Não conseguia ver nada no lusco-fusco, mas os olhos jovens de Digby eram melhores que os dele. — Willoughby, apague aquela luz.

O suave ruído das armas sendo engatilhadas, o eco da própria respiração nos seus ouvidos, o zumbido das moscas e mosquitos do lado de fora inicialmente foram os únicos ruídos, até que o costume os filtrou, e Laurence pôde ouvir passos leves correndo do lado de fora. Muitos homens, pensou. De repente houve um estrondo de madeira e muitos gritos.

— Eles invadiram a casa, senhor — sussurrou Hackley, roufenho, da barricada.

— Silêncio — comandou Laurence, e eles mantiveram uma vigília muda enquanto o som de móveis sendo destruídos e vidro se quebrando vinha da casa. O fulgor de tochas do lado de fora lançava sombras no pavilhão, distorcendo-se e saltando em ângulos estranhos conforme a busca começava. Laurence ouviu homens chamando uns aos outros de fora, o som vindo da beirada do telhado. O capitão olhou para trás: Riggs assentiu e os três fuzileiros ergueram as armas.

O primeiro homem apareceu na entrada e viu a estrutura de madeira do sofá bloqueando a passagem.

— Meu tiro — disse Riggs claramente e disparou. O chinês caiu morto com a boca aberta para gritar.

O ruído do tiro, porém, trouxe mais gritos do lado de fora, e homens chegaram em grupo com tochas e espadas nas mãos. Uma salva completa foi disparada, matando mais três, e então mais um tiro do último rifle, ao que Riggs gritou:

— Preparar e recarregar!

O massacre veloz dos companheiros interrompera o avanço do grupo maior de homens, que se aglomeravam na abertura que restava na porta.

Gritando "Temeraire!" e "Inglaterra!", os aviadores se lançaram das sombras, engajando os atacantes de perto.

A luz das tochas doeu nos olhos de Laurence após a longa espera no escuro, além da fumaça da madeira ardente somada à dos tiros de fuzil. Não havia espaço para esgrima verdadeira; eles estavam atracados empunhadura contra empunhadura, exceto quando uma das espadas chinesas se partia (elas fediam a ferrugem) e alguns homens caíam. Caso contrário, apenas empurravam contra a pressão de dúzias de corpos tentando atravessar a estreita abertura.

Digby, que era magro demais para ser útil na parede humana, estocava os atacantes por entre as pernas dos companheiros, os braços, qualquer espaço que encontrasse.

— Minhas pistolas — gritou Laurence para o rapaz. O capitão não teria chance de puxá-las do cinto, pois segurava o alfanje com as duas mãos, uma no cabo, a outra contra as costas da lâmina, contendo três inimigos. Eles estavam tão comprimidos que não poderiam se mover para os lados para atacá-lo, limitavam-se a mover as espadas para cima e para baixo, tentando quebrar o alfanje.

Digby puxou uma das pistolas do coldre e disparou, atingindo o homem diretamente em frente a Laurence, entre os olhos. Os outros dois recuaram involuntariamente, e Laurence conseguiu estocar um na barriga, em seguida segurando o outro pelo braço da espada e jogando-o ao chão. Digby cravou-lhe o alfanje nas costas, e lá o sujeito ficou.

— Apresentar armas! — gritou Riggs, atrás deles, e Laurence comandou:

— Liberem a porta!

O capitão golpeou a cabeça do homem que lutava com Granby, fazendo com que ele recuasse um pouco, e os ingleses se retiraram juntos, o chão de pedra polida já escorregadio sob as botas. Alguém colocou a jarra de água na mão do capitão, que tomou dois goles e a passou adiante, enquanto limpava a boca e a testa na manga. Os rifles dispararam imediatamente, seguidos por mais dois tiros, e então a refrega reiniciou.

Os atacantes já tinham aprendido a temer os rifles e deixaram um pequeno espaço aberto diante da porta, muitos andando alguns passos mais atrás, sob as tochas. Eles quase enchiam completamente o pátio em frente ao pavilhão: a estimativa de Sun Kai não fora exagerada. Laurence deu um tiro num homem a seis passos, depois inverteu a pistola na mão. Quando eles correram de volta, o capitão deu uma cacetada em outro chinês na lateral da cabeça com a coronha pesada da arma e mais uma vez estava empurrando contra o peso das espadas, até que Riggs gritou de novo.

— Muito bem, cavalheiros — incentivou Laurence, respirando fundo. Os chineses tinham se retirado ao ouvir o grito e não estavam imediatamente à porta. Riggs era experiente o bastante para conter a salva até que eles avançassem outra vez. — No momento a vantagem é nossa, Sr. Granby. Vamos nos dividir em dois grupos. Fique para trás na próxima leva, e vamos nos alternar. Therrows, Willoughby, Digby, comigo. Martin, Blythe, Hammond, com Granby.

— Posso participar dos dois grupos, senhor — falou Digby. — Não estou nada cansado, juro, pois é menos trabalho para mim, já que não posso ajudar a conter a pressão.

— Muito bem, mas não deixe de beber água nos intervalos e recue de vez em quando — aceitou Laurence. — Há muitos deles, como vocês provavelmente já viram — afirmou o capitão, honestamente. — Mas a nossa posição é boa, e não tenho dúvidas de que podemos contê-los pelo tempo que for necessário, desde que não nos cansemos demais.

— Corram para o Keynes assim que levarem um corte ou golpe; não podemos perder ninguém para sangramentos — acrescentou Granby, enquanto Laurence assentia com a cabeça. — Basta gritar, e alguém virá tomar o seu lugar na linha.

Um grito súbito e febril de muitas vozes irrompeu lá fora, os chineses ganhando coragem para enfrentar a salva, e depois o bater de pés correndo.

Riggs gritou:

— Fogo! — Quando os atacantes chegaram à entrada. A luta na porta foi um esforço maior dessa vez, com menos defensores, mas a abertura era suficientemente estreita para que ainda assim fosse possível mantê-la. Os corpos dos mortos eram uma adição medonha à barreira, em pilhas de dois e até mesmo três cadáveres, e alguns eram forçados a se esticar por sobre eles para lutar. O tempo de recarga dos rifles pareceu estranhamente longo, ilusório. Laurence ficou muito feliz em descansar quando a salva seguinte ficou pronta. O capitão se reclinou na parede, bebendo do vaso. Os braços e ombros doíam da pressão constante, assim como os joelhos.

— Está vazio, senhor? — Dyer estava lá, ansioso, e Laurence lhe entregou o vaso. O menino trotou para o fundo, em direção ao lago, por entre a mortalha de fumaça que ocupava o centro da sala. Ela subia lentamente para o vazio cavernoso acima.

Mais uma vez, os chineses não avançaram imediatamente contra a porta enquanto a salva os esperava. Laurence entrou mais um pouco no pavilhão e tentou olhar para fora, para ver se conseguia divisar alguma coisa além da primeira linha de combate, mas o fulgor das tochas era demais para os olhos e não se distinguia nada além de trevas impenetráveis atrás da primeira fileira de rostos reluzentes que fitavam a entrada atentos, febris com o esforço da luta. O tempo parecia lento: o capitão sentia falta da ampulheta de bordo e do toque constante do sino. Certamente já tinham se passado uma hora ou duas. Temeraire logo chegaria.

Um clamor súbito veio de fora, e um novo ritmo de palmas. A mão de Laurence foi automaticamente ao cabo do alfanje, e a salva foi disparada num rugido.

— Pela Inglaterra e pelo Rei! — bradou Granby, e liderou o grupo à luta.

Os chineses na entrada, porém, recuaram para os lados, deixando Granby e seus homens parados apreensivos na abertura. Laurence se perguntou se haveria alguma artilharia, afinal. Em vez disso, subitamente, um homem veio correndo até eles pelo caminho aberto, sozinho, como se pretendesse se jogar nas espadas. Os ingleses ficaram preparados, esperando. A menos de três passos, o sujeito saltou no ar, aterrissando na coluna meio de lado, e pulou literalmente sobre as cabeças deles, mergulhando e fazendo um rolamento no chão de pedra.

A manobra tinha desafiado a gravidade mais do que qualquer brincadeira que Laurence jamais vira: 3 metros no ar e de volta sem propulsão alguma além das próprias pernas. O invasor se levantou num pulo, ileso, agora às costas de Granby, enquanto a onda principal de atacantes se atirava contra a entrada novamente.

— Therrows, Willoughby — Laurence urrou desnecessariamente para os homens no próprio grupo; eles já estavam correndo para conter o inimigo.

O sujeito não tinha armas, mas a agilidade dele era quase infinita. Pulava para longe dos golpes de espada de uma forma que os fazia parecer cúmplices num faz de conta, em vez de homens que tentavam matá-lo com sinceridade. Estando mais longe, Laurence podia ver que o inimigo os estava atraindo para trás, para mais perto de Granby e dos outros, onde os alfanjes representariam perigo aos próprios camaradas.

Ele pegou a pistola e iniciou a sequência familiar de movimentos apesar da escuridão e do furor. Na cabeça, escutava o cântico do exercício de artilharia, praticamente idêntico. Vareta no cano com trapo, duas vezes, e então puxou o cão para semiengatilhado, tateando em busca do cartucho de papel na bolsa.

Therrows subitamente gritou e caiu, segurando o joelho. Willoughby virou a cabeça para olhar, com a espada erguida numa posição defensiva, na altura do peito, mas no momento de descuido o chinês pulou novamente incrivelmente alto e lhe acertou o queixo com os dois pés. O som do pescoço se partindo foi horrível, e o rapaz foi erguido do chão, em seguida caindo com a cabeça balançando de um lado para o outro. O chinês deu um rolamento após o salto, continuando o movimento até se levantar, e então olhou para Laurence.

Riggs gritava atrás do capitão.

— Preparar armas! Mais rápido, demônios, preparar armas!

As mãos de Laurence ainda trabalhavam. Abriu o cartucho de pólvora com os dentes, alguns grãos caíram como areia, azedos na língua. Pólvora cano abaixo, em seguida a bola de chumbo, o papel para bucha, socado com força, não havia tempo para conferir a espoleta, e o capitão ergueu a arma e explodiu os miolos do chinês a menos de um braço de distância.

Laurence e Granby arrastaram Therrows de volta até Keynes enquanto os chineses recuavam ante a salva preparada. Ele soluçava baixinho, com a perna pendurada, inútil.

— Me desculpe, senhor — repetia, engasgado.

— Pelo amor de Deus, chega de choro — exclamou Keynes severo, quando o pousaram e deu um tapa na cara de Therrows com uma falta de solidariedade visível. O rapaz engoliu em seco mas parou, e rapidamente esfregou o braço no rosto. — A rótula está quebrada — Keynes diagnosticou, após um momento. — Uma fratura bem limpa, mas ele não vai ficar de pé por pelo menos um mês.

— Vá até o Riggs, depois de colocar a tala e recarregue para eles — Laurence disse a Therrows, e em seguida ele e Granby voltaram até a entrada.

— Vamos descansar em turnos — Laurence instruiu, ajoelhando-se ao lado dos outros. — Hammond, você primeiro. Vá dizer ao Riggs para manter um rifle carregado e separado o tempo todo, para o caso de eles mandarem mais algum camarada como aquele último.

Hammond estava visivelmente ofegante, o rosto marcado por pontos vermelhos brilhantes. O diplomata assentiu e disse, rouco:

— Deixem as pistolas, eu as carregarei.

Blythe, bebendo água do vaso, subitamente engasgou, cuspiu uma cascata e gritou:

— Pelo amor de Cristo no Céu! — Isso fez todos pularem. Laurence olhou em volta desnorteado. Um peixe dourado de dois dedos de comprimento estava saltitando numa poça nas pedras. — Desculpe — falou Blythe, ofegante. — Eu senti o bicho mexendo na minha boca.

Laurence olhou para o subordinado, e então Martin começou a rir, e por um momento estavam todos sorrindo. Então os rifles soaram, e eles voltaram à entrada.

Os atacantes não fizeram nenhuma tentativa de incendiar o pavilhão, o que surpreendeu Laurence. Eles tinham muitas tochas e havia muita madeira na ilha. Até tentaram sufocá-los com fumaça, fazendo pequenas fogueiras dos dois lados do prédio, sob os beirais do telhado, mas, por algum truque do design do pavilhão, ou simplesmente graças ao vento, uma corrente de ar levou a fumaça para longe. Foi desagradável, mas não letal, e perto do lago o ar era fresco. Após cada rodada o homem de folga ia até lá para beber e limpar os pulmões, e passar unguento nos arranhões que já tinham sido acumulados, fazendo curativos se ainda sangrassem.

A gangue tentou usar um aríete, uma árvore recém-cortada ainda com galhos e folhas, mas Laurence instruiu:

— Afastem-se para os lados quando eles passarem e cortem-lhes as pernas.

Os invasores correram direto para os alfanjes com grande coragem, tentando entrar, mas mesmo os três degraus que levavam à porta do pavilhão foram suficientes para gastar o impulso. Vários na ponta caíram com cortes nas pernas que iam até o osso e foram mortos a coronhadas. Enfim, a própria árvore caiu para a frente e bloqueou-lhes o progresso. Os britânicos passaram alguns minutos frenéticos cortando os galhos, de modo a permitir a mira dos fuzileiros, e por fim a próxima salva estava pronta, e os atacantes desistiram.

Depois disso a batalha se assentou numa espécie de ritmo grotesco. Cada saraivada de balas lhes conquistava mais tempo para o descanso conforme os chineses ficavam cada vez mais desanimados com o fracasso em romper a pequena linha de defesa britânica e com o massacre atroz. Todas as balas acertavam alguém: Riggs e seus homens tinham sido treinados para atingir alvos das costas de um dragão, voando às vezes a 30 nós no calor da batalha, e com menos de 30 metros até a entrada, era impossível que errassem. Era uma forma lenta e desgastante de lutar, na qual cada minuto parecia durar cinco vezes mais. Laurence começara a contar o tempo em salvas.

— É melhor passar a três tiros por salva, senhor — aconselhou Riggs, tossindo, quando Laurence se ajoelhou para falar com ele, em mais um turno de descanso. — Vai contê-los do mesmo jeito, agora que já provaram o gostinho, e mesmo que eu tenha trazido todos os cartuchos que tínhamos, não somos a maldita infantaria. Vou botar o Therrows para fazer mais, mas temos pólvora suficiente para mais uns trinta tiros, no máximo.

— Vai ter que bastar — disse Laurence. — Vamos tentar contê-los por mais tempo entre as salvas. Comece a fazer um homem descansar a cada turno também. — O capitão despejou a caixa de cartuchos dele e de Granby na pilha geral: só mais sete, mas isso significava pelo menos mais duas salvas, e os rifles eram mais valiosos do que as pistolas.

Laurence jogou água no rosto, sorrindo para os peixinhos dardejantes que podia ver mais claramente agora, os olhos se acostumando ao escuro. O lenço de pescoço estava completamente ensopado de suor. Ele o tirou e o torceu sobre as pedras, e não conseguiu mais vesti-lo após expor a pele agradecida ao ar. Enxaguou o pano e o deixou aberto para secar, se apressando em voltar.

Passou-se mais um intervalo imensurável de tempo, no qual os rostos dos atacantes se tornaram borrados e escuros na porta. Laurence lutava para conter dois homens, ombro a ombro com Granby, quando ouviu o grito agudo de Dyer:

— Capitão! Capitão! — vindo de detrás. Ele não podia se virar para olhar, não houve oportunidade de fazer uma pausa.

— Eu cuido desses — Granby ofegou e chutou o homem diante de si nas bolas com a pesada bota hessiana. Engajou o outro, empunhadura a empunhadura, e Laurence recuou, virando-se apressadamente.

Um par de chineses estava pingando junto ao lago, enquanto outro saía. Tinham de alguma forma descoberto o reservatório que alimentava o lago e nadaram por sob a parede. Keynes estava caído, imóvel, no chão, enquanto Riggs e os outros fuzileiros corriam até ele, recarregando fre-neticamente as armas. Hammond estivera no turno de descanso: estava golpeando furiosamente com a espada contra os dois outros homens, fazendo-os recuar para o lago, mas não tinha muita habilidade. Os chineses tinham facas curtas e logo penetrariam a guarda dele.

O pequeno Dyer pegou um dos grandes vasos e o arremessou, ainda cheio de água, no inimigo que se curvava sobre Keynes com a faca. O objeto se estilhaçou contra a cabeça do sujeito, que caiu, atordoado, e escorregando no chão molhado. Roland correu até ele, pegou o tenáculo de Keynes e passou a ponta em gancho afiada na garganta do chinês antes que ele pudesse levantar, fazendo o sangue espirrar da veia cortada, por entre os dedos do homem.

Mais inimigos subiam pelo lago.

— Atirem livremente — Riggs gritou, e três chineses caíram, um deles atingido quando apenas a cabeça tinha emergido. O morto afundou novamente, espalhando uma nuvem de sangue na água. Enquanto Hammond continuava dando golpes largos, Laurence estocou um invasor com a ponta do alfanje e bateu em outro com o cabo. Este caiu inconsciente no lago, de boca aberta, com bolhas subindo profusas por entre os lábios.

— Empurrem todos para o lago — Laurence ordenou. — Temos que bloquear a passagem. — O capitão entrou no lago, empurrando os corpos contra a corrente. Podia sentir uma grande pressão vindo do outro lado, mais homens tentando entrar. — Riggs, volte com seus homens para a frente e renda o Granby; o Hammond e eu podemos contê-los aqui.

— Eu também posso ajudar — afirmou Therrows, mancando até o lago. Era um sujeito alto e poderia se sentar à beira do lago e botar a perna boa sobre os corpos.

— Roland, Dyer, vejam se há algo a ser feito pelo Keynes — gritou Laurence por sobre o ombro e então olhou quando não recebeu resposta: as duas crianças estavam vomitando em silêncio no canto.

Roland limpou a boca e se levantou, parecendo um potrinho de pernas fracas.

— Sim, senhor — a menina respondeu, e os dois correram até Keynes. O médico de dragões grunhiu quando foi virado; havia muito sangue coagulado na cabeça, sobre uma das sobrancelhas, mas o homem abriu os olhos, tonto, ao ser levantado.

A pressão do outro lado da massa de corpos enfraqueceu e cedeu lentamente. Atrás dos britânicos, os rifles cantaram repetidamente, com ritmo subitamente acelerado. Riggs e seus homens atiravam quase tão rápido quanto os casacos-vermelhos da infantaria britânica. Laurence, tentando olhar por sobre o ombro, não conseguia ver nada em meio à fumaça.

— Therrows e eu damos conta, vá! — exclamou Hammond, ofegando. Laurence assentiu e correu para fora do lago, as botas cheias d'água pesando como pedras. O capitão teve que parar e esvaziá-las antes que pudesse correr até a entrada.

Quando Laurence chegou, os tiros pararam. A fumaça estava tão espessa e curiosamente brilhante que não era possível ver ninguém através dela, apenas o monte de corpos no chão aos pés deles. Ficaram parados, esperando, enquanto Riggs e os fuzileiros recarregavam mais devagar, com dedos trêmulos. Enfim, Laurence avançou, apoiando-se na coluna para não cair. Não havia onde pisar, a não ser nos cadáveres.

Os defensores saíram piscando na névoa para a luz do sol nascente, assustando uma revoada de corvos que decolou dos corpos no pátio e fugiu gritando sobre o lago principal. Não havia mais ninguém se movendo, pois o restante dos atacantes tinha fugido. Martin caiu subitamente de joelhos, o alfanje retinindo nas pedras. Granby correu para ajudá-lo e acabou caindo também. Laurence chegou a um banco de madeira antes que as próprias pernas cedessem, sem se incomodar de dividir o assento com um dos mortos, um rapaz de rosto liso com uma trilha de sangue secando nos lábios e uma mancha carmesim ao redor da ferida de bala no peito.

Não havia sinal de Temeraire. Ele não tinha vindo.

Capítulo 15

Sun Kai os encontrou quase mortos uma hora depois. Tinha entrado no pátio cautelosamente com um pequeno grupo de homens armados: talvez dez ou mais, vestidos em uniformes de guardas, ao contrário dos membros da gangue. As fogueiras fumarentas tinham se apagado sozinhas, por falta de combustível, e os ingleses arrastavam os corpos para as sombras mais profundas, para que não apodrecessem tão horrivelmente.

Estavam todos meio cegos e entorpecidos de exaustão e não poderiam oferecer resistência. Sem fazer ideia do motivo da ausência de Temeraire e sem saber o que fazer, Laurence se submeteu a ser levado ao barco, e dentro deste a um palanquim abafado e fechado, cujas cortinas foram bem cerradas à volta dele. O capitão dormiu instantaneamente sobre as almofadas bordadas, apesar dos solavancos e gritos do caminho, e não viu mais nada até que o palanquim foi pousado e o chacoalharam de novo para que acordasse.

— Venha para dentro — falou Sun Kai, e o puxou até que se levantasse. Hammond, Granby e os outros britânicos estavam emergindo igualmente abatidos e atordoados de outras liteiras atrás dele. Laurence subiu sem pensar as escadas até o interior abençoadamente fresco de uma casa, fragrante com traços de incenso, continuando por um corredor estreito até um aposento com vista para o jardim do pátio. Lá o capitão imediatamente saiu em disparada, saltando sobre a balaustrada baixa da varanda: Temeraire estava deitado, adormecido sobre as pedras.

— Temeraire — chamou Laurence e foi na direção do dragão. Sun Kai exclamou em chinês e correu atrás do capitão, segurando-lhe o braço antes que ele pudesse tocar Temeraire. O dragão ergueu a cabeça e olhou para eles, curioso, e Laurence o encarou de volta: não era Temeraire.

Sun Kai tentou arrastar Laurence para o chão, enquanto ele mesmo se ajoelhava. Laurence se soltou, conseguindo manter o equilíbrio com dificuldade. Apenas percebeu então um jovem de talvez uns 20 anos, vestindo uma elegante túnica de seda amarelo-escura bordada com dragões, sentado num banco.

Hammond tinha seguido Laurence e agora segurava-lhe a manga.

— Pelo amor de Deus, ajoelhe-se — sussurrou. — Esse deve ser o príncipe Mianning, o príncipe herdeiro — O próprio Hammond se ajoelhou e tocou a testa no chão, como Sun Kai.

Laurence olhou um pouco confuso para os dois, depois para o jovem, e hesitou. Em seguida, se curvou profundamente, dobrando a cintura. Tinha certeza quase absoluta de que não seria capaz de dobrar o joelho sem cair, ou pior, sem bater de cara no chão, e ainda não estava disposto a se prostrar diante do imperador, muito menos de um príncipe.

O príncipe não pareceu se ofender, mas falou em chinês com Sun Kai, que se ergueu. Em seguida, Hammond fez o mesmo, lentamente.

— Ele disse que podemos descansar aqui, em segurança — explicou Hammond a Laurence. — Imploro que acredite, senhor, pois ele não tem necessidade de nos enganar.

— Você poderia perguntar a ele sobre o Temeraire? — indagou Laurence, ao que Hammond olhou para o dragão, confuso. — Esse não é o Temeraire, é algum outro Celestial.

Sun Kai respondeu:

— Lung Tien Xiang está em reclusão no Pavilhão da Eterna Primavera. Um mensageiro aguarda para lhe dar notícias assim que ele emergir.

— Ele está bem? — perguntou Laurence, sem se dar ao trabalho de tentar interpretar tudo aquilo. A preocupação mais urgente era descobrir o que tinha mantido Temeraire longe.

— Não há motivos para que não esteja — respondeu Sun Kai, aparentemente numa evasiva. Laurence não sabia como continuar pressionando, estava entorpecido demais pelo cansaço. Mas Sun Kai teve pena da confusão dele e acrescentou, mais gentilmente: — Ele está bem. Não podemos interromper a reclusão, mas ele vai sair hoje ainda, e então o traremos até você.

Laurence ainda não conseguia entender, mas não conseguiu pensar em mais nada que pudesse fazer.

— Obrigado — agradeceu. — Por favor, agradeça a Sua Alteza pela hospitalidade, por todos nós. Por favor, transmita a ele a nossa mais profunda gratidão. Rogo que perdoe a inadequação de nossos trajes.

O príncipe assentiu e os dispensou com um aceno. Sun Kai levou o grupo de volta pela varanda até os quartos e manteve vigia até que eles desabaram sobre as plataformas das camas de madeira dura. Talvez temesse que os ingleses se levantassem e vagassem pela propriedade novamente. Laurence quase riu da cena improvável e adormeceu no meio do pensamento.

— Laurence, Laurence — chamou Temeraire, muito ansioso. Laurence abriu os olhos e se deparou com a cabeça do dragão metida pelas portas da varanda, um céu poente atrás dele. — Laurence, você se machucou?

— Ah! — Hammond tinha acordado e caído da cama de susto ao ver que estava cara a cara com o dragão. — Meu bom Deus — exclamou, levantando-se lenta e dolorosamente e sentando-se na cama. — Sinto-me como um homem de 80 anos, com gota nas duas pernas.

Laurence se sentou com um esforço um pouco menor. Todos os músculos tinham se enrijecido durante o descanso.

— Não, está tudo bem — respondeu o capitão, estendendo a mão agradecido para tocar o focinho do dragão e sentir a segurança da solidez da presença dele. — Você andou doente?

Laurence não quis soar acusador, mas não conseguia imaginar nenhuma outra desculpa para a aparente deserção de Temeraire, e talvez parte desse sentimento tivesse transparecido no tom da voz. O rufo do dragão baixou.

— Não — respondeu, miserável. — Não estou nada doente.

Temeraire nada mais revelou, e Laurence não o pressionou, consciente da presença de Hammond. O comportamento tímido dele não pressagiava uma explicação muito boa para a ausência, e por menos que Laurence gostasse da ideia de confrontá-lo, gostava menos ainda de pensar em fazê-lo diante de Hammond. Temeraire tirou a cabeça do quarto para que eles pudessem ir até o jardim. Nenhum salto acrobático dessa vez: Laurence se levantou e passou lenta e cuidadosamente sobre o corrimão da varanda. Hammond, vindo atrás, quase não foi capaz de levantar o pé o suficiente para passar sobre a grade, apesar de ela ter menos de 60 centímetros de altura.

O príncipe tinha saído, mas o dragão, que Temeraire lhes apresentou como sendo Lung Tien Chuan, ainda estava lá. Chuan assentiu educadamente, sem muito interesse, e em seguida voltou a trabalhar numa grande bandeja de areia molhada na qual ele riscava símbolos com a garra: compondo poemas, Temeraire explicou.

Após se curvar para Chuan, Hammond grunhiu novamente ao se sentar num tamborete, murmurando xingamentos com um grau de blasfêmia mais apropriado aos marinheiros com quem ele os tinha aprendido. Não foi uma exibição muito graciosa, ma Laurence estava mais do que disposto a perdoá-lo e por muito mais depois da performance do dia anterior. O capitão jamais esperara que Hammond pudesse fazer tanto, sendo destreinado, inexperiente e estando em discordância com a coisa toda.

— Gostaria de lhe recomendar, senhor, se é que me permite, que dê uma volta no jardim, em vez de ficar sentado. — falou Laurence. — Na minha experiência, resolve muito bem.

— Acho que tem razão — concordou Hammond, e depois de algumas respirações fundas se levantou novamente, não desdenhando da mão estendida de Laurence e caminhando muito lentamente no começo. Mas Hammond era jovem e já estava andando com mais facilidade depois que chegaram à metade do circuito. Com o pior da dor para trás, a curiosidade de Hammond se reacendeu. Enquanto eles continuavam dando a volta no jardim, o diplomata estudou os dois dragões de perto, desacelerando o passo enquanto olhava primeiro para um e depois para o outro, e de volta. O pátio era maior no comprimento do que na largura. Touceiras de altos bambus e alguns pinheiros menores se agrupavam no fundo, deixando o meio bem aberto, de modo que os dois dragões se deitaram em posições opostas, cabeça com cabeça, facilitando a comparação.

Eram de fato como imagens espelhadas, exceto pelas joias diferentes. Chuan vestia uma rede de ouro drapejada do rufo pelo pescoço todo, cravejada de pérolas: esplêndido, mas muito inconveniente para qualquer atividade violenta. Temeraire tinha cicatrizes de batalha, enquanto Chuan não tinha nenhuma: o nó redondo de escamas no peito, provocado pela bola espinhosa, agora já com vários meses de idade, e os arranhões menores de outras batalhas. Mas esses eram difíceis de ver e, além deles, a única diferença era uma certa qualidade indefinível na postura e na expressão deles, que Laurence não poderia ter descrito adequadamente para outras pessoas.

— Poderia ser coincidência? — indagou Hammond. — Todos os Celestiais são aparentados, mas essa semelhança? Não consigo distingui-los.

— Fomos chocados de ovos gêmeos — explicou Temeraire, erguendo a cabeça ao ouvir Hammond. — O ovo de Chuan primeiro, depois o meu.

— Ah, como eu pude ser tão lento! — exclamou Hammond e sentou-se no banco. — Laurence... Laurence! — O rosto do diplomata estava quase reluzente. O homem estendeu a mão para Laurence, pegando a mão dele. — É claro, *é claro*, eles não queriam ter outro príncipe como rival para o trono, por isso mandaram o ovo embora. Meu Deus, que alívio!

— Senhor, não discordo das suas conclusões, mas não vejo como elas mudam alguma coisa na nossa situação atual — respondeu Laurence, muito surpreso com tanto entusiasmo.

— Você não vê? — retrucou Hammond. — Napoleão era apenas uma desculpa, por ser um imperador do outro lado do mundo, tão longe quanto era possível da corte deles. Esse tempo todo estive me perguntando como aquele diabo do De Guignes tinha conseguido se aproximar deles quando mal deixavam que eu passasse pela porta. Ha! Os franceses não têm aliança alguma, nenhum entendimento com os chineses, afinal.

— Isso é certamente motivo para alívio — admitiu Laurence. — Mas a falta de sucesso deles não me parece melhorar a nossa situação diretamente. Está claro que os chineses mudaram de ideia, e agora querem o Temeraire de volta.

— Não! Você não entendeu? O príncipe Mianning tem todos os motivos para querer que o Temeraire se vá se a presença do dragão puder elevar outro pretendente ao trono — explicou Hammond. — Ah, isso faz toda a diferença do mundo. Eu estava tateando no escuro, agora entendo as verdadeiras motivações deles, e muitas coisas fazem sentido. Quanto tempo o *Allegiance* ainda vai demorar? — indagou de repente, olhando para Laurence.

— Não sei o suficiente sobre as correntezas e sobre os ventos predominantes na baía de Zhitao para fazer uma estimativa precisa — respondeu Laurence, surpreso. — Uma semana, pelo menos, eu acho.

— Eu realmente queria que Staunton estivesse aqui. Tenho mil perguntas e nenhuma resposta — Hammond disse. — Mas posso tentar obter um pouco mais de Sun Kai; espero que ele seja mais aberto, agora. Vou procurá-lo, com licença.

Com isso, o diplomata se virou e entrou na casa. Laurence o chamou, tarde demais:

— Hammond, as suas roupas! — Os calções estavam desafivelados no joelho, a camisa, ensanguentada, e as meias, arriadas. Era um verdadeiro espetáculo de desleixo, mas o homem já se fora.

Laurence concluiu que ninguém poderia culpá-los pela aparência, já que tinham sido levados até ali sem bagagem.

— Bem, pelo menos ele tem algo de importante a fazer. E podemos ficar aliviados pelo fato de a França não ter aliança com os chineses.

— Sim — concordou Temeraire, sem entusiasmo. O dragão tinha permanecido calado o tempo todo, emburrado e encolhido no jardim. A ponta da cauda continuava chicoteando sem descanso na beira do lago mais próximo, espirrando círculos negros de umidade nas pedras aquecidas, que secavam quase imediatamente.

Laurence não o pressionou imediatamente em busca de respostas, mesmo que Hammond já tivesse saído, e foi sentar-se ao lado da cabeça do dragão. Ele esperava profundamente que Temeraire falasse por vontade própria, que não precisasse ser questionado.

— O restante da minha tripulação também está bem? — indagou Temeraire após um momento.

— O Willoughby foi morto, lamento lhe dizer — respondeu Laurence. — Além disso, houve alguns feridos, mas nada mortal, felizmente.

Temeraire estremeceu e fez um lamento grave no fundo da garganta.

— Eu deveria ter ido. Se eu estivesse lá, eles não poderiam ter feito aquilo.

Laurence estava calado, pensando no pobre Willoughby: um desperdício horrível.

— Você cometeu um erro muito grave em não mandar notícias — disse finalmente Laurence. — Não vou considerá-lo culpado pela morte de Willoughby. Ele morreu no começo da luta, mais cedo do que esperaríamos o seu retorno, e não acho que eu teria feito nada diferente se eu soubesse que você não voltaria. Mas você certamente violou a sua dispensa.

Temeraire fez outro barulho infeliz e disse, baixinho:

— Falhei no meu dever, não falhei? Então foi culpa minha, afinal, e não há nada mais a ser dito.

— Não, se você tivesse mandado notícias, eu teria concordado sem hesitação com a sua dispensa estendida — Laurence argumentou. — Nós acreditávamos que a nossa posição fosse perfeitamente segura. E, para ser justo, você nunca foi instruído nas regras de dispensa do Corpo, pois elas nunca foram necessárias para um dragão, e era minha responsabilidade garantir que você as tivesse entendido. — Temeraire balançou a cabeça, e Laurence continuou: — Não estou tentando confortá-lo, mas quero que você entenda o que fez de errado. Não quero que você se distraia com culpa falsa em relação a algo que você não poderia controlar.

— Laurence, você não está entendendo — insistiu Temeraire. — Eu sempre entendi as regras perfeitamente bem, não foi por isso que não mandei notícias. Eu não queria ter demorado tanto, só que simplesmente não percebi o tempo passando.

Laurence não sabia o que dizer. A ideia de que Temeraire poderia não ter notado a passagem de uma noite inteira e um dia era difícil de engolir, para não dizer impossível. Se tal desculpa tivesse sido dada por qualquer um dos homens, Laurence teria imediatamente dito que era mentira. Naquele momento, o silêncio já traía o que ele pensava a respeito.

Temeraire encolheu os ombros e cavucou um pouco o chão, raspando as pedras com um barulho que fez Chuan erguer o olhar e baixar o rufo, com um rápido rosnado de reclamação. Temeraire parou. Então, de repente, deixou escapar:

— Eu estava com a Mei.

— Quem? — Laurence indagou, sem entender.

— Lung Qin Mei — explicou Temeraire. — Ela é uma Imperial.

O choque da compreensão foi quase um golpe físico. Havia uma mistura de vergonha, culpa e orgulho confuso na confissão de Temeraire que deixou tudo bem claro.

— Entendo — Laurence conseguiu dizer, controlando-se como nunca antes na vida. — Bem... — parou e conseguiu se recompor. — Você é jovem e... e nunca cortejou antes, não poderia saber o efeito que teria sobre você. Fico feliz em saber a razão, isso explica o ocorrido. — Laurence tentou acreditar nas próprias palavras. Ele acreditava, só que não queria desculpar Temeraire com base nisso. Apesar da briga com Hammond por causa de tentativa de Yongxing de suplantá-lo com o menino, Laurence jamais temera de verdade perder o afeto de Temeraire. Era amargo descobrir-se tão inesperadamente com motivos reais para ter ciúmes.

Enterraram Willoughby nas horas cinzentas da madrugada, num vasto cemitério fora das muralhas da cidade, levados por Sun Kai. Estava lotado para um local de repouso final, mesmo considerando o tamanho, com vários pequenos grupos de pessoas prestando respeitos às tumbas. O interesse dos visitantes foi suscitado tanto pela presença de Temeraire quanto pelo grupo ocidental, e logo algo como uma procissão tinha se formado atrás deles, apesar da presença dos guardas, que empurravam qualquer curioso abusado.

Contudo, mesmo quando a multidão já contava várias centenas de pessoas, eles mantiveram uma atitude de respeito e se calaram quando Laurence sobriamente disse algumas palavras para o morto e liderou os homens no pai-nosso. A tumba ficava acima do solo, construída de pedra branca, com um telhado de pontas viradas para cima assim como as casas locais. Parecia elaborado mesmo em comparação com os mausoléus vizinhos.

— Laurence, se não for desrespeitoso, acredito que a mãe dele gostaria de um esboço — sugeriu Granby, baixinho.

— Sim, eu deveria ter pensado nisso — concordou Laurence. — Digby, você acha que poderia rascunhar algo de improviso?

— Por favor, permita-me mandar um artista fazer uma ilustração — interrompeu Sun Kai. — Fico envergonhado por não ter oferecido antes. E, por favor, assegurem à mãe dele que todos os sacrifícios apropriados serão realizados. Um rapaz de boa família já foi selecionado pelo príncipe Mianning para executar todos os rituais. — Laurence concordou com os arranjos sem investigar mais. A Sra. Willoughby era, se ele lembrava bem, uma metodista muito rigorosa, e Laurence sabia que ela ficaria mais feliz em não saber nada além do fato de que a tumba do filho era tão elegante e que seria muito bem mantida.

Depois disso, Laurence voltou à ilha com Temeraire e alguns dos homens para recolher suas posses, que tinham sido abandonadas na pressa e na confusão. Todos os corpos tinham sido removidos, mas as marcas negras de fumaça permaneciam nas paredes externas do pavilhão onde eles tinham se abrigado, além do sangue seco nas pedras. Temeraire olhou para as manchas por um longo tempo, em silêncio, e então virou a cabeça. Dentro da residência, os móveis tinham sido revirados violentamente, as telas de papel de arroz rasgadas e a maioria dos baús arrombados, as roupas jogadas no chão e pisoteadas.

Laurence caminhou pelos aposentos enquanto Blythe e Martin começavam a recolher tudo que pudessem encontrar em condições boas o bastante para valer o trabalho. O quarto do capitão tinha sido completamente pilhado, e a cama tinha sido atirada contra a parede, como se ele pudesse ter estado escondido debaixo dela. Os muitos pacotes da expedição de compras tinham sido jogados rudemente pelo aposento. Pó e cacos de porcelana deixavam uma trilha atrás dos pacotes, e havia tiras de seda rasgada e esgarçada penduradas quase decorativamente pelo quarto. Laurence se abaixou e pegou o grande pacote disforme do vaso vermelho, caído num canto, e lentamente o desembrulhou. O capitão percebeu que olhava o objeto com olhos inexplicavelmente marejados: a superfície vermelha estava perfeitamente intacta, nem mesmo lascada, e sob o sol da tarde o vaso despejou entre as mãos do inglês uma rica luz profundamente escarlate.

O verdadeiro auge do verão tinha chegado à cidade agora: durante o dia as pedras ficavam quentes como bigornas no ferreiro, e o vento soprava torrentes infinitas de poeira amarela do enorme deserto de Gobi a oeste. Hammond estava envolvido numa lenta e elaborada dança de negociações, que pelo que Laurence percebera até então se desenvolvia em círculos: uma sequência de cartas seladas com cera ia e vinha para a casa, alguns presentinhos inúteis recebidos e enviados como agradecimento, promessas vagas e menos ação. Nesse meio-tempo, todos estavam ficando irritados e impacientes, menos Temeraire, que ainda se ocupava com a educação e o namoro. Mei agora ia à casa lhe dar aulas diariamente, elegante num colar elaborado de prata e pérolas. O couro dela era de um azul profundo, com toques de violeta e amarelo nas asas, e ela usava muitos anéis dourados nas patas.

— Mei é um dragão fêmea muito encantador — comentou Laurence com Temeraire após a primeira visita, pensando que o dragão deveria sofrer um pouquinho. O capitão não deixara de notar que Mei era muito bonita, pelo menos no que ele poderia julgar de beleza de dragões.

— Fico feliz que você concorde — Temeraire respondeu, se animando. As pontas dos rufos se ergueram e estremeceram. — Ela chocou há apenas três anos e acabou de passar no primeiro exame com honras. Está me ensinando a ler e escrever e tem sido muito gentil: não fez troça de mim por eu não saber.

Ela não poderia ter reclamado do progresso do pupilo, Laurence sabia bem. Temeraire já dominava a técnica de escrever nas bandejas de areia com as garras, e Mei elogiava a caligrafia dele na argila. Logo ela prometeu ensinar a ele os traços mais rígidos do entalhe em madeira macia. Laurence observava o dragão escrevendo deligentemente até o fim da tarde, enquanto havia luz, e com frequência servia de plateia para ele na ausência de Mei. Os tons sonoros da voz de Temeraire eram agradáveis, mesmo que as palavras da poesia chinesa fossem incompreensíveis, exceto quando o dragão parava para traduzir alguma passagem especialmente boa.

O restante dos ingleses tinha muito pouco o que fazer para ocupar o tempo: Mianning ocasionalmente lhes oferecia um jantar, e uma vez assistiram a um show que consistia num concerto nem um pouco musical e nos movimentos atléticos de alguns acrobatas incríveis, quase todos crianças novas, ágeis como cabritos-monteses. De vez em quando eles treinavam com armas pequenas no pátio, mas não era muito agradável no calor, e ficavam felizes em voltar aos passeios refrescantes pelos jardins do palácio depois.

Duas semanas após a mudança para o palácio, Laurence estava sentado lendo na varanda com vista para o pátio onde Temeraire dormia, enquanto Hammond trabalhava em alguns papéis na escrivaninha do aposento. Um criado chegou trazendo-lhes uma carta. Hammond rompeu o lacre e leu o conteúdo, informando a Laurence:

— É de Liu Bao, convidando-nos para jantar na casa dele.

— Hammond, você acha que há alguma chance de ele também estar envolvido? — indagou Laurence relutante, após um momento. — Não gosto de fazer essa sugestão, mas sabemos que ele não trabalha para Mianning, como Sun Kai. Poderia estar metido com Yongxing?

— É verdade que não podemos descartar um possível envolvimento — respondeu Hammond. — Como ele mesmo é tártaro, Liu Bao poderia ter organizado o último ataque. Mas eu descobri que ele é parente da mãe do imperador e um oficial na Casa do Manchu Branco. O apoio dele seria muito valioso, e acho difícil acreditar que nos convidaria abertamente se planejasse perpetrar algum ataque.

Eles foram cautelosos, mas os planos de cuidado foram completamente demolidos quando chegaram. Foram recebidos inesperadamente nos portões pelo cheiro rico de rosbife. Liu Bao tinha ordenado aos cozinheiros, agora viajados, que preparassem um jantar tradicional britânico para os convidados, e, mesmo que houvesse mais curry do que se poderia esperar nas batatas e que o pudim cravejado de groselhas estivesse um tanto líquido, nenhum deles encontrou motivo para reclamar do enorme assado de costela, com as pontas dos ossos erguidas coroadas com cebolas inteiras. Além disso, o empadão de Yorkshire estava inacreditavelmente perfeito.

Apesar dos melhores esforços dos convidados, os últimos pratos servidos foram levados embora quase cheios. Havia também dúvidas sobre a capacidade dos comensais de ir embora sobre as próprias pernas, incluindo Temeraire, a quem tinha sido servida carne simples de animais recém-abatidos, à moda britânica. Os cozinheiros, porém, não conseguiram se controlar e não serviram apenas uma vaca ou uma ovelha, mas dois de cada, além de um porco, um bode, uma galinha e uma lagosta. Tendo cumprido o dever em cada etapa da refeição, o dragão rastejou para o pátio, sem ser convidado, gemeu e desmaiou.

— Está tudo bem, deixe-o dormir! — clamou Liu Bao, dispensando o pedido de desculpas de Laurence com um aceno. — Podemos nos sentar no terraço de observação da lua e beber vinho.

Laurence se preparou para o pior, mas, para variar, dessa vez Liu Bao não os obrigou a beber vinho demais. Era muito agradável ficar ali sentado, infundido no calor constante da inebriação, enquanto o sol se punha detrás das montanhas azuis e Temeraire dormia no pátio lá embaixo. Laurence tinha desistido inteiramente, mesmo que de forma irracional, de achar que Liu Bao pudesse estar envolvido. Era impossível desconfiar de um homem enquanto se estava sentado no jardim dele, empanzinado com seu generoso jantar. Mesmo Hammond estava cedendo, piscando com o esforço para se manter acordado.

Liu Bao expressou curiosidade sobre como eles tinham ido se hospedar na residência do príncipe Mianning. Como demonstração adicional de inocência, o dignitário recebeu a notícia do ataque da gangue com surpresa sincera e balançou a cabeça em solidariedade.

— Alguma coisa precisa ser feita quanto a esses *hunhun*, eles estão realmente saindo de controle. Um dos meus sobrinhos se meteu com eles alguns anos atrás, e a pobre mãe dele quase morreu de preocupação. Mas então ela fez um grande sacrifício a Guanyin e construiu um altar especial para ela no melhor lugar do jardim sul deles, e agora ele se casou e passou a estudar. — Liu Bao cutucou Laurence. — Você deveria tentar estudar também! Será embaraçoso para você se o seu dragão passar nas provas e você não.

— Bom Deus, será que isso poderia fazer diferença nas mentes deles, Hammond? — indagou Laurence, endireitando-se na cadeira, apavorado. Apesar de todos os esforços do capitão, a língua chinesa ainda lhe parecia tão impenetrável quanto se tivesse sido cifrada dez vezes, e quanto a se sentar para fazer uma prova ao lado de homens que já estudavam para os exames desde os 7 anos...

— Estou apenas brincando com você — tranquilizou-o Liu Bao, bem-humorado, para alívio de Laurence. — Nada tema. Acho que se Lung Tien Xiang realmente quiser ser o companheiro de um bárbaro iletrado, ninguém poderá discutir com ele.

— Ele está brincando quando o chama assim, é claro — acrescentou Hammond à tradução, meio duvidoso.

— Eu *sou* um bárbaro iletrado, pelos padrões de educação deles, e não sou burro o bastante para tentar me fazer passar por algo diferente — comentou Laurence. — Apenas desejo que os negociadores compartilhem do seu ponto de vista, senhor — acrescentou. — Mas eles são muito insistentes no ponto de que um Celestial só pode ser companheiro do imperador e de sua família.

— Bem, se o dragão não quiser ninguém mais, eles terão de aceitar isso — respondeu Liu Bao, despreocupado. — Por que o imperador não o adota? Isso resolveria o problema para todos.

Laurence estava disposto a considerar isso uma piada, mas Hammond olhou para Liu Bao com uma expressão muito diferente.

— Senhor, essa sugestão seria levada a sério?

Liu Bao deu de ombros e serviu mais vinho para todos.

— Por que não? O imperador tem três filhos para executar os rituais para ele e não precisa adotar mais, um a mais não fará mal.

— Você pretende se engajar nessa ideia? — Laurence indagou a Hammond, incrédulo, enquanto os dois caminhavam cambaleantes até as liteiras que esperavam para levá-los de volta ao palácio.

— Com a sua permissão, certamente — confirmou Hammond. — É uma ideia extraordinária, com certeza, mas, de qualquer maneira, seria vista por todas as partes como uma mera formalidade. Na verdade — continuou, mais entusiasmado —, acho que essa seria a resposta ideal em todos os sentidos. Certamente eles não declarariam guerra facilmente contra uma nação conectada por laços tão íntimos. Pense também nas vantagens desse relacionamento para o nosso comércio.

Laurence achava mais fácil pensar na reação provável do pai.

— Se você considera esse curso o mais vantajoso a seguir, eu não impedirei — respondeu afinal, relutante. Mas não achava que o vaso vermelho, que ele esperara usar como um tipo de oferenda de paz, seria suficiente para consertar as coisas com lorde Allendale se ele soubesse que Laurence tinha sido adotado como um menino de rua, mesmo que fosse pelo imperador da China.

Capítulo 16

— Escapamos por um triz daquela coisa toda antes de chegarmos, posso lhe dizer isso — afirmou Riley, aceitando a xícara de chá do outro lado da mesa do café da manhã com mais empolgação do que tinha recebido a tigela de mingau de arroz. — Nunca vi nada assim: uma frota de 20 navios, com dois dragões apoiando. É claro que eram apenas juncos, nem chegavam ao tamanho de meia fragata, mas os navios da Marinha chinesa eram só um pouco maiores. Não posso imaginar o que eles andavam fazendo para deixar um grupo de piratas sair tanto assim de controle.

— Fiquei impressionado com o almirante deles, porém; parecia um homem racional — opinou Staunton. — Um sujeito mais mesquinho não teria gostado de ser resgatado.

— Ele teria que ser um grande idiota para preferir afundar — argumentou Riley, menos generoso.

Os dois tinham acabado de chegar naquela manhã com um pequeno grupo do *Allegiance*. Após ficarem chocados ao ouvir a história do ataque assassino da gangue, estavam agora descrevendo a aventura da própria passagem deles pelo mar da China. Uma semana após a partida de Macau, depararam com uma frota chinesa tentando subjugar um enorme bando de piratas, que tinham se estabelecido nas ilhas Zhoushan para rapinar tanto a navegação de cabotagem quanto os navios menores do comércio com o Ocidente.

— Não tiveram muitas dificuldades depois que nós chegamos, é claro — prosseguiu Riley. — Os dragões piratas não tinham armamentos; as tripulações deles nos atiravam apenas flechas, se é que dá para acreditar; e não tinham nenhum senso de alcance. Mergulhavam tão baixo que nós não poderíamos errar os tiros com mosquete, muito menos com os canhões de pimenta. Eles fugiram bem rápido depois de provar o gostinho das duas armas e nós afundamos três dos barcos piratas com uma única salva de canhões.

— O almirante disse alguma coisa sobre como vai narrar o incidente no relatório? — indagou Hammond a Staunton.

— Posso apenas lhe dizer que ele foi muito formal ao expressar a gratidão que sentia. Subiu a bordo do *Allegiance*, o que, acredito, foi uma concessão da parte dele.

— E eu deixei que desse uma boa olhada nos nossos canhões — acrescentou Riley. — Acho que estava mais interessado neles do que em ser educado. Mas, de qualquer maneira, nós o escoltamos até o porto e então viemos para cá. O *Allegiance* está ancorado em Tien-sing agora. Alguma chance de partirmos logo?

— Não gosto de provocar o destino, mas acho pouco provável — respondeu Hammond. — O imperador ainda está na viagem de caça de verão no norte e só voltará ao Palácio de Verão daqui a várias semanas. Espero que nos seja concedida uma audiência formal então. — Hammond continuou falando: — Estou promovendo a ideia da adoção, conforme já lhe descrevi, senhor — disse a Staunton. — Já recebemos algum apoio, não apenas do príncipe Mianning, e tenho esperanças de que o serviço que os senhores acabaram de prestar a eles pode vir a trazer a opinião geral para o nosso lado.

— Há alguma dificuldade em manter o navio onde está agora? — indagou Laurence, preocupado.

— Por enquanto não, mas tenho de dizer que os suprimentos estão mais caros do que eu esperava — respondeu Riley. — Eles não têm nada como carne salgada à venda, e os preços que pedem pelo gado são ultrajantes. Temos alimentado os homens com peixe e frango.

— Ficamos sem fundos? — Laurence começou a se arrepender tardiamente das compras que tinha feito. — Eu fui um pouco extravagante, mas ainda tenho algum ouro, e eles não hesitam em aceitá-lo quando percebem que é verdadeiro.

— Obrigado, Laurence, mas não será necessário roubá-lo, não estamos ainda no território de devedores — tranquilizou-o Riley. — Estou mais preocupado com a viagem de volta... com um dragão para alimentar, espero?

Laurence não sabia como responder à pergunta, então deu alguma desculpa e se calou, deixando que Hammond conduzisse a conversa.

Após o café da manhã, Sun Kai apareceu para informar-lhes de que um banquete e um espetáculo seriam oferecidos naquela noite para receber os recém-chegados: uma grande performance teatral.

— Laurence, vou visitar Qian — anunciou Temeraire, enfiando a cabeça na sala enquanto Laurence escolhia as roupas. — Você não vai sair, vai?

O dragão tinha se tornado particularmente mais protetor depois do ataque, recusando-se a deixar Laurence sozinho. Os criados todos tinham passado pela inspeção detalhada e desconfiada do dragão por semanas, e ele tinha feito várias sugestões para a proteção de Laurence, como programar uma rotina na qual ele seria permanentemente mantido sob uma guarda de cinco homens ou fazer o desenho na tabuleta de areia de uma armadura que não teria sido considerada frágil nos campos de batalha das Cruzadas.

— Não, pode ficar tranquilo, acho que vou ficar muito ocupado tentando me arrumar para o evento — respondeu Laurence. — Por favor, transmita a ela os meus respeitos. Você vai demorar muito? Não podemos nos atrasar hoje, o evento será em nossa honra.

— Não, voltarei logo — Temeraire disse e, correspondendo à promessa, chegou menos de uma hora depois, com o rufo estremecendo com empolgação reprimida enquanto segurava um longo embrulho estreito cuidadosamente com a pata dianteira.

Laurence foi até o pátio a pedido do dragão, e Temeraire empurrou-lhe o embrulho, muito envergonhado. O capitão ficou tão surpreso que apenas olhou, a princípio, e em seguida removeu o tecido de seda e abriu a caixa laqueada. Um sabre elaborado de cabo liso jazia ao lado da bainha numa almofada de seda amarela. O capitão ergueu a arma: bem equilibrada, larga na base, com a ponta curva afiada dos dois lados. A superfície era malhada como um bom aço Damasco, com dois sulcos na borda traseira para diminuir o peso.

O cabo era recoberto com couro de arraia, negra, com peças de ferro dourado adornadas com contas de ouro e pérolas. Havia uma cabeça de dragão na base da lâmina, com duas pequenas safiras servindo de olhos. A bainha de madeira negra laqueada também era decorada com largas faixas de ferro dourado e pendurada com fortes cordões de seda. Laurence tirou do cinto o alfanje pobrezinho, mesmo que funcional, e afivelou a nova arma.

— Você gostou? — indagou Temeraire, ansioso.

— Gostei muito, mesmo — respondeu Laurence, sacando a espada para praticar. O comprimento era admiravelmente adequado à altura dele. — Meu caro, é algo belíssimo, como conseguiu?

— Bem, não é só mérito meu — admitiu Temeraire. — Semana passada a Qian admirou o meu peitoral, e eu lhe disse que tinha sido presente seu. Então eu disse que gostaria de lhe dar um presente também e ela me explicou que é costumeiro que um genitor e uma dama presenteiem quando um dragão aceita um companheiro, então eu poderia escolher uma das coisas dela, e achei que essa era a melhor. — O dragão virou a cabeça para um lado e para o outro, inspecionando Laurence com profunda satisfação.

— Você tem toda razão, não consigo imaginar nada superior — concordou Laurence, tentando se controlar: ele estava absurdamente feliz e absurdamente tranquilizado e, ao voltar para dentro para completar o traje, não pôde evitar admirar a espada diante do espelho.

Hammond e Staunton vestiam ambos trajes de erudito chinês. O restante dos oficiais aviadores vestia as jaquetas verde-garrafa, as calças e as botas hessianas, polidas até brilhar. Os lenços de pescoço tinham sido lavados e passados, e mesmo Roland e Dyer estavam perfeitamente vestidos, sendo instalados em cadeiras e instruídos severamente a não se mexer, depois que se banharam e se vestiram. Riley, que estava igualmente elegante vestido de azul-marinho, com culotes até os joelhos e sapatos, e acompanhado dos quatro fuzileiros navais que trouxera consigo do navio, com seus casacos vermelho-lagosta, fechava a retaguarda do grupo em grande estilo quando todos partiram da residência.

Um palco curioso tinha sido erguido no meio da praça onde o espetáculo iria ocorrer: pequeno, mas maravilhosamente pintado e com adornos dourados, em três níveis diferentes. Qian presidia, no centro do lado norte do pátio, com o príncipe Mianning e Chuan à esquerda, e um lugar reservado para Temeraire e o grupo britânico à direita. Além dos Celestiais, havia também vários Imperiais presentes, incluindo Mei, sentada mais para o lado e parecendo muito graciosa com um conjunto de ouro cravejado de jade polido. Ela acenou com a cabeça para Laurence e Temeraire de longe enquanto eles se sentavam. Lien, o dragão fêmea branco, estava lá também, sentada com Yongxing mais para o lado, um pouco separados dos outros convidados. O branco albino dela novamente contrastava de forma espantosa com os Imperiais e Celestiais escuros por todos os lados, o rufo orgulhosamente erguido adornado com uma fina rede de ouro e um grande pingente de rubi pendendo sobre a testa.

— Ah, lá está Miankai — falou Roland baixinho para Dyer e acenou rapidamente para o outro lado da praça, para um menino sentado ao lado de Mianning. O garoto vestia trajes semelhantes aos do príncipe herdeiro, do mesmo tom escuro de amarelo, e um chapéu elaborado. Estava sentado rígido e sério. Ao ver o aceno de Roland, levantou a mão parcialmente para responder e então a abaixou apressadamente, olhando para onde Yongxing estava sentado, como se para ver se ele tinha percebido o gesto, e se sentou de volta aliviado ao perceber que não tinha chamado a atenção do homem mais velho.

— E como vocês conhecem o príncipe Miankai? Ele já visitou a residência do príncipe herdeiro alguma vez? — indagou Hammond. Laurence também queria saber, pois os mensageiros não tiveram permissão dele para sair dos quartos sem companhia e não poderiam ter tido chance de conhecer ninguém, nem mesmo outra criança.

Roland olhou para o diplomata, surpresa.

— Como assim? Foi você quem nos apresentou a ele na ilha. — Ao que Laurence olhou novamente. Poderia ter sido o menino que os visitara antes, acompanhado de Yongxing, mas era quase impossível dizer. Coberto pelo traje formal, parecia inteiramente diferente.

— Príncipe Miankai? — exclamou Hammond. — O garoto que Yongxing levou era o príncipe Miankai? — Ele poderia ter dito mais alguma coisa, certamente seus lábios se moveram, mas nada poderia ser ouvido com o súbito rufar dos tambores: os instrumentos obviamente estavam ocultos em algum lugar do palco, mas soavam bem claros, o volume equivalente a uma salva moderada de artilharia, talvez 24 canhões, bem de perto.

A performance era incompreensível, obviamente, transcorrendo inteiramente em chinês, mas os movimentos dos atores e do cenário eram impressionantes. As figuras subiam e desciam entre os três níveis, flores brotavam, nuvens flutuavam, o sol e a lua nasciam e se punham, tudo em meio a danças elaboradas e lutas de esgrima ensaiadas. Laurence ficou fascinado com o espetáculo, mesmo que o barulho fosse inimaginável e depois de algum tempo a cabeça do capitão tivesse começado a doer. Ele se perguntou se os chineses conseguiam entender as palavras que eram ditas com o barulho dos tambores e instrumentos sacolejantes, além da explosão ocasional de bombinhas.

Não seria possível pedir explicações a Hammond ou Staunton. Durante o espetáculo inteiro os dois tentaram manter uma conversa em mímica, sem prestar atenção alguma ao palco. Hammond tinha levado um binóculo de ópera, que usava apenas para espiar Yongxing do outro lado do pátio, e as erupções de chamas e fumaça que marcaram o final extraordinário do primeiro ato provocaram apenas exclamações de irritação, pois impediram a visão deles.

Houve uma breve pausa na performance enquanto o palco era re-arrumado para o segundo ato, e os dois aproveitaram a oportunidade para conversar.

— Laurence — chamou Hammond. — Preciso pedir perdão. Você tinha toda razão. Claramente Yongxing pretendia fazer do garoto o companheiro de Temeraire no seu lugar, e agora finalmente entendo por quê: ele pretendia botar o garoto no trono de alguma forma e se estabelecer como regente.

— O imperador está doente ou é um homem idoso? — indagou Laurence, confuso.

— Não — Staunton respondeu de forma significativa. — De maneira alguma.

Laurence olhou para os dois.

— Senhores, me parece que o estão acusando de regicídio e fratricídio também. Não podem estar falando sério.

— Eu bem que queria não estar — lamentou Staunton. — Se ele fizer essa tentativa, poderemos acabar em meio a uma guerra civil, com nenhum resultado possível para nós além do desastre, não importa o que aconteça.

— Não chegará a tanto agora — afirmou Hammond, confiante. — O príncipe Mianning não é tolo, e imagino que o imperador também não o seja. Yongxing trouxe o menino até nós com más intenções, e eles não deixarão de percebê-lo, assim como não deixarão de ver que isso se encaixa com os outros atos dele, quando eu revelar tudo ao príncipe Mianning. Primeiro suas tentativas de subornar você, Laurence, com termos que eu agora me pergunto se ele teria autoridade para oferecer, e depois os ataques do servo dele a bordo do navio. Além disso, se me recordo bem, a gangue *hunhun* veio atrás de nós imediatamente após a sua recusa em permitir que o Temeraire se relacionasse com o garoto. Tudo isso somado forma uma imagem clara e condenadora.

O diplomata falou quase exultante, nada cuidadoso, e levou um susto quando Temeraire, que tinha escutado tudo, lhe disse, com raiva crescente:

— Você está dizendo que agora temos provas? Que Yongxing estava por trás de tudo isso, que foi ele quem tentou machucar o Laurence e foi responsável pela morte de Willoughby? — A grande cabeça se ergueu e girou para Yongxing, as pupilas se estreitando até finas linhas negras.

— Aqui não, Temeraire — Laurence pediu apressado, pondo a mão no flanco do dragão. — Por favor, não faça nada agora.

— Não, não — exclamou Hammond, também alarmado. — Não tenho certeza ainda, é claro. É só uma hipótese, e não podemos agir contra ele pessoalmente. Temos que deixar nas mãos deles...

Os atores assumiram as posições no palco, encerrando imediatamente a conversa. Sob a mão, porém, Laurence podia sentir a ressonância raivosa no fundo do peito de Temeraire, um rosnar longo e lento que não se vocalizava, mas era quase audível. As garras se cravaram nas beiradas das pedras do pavimento, o rufo espinhento meio eriçado e as narinas vermelhas e abertas. O dragão não se interessou mais pelo espetáculo, concentrando toda a atenção em Yongxing.

Laurence acariciou o flanco do dragão novamente, tentando distraí-lo: a praça estava lotada com os convidados e o cenário, e o capitão não gostaria de imaginar os resultados no caso de Temeraire saltar para a ação, mesmo que o próprio Laurence quisesse muito ceder à própria raiva e indignação. Pior, Laurence não sabia como poderiam lidar com Yongxing. Ele ainda era o irmão do imperador, e o plano que Hammond e Staunton tinham imaginado era ultrajante demais para que se acreditasse facilmente nele.

Um estrondo de pratos e sinos graves veio de detrás do palco, e dois elaborados dragões de papel de arroz desceram, fagulhas voando dos focinhos, e sob eles o elenco inteiro veio correndo ao redor da base do palco, balançando espadas e facas cravejadas de joias, para encenar uma grande batalha. Os tambores novamente soaram como trovões, o ruído tão forte que foi quase como o choque de um golpe, expulsando o ar dos pulmões. Laurence ofegou para respirar e em seguida ergueu a mão lentamente até o ombro e encontrou o cabo de uma adaga curta cravado logo abaixo da clavícula.

— Laurence! — gritou Hammond, estendendo as mãos para ele. Granby gritava para os tripulantes e empurrava as cadeiras para trás. Ele e Blythe se posicionaram diante de Laurence. Temeraire estava virando a cabeça para olhá-lo.

— Não estou machucado — afirmou Laurence, confuso. Estranhamente, não havia dor no começo, então tentou se levantar, tentou erguer o braço, e então sentiu a ferida. O sangue se espalhava numa mancha morna ao redor da base da faca.

Temeraire deu um grito agudo e horrível, que cortou todo o ruído e toda a música. Os dragões se ergueram sobre os quartos traseiros para olhar e os tambores pararam de repente. No súbito silêncio, Roland gritou:

— Foi ele que jogou, ali, eu vi! — E apontou para um dos atores.

O homem tinha as mãos vazias, em meio a todos os outros que ainda carregavam as armas falsas, e estava vestindo roupas mais simples. Percebeu que a tentativa de se esconder entre os atores tinha falhado e se virou para fugir tarde demais. A trupe se espalhou, correndo para todos os lados, quando Temeraire se atirou quase desajeitado na praça.

O homem gritou quando as garras de Temeraire o atingiram e rasgaram ferimentos mortalmente fundos em seu corpo. O dragão jogou o corpo destroçado e rasgado no chão e por um momento parou sobre ele, bem abaixado, furioso, para se assegurar de que o homem estava morto, em seguida ergueu a cabeça e olhou para Yongxing. Temeraire arreganhou os dentes e sibilou, um som assassino, e avançou na direção do príncipe. Imediatamente Lien saltou para a frente, colocando-se protetora diante do companheiro. Ela desviou as garras estendidas de Temeraire com um tapa e rosnou.

Como resposta, o peito de Temeraire se encheu, e o rufo se esticou estranhamente: algo que Laurence jamais vira antes, os chifres estreitos que compunham o rufo se estenderam para fora, a membrana se expandindo junto. Lien não estremeceu, mas rosnou quase com desprezo para ele, com o próprio rufo da cor de pergaminho se abrindo, largo. Os vasos sanguíneos nos olhos do dragão fêmea incharam horrivelmente, e ela avançou na praça para encará-lo.

Imediatamente iniciou-se um movimento geral de fuga. Tambores, sinos e cordas fizeram ruídos horríveis quando o restante dos atores abandonou o palco, arrastando instrumentos e fantasias. O público levantou as bainhas das vestes e fugiu com um pouco mais de dignidade, mas à mesma velocidade.

— Temeraire, não! — gritou Laurence, entendendo tarde demais. Todas as lendas de dragões duelando invariavelmente terminavam com a morte de um ou dos dois, e o dragão fêmea branco era claramente maior e mais velho. — John, tire essa maldita coisa de mim — disse a Granby, lutando para tirar o lenço de pescoço com a mão boa.

— Blythe, Martin, segurem os ombros dele — ordenou Granby, em seguida segurou a faca e a puxou para fora, raspando no osso. O sangue espirrou por um momento, e então eles pressionaram um curativo feito com os próprios lenços sobre a ferida e o amarraram bem firme.

Temeraire e Lien ainda se encaravam, enfrentando-se com pequenos movimentos, pouco mais do que guinadas de cabeça para os lados. Não tinham muito espaço de manobra, com o palco ocupando tanto do pátio, e as fileiras de assentos vazios ainda bordejavam os limites. Os olhares dos dois estavam completamente travados um no outro.

— Não adianta — afirmou Granby baixinho, segurando Laurence pelo braço e ajudando-o a se levantar. — Se eles se decidem a duelar assim, você só vai conseguir ser morto tentando entrar entre os dois ou distraí-los da batalha.

— Muito bem — retrucou Laurence, severo, empurrando as mãos deles. As pernas tinham recuperado a firmeza, mesmo que o estômago estivesse embrulhado e incerto. A dor era suportável. — Afastem-se — ordenou, virando-se para a tripulação. — Granby, leve um grupo até a residência e traga nossas armas, para o caso de aquele camarada tentar ordenar que os guardas avancem contra o Temeraire.

Granby saiu correndo com Martin e Riggs enquanto os outros homens escalavam as cadeiras apressadamente, afastando-se da luta. A praça estava agora quase deserta, exceto por alguns curiosos mais corajosos do que sensatos e aqueles mais intimamente envolvidos. Qian observava, ao mesmo tempo ansiosa e desaprovadora, e Mei estava um pouco mais atrás, tendo recuado com a fuga geral e se esgueirado de volta.

O príncipe Mianning também ficara, mas tinha se retirado a uma distância prudente. Mesmo assim, Chuan estava inquieto, claramente preocupado. Mianning pousou a mão calmante no dragão e falou com os guardas: eles pegaram o jovem príncipe Miankai e o levaram para um lugar seguro, apesar dos protestos do garoto. Yongxing observou o menino ser levado embora e acenou sua aprovação com a cabeça, friamente, ele mesmo se negando a se mover.

Lien sibilou de repente e golpeou. Laurence estremeceu, mas Temeraire empinou sobre as patas traseiras no último segundo, as garras de pontas vermelhas passando a centímetros da garganta dele. Agora de pé sobre as poderosas pernas traseiras, o dragão negro se agachou e saltou, as garras estendidas, e Lien foi forçada a recuar, dando um pulo para trás, desajeitada e desequilibrada. Ela abriu as asas parcialmente para recuperar o equilíbrio e alçou voo quando Temeraire atacou novamente. Ele a seguiu de imediato.

Laurence agarrou o binóculo de ópera de Hammond sem cerimônia e tentou seguir o traçado deles. A fêmea alva era maior, com uma envergadura mais larga, e logo se distanciou de Temeraire e fez uma volta graciosa, as intenções mortais bem claras: planejava mergulhar sobre ele. Após o primeiro choque da fúria da batalha ter passado, porém, Temeraire reconheceu a vantagem da adversária e usou a própria experiência: em vez de persegui-la, fez uma curva e voou para fora da luz das lanternas, desaparecendo nas trevas.

— Ah, muito bem — exclamou Laurence. Lien estava pairando, insegura, no ar, a cabeça dardejando para os lados, espreitando a noite com os estranhos olhos vermelhos. Subitamente, Temeraire se atirou rugindo contra ela de cima, mas Lien se jogou para o lado com uma rapidez inacreditável. Ao contrário da maioria dos dragões quando eram atacados de cima, ela não hesitou mais do que um instante, e quando se afastou conseguiu atingir Temeraire. Três rasgos vermelhos se abriram no couro negro. Gotas de sangue grosso se espatifaram no pátio, brilhando negras sob a luz das lanternas. Mei se aproximou com um gritinho choroso: Qian se virou para ela, sibilando, mas Mei simplesmente se abaixou, submissa, não oferecendo um alvo, e se enrodilhou ansiosa contra um grupo de árvores para olhar mais de perto.

Lien estava aproveitando bem a velocidade superior, dardejando para perto e para longe de Temeraire, encorajando-o a gastar a própria força em tentativas inúteis de atingi-la. Mas Temeraire era esperto: a velocidade dos golpes dele estava um pouco menor do que poderia conseguir, um ínfimo mais lenta. Pelo menos era o que Laurence esperava, e que não fosse devido à ferida. Lien caiu na tentação de se aproximar, e Temeraire subitamente atacou com as duas patas da frente ao mesmo tempo e a atingiu na barriga e no peito. Lien berrou de dor e fugiu freneticamente.

A cadeira de Yongxing caiu para trás quando o príncipe se levantou, toda a pretensão de calma abandonada. Agora ele assistia de pé com punhos cerrados ao lado do corpo. Os ferimentos não pareciam muito profundos, mas a fêmea branca parecia ter ficado muito atordoada com eles, uivando de dor e pairando para lamber os cortes. Certamente nenhum dos dragões do palácio tinha cicatrizes. Laurence se deu conta de que eles provavelmente nunca tinham estado numa batalha real.

Temeraire pairou no ar por um momento, flexionando as garras, e quando Lien não se virou para lutar com ele novamente, o dragão negro aproveitou a chance e mergulhou direto contra Yongxing, o verdadeiro alvo. Lien ergueu a cabeça, gritou de novo e se atirou contra Temeraire, batendo as asas com força máxima, esquecendo as feridas. Ela o alcançou logo acima do solo e se jogou em cima dele, asas e corpos se enroscando, e o desviou do curso.

Os dragões atingiram o chão juntos, uma única fera, selvagem, sibilante, com muitos membros atacando a si mesma, nenhum dos dois dragões se importando agora com arranhões e cortes, nenhum deles capaz de inspirar profundamente o bastante para usar o vento divino um contra o outro. As caudas chicoteantes disparavam para todos os lados, derrubando arbustos em vasos e escalpelando uma touceira de bambu inteira com um só golpe. Laurence segurou o braço de Hammond e o arrastou para adiante dos troncos ocos que haviam caído sobre as cadeiras com um eco de tambores.

Chacoalhando folhas dos cabelos e do colarinho da jaqueta, Laurence se levantou desajeitado sobre o braço bom de debaixo dos galhos. No frenesi da luta, Temeraire e Lien esbarraram numa das colunas do palco. A estrutura grandiosa inteira começou a se inclinar, deslizando cada vez mais para o chão, quase com dignidade. O progresso em direção à destruição era visível, mas Mianning não se abrigou: o príncipe se adiantou para oferecer o braço a Laurence, talvez sem entender o verdadeiro perigo. O dragão Chuan também estava distraído, tentando se manter entre Mianning e o duelo.

Levantando-se com um esforço hercúleo, Laurence conseguiu derrubar o príncipe na hora em que a estrutura se espatifou nas pedras do pátio, explodindo em estilhaços de madeira de 30 centímetros. O capitão se deitou sobre o príncipe, para proteger os dois, cobrindo a nuca com o braço bom. Lascas se cravaram nele dolorosamente, mesmo através da lã grossa e forrada da jaqueta, e uma delas se enfiou fundo na perna, onde só havia as calças para protegê-lo, e outra, afiadíssima, cortou-lhe a pele acima da têmpora.

Então a saraivada mortal cessou e Laurence se endireitou, limpando o sangue do rosto a tempo de ver Yongxing, com uma expressão profundamente surpresa, cair: havia um enorme estilhaço alojado em seu olho.

Temeraire e Lien conseguiram se separar e saltaram em direções contrárias, encarando-se agachados, ainda rosnando, abanando as caudas raivosamente. Temeraire olhou por sobre o ombro, para Yongxing primeiro, pensando em fazer outro ataque, mas parou surpreso, com uma pata erguida no ar. Lien rosnou e saltou contra o dragão negro, mas ele se esquivou em vez de enfrentar o ataque, e então ela viu.

Por um momento, ficou perfeitamente imóvel, apenas as gavinhas do rufo sendo tocados pela brisa, e os filetes de sangue rubro-negro escorrendo pela perna. A fêmea albina andou lentamente até o corpo de Yongxing e baixou bem a cabeça, acariciando-o com o focinho apenas um pouco, como se quisesse confirmar o que já devia saber.

Não havia movimento, nem um último estremecer do cadáver, como Laurence já vira às vezes nos que morrem subitamente. Yongxing jazia estirado. A surpresa desaparecera com o relaxamento final dos músculos, e o rosto agora estava composto e sério, com uma das mãos estendida para o lado, semicerrada, e a outra posta sobre o peito. As vestes cheias de joias ainda brilhavam sob a luz das tochas. Ninguém se aproximou, o punhado de criados e guardas que não tinham abandonado o pátio se manteve agrupado nas beiradas, olhando, e os outros dragões ficaram calados.

Lien não gritou, como Laurence temera, nem fez qualquer som, em absoluto. Tampouco se virou para Temeraire novamente, mas limpou cuidadosamente os estilhaços que tinham caído sobre as vestes de Yongxing, os pedaços de madeira partida, algumas folhas rasgadas de bambu. Então ergueu o corpo nas duas patas dianteiras e voou, silenciosamente, para as trevas.

Capítulo 17

Laurence fugiu das mãos que o beliscavam, inquietas, primeiro para um lado, depois para o outro. Mas não havia como escapar, nem delas nem do peso enorme das vestes amarelas, rijas com fios de ouro e verde, e pesadas com as pedras preciosas dos olhos dos dragões bordadas por todos os lados. O ombro direito doía abominavelmente sob o fardo, mesmo uma semana após o ferimento, e eles tentavam mover o braço para ajustar as mangas.

— Você ainda não está pronto? — perguntou Hammond, ansioso, aparecendo na sala. Ele repreendeu os alfaiates em um chinês apressado, e Laurence cerrou a boca numa exclamação quando um deles o espetou com uma agulha apressada.

— Não podemos estar atrasados. Afinal, não somos esperados às 14 horas? — perguntou Laurence, cometendo o erro de se virar para olhar um relógio e ouvindo gritos vindos dos três lados.

— Espera-se que os convidados cheguem muitas horas antes para qualquer encontro com o imperador, e nesse caso temos de ser mais meticulosos ainda — explicou Hammond, tirando as próprias vestes do caminho enquanto puxava um banco. — Você tem certeza de que se lembra das frases e da ordem correta?

Laurence se submeteu ao teste novamente. Pelo menos era uma distração da posição desconfortável. Finalmente foi liberado, com um dos alfaiates seguindo-o pelo corredor, fazendo um último ajuste nos ombros enquanto Hammond tentava apressá-lo.

O testemunho inocente do jovem príncipe Miankai tinha condenado Yongxing completamente. O príncipe mais velho tinha prometido ao garoto um Celestial e também lhe perguntara se ele gostaria de ser o imperador, sem dar mais detalhes de como isso seria conseguido. Todo o grupo de partidários de Yongxing, homens que, como ele, acreditavam que todo o contato com o Ocidente deveria ser cortado, caiu profundamente em desgraça, deixando o príncipe Mianning mais uma vez em ascendência na corte, e, como resultado, toda a oposição à proposta de Hammond da adoção de Laurence tinha desabado. O imperador tinha mandado o édito que aprovava o arranjo, e como isso era para os chineses o equivalente a uma ordem a ser cumprida imediatamente, o progresso diplomático dos britânicos se tornou tão rápido como tinha sido lento até então. Mal os termos foram definidos, os criados estavam enxameando os alojamentos deles no palácio de Mianning, carregando todas as posses dos ingleses em caixas e fardos.

O imperador tinha se instalado no Palácio de Verão no Jardim de Yuanmingyuan, a meio dia de viagem de Pequim por dragão, e lá eles foram deixados em meio a uma enorme confusão. Os vastos pátios de granito da Cidade Proibida tinham se tornado frigideiras em bigornas sob o sol de verão, que era subjugado em Yuanmingyuan pelo verde luxuriante e pelos enormes lagos bem-cuidados. Laurence entendeu rapidamente por que o imperador tinha preferido aquele local.

Apenas Staunton recebeu permissão para acompanhar Laurence e Hammond na cerimônia de adoção propriamente dita, mas Riley e Granby lideraram os outros homens como escolta, os números encorpados substancialmente pelos guardas e mandarins emprestados pelo príncipe Mianning para dar a Laurence aquilo que eles consideravam um séquito respeitável. Em grupo, deixaram o complexo elaborado onde tinham sido abrigados e começaram a jornada até o salão de audiências onde o imperador os receberia. Após uma caminhada de uma hora, atravessando seis riachos e pequenos lagos, com os guias parando em intervalos regulares para indicar-lhes elementos particularmente elegantes dos jardins, Laurence começou a temer que eles realmente tivessem saído tarde, mas finalmente eles chegaram ao salão e foram levados ao pátio fechado para aguardar o chamado do imperador.

A espera foi interminável. As vestes lentamente se encharcaram de suor enquanto aguardavam no pátio quente e abafado. Copos com gelo foram trazidos, além de vários pratos de comida quente, que Laurence se obrigou a provar, tigelas de leite e chá, e presentes: uma grande pérola numa corrente de ouro, perfeita, e alguns rolos de pergaminho com literatura chinesa. Para Temeraire, um conjunto de bainhas de garra de ouro e prata, iguais às que a mãe do dragão usava ocasionalmente. Temeraire era o único que não se incomodava com o calor. Deleitado, vestiu as bainhas imediatamente e se divertiu fazendo com que brilhassem ao sol enquanto o restante do grupo esperava, num estupor.

Finalmente os mandarins voltaram e, com mesuras profundas, levaram Laurence para dentro, seguido por Hammond e Staunton, com Temeraire fechando o grupo. A câmara de audiência propriamente dita era a céu aberto, enfeitada com tapeçarias leves e graciosas, e o perfume de pêssegos se erguia de uma tigela cheia dos frutos dourados. Não havia cadeiras além do divã para dragões no fundo do aposento, onde um grande Celestial macho estava esparramado, e o trono simples mas lindamente polido no qual o imperador estava sentado.

Era um homem parrudo, de queixo largo, ao contrário de Mianning, com seu rosto fino e muito pálido, e tinha um pequeno bigode recortado nos cantos da boca, ainda intocado pelos fios brancos apesar de ele ter quase 50 anos. Os trajes eram magníficos, no tom amarelo brilhante que Laurence vira exclusivamente nos guardas particulares do lado de fora do palácio, e o imperador os vestia sem esforço algum. Laurence pensou que nem mesmo o rei parecia tão casual nos paramentos cerimoniais nas raras ocasiões em que visitara a corte.

O imperador franziu o cenho, mas de uma forma pensativa e não com desagrado, e acenou esperançosamente com a cabeça para eles. Mianning estava presente, dentre muitos outros dignitários dos dois lados do trono, e inclinou levemente a cabeça. Laurence respirou fundo e se ajoelhou com cuidado sobre os dois joelhos, ouvindo o mandarim sibilar a contagem do tempo de cada genuflexão. O chão era de madeira polida, coberto com tapetes lindamente tecidos, e o ato em si não era tão desconfortável. O capitão podia ver Hammond e Staunton copiando-o logo atrás, cada vez que ele se curvava até o chão.

Ainda assim ia contra os princípios dele, e Laurence ficou feliz em se levantar finalmente, depois de respeitada a formalidade. Felizmente o imperador não fez nenhum gesto desnecessário de condescendência, apenas parou de franzir o cenho. Havia um ar geral de alívio da tensão no recinto. O imperador se levantou do trono e levou Laurence até o pequeno altar no lado leste do salão. Laurence acendeu os incensos no altar e repetiu as frases em chinês que Hammond tinha lhe ensinado com tanta dificuldade, aliviado ao ver o breve aceno de cabeça de Hammond: não tinha cometido nenhum erro então, ou pelo menos nenhum erro imperdoável.

O capitão teve de se prostrar novamente, mas dessa vez diante do altar, o que era mais fácil de fazer, apesar de Laurence ter vergonha de admitir o fato para si mesmo, pois era mais próximo de uma real blasfêmia. Apressadamente, murmurou um pai-nosso, e esperou que isso deixasse bem claro que ele não queria quebrar o mandamento. Então a pior parte tinha acabado. Temeraire foi chamado para a cerimônia em que eles seriam formalmente vinculados como companheiros, e Laurence pôde fazer os juramentos necessários com o coração leve.

O imperador se sentou novamente para supervisionar os procedimentos. Agora assentia com aprovação e fez um breve gesto a um dos atendentes. Imediatamente uma mesa foi trazida para o recinto, sem qualquer cadeira, porém, e mais porções de gelo foram servidas enquanto o imperador interrogava Laurence quanto à família dele, por intermédio de Hammond. O monarca ficou chocado ao saber que Laurence era solteiro e sem filhos, e o capitão se viu submetido a um sermão bem longo sobre o assunto, sendo forçado a admitir no fim que tinha negligenciado os deveres familiares. Não se importou muito: estava feliz por não ter dito nada errado e pelo fim do suplício estar tão próximo.

O próprio Hammond estava quase pálido de alívio quando saíram e teve que parar e se sentar num banco a caminho do alojamento. Um par de criados lhe trouxe um pouco de água e o abanou até que a cor voltou ao rosto e ele conseguiu se levantar.

— Eu lhe dou os parabéns, senhor — falou Staunton, apertando a mão do diplomata, quando finalmente o deixaram em seus aposentos. — Não me envergonho em dizer que não acreditava que isso seria possível.

— Obrigado, obrigado — Hammond só conseguia repetir, profundamente afetado. Estava quase desmaiando.

Hammond tinha conquistado para os ingleses não apenas a entrada de Laurence na família imperial, mas a concessão de uma propriedade na cidade tártara. Não era bem uma embaixada oficial, mas, na prática, era a mesma coisa, já que Hammond poderia residir lá indefinidamente, a convite de Laurence. Até mesmo a prostração tinha sido resolvida de forma aceitável para todos: do ponto de vista britânico, Laurence tinha feito o gesto não como representante da Coroa, mas como filho adotivo, enquanto os chineses estavam contentes que as formalidades tivessem sido cumpridas.

— Já recebemos muitas mensagens amistosas dos mandarins de Cantão por meio do Correio Imperial, Hammond lhe contou? — disse Staunton a Laurence enquanto os dois estavam parados do lado de fora dos quartos. — O gesto do imperador de cancelar todos os impostos sobre os navios britânicos será obviamente um tremendo benefício para a Companhia, mas em longo prazo o mais valioso será a nova mentalidade a nosso favor. Imagino... — hesitou Staunton, com a mão já na tela da porta, pronto para entrar. — Imagino que você não poderia conciliar com o seu dever uma estada permanente? É desnecessário dizer que seria extremamente valioso tê-lo aqui, mas é claro que sei como os dragões são essenciais em nosso país.

Retirando-se finalmente para o quarto, Laurence trocou feliz as roupas por trajes leves de algodão e saiu para se juntar a Temeraire à sombra fragrante das laranjeiras. O dragão tinha um pergaminho aberto diante de si, mas estava olhando para o lago próximo em vez de ler. Havia uma graciosa ponte de nove arcos à vista, cruzando o lago, espelhada em sombras negras contra a água agora tingida de laranja com os reflexos do sol poente, as flores de lótus se fechando com o anoitecer.

O dragão virou a cabeça e acariciou o companheiro com o focinho como saudação.

— Eu estava observando; lá está a Lien — disse, apontando com o focinho para o outro lado da água. A fêmea branca estava cruzando a ponte, completamente sozinha exceto por um homem alto, de cabelos negros e trajando vestes azuis de erudito, que caminhava ao seu lado e que parecia um tanto estranho. Após um momento estreitando os olhos, Laurence percebeu que o homem não tinha a testa raspada ou a trança. No meio do caminho, Lien parou e olhou para eles. Laurence pôs a mão em Temeraire instintivamente diante daquele olhar fixo e vermelho.

Temeraire fungou, e o rufo subiu um pouco, mas ela não se demorou. Com o pescoço arrogante e ereto, virou-se novamente e seguiu adiante, desaparecendo por entre as árvores.

— Eu me pergunto o que ela vai fazer agora — Temeraire comentou.

Laurence também se perguntava o mesmo. Certamente não encontraria outro companheiro disposto, pois já era considerada fonte de má sorte mesmo antes dos infortúnios recentes. Ele tinha até mesmo ouvido comentários de integrantes da corte insinuando que ela tinha sido responsável pelo destino de Yongxing. Era algo muito cruel se ela chegasse a ouvir. Outros tinham a opinião ainda mais inclemente de que ela deveria ser completamente banida.

— Talvez ela seja mandada para algum campo de reprodução distante.

— Não acho que eles tenham campos específicos para a cruza aqui — opinou Temeraire. — A Mei e eu não tivemos que... — Ele parou, e se fosse possível que um dragão corasse, certamente teria corado. — Mas talvez eu esteja errado — acrescentou apressado.

Laurence engoliu.

— Você tem muita afeição pela Mei.

— Ah, sim — concordou Temeraire, desejoso.

Laurence ficou calado. Pegou uma das frutas amarelas e rígidas que tinham caído sem amadurecer e a rolou nas mãos.

— O *Allegiance* vai zarpar na próxima maré favorável, se o vento permitir — conseguiu dizer finalmente em voz baixa. — Você prefere que nós fiquemos? — Vendo que isso surpreendia o dragão, o capitão acrescentou: — O Hammond e o Staunton me disseram que poderíamos fazer muitas coisas boas pelos interesses britânicos aqui. Se você quiser ficar, eu escreverei para o Lenton e direi a ele que nós decidimos ficar aqui.

— Ah — exclamou Temeraire, baixando a cabeça para a armação de leitura. Não prestava atenção no pergaminho, estava apenas pensando. — Mas você prefere ir para casa, não prefere?

— Estaria mentindo se dissesse que não — admitiu Laurence, pesaroso. — Mas prefiro vê-lo feliz, e não sei como poderia fazer isso na Inglaterra, agora que você viu como os dragões são tratados aqui.

— Tamanha deslealdade com a pátria quase o fez engasgar, e ele não conseguiu dizer mais nada.

— Os dragões daqui não são mais inteligentes que os dragões britânicos — afirmou Temeraire. — Não há motivo por que o Maximus e a Lily não poderiam aprender a ler e escrever ou ter algum outro ofício. Não é certo que nós sejamos mantidos em cocheiras como animais e que não nos seja ensinado nada além de como lutar.

— Não — concordou Laurence. — Não é certo. — Não havia resposta possível com toda a defesa aos costumes britânicos destroçada pelos exemplos que ele tinha visto em todos os cantos da China. Mesmo que alguns dragões passassem fome, isso não era desculpa. Ele mesmo teria preferido ficar faminto a sacrificar a própria liberdade, e não insultaria Temeraire mencionando o fato nem mesmo como um mero argumento.

Eles ficaram em silêncio juntos por um longo tempo enquanto os servos vinham acender as lâmpadas. A lua crescente subiu espelhada no lago, prata luminosa, e Laurence jogou pedras na água para quebrar o reflexo em ondas reluzentes. Era difícil imaginar o que poderia fazer na China além de servir de marionete. Teria de aprender a língua de alguma forma, pelo menos a falar, se não a escrever.

— Não, Laurence, não é aceitável. Não posso ficar aqui aproveitando a vida enquanto em casa eu sei que eles ainda estão em guerra e precisam de mim — finalmente anunciou Temeraire. — Além disso, os dragões ingleses nem sabem que existe outra maneira de fazer as coisas. Vou sentir falta da Mei e da Qian, mas não posso ser feliz sabendo que o Maximus e a Lily ainda são tão maltratados. Acho que é meu dever voltar e reorganizar as coisas por lá.

Laurence não sabia o que dizer. Frequentemente censurava Temeraire pelos pensamentos revolucionários, pela tendência à sedição, mas apenas de brincadeira. Nunca lhe ocorrera que o dragão faria uma tentativa deliberada, aberta. Laurence não fazia ideia de qual seria a reação oficial, mas certamente não seria tranquila.

— Temeraire, você não pode... — começou e parou, os grandes olhos azuis fitando-o cheios de expectativa. — Meu caro — continuou baixinho, depois de um momento —, você me ensina duras lições. Certamente não podemos nos contentar em deixar as coisas como estão, agora que sabemos que há uma forma melhor de agir.

— Achei que você iria concordar — afirmou Temeraire, satisfeito. — Além disso — acrescentou, mais prosaicamente —, a minha mãe me disse que os Celestiais não podem lutar, de maneira alguma, e só estudar o tempo todo não me parece muito animado. É melhor nós irmos para casa.

O dragão assentiu e olhou para os poemas.

— Laurence, o carpinteiro do navio poderia me fazer mais dessas armações de leitura, não poderia?

— Meu caro, se isso o deixa feliz, ele fará uma dúzia — respondeu Laurence, e se recostou no dragão, muito grato, apesar das preocupações, para conseguir calcular pela lua quando a maré viraria de novo para a Inglaterra e para casa.

Extratos selecionados de:
*Um Breve Discurso sobre as Raças Orientais,
com Reflexões sobre a Arte de Criação de Dragões*

Apresentado na Royal Society, junho de 1801

por Sir Edward Howe, F.R.S.

As "VASTAS HORDAS serpentinas selvagens" do Oriente estão ficando famosas no Ocidente, tanto temidas quanto admiradas, graças em grande parte aos relatos de peregrinos de uma era mais antiga e crédula, que, embora inestimáveis à época de sua publicação, por lançarem luz onde antes só havia trevas, são pouco úteis para o erudito moderno, sofrendo como sofrem de exageros lamentáveis que eram a moda em dias passados, tanto por crença sincera da parte do autor quanto pelo desejo menos inocente, mas compreensível, de satisfazer a um público mais amplo, que antecipava monstros e deleites incalculáveis em quaisquer narrativas do Oriente.

Uma coleção infelizmente inconsistente de relatos chegou dessa forma aos dias presentes, alguns pouco melhores do que a mais pura ficção, e quase todos os outros distorções da realidade que o leitor faria melhor em ignorar completamente do que em confiar em um detalhe que fosse. Vou mencionar um exemplo à guisa de ilustração: o Sui-Riu japonês, familiar aos estudantes do conhecimento dracônico pelo relato de 1613 do capitão John Saris, cujas cartas descreviam como fato incontestável a habilidade da raça de invocar uma tempestade de trovões em um céu azul. Tal afirmação notável, que assim entrega os poderes de Júpiter a um mortal, deve ser desacreditada pelo meu próprio conhecimento: vi um dos Sui-Riu e observei sua capacidade de engolir quantidades absurdas de água, que eram então expelidas em violentas rajadas, um dom que os torna muito valiosos não apenas em batalha, mas na proteção dos prédios de madeira do Japão contra os perigos do fogo. Um viajante desavisado, diante de tal torrente, poderá muito bem imaginar que os céus se abriram sobre sua cabeça com uma trovoada, mas os dilúvios ocorrem certamente desacompanhados de relâmpagos ou nuvens de chuva, por alguns momentos apenas e, desnecessário dizer, não são nada sobrenaturais.

Equívocos como esse buscarei evitar da minha própria parte, em vez disso confiando nos fatos puros, apresentados sem excesso de ornamentação, para agradar a uma audiência mais sapiente...

Podemos, sem hesitar, dispensar como ridícula a estimativa, comumente repetida, de que há um dragão para cada dez homens na China. Uma conta que, se fosse remotamente próxima da verdade, tornaria o nosso entendimento da população humana não inteiramente incorreto, mas certamente resultaria numa nação tão infestada pelos dragões que os desafortunados viajantes que nos trouxeram tal informação mal teriam encontrado lugar para ficar de pé. A imagem vívida descrita pelo irmão Mateo Ricci, de jardins de templos cheios de corpos serpentinos sobrepostos, que domina há tanto tempo o imaginário ocidental, não é completamente falsa; entretanto, é necessário entender que, entre os chineses, os dragões preferem viver nas cidades a viver fora delas, o que torna sua presença nesses ambientes muito mais palpável. Além disso, eles se movimentam para onde quiserem com enorme liberdade, de modo que o dragão visto na praça do mercado de manhã frequentemente é o mesmo observado mais cedo nas abluções matinais no templo, e então novamente algumas horas depois, jantando nos pastos dos limites urbanos.

Quanto ao tamanho da população como um todo, lamento dizer que não temos fontes confiáveis com as quais eu possa contar. Entretanto, as cartas do finado padre Michel Benoît, astrônomo jesuíta que serviu na corte do imperador Qianlong, informam que, na ocasião do aniversário do imperador, duas companhias do corpo aéreo executaram sobrevoos acrobáticos no Palácio de Verão, os quais o próprio padre, acompanhado de dois outros jesuítas, testemunhou pessoalmente.

Tais companhias, constituídas às vezes de doze dragões cada, são equivalentes às maiores formações ocidentais, cada uma designada a uma companhia de 300 homens. Vinte e cinco dessas companhias formam cada uma das oito divisões das forças aéreas dos tártaros, o que resultaria em 2.400 dragões agindo em conjunto com 60 mil homens, já um número mais do que respeitável. Contudo os números cresceram substancialmente desde a fundação da dinastia, e o exército agora está bem próximo do dobro do tamanho. Podemos então concluir seguramente que há cerca de 5 mil dragões no serviço militar chinês, um número ao mesmo tempo plausível e extraordinário, que nos dá alguma noção da população geral.

As mui graves dificuldades inerentes ao gerenciamento de uma centena de dragões juntos em uma única e demorada operação militar são bem conhecidas no Ocidente, e uma grande limitação para fins práticos ao nosso próprio corpo aéreo. Não é possível transportar rebanhos com a mesma velocidade que os dragões, tampouco eles podem carregar a própria comida viva consigo. Como orquestrar o suprimento de um número tão vasto de dragões propõe um problema nada insignificante. De fato, para tal fim os chineses criaram um Ministério de Assuntos Dracônicos inteiro...

... Pode ser que o ancestral costume chinês de manter as moedas enfiadas em cordões seja devido à necessidade de oferecer um método de entregar dinheiro a dragões; entretanto, isso é uma relíquia de tempos antigos, e desde pelo menos a dinastia Tang o presente sistema já está em vigor. O dragão recebe, ao alcançar a maturidade, uma marca individual hereditária, que mostra o genitor, a dama e a posição do próprio dragão na hierarquia. Sendo isso registrado no Ministério, todos os fundos de posse do dragão são pagos ao tesouro geral e desembolsados novamente ante a recepção de marcadores que o dragão entrega aos mercadores, primariamente boiadeiros, dos quais deseja ser freguês.

Isso pareceria à primeira vista um sistema absolutamente impossível de funcionar; não seria difícil imaginar os resultados se um governo administrasse assim os vencimentos dos cidadãos. Contudo, curiosamente, parece que aos dragões não ocorre a ideia de forjar uma marca falsa ao realizar as compras. Eles recebem essa sugestão com surpresa e profundo desdém, mesmo que estejam passando fome ou desprovidos de fundos. Talvez isso possa ser considerado evidência de um tipo de honra inata existente entre os dragões ou, talvez, de orgulho familiar. Porém, ao mesmo tempo, sem hesitação ou consciência de culpa, aproveitam qualquer oportunidade de levar um animal de um rebanho sem pastor ou de uma barraca, sem nunca considerar deixar pagamento para trás. Isso não é considerado por eles uma forma de roubo, e nesses casos, de fato é possível encontrar o dragão devorando a presa sentado ao lado do curral de onde ela foi tirada, perfeitamente feliz em ignorar as reclamações do pecuarista desafortunado que voltou tarde demais para salvar o rebanho.

Sendo escrupulosos no uso das próprias marcas, os dragões raramente são feitos vítimas de pessoas inescrupulosas que possam pensar em roubá-los apresentando marcadores falsificados ao Ministério. Sendo, como regra geral, violentamente ciosos da própria riqueza, os dragões, ao chegar a qualquer lugar civilizado, imediatamente indagam sobre o estado das finanças e examinam todos os gastos, e logo percebem cobranças feitas indevidamente ou pagamentos ausentes. De acordo com todos os relatos, as reações conhecidas dos dragões ao roubo não são menos brutais quando o mal ocorre indiretamente e fora das vistas deles. A lei chinesa exime expressamente de qualquer penalidade o dragão que mata um homem oficialmente culpado de tal roubo. A sentença ordinária é na verdade a exposição do criminoso ao dragão. Uma sentença como essa, de morte certa e violenta, pode nos parecer uma punição bárbara, porém já ouvi várias vezes, tanto de mestres quanto de dragões, que essa é a única forma de acalmar um dragão assim insultado.

Essa mesma necessidade de aplacar os dragões também garantiu a continuidade do sistema por mais de mil anos. Todas as dinastias conquistadoras tomaram como primeira providência a estabilização do fluxo de fundos, pois é fácil imaginar os efeitos de uma revolta de dragões raivosos...

O solo da China não é naturalmente mais arável do que o da Europa, e as vastas hordas necessárias são sustentadas por um esquema antigo e cuidadosamente elaborado de pecuária no qual o pastor, após conduzir parte do rebanho às cidades e vilas para saciar a fome dos dragões, volta trazendo consigo grandes quantidades do estrume coletado nos monturos dracônicos dos centros urbanos, para trocar com os fazendeiros nos distritos rurais. A prática de usar fezes de dragão como fertilizante, somadas ao estrume do gado, quase desconhecida no Ocidente graças à relativa escassez de dragões e à distância de suas habitações, parece ser especialmente eficaz na renovação da fertilidade do solo. Por que isso ocorre é uma questão ainda não respondida pela ciência moderna, porém bem evidenciada pela produtividade dos pecuaristas chineses, cujas fazendas, segundo informações confiáveis, produzem regularmente colheitas enormemente maiores que as nossas.

Agradecimentos

UM SEGUNDO ROMANCE traz um novo conjunto de desafios e problemas, e sou especialmente grata às minhas editoras, Betsy Mitchell de Del Rey, e Jane Johnson e Emma Coode da HarperCollins UK, por seus insights e ótimos conselhos. Também devo muitos agradecimentos ao meu time de leitores preferenciais neste livro, por toda a ajuda e encorajamento. Holly Benton, Francesca Coppa, Dana Dupont, Doris Egan, Diana Fox, Vanessa Len, Shelley Mitchell, Georgina Paterson, Sara Rosenbaum, L. Salom, Micole Sudberg, Rebecca Tushnet e Cho We Zen.

Agradeço muito à minha incrível agente, Cynthia Manson, por sua ajuda e orientação; e à minha família pelos conselhos, apoio e entusiasmo infinitos. E tenho uma sorte inexplicável por ter meu melhor leitor em casa, meu marido, Charles.

E gostaria de dar um obrigada especial a Dominic Harnam, que fez as lindas capas americanas e inglesas. É uma emoção inexplicável ver meus dragões ganharem vida através de sua arte.

Este livro foi composto na tipologia Sabon LT Std
Roman, em corpo 11/16, e impresso em papel
off-white 80g/m² no Sistema Cameron da
Divisão Gráfica da Distribuidora Record.